AF391523

YANNICK GIAMMONA

LES ANONYMES

roman

Pour ma fille qui, un jour peut-être, tombera sur ce livre et découvrira ce qui se cache dans ma tête…

« Si le tueur à gages est le seul à commettre si souvent le crime parfait, c'est parce qu'on lui désigne des victimes dont il ignore tout. »

Amélie Nothomb, *Journal d'Hirondelle* (2006)

« Aimer sans être aimée, c'est comme allumer une cigarette avec une allumette déjà éteinte. »

George Sand

Prologue

Trente ans après, il ne regrette rien.

Nous nous trouvons aux États-Unis. Willie Smith se situe dans le couloir de la mort de la Holman Correctionnal Facility. Il s'agit de la prison d'Altmore, dans l'État d'Alabama. Il va bientôt être exécuté. En 1991, il a assassiné une jeune femme blanche de 22 ans. Ils avaient le même âge. Lui, le bel homme à la peau ébène, était parvenu à séduire cette jolie brune aux yeux verts. Ils s'étaient aimés. Ils avaient partagé du bon temps dans la ville de Birmingham. Jusqu'à ce que la jalousie prenne le dessus.

Cette jeune femme, Hailey, a été la première victime de Willie. Il y a pris goût. Au total, il aura tué à six reprises, réussissant à cacher les corps pendant de longs mois. Une quinzaine d'années après, le FBI a fini par les découvrir. Ou, en tout cas, ce qu'il en restait. Des relevés ADN ont été effectués. Celui du quinquagénaire a été identifié.

Voilà comment Willie Smith s'est retrouvé emprisonné à la Holman Correctionnal Facility. Il n'a même pas opposé de résistance quand deux agents fédéraux sont venus l'arrêter à son domicile. Pour lui, le jeu est terminé. Et ce n'est pas plus mal.

Dans ce long corridor qui mène à la salle d'exécution, Willie n'est pas tout seul. Un gardien l'accompagne. Willie a les mains menottées. *À quoi bon*, pense-t-il. Comme s'il allait s'échapper !

Le gardien mesure près de deux mètres, avec une coupe en brosse. Il ralentit le pas devant lui. Willie voit quelque chose tomber à terre, à la droite de l'homme. Celui-ci se retourne. Willie ne sait même pas comment il s'appelle. Un nouveau, certainement.

Le quinquagénaire, qui marchait les yeux rivés vers le sol, relève la tête et observe le maton. Un sourire niais se dessine sur le visage de ce dernier. Avec un clin d'œil complice, le gardien lui fait signe de ramasser le petit bout de carton qu'il vient de faire tomber. Ce n'est pas comme si Willie avait le choix.

Dans un geste d'une extrême lenteur, le prisonnier prend ce rectangle pas plus grand qu'une carte bancaire. Le fond est blanc. Il y a une sorte de logo sur le recto, ainsi qu'un court texte au verso. Le tout écrit à l'encre noire.

Willie observe le logo. Un masque de Dalí, comme ceux que portent les militants du groupe *Anonymous*. Il le reconnaît tout de suite. À côté de ce dessin se trouve la lettre A. Le tout encerclé dans une forme géométrique tracée à la perfection. Du travail de pro.

Le gardien, sans prononcer un mot, fait signe au condamné à mort de retourner le bout de carton qu'il tient entre les mains. Willie obéit.

S'il n'était pas dans ce couloir de la mort, à quelques mètres seulement de la dernière pièce où il verra de la lumière, il jetterait cette carte de visite à la gueule du maton. Il lui dirait d'aller bien se faire voir, qu'il n'en a rien à foutre de son carton d'invitation ridicule. Il se jetterait peut-être même sur lui, comme il l'a déjà fait durant son séjour à la Holman Correctionnal Facility. Il le traiterait de mange-merde, qu'il est en prison et qu'une invitation à un putain d'anniversaire ne l'intére pas.

Cependant, les circonstances sont différentes. Le comportement du gardien rend Willie curieux. Il ne veut pas mourir bête, comme sa mère a tenté de lui apprendre. Par conséquent, il retourne le carton qu'il tient entre ses doigts usés par l'arthrose.

« C'est vraiment dommage que vous ayez refusé de nous rejoindre... ».

Willie ne comprend pas à quoi cette phrase fait référence. Il a à peine le temps d'y réfléchir que le maton pose ses doigts sur la carte. Il fait signe au prisonnier qu'il doit lui rendre. Willie n'oppose aucune résistance. Perdu dans ses pensées, il avance jusqu'à la salle où on va lui injecter un poison mortel.

Deux gardiens aident Willie à s'allonger sur une table en métal, sur laquelle on a tout de même pris soin de poser un matelas aussi fin qu'une feuille de papier. Le quinquagénaire n'est plus menotté. On lui attache pourtant les mains. Au cas où, comme ils disent. La famille de la victime de Willie, enfin ce qu'il en reste, assiste à l'exécution. C'est comme ça, en Alabama.

Un pasteur lui lit un passage de la Bible. Willie n'est pas croyant, mais on lui a proposé ce service. Alors que l'homme d'église prêche la parole du Seigneur, celui qui sera mort dans moins de dix minutes réfléchit à cette phrase qu'il vient de lire. *C'est vraiment dommage que vous ayez refusé de nous rejoindre...* Qu'ai-je refusé ? Qu'est-ce que c'est que ce masque de Dalí avec cette lettre. Le A, qui avec ce déguisement fait tout de suite penser au mouvement des *Anonymous*.

Soudain, alors que le pasteur parle de l'enfant Jésus avec entrain, Willie Smith se souvient. Durant les dix à quinze ans qui ont séparé les meurtres commis par l'homme à la peau ébène et le moment où il a enfin été jeté en prison, il a été contacté, à deux reprises, par une société indépendante.

Cette société lui envoyait des courriers avec ce logo, le même qu'il a retrouvé sur la carte de visite. Jamais il n'y a répondu, pensant à une blague de très mauvais goût.

Dans ces lettres, un inconnu l'invitait à rejoindre une organisation qui s'apparentait aux Alcooliques Anonymes. Cependant, ce n'était pas des gens sous l'emprise de l'alcool qui étaient invités à se réunir. Mais plutôt des tueurs en série...

Car c'est bien ce qu'est Willie Smith. Même s'il déteste ce terme. Un homme qui commet plusieurs meurtres, qui plus est en suivant le même mode opératoire, ne peut être qualifié d'un autre nom.

Le quinquagénaire repense à ces deux lettres, qui ont fini cramées dans sa cheminée. On ne lui imposait rien. On l'invitait juste à se rendre à un lieu de rendez-vous précis, à une date et à une heure donnée. Willie Smith n'a jamais voulu y aller. Avait-il peur ? Peut-être un peu. Il pensait surtout qu'une telle organisation, qui voulait réunir des serial killers entre eux, ne pouvait pas être une bonne chose.

Allongé sur le dernier mobilier qu'il touchera de son vivant, il réfléchit à toute cette histoire. Il n'entend même pas le pasteur prêcher la bonne parole. Il se demande ce qu'il se serait passé s'il était allé sur le lieu de rendez-vous proposé dans les lettres. L'aurait-on protégé du FBI ? Serait-il encore libre ? Au contraire, adhérer à cette association de tueurs ne lui aurait-il pas porté préjudice ?

Tant de questions et si peu de réponses.

Willie est extirpé de ses pensées par une question du pasteur, posée à trois reprises avant qu'il ne l'entende. Il lui demande s'il a un dernier mot à dire avant qu'on injecte le produit mortel dans son sang. D'un signe de la tête, il fait comprendre à l'assistance qu'il n'a plus rien à dire. Willie frissonne. Il sait que ses secondes sont comptées. Les paupières closes, un mince filet de larme coule le long de ses joues. Il regrette ses pulsions meurtrières. Il regrette avoir aimé et tué toutes ces femmes. Enfin, il regrette ne pas avoir pris ces lettres en considération.

Telle est sa dernière pensée. Cela ne changera rien à son destin. Le 1er octobre 2021, à 22 h 24 précisément, Willie Smith rend son dernier souffle.

Sous les yeux du grand gardien de prison, qui ne peut s'empêcher de pouffer de rire.

1

C'est la fin de l'après-midi. Il rentre enfin chez lui. Antoine sort de sa voiture, un Duster deuxième main qu'il a acheté quelques mois auparavant. Il se dirige vers le coffre et en sort un gros sac de sport rempli d'outils divers. Sans s'arrêter, il se dirige vers la porte de la cave, située au milieu d'un couloir donnant sur deux chambres et une salle de bain.

Après l'avoir ouverte, il dépose son bagage sur le pas de la porte. Il reprend sa respiration. Son regard est déterminé. Il sait ce qu'il fait. Aucun doute là-dessus. Avant d'aller au bout de la tâche qu'il doit accomplir, il faut qu'il se rende aux toilettes. Une heure qu'il a envie ! Il doit se soulager.

Sa petite affaire terminée, cet homme d'une trentaine d'années retourne vers la cave d'un pas résolu. L'escalier disparaît dans le noir. Avant de descendre, il appuie sur un interrupteur situé sur sa droite. Les marches s'éclairent comme par magie. Antoine peut remettre son sac d'outils sur l'épaule et entreprendre sa descente jusque dans le sous-sol.

Une fois arrivé en bas de l'escalier, Antoine est plongé dans la pénombre. Une ampoule éteinte se trouve au plafond, un peu plus loin. Avant de l'allumer, il va déposer son sac près d'un établi. Il presse un autre interrupteur, qui réveille l'ampoule qui se trouve au centre de la pièce. Antoine peut ainsi voir ce qui l'a mené ici.

Sous la boule de verre, une grande table en métal. De celles que l'on trouve dans une morgue. Elle est vide. Que peut bien faire l'homme d'une trentaine d'années avec un tel objet à son domicile ? Impossible de le savoir. Lui sait ce qui l'attend. Il ouvre le sac de sport, range quelques outils dans une armoire et en garde deux dans les mains. Ses gestes sont précis. Il dépose ces deux accessoires, qu'il souhaite garder près de lui sur l'établi. Il est temps d'agir.

Deux heures plus tard, Antoine est de nouveau au-dessus de la table en métal. Sur celle-ci se trouve désormais un corps inanimé. Pieds et poings liés. Cette personne a les cheveux grisonnants. Quelques rides sur le visage. À vue d'œil, elle doit avoir près de soixante ans.

Que fait cet homme, ligoté ainsi, dans la cave d'Antoine ?

En attendant de réveiller cette personne inconsciente, il se prépare. Il enfile une combinaison complète. Le genre de protection en plastique qui vous fait ressembler à un spationaute. Le genre que l'on met, dans les hôpitaux, pour se protéger des malades les plus contagieux.

Pour Antoine, il ne s'agit pas de se protéger d'une maladie. Mais plutôt d'un liquide visqueux qui pourrait tâcher ses vêtements et surtout, laisser traîner des preuves. Il sait qu'il n'a pas le droit à l'erreur s'il veut poursuivre cette activité vitale pour lui.

Une fois la combinaison enfilée, il rabat la capuche en plastique sur sa tête. Il y a également vissé une casquette bon marché. Il sait qu'il la jettera après avoir terminé sa petite affaire. Son look est le cadet de ses soucis.

Antoine conclut son rituel en enfilant des sur-chaussures. Il doit également se protéger les pieds et éviter de laisser des traces de pas. Tout cela ne s'enseigne dans aucun manuel. Le jeune homme a appris sur le tas. En regardant des séries policières sur Netflix. Il fait tout ce qui est en son pouvoir pour ne pas se faire remarquer. Pour lui, c'est essentiel. Tout est dans le détail. Une seule petite erreur et il sait que tout pourrait s'arrêter.

Une fois qu'il est fin prêt, Antoine réveille sa proie. Il attrape un arrosoir, le remplit d'eau et verse le liquide transparent sur le front de sa victime, dans un flot lent mais continu. Il ne faut que quelques secondes à l'homme aux cheveux grisonnants pour revenir à lui. Quand Antoine le voit ouvrir les yeux, il relève son arrosoir et lui sourit. Le sexagénaire cligne rapidement des yeux. Il recouvre ses esprits. Il se demande où il est et qui est l'homme qui se tient au-dessus de lui. Pourquoi il est allongé, les chevilles et les poignets attachés avec une corde rêche qui lui entaille la peau à chaque mouvement ?

« Qu'est-ce que c'est que ce bordel ? », parvient-il à articuler d'une voix rauque.

Antoine ne répond pas. Il se contente de lui tourner le dos. Quand il pivote à nouveau à 180°, il tient une dague de chasseur dans la main droite. La lame est impressionnante.

Le sexagénaire se met à paniquer. L'odeur de la mort. Il vient de se faire dessus. Il a compris que ses secondes sont comptées.

« Je vous en supplie... Mais... Antoine, c'est toi, se met-il à geindre quand il reconnaît le jeune homme. Qu'est-ce qui t'arrive, tu vas me faire du mal ? Tu sais que j'ai une femme, des enfants et même des petits-enfants... Je peux te payer ! J'ai beaucoup d'argent ! Dis-moi quel est ton prix.

— Tu n'as rien compris, *patron*, répond Antoine d'une voix douce et sévère à la fois.

— Je... Non, en effet ! Je ne sais pas ce que tu me veux et...

— Peu importe, assène-t-il sèchement. Mais si tu dois mettre un nom sur ce que je suis, histoire de soulager ta conscience, tu n'as qu'à te dire que je suis le bras vengeur de la justice.

— Qu'est-ce que... Mais c'est quoi, ce bordel ?!

— Tu es une raclure, mon vieux Robert. Tout le monde le sait mais personne n'a jamais réussi à t'avoir à ton propre jeu. Tu dois payer, voilà tout.

— Qui t'envoie pour me faire payer, comme tu dis ? »

Plus l'homme attaché sur la table en métal parle, plus les larmes coulent le long de ses joues. Il sait pertinemment qu'il ne s'en sortira pas. Ce qui ne l'empêche pas de chercher à gagner du temps. Il veut comprendre comment il a pu en arriver là. Comment son petit trafic luxuriant, qui lui a permis de mettre sa famille à l'abri du besoin, peut le mener jusqu'à... une mort certaine.

« Je te le répète, dit Antoine d'une voix où ne transpire aucun signe d'amitié, tu n'as rien compris. Enfin si. À mon avis, tu as compris une chose. Tu sais très bien qu'il n'y a aucune échappatoire. »

À peine Antoine a-t-il prononcé cette dernière phrase qu'il lève le bras droit. Celui qui tient la dague. Les gestes qui suivent sont calculés au millimètre près. Là encore, il a appris sur le tas. Petit à petit, à force de répétition, il s'est amélioré. Aujourd'hui, ses coups sont si précis qu'on pourrait croire qu'il a suivi un entraînement militaire.

Là où il prend le plus de plaisir, ce sont ces minutes où il blesse sa victime pour la faire se vider de son sang. Il ne l'achève pas tout de suite. Chaque coup donné est une ode à la joie. Antoine entre dans un état second, une sorte de transe où les cris de sa proie deviennent une musique lui provoquant des sensations fortes. La vue du sang parvient même à créer un mouvement visible sur son pantalon, au niveau de l'entrejambe.

D'un geste précis, Antoine entaille d'abord la cuisse gauche de Robert, sa victime du jour. Ce dernier pousse un cri aigu, qui n'a rien de viril. Le sang s'écoule sans plus attendre. La plaie est profonde. Voir la chair s'ouvrir ainsi arrache un large sourire au trentenaire. Il enchaîne. Une petite entaille sur la joue, puis une plus large sur le bras droit. Antoine a l'impression d'être un sculpteur en train de travailler sur sa future œuvre d'art.

Alors que le sexagénaire le supplie d'arrêter, la tâche d'Antoine atteint son paroxysme. Ses mouvements sont d'une justesse absolue. Ils sont faits pour blesser et non pour tuer. Une entaille à la main gauche, puis une autre juste en-dessous du nombril, qui fait apparaître les entrailles de la victime. Ses cris deviennent gutturaux. L'homme aux cheveux grisonnants sent son corps se vider de son sang. Il ne souhaite plus qu'une chose : que son supplice prenne fin.

« Par... Par pitié... », lâche-t-il.

De la pitié. Qui en a en ce bas-monde ?

Antoine décide qu'il est temps d'en finir. Le verdict lui appartient. Ce pouvoir. C'est lui qui détermine le moment où il ôte la vie à sa proie. À cet instant précis, il se croit plus fort que n'importe quelle divinité. Il leur supprime ce pouvoir de décision pour se l'accaparer.

Les yeux ouverts en grand, le jeune homme fixe Robert. Ce dernier sait que la fin est proche. S'il est terrifié à l'idée de mourir, quelque part au fond de lui, il se sent soulagé. Ce fou va en finir avec lui.

Pourtant, il y a un temps de latence, qui ne dure qu'une dizaine de secondes. Qui leur paraissent, à l'un comme à l'autre, une éternité. Le temps est comme suspendu. Ralenti. Rien ne pourrait faire disparaître le sourire qu'Antoine arbore sur son visage.

Soudain, il décide d'agir. En deux secondes, toute vie quitte le corps de sa victime. Il aura suffi d'un coup de dague donné au niveau du cou. La chair s'est écartée, le sang s'est écoulé en abondance. Carotide sectionnée. Blessure mortelle. Adieu, Robert.

Le soulagement. Après avoir assassiné son propre patron, qu'il ne supportait plus depuis longtemps, Antoine se sent délesté d'un poids. Toute la tension qui s'est accumulée dans son corps et ses nerfs ces derniers jours retombe d'un seul coup. Il voudrait s'asseoir et crier. Peut-être même pleurer. Mais il n'a pas le temps de se laisser aller. Il doit mettre ses sentiments de côté. Rester la bête qu'il est. Il a un travail à terminer.

C'est le côté négatif quand on tue un être humain. Il faut nettoyer. Ne pas laisser de traces. Se débarrasser du corps et faire en sorte qu'on ne le retrouve jamais. Guider la police vers une impasse, afin que l'affaire soit classée sans suite. Oubliée.

Antoine prend toujours le temps de contempler son œuvre. Il y a du sang partout. L'hémoglobine s'est répandue sur le sol. Il y a quelques éclaboussures, jusque sur l'établi, qu'il devra prendre bien soin de faire disparaître avec de l'eau de Javel. Mais avant cette étape incontournable du grand nettoyage, il doit se débarrasser du corps sans vie qui gît sur sa table.

La première fois qu'il a suivi sa pulsion meurtrière, le jeune homme s'est longtemps demandé ce qu'il pourrait faire du corps de sa victime, une fois décédée. Il avait pensé la dissoudre dans de l'acide, la jeter tout entière au fond d'un lac ou dans l'océan. Il en était arrivé à la conclusion que toutes ces solutions pouvaient attirer l'attention vers lui. L'acide ne se trouve pas à chaque coin de rue et un cadavre jeté dans l'eau peut toujours refaire surface. Il ne devait pas avoir à acheter de matériel trop important, ni jeter le corps entier.

Pour cette raison, Antoine attrape la grande scie tranchante qui appartenait à feu son grand-père. Il a toujours été fasciné par cet outil qui servait, dans le temps, à couper du bois pour la cheminée. Aujourd'hui, il va s'en servir pour démembrer l'homme qui, il y a quelques minutes encore, pouvait respirer et parler. Après avoir protégé le sol avec une grande bâche en plastique transparente, le trentenaire s'attelle à sa tâche. Il lui faut plusieurs minutes pour détacher les bras, puis les jambes, du tronc de sa victime. Le sang coule en abondance, tant sur la bâche que sur sa combinaison. À bout de souffle, Antoine termine par la tête, qu'il doit également dissocier du reste de l'individu.

Une fois les différentes parties du corps de sa victime étendues sur le sol, le tueur en série recoupe chacun des quatre membres en deux parties. Il souhaite avoir le plus de morceaux à abandonner dans la nature. Voilà comment il agit pour ne pas se faire repérer : il jette ces morceaux dans plusieurs étendues d'eau à travers la région. Antoine vit en Gironde, à environ trois quarts d'heure du Bassin d'Arcachon. Il possède un bateau, dont il ne se sert que rarement. Encore une fois, il a peur de se faire remarquer. Cependant, il connaît plusieurs spots de pêche, près du bassin, où il peut se séparer des restes de ses victimes. Il y a même des fleuves et, parfois, il jette la tête au large, grâce à sa petite barque à moteur.

Ce soir-là, Antoine charge les différents membres découpés dans son Duster. Il a pris soin de les emballer dans des sacs poubelles parfaitement étanches. Alors qu'il prend le dernier dans sa cave, celui contenant la tête du défunt, il contemple l'état de la pièce située dans le sous-sol de sa maison. La nuit promet d'être longue. Il lui faudra entre deux et trois heures pour faire le tour des endroits où il devra jeter les dix sacs en plastique qu'il vient d'entasser dans sa voiture. L'idée est de mettre de la distance entre ces différents spots, pour que la police ne puisse pas faire le lien. Pas tout de suite, en tout cas. Ensuite, Antoine pourra rentrer et mettre un grand coup de propre dans la cave.

Les nuits où il assassine, Antoine sait qu'il ne dort pas beaucoup. Voire pas du tout. Cependant, malgré la fatigue qui s'installe d'heure en heure, il ne se plaint pas. L'excitation du meurtre, l'odeur du sang qui reste collée à sa peau l'empêcherait de dormir, de toute façon. Alors, il fait ce qu'il doit faire. Sans broncher.

Antoine est parti pour sa tournée des plans d'eau. Il dépose une partie du corps de son patron à Cestas, dans un grand lac réputé pour être un des meilleurs endroits pour pêcher la carpe dans la région. Puis, il roule presque une heure pour se rendre près de la côte landaise, où il trouve un autre lac où déposer une autre partie de ce corps meurtri. Il revient ensuite vers le Bassin d'Arcachon, jette un membre dans un fleuve, un autre dans un lac. Pendant près de trois heures, il s'attelle à sa tâche en écoutant la radio dans sa voiture. Alors que la nuit a déposé son manteau noir sur la Gironde, il termine par la tête. C'est son rituel. Il doit toujours se débarrasser de la tête en dernier. Dans un endroit symbolique. Pour cette fois, il a choisi le lac de la Magdeleine, à Gujan-Mestras, à quelques kilomètres seulement d'Arcachon. Ces dernières années, ce lac a été pollué par des tonnes de plastique, produit en grande quantité par l'entreprise que dirige – dirigeait – Robert. Ce patron sans foi ni loi n'a jamais hésité à balancer son surplus de production dans le lac, pour ne pas avoir à payer pour le détruire. Voilà pourquoi Antoine roule jusque-là pour y abandonner le sac contenant la tête de son patron, avant de rentrer chez lui pour nettoyer sa cave.

Une demi-heure plus tard, le Duster d'Antoine se gare dans l'allée située sur le côté gauche de sa maison. Il coupe le moteur et jette un œil dans le rétroviseur. Là, il voit un fourgon noir, sans aucune inscription, partir à vive allure. A-t-il été suivi ?

Inquiet, le jeune homme bondit de sa voiture. Il se dirige vers le portail de sa propriété, qu'il avait laissé ouvert. Il tourne la tête et voit le véhicule disparaître au loin, à une intersection. *Impossible*, pense-t-il. *Je l'aurais remarqué si on m'avait suivi.*

Alors quoi ? Attendait-on qu'il soit rentré ?

Au moment où il tourne les talons pour regagner sa maison et terminer ce qu'il a commencé quelques heures auparavant, l'attention d'Antoine se porte sur une enveloppe. Elle se trouve à terre, à quelques mètres de lui. Curieux, le jeune homme la ramasse. Sur celle-ci, il peut lire le mot **ANONYMES**, en gras et en lettres capitales. À droite de ce mot, un logo étrange composé d'un masque — qu'il ne reconnaît pas tout suite — et de quelques gouttes de sang. Ne sachant pas de quoi il s'agit, il s'enferme chez lui avant de l'ouvrir.

Le trentenaire en sort une lettre manuscrite, dont l'écriture est extrêmement soignée. Voici ce qu'il lit, debout devant la cuisine :

Cher Antoine, nous savons tout de vos activités nocturnes régulières. Loin de nous l'idée de vous juger. Cependant, nous nous doutons que vous devez vous sentir bien seul, à devoir cacher ce que vous faites de vos nuits à votre entourage. Sachez que vous n'êtes pas unique, Antoine.

Le but de cette lettre est de vous aider à assumer ce que vous êtes et à mieux vivre avec votre côté sombre. Nous pourrions aller jusqu'à l'appeler votre « Prince Noir », en référence à Édouard de Woodstock, le fils aîné du roi d'Angleterre Édouard III. Ce surnom lui avait été attribué à cause de la couleur de son armure, mais également à cause de sa noirceur d'âme supposée.

*Nous avons tous un côté sombre. Chez certaines personnes, il est plus développé que chez d'autres. Le but des **Anonymes** est d'aider les gens comme vous à assumer le fait que ce « Prince Noir » prenne un peu plus de place.*

*Antoine, seriez-vous prêt à rencontrer des gens qui sont comme vous ? Si tel est le cas, nous vous donnons rendez-vous, très bientôt, pour une réunion des **Anonymes**. Nous viendrons vous chercher dans 48 heures, au parc de Monsalut, près de chez vous. Venez seul (un détail qui ne fait aucun doute), sur les coups de 20h30.*

Une voiture vous attendra pour vous conduire sur le lieu où se tiendra notre réunion. Ce lieu devant rester secret, attendez-vous à ce que l'on vous cache la vue. Mais ne prenez pas peur, nous ne vous voulons aucun mal.

*Au plaisir de vous accueillir parmi les **Anonymes**. À bientôt.*

2

Assis derrière son bureau, il est concentré sur l'écran de son ordinateur. Baptiste lit une note extrêmement importante concernant l'organisation pour laquelle il travaille. Il ne fait jamais preuve d'autant de sérieux que quand on lui annonce un changement aussi drastique. Les sourcils froncés, il ne cache rien de son inquiétude. Après tout, il est seul. Il peut laisser ses émotions prendre le dessus.

Alors qu'il termine tout juste de lire ce communiqué et s'apprête à refermer l'écran de son ordinateur portable, on frappe à la porte.

« Entrez », dit le maître de cérémonie.

Il s'agit d'Anthony, son principal homme de main. Sa présence le rassure. Sans cet homme, qui mesure près de deux mètres et doit bien peser cent-dix kilos, il ne serait plus à la tête des *Anonymes* depuis bien longtemps. Si Baptiste est un cerveau, Anthony est son bras armé. Et quel bras !

« Tout est prêt, dit le colosse en entrant dans la pièce.

— Très bien, Anthony. Tu m'en vois ravi.

— Quelque chose ne va pas, patron ? Vous avez l'air soucieux.

— Mince, ça se voit tant que ça...

— Je ne suis pas sûr mais moi, je le vois. Si vous ne voulez pas m'en parler, je le comprendrai.

— Ce n'est pas que je ne veux pas t'en parler. Je ne peux pas tout te dire concernant notre organisation, voilà tout. Mais je vais te dire une chose : on doit redoubler de vigilance. À la prochaine réunion, je vais rappeler les règles. En bonne et due forme. J'espère que ce sera suffisant. »

Sans rien ajouter de plus, les deux hommes se dirigent vers un canapé situé dans le coin du bureau du maître de cérémonie. Baptiste sert deux verres de whisky dans lesquels il plonge deux glaçons. Il tend l'un des verres à son homme de main, qui ne se fait pas prier pour boire.

« Toutes les invitations ont donc été envoyées pour demain ? demande Baptiste.

— Oui, patron. Huit tueurs seront présents lors de la réunion.

— Parfait. Tu sais qui j'ai invité, cette fois ?

— Je sais qu'il y aura des habitués, comme Solène ou encore Dominique.

— En effet. Je compte sur eux pour mettre du rythme et prendre la parole. Ils pourront encourager les autres à se livrer un peu plus. J'ai foi en eux pour continuer à tuer. Tu verras, quand ils raconteront leur histoire plus en profondeur. La vie ne les a pas épargnés.

— C'est bien l'impression qu'ils me donnent, oui. Surtout cette femme.

— Sais-tu aussi qu'il y aura un petit nouveau ?

— Celui qu'on vous a conseillé et qui pourrait être une petite pépite...

— Tout à fait ! S'il apparaît que ce qu'on m'a dit sur lui est vrai, il pourrait faire beaucoup de bien à notre organisation. C'est la raison pour laquelle tu t'occuperas de lui en particulier.

— Que voulez-vous dire par là ?

— Tu sais que je ne te confie que des tueurs qui ont un fort potentiel.

— Ça fait bien longtemps qu'on n'en a pas eu...

— Voilà une raison de plus ! Maintenant qu'il a reçu son invitation, tu vas suivre Antoine de jour comme de nuit. Tu prendras bien qui tu veux avec toi, je m'en fiche un peu. Tant que je t'ai à ses côtés.

— Comme vous voudrez, patron.

— Tu verras, il a un fort potentiel, ce petit. »

Baptiste se lève et invite Anthony à sortir de son bureau. Il a encore des choses à préparer avant la prochaine réunion qu'il animera pour les Anonymes. Son rituel est bien huilé : durant des heures, il s'entraînera à parler devant un miroir disposé au fond de la pièce. Au préalable, il aura écrit son discours, qu'il apprendra par cœur. Voilà comment fonctionne Baptiste, le maître de cérémonie des Anonymes.

3

Antoine ne sait quoi penser. Qu'est-ce que cela veut dire ? Il se demande encore si, pendant toutes ces heures où il a éparpillé les restes du corps de son ancien patron, il a été suivi. Si tel est le cas, il se pourrait qu'il soit en danger. La police pourrait le retrouver.

Il fait les cent pas. Antoine est inquiet. Il tourne comme un lion en cage, tout en se rongeant les ongles. Il tient toujours la lettre dans la main gauche. Malgré tout, il ne cède pas à la panique. Il sait qu'il a encore une chose primordiale à faire : remettre sa cave en état. Sans réfléchir plus longtemps, il se met en mode pilote automatique. Il pose la lettre sur la table basse, près du canapé, et fonce vers le sous-sol.

Avec une énergie retrouvée, Antoine astique le moindre recoin de la pièce exiguë. Il récure l'évier situé dans un coin, qui a reçu des éclaboussures de sang, avant de détacher et blanchir le sol. Une heure et demie plus tard, il ne reste plus aucune trace de l'acte ignoble qu'il a commis dans cette pièce. Il peut remonter dans le salon.

Là, son regard tombe sur la lettre posée sur la table basse. Antoine voudrait dormir quelques heures mais il ne peut pas. Son esprit ne veut pas le laisser tranquille. Les questions se bousculent dans sa tête. Épuisé, il se rend dans la cuisine pour boire un grand verre d'eau. Il sent qu'il a besoin d'une douche chaude après cette nuit d'efforts intenses.

Antoine monte dans la salle de bain, dont le seul mobilier se résume à ce que l'on trouve habituellement dans cette pièce. Rien de plus, rien de moins. Il se déshabille et se glisse derrière la vitre en PVC qui sépare la douche à l'italienne du reste de la pièce. Il fait couler l'eau, en prenant soin de régler la température au plus chaud. À tel point qu'il ne faut que quelques secondes pour que la salle de bain devienne un vrai sauna. La chaleur l'aide à réfléchir. Il se demande encore et toujours s'il a déjà été suivi. Et si tel est le cas, depuis combien de temps.

Ceux qui lui ont adressé cette lettre savent où il habite. Ils ont l'air de tout connaître de ses activités nocturnes. Antoine pourrait donner le nombre exact de personnes mortes sous la lame de sa dague. À ce jour, elles se comptent sur les doigts des deux mains. Son patron est sa neuvième victime. Ont-ils conscience qu'il a tué autant de gens que cela ?

Ils étaient tous, à un moment donné, un problème dans sa vie. Antoine ne dézingue que des gens qui l'empêchent de vivre comme bon lui semble. Robert en est un bel exemple. En plus d'être un enfoiré, un tricheur et un magouilleur, il ne portait pas Antoine dans son cœur. Ce qui était réciproque, cela va sans dire. Ces dernières semaines, il en était venu à lui pourrir la vie.

Antoine fait tout pour gagner honnêtement de l'argent. Sans le passionner, ce travail ne lui déplaît pas pour autant. Il travaille dans le bâtiment, pour cette entreprise qui rejette du plastique dans les lacs de la région. Il a appris le métier sur le tas. Grâce à son investissement, il a pu grimper les échelons. Robert a vite remarqué son côté débrouillard. Voilà pourquoi il lui a proposé un contrat à durée indéterminée. Il en a fait son chef de chantier, un appui essentiel pour le bon fonctionnement de son entreprise. Pourtant, c'est à partir de là que la vie d'Antoine est devenue un véritable enfer. Le patron pouvait l'appeler, de jour comme de nuit, pour lui donner des ordres sur les différents chantiers dont il avait la charge. Assoiffé d'argent et de pouvoir, il s'est immiscé dans la vie d'Antoine. Il ne le supportait plus. Sa seule solution, pour retrouver un peu de tranquillité, était de le supprimer.

Ce principe s'est également appliqué à ses huit autres victimes : l'une d'elles était une petite amie devenue trop possessive, l'autre un homme qui se prétendait son ami et lui demandait toujours des services sans rien lui donner en échange. Sa quatrième victime était même un membre de sa famille. Il s'agissait d'un cousin éloigné, dont tout le monde se plaignait. Depuis l'adolescence, il avait des problèmes avec la justice. Ses parents avaient coupé les ponts avec lui. Du jour au lendemain, il était entré dans la vie d'Antoine, apportant ses galères avec lui. Au début, le jeune homme avait voulu l'aider. Il l'avait hébergé pendant trois mois, jusqu'à se rendre compte qu'il lui piquait de l'argent pour s'acheter de la cocaïne. C'était la goutte d'eau qui avait fait déborder le vase. Sans plus attendre, Antoine l'avait enfermé dans sa cave, torturé et assassiné.

Il repense à tous ces meurtres, alors que l'eau brûlante s'écoule sur sa peau rougie. Avec toujours cette question en lui, qui s'est incrustée à travers les pores de sa peau et ne veut plus le quitter.

Que savent-ils réellement ?

Antoine coupe l'eau, attrape son peignoir blanc et sort de la douche. Il s'enroule dans le vêtement en microfibre et enfile ses chaussons, les pieds encore mouillés. Il retourne dans le salon, s'assoit sur le canapé et reprend la lettre. Il la relit deux fois. Il doit bien reconnaître une chose : s'il ne sait pas qui ils sont, ces gens ont réussi à attiser sa curiosité.

Cependant, Antoine se montre méfiant et prudent. Une sorte de prérequis pour un serial killer. Il ne veut pas se jeter dans la gueule du loup et se rendre au rendez-vous donné par ces Anonymes avant d'en savoir plus sur eux. Il se demande encore une chose : où chercher ?

Il a bien sa petite idée : sur le Dark Web. Il sait que l'on peut trouver tout genre d'informations sur les organisations les plus secrètes. Tout est possible dans cette antichambre de l'internet.

Ainsi, Antoine se connecte à son ordinateur portable et lance le logiciel TOR. Celui-ci lui permet ensuite de naviguer, incognito, sur le Dark Web. Via un moteur de recherche, il tape le mot *Anonymes* et laisse la machine faire sa propre recherche. Ce n'est pas comme sur Google. Il n'obtient pas des milliers et des milliers de résultats pour une seule recherche. Antoine se retrouve avec seulement une dizaine de propositions.

Il consulte tous les sites qui lui sont proposés mais un seul lui apporte les informations qu'il espère trouver. Antoine tombe sur un forum qui échange sur ce qui semble être une organisation très structurée. Il lit attentivement le texte qui défile devant ses yeux.

Les *Anonymes*. Il s'agit d'une société secrète, dirigée par un homme appelé le maître de cérémonie. Il a les pleins pouvoirs sur l'organisation et en fait ce qu'il veut. C'est lui qui décide quand organiser une réunion, comme celle proposée dans la lettre adressée à Antoine. Il décide également du nombre d'invités. En quoi consistent ces réunions ? Quel en est le but ? Antoine doit creuser un peu plus pour obtenir un début de réponse.

Il a beau chercher, il n'obtient qu'une seule information supplémentaire. Elle lui est offerte par un internaute qui se cache derrière un pseudonyme et qui, visiblement, a déjà assisté à une de ces réunions. Le but serait ainsi de créer des interactions sociales dans une frange de la population souvent rejetée. *Tu m'étonnes, personne n'est rassuré quand on découvre qu'on tue des gens*, pense Antoine. Mais il n'y croit pas. Selon lui, il y a autre chose. La force du nombre. L'idée est-elle de créer une organisation si puissante que même la police ne peut plus retrouver et arrêter les tueurs qui en font partie ? Antoine voudrait en savoir plus. Dénicher les secrets inhérents aux Anonymes. Il est décidé : il se rendra sur le lieu du rendez-vous, dans moins de deux jours.

Et si c'était un piège tendu par la police ? Antoine se montre hésitant, malgré tout. Il a envie d'y aller, mais il n'est pas encore sûr de la bonne attitude à adopter. Quoi qu'il en soit, il a moins de quarante-huit heures pour réfléchir avant de prendre une décision définitive.

Quelques heures plus tard, au petit matin, Antoine se rend au siège de l'entreprise pour laquelle il travaille. Il n'a pas dormi de la nuit. Il a fermé les yeux pendant une heure sans pour autant plonger dans un sommeil profond. Il s'est contenté de somnoler. Les bureaux de l'entreprise se trouvent à Pessac, à quelques kilomètres de Bordeaux. Comme si de rien n'était, il arrive aux alentours de huit heures et demie. Comme tous les matins. La secrétaire, une jeune femme de vingt-sept ans, lui apprend qu'elle n'a pas vu le patron depuis son arrivée une demi-heure plus tôt. Elle s'appelle Claire. C'est une jolie brune aux cheveux courts et à la peau mate. Elle a un petit ami, ce qui ne l'empêche pas d'afficher son plus beau sourire chaque fois qu'elle voit Antoine. Cependant, l'absence du patron l'inquiète.

Cela lui semble anormal. Habituellement, il arrive avant tous les employés. Antoine doit la jouer fine. Il se montre surpris. Il tente de rassurer la secrétaire.

« Il est peut-être malade, dit-il à la jeune femme.

— Robert, malade ? Depuis trois ans que je travaille ici, jamais il n'a été absent une seule journée. Même avec une grosse grippe, il est venu l'hiver dernier. Il est prêt à prendre le risque de tous nous contaminer pour gagner de l'argent. Tu le connais aussi bien que moi. Non, je sens qu'il y a autre chose.

— Tu crois qu'il a eu un accident ? tente Antoine.

— Je ne sais pas. Peut-être.

— Mince, ce serait pas de chance !

— Ouais. En attendant, je sais qu'il avait prévu de t'envoyer sur un chantier, à Biscarrosse.

— Aussi loin ?! Il aurait pu me prévenir avant...

— Je sais, je sais. J'espère que vous n'aurez pas trop de bouchons.

— Bon, je vais rassembler les gars et y aller sans plus tarder.

— Antoine ? Tu crois que Robert va bien ? »

C'est le moment que le jeune homme redoute le plus après avoir passé une nuit aussi agitée. Devoir mentir à son entourage et à celui de sa victime pour ne pas se faire repérer. Il arbore alors un masque qui fait de lui une personne complètement différente.

« Claire, je suis sûr qu'il n'y a rien de grave et qu'il y a une explication logique », dit-il à la jeune secrétaire avec son plus beau sourire, qui la fait fondre malgré le fait qu'elle soit déjà en couple.

La journée se passe sans accrocs, malgré plusieurs messages de la part de Claire. Plus les heures passent et plus elle se montre inquiète. Antoine ne répond pas à tous les SMS qu'il reçoit. Il a du travail. Il doit temporiser. Cependant, la graine est plantée. Les employés de l'entreprise parlent entre eux. La nouvelle de la disparition de leur patron se répand vite.

Le soir, sur le chemin du retour, ils se mettent à en parler. Antoine tente de se montrer inquiet, lui aussi. Les hommes en viennent à la conclusion que Robert a pu avoir un accident, qu'il a pu mourir ou se faire enlever. Antoine tente de leur faire comprendre que la vie, ce n'est pas comme les séries qu'ils peuvent regarder sur Netflix. Pourquoi aurait-on voulu enlever leur patron ? Personne n'est capable de répondre à cette question.

Cependant, la disparition de Robert se fait remarquer. Heureusement pour lui, Antoine s'est montré méticuleux. Il faudra beaucoup de temps pour retrouver les restes de son ancien patron. Si on les retrouve un jour. En attendant, ils vont peut-être devoir s'inquiéter pour leur avenir professionnel. Sans personne à la tête de cette entreprise, elle pourrait vite mettre la clef sous la porte.

Pendant deux jours, Antoine jongle entre le désir de découvrir l'organisation qui se cache derrière la lettre qu'il a reçue et la crainte de se jeter dans la gueule du loup. Ses sens sont en éveil quand, le soir, il retombe sur le bout de papier écrit à la main. Il décide finalement qu'il se rendra à l'endroit indiqué. Il brûle d'envie d'en savoir plus sur les vrais objectifs de cette organisation secrète. Il prendra ses précautions et cachera un opinel en bois de hêtre dans la poche de son jean. S'il sent qu'il s'agit d'un piège tendu par la police, il trouvera toujours un moyen de s'échapper.

Durant les heures précédant le rendez-vous, Antoine poursuit sa vie comme si de rien n'était. La disparition de son patron s'est répandue comme de la poudre à canon. Tout le monde est au courant. Claire, la secrétaire, s'inquiète de plus en plus. Elle a appelé la femme de Robert, qui ne sait pas non plus où il a pu passer. Cette dernière a déjà appelé la police, qui lui a conseillé d'attendre deux jours avant de signaler la disparition de son mari.

Seul Antoine le sait, mais il garde le silence à ce sujet. Quand on lui parle du patron, il reste évasif. Il émet des hypothèses, comme tous les employés. Il participe parfois aux discussions de comptoir, devant la machine à café, pour ne pas éveiller les soupçons.

La vie suit son cours. Robert a disparu. Tout le monde connaît son attirance pour les jeunes femmes aux cheveux blonds. Finalement, la rumeur se répand. Il aurait abandonné sa famille pour une gamine de moins de trente ans. Voilà tout. Pas un mot pour son épouse, ni pour ses enfants.

Cette hypothèse arrange Antoine qui, sans la mettre en avant, ne la réfute pas.

Le temps passe. On se rapproche inexorablement de l'heure du rendez-vous. En rentrant du chantier sur lequel il travaille, du côté de Biscarrosse, Antoine se change. Il enfile un pantalon noir, un tee-shirt de la même couleur et un sweat à capuche gris. C'est sa façon à lui de rester discret. Avant de sortir, il glisse un petit couteau dans la poche gauche de son jean et enfile une casquette. Il est fin prêt. Il peut se rendre à pied jusqu'au parc de Monsalut.

Arrivé devant l'entrée du parc, Antoine a un mouvement d'hésitation. Son rythme cardiaque s'accélère. Il a les mains moites. Il ne peut plus faire machine arrière. Il entre par le petit portail mais ne sait pas où aller. Les sens en alerte, tendu, il marche pendant quelques minutes sur un chemin de terre. Il aperçoit un banc et s'assoit dessus.

Antoine n'a rien d'autre à faire qu'attendre. Il est nerveux. Il se ronge les ongles. Il a envie de se lever. Il voudrait partir en courant. Cela pourrait lui éviter de tomber dans le piège qui lui est tendu. Une seule chose le fait rester : l'envie de savoir qui se cache derrière la lettre qui lui a été envoyée.

Le jeune homme consulte sa montre. À quelques secondes près, l'heure du rendez-vous est enfin là. Personne à l'horizon. Le parc est terriblement calme. Pas un promeneur. Pas un joggeur. Et s'il s'agissait d'une blague ? Peut-être est-on en train de le filmer, à son insu, pour un canular ? Les jeunes en raffolent sur YouTube. Cela ne serait pas bon pour la discrétion, si chère à Antoine.

Cinq minutes passent. Le trentenaire se lève. Il fait le tour du banc sur lequel il était assis. Il guette tout autour de lui. Toujours rien. Pas âme qui vive. Il doit prendre une décision. Attendre encore ou rentrer chez lui ?

Soudain, il entend le bruit d'un crissement de pneus. La route n'est pas si loin. Son regard se dirige vers l'entrée du parc de Monsalut. Au loin, Antoine reconnaît le véhicule. Il est noir. Aucune inscription sur la carrosserie. Il s'agit bien du même fourgon que celui qui est passé devant chez lui, quelques jours plus tôt. Celui-là même qui a laissé tomber cette lettre qui est encore posée sur sa table basse.

D'un pas lent, le trentenaire s'approche du portillon par lequel il a pénétré dans le parc. Le fourgon est à l'arrêt. La porte coulissante s'ouvre. Deux hommes en sortent. Ils ont une carrure de catcheurs. Ils portent un costume noir, ainsi qu'un masque étrange qui cache leur visage.

Antoine déglutit. Son opinel ne lui servirait à rien s'il avait besoin de se battre avec eux. En moins de temps qu'il ne faut pour le penser, ces deux hommes le maîtriseraient. Sans aucune difficulté.

L'un des deux fait signe à Antoine d'approcher. Il avance à petits pas. Quand il franchit le portail et sort du parc, le deuxième homme s'approche de lui. Il tient un objet dans la main gauche. Sans rien dire, il le brandit au-dessus de la tête du jeune homme. Il s'agit d'un sac en tissu noir. Antoine est trop tétanisé pour protester. Il laisse le colosse lui enfiler le sac sur la tête. Sa vision se brouille. Il est plongé dans le noir.

Il sent deux mains lui empoigner les bras. Sans opposer aucune résistance, Antoine se laisse guider jusqu'à l'intérieur du fourgon. À aucun moment les deux hommes ne le brusquent. Ils l'aident à s'asseoir. Antoine entend le moteur du véhicule qui redémarre. On lui attache sa ceinture. Le fourgon se met en mouvement.

Le trajet dure environ quarante-cinq minutes. Le trentenaire perd toute notion d'espace et de temps. Il ne sait pas où on l'emmène. Ni ce qui l'attend. Et si on lui voulait du mal ? Et s'il s'agissait d'un autre tueur en série, qui voudrait mettre fin à ses jours ?

À l'intérieur du sac posé sur sa tête, Antoine transpire. Il suffoque. Il tousse par intermittence. À un moment, il sent une main se poser sur sa poitrine. Un des deux colosses tente de le calmer. Le jeune homme sent que le véhicule s'engage sur l'autoroute. Il se doute qu'on l'emmène dans un endroit isolé.

Quand le fourgon quitte la voie rapide, il roule encore pendant une vingtaine de minutes avant de s'arrêter. On stoppe le moteur. Un des hommes en noir ouvre la porte coulissante et sort du véhicule. Il prend Antoine par le bras et l'invite à le suivre. Le jeune homme se retrouve debout, à côté du fourgon noir. Il espère qu'on va vite lui retirer ce sac qu'il ne supporte plus.

Cependant, il doit encore le garder quelques secondes de plus. Le temps qu'on le fasse marcher jusqu'au perron d'une habitation. Là, c'est la libération. Antoine inspire un grand coup avant même d'ouvrir les yeux.

Les deux hommes se tiennent à ses côtés. Antoine observe le bâtiment en pierres qui se dresse devant lui. Il s'agit d'un manoir d'un seul étage, qui ne paye pas de mine. Il a été construit au beau milieu d'un immense terrain, orné d'arbres fruitiers et de fleurs en tout genre.

Le temps qu'Antoine observe l'environnement dans lequel il se trouve, la porte d'entrée s'ouvre. Un homme apparaît sur le pas de la porte. La cinquantaine, les cheveux courts et une petite barbe de trois jours. Sur son nez, il porte un masque en forme de bandeau, du genre de ceux que l'on pouvait voir dans l'ancien temps, dans les pièces de théâtre.

Il n'a rien à voir avec les deux hommes baraqués qui entourent Antoine. Le jeune homme pense qu'il s'agit du maître de cérémonie. Son regard observateur l'amène rapidement à une déduction. Il doit s'agir d'un homme riche, qui doit s'ennuyer. Pour passer le temps, il n'a trouvé qu'un seul moyen : réunir entre eux des tueurs en série. Comme une sorte de réunion des alcooliques anonymes. Option hémoglobine.

Le quinquagénaire se présente avec un grand sourire. Il se montre accueillant. Il ouvre grand les bras et invite Antoine à entrer. Le jeune homme grimpe les quatre marches qui le mènent à l'entrée du manoir. Son hôte lui dit alors :

« Bonjour Antoine, nous n'attendions plus que vous. Soyez le bienvenu à cette réunion des Anonymes. »

4

Quand il entre dans le couloir qui mène à la pièce principale de cette bâtisse, Antoine entend la porte claquer derrière lui. Il traverse un vestibule qui mène droit au grand salon. Il passe à côté des escaliers, situés à sa gauche et dont l'accès semble interdit aux personnes invitées à cette réunion si particulière. L'homme qui a accueilli Antoine marche derrière lui. Les deux colosses ont disparu. Ils sont restés dehors.

Le maître de cérémonie sort les mains de derrière son dos. Il tient un masque blanc et noir, avec une large moustache, un bouc, un sourire et des joues rouges. Antoine le reconnaît : il s'agit du même que ceux que portent les gens appartenant au groupuscule des *Anonymous*. La représentation stylisée du personnage historique Guy Fawkes. Il ne peut s'empêcher de faire le lien et sourit malgré lui.

« Je vois que ce masque ne vous est pas inconnu, lui dit le maître de cérémonie, dont la barbe est parfaitement taillée.

— Non, en effet, se contente de répondre Antoine.

— Bien. Vous comprendrez donc ce que je vais vous demander, n'est-ce pas ?

— Vous voulez que je me cache derrière ce masque. Pour que les participants à cette réunion ne puissent pas me reconnaître. C'est de bonne guerre.

— Je vois, Antoine, que votre intelligence n'est pas une légende.

— Que savez-vous sur moi ? se hasarde-t-il à demander.

— Je ne suis pas autorisé à en parler. Il y a certaines règles en vigueur ici. Je vous invite à enfiler ceci sans plus tarder et à me suivre. Vous allez rejoindre les autres et comprendre tout cela par vous-même. »

Quand il arrive dans la grande pièce au bout de l'antichambre, Antoine peut voir qu'il y a déjà plusieurs personnes assises sur de simples chaises disposées en cercle. *Comme pour les alcooliques anonymes*, pense-t-il. Le quinquagénaire l'invite à prendre place sur la seule chaise encore libre. Quant à lui, il reste debout, face à cette assemblée peu commune.

Une fois assis, Antoine observe les gens qui l'entourent. Il y a des hommes comme des femmes. Il se doute pourtant qu'il est en présence d'autres tueurs en série. Ce qui n'est pas fait pour le mettre à l'aise.

L'attention d'Antoine se porte sur le maître de cérémonie, cet homme habillé d'un jean et d'un pull à col roulé, qui l'a accueilli à l'entrée de la bâtisse. Ce dernier ne laisse pas le temps à ses convives de se découvrir. Il prend la parole. Sa voix enjouée capte l'attention de tout le monde.

« Mesdames et messieurs, soyez toutes et tous les bienvenus à cette nouvelle réunion des Anonymes ! Certains commencent à être des habitués mais il y a des nouveaux parmi nous, ce soir. Nous verrons bien s'ils veulent se présenter. Ce n'est pas une obligation, loin de là. S'ils préfèrent se contenter d'observer, c'est leur droit. Cependant, il y a certaines règles à respecter ici. Et en dehors de cet endroit. J'espère que vous en avez toutes et tous conscience. »

L'homme barbu, qui porte seulement un masque sur les yeux ainsi qu'un bonnet noir vissé sur la tête, marque une pause. Un à un, il regarde les huit personnes qui composent l'assemblée. Antoine comprend que c'est un grand orateur. Il saisit que ce qu'il se passe ici est plus que sérieux. Il n'est pas tombé dans un mauvais piège. Cette communauté de serial killers, qui semble se réunir pour partager leurs exploits, existe réellement.

« Ici, vous portez toutes et tous le même masque, reprend l'homme qui se tient debout face à eux. La raison est simple : vous ne devez pas vous reconnaître entre vous. Vous commettez toutes et tous des actes répréhensibles aux yeux de la justice. Loin de moi l'idée de vous juger. Mais c'est comme ça que le monde fonctionne. Si vous ne savez pas qui sont les autres participants aux réunions, vous évitez de vous mettre en danger. Et de les mettre en danger. »

C'est de bonne guerre, pense Antoine. *Rester discret, tel est le credo numéro un du tueur en série. Je suis prêt à accepter cette première règle.*

« Autre règle importante, si vous parlez entre vous à la fin de la réunion, ce qui est autorisé, vous ne devez divulguer ni votre nom ni votre adresse. Nous serons inflexibles à ce sujet. Et je peux vous assurer que nous le saurons si vous donnez de telles informations. Comme on dit : les murs ont des oreilles... »

L'homme ne semble pas rigoler. Il est on ne peut plus sérieux. Antoine ressent une certaine tension dans l'assemblée. Deux personnes baissent la tête, comme si elles avaient déjà enfreint l'une de ces règles. Quelle est la sanction ? Comme s'il avait entendu sa question, l'homme barbu répond :

« Les sanctions peuvent être lourdes, certains le savent déjà. Si vous montrez votre visage, donnez votre nom ou toute information personnelle vous concernant, nous pouvons aller très loin. La plus simple des sanctions est de vous bannir de cet endroit. Ce qui peut s'avérer risqué pour nous. Mais s'il le faut, je peux vous assurer que nous sommes prêts à aller jusqu'à vous tuer. »

La simplicité avec laquelle le maître de cérémonie débite son discours glace le sang. Antoine en a des frissons dans le dos. Dans quoi a-t-il mis les pieds ? Ce qui est sûr, c'est que l'homme parvient à faire son effet. Personne n'aurait envie, connaissant les sanctions, d'enfreindre les règles établies.

« Maintenant que les règles de base ont été rappelées, nous pouvons démarrer. Qui désire prendre la parole en premier ? »

Antoine observe. Il n'a aucune envie d'intervenir. Il n'aura pas à le faire. Pas tout de suite. Deux mains se lèvent, laissant le choix au maître de cérémonie. Il désigne une jeune femme, assise sur la gauche d'Antoine, deux chaises plus loin.

« Solène, veux-tu bien débuter ? demande-t-il avec une certaine douceur dans la voix.

— Oui, répond la jeune femme.

— Bien. Veux-tu nous rappeler ce qui t'a amené à tuer des gens ?

— Eh bien, mon beau-père me violait et me battait. Quand j'ai eu dix-sept ans, j'ai décidé que c'était fini. Je ne voulais plus qu'il pose ses sales mains sur moi. J'ai essayé de l'empêcher de me toucher, mais tout ce qu'il comprenait, c'était la violence. Il ne m'a pas laissé le choix. Un jour, j'ai caché un marteau sous mon oreiller. Quand il s'est glissé sous mes draps pour faire sa petite affaire — comme il le faisait régulièrement — je l'ai frappé à la tête. J'aurais pu le cogner seulement une ou deux fois, le blesser pour qu'il comprenne. Mais je savais qu'il y aurait des représailles. Alors j'ai frappé, encore et encore. Jusqu'à ce qu'il y ait du sang partout.

Jusqu'à ce que je n'entende plus la respiration de ce gros porc. »

Antoine prend les mots de cette jeune femme de plein fouet. La violence. Sa force de caractère. La simplicité avec laquelle elle déballe son histoire. Se sent-elle soulagée de pouvoir en parler ici ?

Sous son masque, Antoine ne peut pas voir son visage. Il ne peut que l'imaginer. Sa voix lui donne un indice : elle est encore jeune. Elle n'a pas plus de trente ans, il en est sûr. La seule chose qu'il peut observer, avant que Solène ne poursuive, ce sont ses cheveux blonds et ses doigts fins, qu'elle n'a de cesse de tordre dans tous les sens.

« Tu aurais pu en rester là, Solène, reprend le maître de cérémonie. Tu aurais pu laisser la justice faire son travail et plaider la légitime défense. La police aurait enquêté et se serait rendu compte que cet homme te violait. Qu'en penses-tu ?

— Non, je savais que je n'obtiendrais jamais gain de cause. Cet homme, mon beau-père, pouvait avoir de l'influence. Il en avait énormément sur ma mère. Elle ne savait même pas qu'il me frappait et me violait. Ce salaud s'arrangeait toujours pour me cogner à des endroits où cela ne se verrait pas. Il m'interdisait de m'habiller trop court, même en été. J'avais chaud mais peu lui importait. Son vice devait rester un secret aux yeux de ma mère.

— Je comprends. C'est la raison pour laquelle, comme tu l'as expliqué lors d'une précédente réunion, tu t'es enfuie.

— Oui. J'ai préféré m'en aller avant que maman ne soit rentrée. J'ai pris l'essentiel : quelques affaires de rechange et de l'argent. Je n'en avais pas beaucoup, mais cela m'a suffi à m'en sortir.

— C'était il y a combien de temps ?

— Cela va faire dix ans. »

Antoine enregistre cette information et se met à réfléchir. Cette jeune femme, si elle a tué son beau-père à l'âge de dix-sept ans, en a aujourd'hui vingt-sept. Il ne sait pas encore ce qu'il fait exactement dans cet endroit mais il accueille les choses comme elles viennent. Entendre l'histoire d'une autre personne capable d'ôter la vie semble le rassurer.

« Que s'est-il passé durant ces dix années ? reprend leur hôte, qui se tient toujours debout, les mains jointes. Qu'as-tu fait qui expliquerait ta présence parmi nous ?

— J'ai continué à tuer, répond Solène de but en blanc. En quelque sorte, on pourrait dire que j'y ai pris goût.

— Ah, tu le reconnais, désormais ! Je vois que tu as progressé depuis la dernière fois. Solène, je tiens à te féliciter !

— Je suis devenue une tueuse en série, poursuit la jeune femme sans prêter attention à la remarque du maître de cérémonie. Cela ne m'est pas venu du jour au lendemain. J'ai galéré à trouver un logement, puis un emploi. Je n'avais pas encore passé mon bac. Par chance, j'ai trouvé un foyer qui m'a accueilli. Grâce à l'argent que j'avais, j'ai pu me payer des études dans la puériculture. J'ai ensuite trouvé une place en crèche. Là, je me suis aperçue que je pouvais reconnaître les pères de famille qui avaient de mauvaises intentions. Jamais je ne me suis trompée. Je les voyais arriver de loin. J'enquêtais sur eux. Et quand je me rendais compte qu'ils violaient ou frappaient leurs enfants, j'en faisais mes victimes. J'adore voir leur regard perdu quand ils sont face à moi et qu'ils comprennent que je vais en finir avec leur vie minable. Je n'en ressens pas de la joie, mais un grand soulagement pour ces enfants et ces adolescents qui pourront enfin vivre une vie normale.

— Excuse-moi de te couper, Solène. Comment fais-tu pour tuer ces pères de famille ? Comment est-ce que tu t'y prends pour ne pas le faire devant leur femme ou leurs enfants ? Si je te le demande, c'est que cela peut être inspirant pour les autres membres de cette communauté. »

Une communauté. Est-ce vraiment de cela qu'il s'agit ? Antoine ne se sent pas membre de quoi que ce soit. Il ne veut pas être enrôlé dans une sorte de secte. Encore une fois, il prend les mots comme ils viennent. Il les assimile. Se met en réflexion. Plus tard, quand il sera rentré chez lui, il en tirera des conclusions.

« Ce n'est pas très flatteur, mais j'use de mes charmes pour attirer ces gros porcs dans mes filets. Vous ne pouvez pas voir mon visage, donc vous devez me croire sur parole. Je suis une jolie femme. Je plais à ces pères de famille, qui sont sans scrupules. Il suffit que je les drague pendant quelques semaines pour qu'ils m'invitent au restaurant. Là, je les fais boire. En général, ils deviennent volubiles. Tout cela me conforte dans ce que je fais. Ensuite, je les invite chez moi et j'en fais ce que je veux. Je les torture et ils finissent par avouer ce qu'ils font subir à leurs propres progénitures. J'habite dans un immeuble, mais je possède une petite cave en sous-sol. J'y ai emménagé ce que j'appelle ma zone de travail. J'enferme mes futures victimes dans la cave. Je les attache. J'attends qu'ils dessoûlent un peu. Je veux qu'ils aient pleinement conscience de ce qui leur arrive. Au bout d'une heure ou deux, jamais plus pour ne pas alerter le voisinage, je redescends les voir. Là, ils me supplient de les libérer. Jamais je ne l'ai fait. J'ai acheté une batte de baseball. C'est encore plus efficace qu'un marteau. Je frappe ces hommes sans cœur jusqu'à ce que mort s'en suive.

— Que fais-tu des corps une fois que ces hommes sont morts ?

— Je les abandonne dans une décharge. Je n'ai pas trouvé mieux, même si quand j'écoute les histoires des autres participants aux réunions, je vois que certains d'entre vous ne manquent pas d'imagination. Pour ma part, il m'importe peu qu'on retrouve les corps sans vie de ces gros porcs. Je fais juste attention qu'on ne me retrouve pas. Je porte des gants pour ne pas laisser d'empreintes. Je porte toujours un bonnet quand je rejoins mes victimes dans la cave pour les tuer. Pour éviter de laisser tomber des cheveux. Enfin, je les déshabille avant de jeter leurs corps. Et je brûle leurs vêtements.

— Sages précautions. Qui doivent être efficaces, puisque la police ne t'a pas encore attrapée.

— Non. Il faut dire que j'ai changé plusieurs fois de région. Quand j'étais enfant, je vivais en Bretagne. Puis j'ai bougé en Normandie et dans le nord du pays. J'ai failli me faire attraper, il y a quatre ans. C'est à ce moment-là que j'ai décidé de venir habiter dans le Sud-ouest. Je me suis d'abord cachée dans le Pays basque, puis je suis remontée dans la région bordelaise.

— Très bien. Merci d'avoir partagé ton histoire, Solène. »

Pendant que la jeune femme termine son récit, Antoine pense à la façon dont il pourrait raconter sa propre histoire. Serait-il capable de dire quand et où tout a commencé pour lui ? Pourrait-il décrire ce qu'il ressent exactement, au plus profond de son être, quand il ôte la vie d'un homme ou d'une femme ?

Il n'en sait rien. Il ne sait même pas s'il a envie de se prêter à cet exercice. Entendre l'histoire de Solène lui fait comprendre qu'il n'est pas seul à avoir ce qu'ils ont appelé un « Prince Noir », dans la lettre qu'ils lui ont envoyée. Ce qui peut se montrer réconfortant. Il n'empêche qu'il ne pense pas être encore prêt à partager cette part sombre de lui-même.

5

La réunion suit son cours. Pendant quelques secondes, le silence règne dans le salon où tous ces tueurs en série sont réunis. Le maître de cérémonie sait y faire. Il laisse tout ce beau monde assimiler l'histoire sombre et glauque que la jeune blonde vient de raconter. Ensuite, cet homme qui les reçoit dans cette demeure dont ils ne connaissent quasiment rien prend de nouveau la parole.

« Chers amis, le récit de Solène peut amener à la réflexion. Il peut vous montrer que vous n'êtes pas seuls mais surtout que chacun a son histoire et son propre rapport avec la mort. Deux mains se sont levées pour prendre la parole. Fabien, c'est ton tour. »

Antoine peut voir plusieurs masques se tourner vers l'homme assis à sa droite. Il connaît désormais son prénom. Il ne verra pas les traits de son visage mais bientôt, il connaîtra son histoire.

« Comme vous venez de le dire, je m'appelle Fabien, dit l'homme d'une voix monocorde. J'ai trente-cinq ans. L'âge, je sais qu'on a le droit de le donner. C'est un détail, mais je tiens à le dire quand même. Moi, ce n'est pas un malheur personnel qui m'a poussé à tuer des gens. Je crois juste que je suis un psychopathe, dans le sens propre du terme. Si vous n'en connaissez pas la définition, la voici : un psychopathe est une personne soumise à un état de déséquilibre psychologique, sans déficit intellectuel.

— Merci pour cette précision, Fabien. Veux-tu en venir aux faits, s'il te plaît ?

— Oui. Pardon. Quand j'étais au lycée, j'ai vite découvert le monde de la pornographie. Mais ce qui me plaisait, ce n'était pas de voir des gens baiser. Non, ce qui me plaisait, c'était la violence dans tout ça. J'ai vite été attiré par les films où il y avait Rocco Sifredi. Il était tellement violent que j'en voulais toujours plus. Ce qui m'a amené à me perdre sur internet. À l'époque, plusieurs sites glauques fleurissaient sur la toile. Il n'y avait pas encore de censure, je pense que personne ne croyait qu'il pouvait y avoir de telles déviances. Bref, j'ai fini par atterrir sur un site qui s'appelait *Rotten*. Ça veut dire *pourri*, en anglais. Sur ce site, on trouvait des photos de gens qui étaient morts dans des accidents atroces. Je me souviens avoir vu la tête d'un homme défoncée par des pales d'hélicoptère. C'était hyper glauque, mais moi ça me plaisait. Là où j'ai compris que ce n'était pas normal, c'est quand j'ai voulu partager ça avec mes camarades de classe. Certains, ça les faisait rire, mais c'était juste le fait que des gens aient pu mourir dans des accidents aussi cons qu'atroces. Ils aimaient moins voir les corps meurtris. Moi, c'était ça qui me plaisait.

— Je crois que nous comprenons bien où tu veux en venir, Fabien, l'interrompt le maître de cérémonie. Mais cela ne fait pas de toi un serial killer.

— Non, c'est sûr. Mais vous comprendrez qu'en devenant adulte, il m'en a fallu plus. Il était hors de question que je baise des femmes avec autant de violence que dans les pornos. OK, ça me faisait rire au début de voir ça, mais quand on aime une personne, je considère que ce n'est pas comme ça qu'on doit la traiter. En revanche, tuer des gens, les torturer, là j'y ai trouvé un réel plaisir.

— Quand as-tu commencé ?

— Je devais avoir tout juste vingt ans. Ça peut paraître cliché, mais j'ai débuté en torturant des animaux. »

Le cliché. Ce Fabien est en plein dedans. Ce qui fait sourire Antoine intérieurement. Le cliché de l'adolescent perdu, qui cherche à découvrir sa sexualité grâce à la pornographie. Qui s'intéresse ensuite aux sévices que l'on peut infliger au corps humain. Qui teste ces tortures sur des animaux, avant de décider s'il veut passer au stade supérieur et tuer des hommes et des femmes.

« Je ne savais pas si j'étais prêt à faire de même avec un être humain. Il a fallu que je passe à l'action pour me rendre compte que c'était plus facile que je ne le pensais. C'était un soir, je devais avoir vingt-quatre ans, je crois. J'étais en voiture et j'ai embarqué un mec qui faisait du stop. Il s'est vite rendu compte que je n'allais pas du tout à l'endroit où il voulait que je l'emmène. Je l'ai conduit dans une cabane abandonnée, à la campagne, à trois quarts d'heure de Bordeaux. Je connaissais cet endroit parce que c'est tout près de là où je vivais avec mes parents, quand j'étais enfant. Bref, je l'ai emmené là et je l'ai torturé toute la nuit. Je m'étais acheté un katana, un sabre japonais. Je suis un grand fan de mangas et de tout l'univers qui tourne autour. J'ai plusieurs armes chez moi. Personne ne se doute que l'une d'elles me sert à tuer.

— Tu as donc torturé cet homme pendant des heures... Et tu as fini par le tuer. Explique-nous comment, demande le maître de cérémonie.

— La première fois que j'ai tué un homme, ce n'est pas vraiment l'acte en lui-même qui m'a plu. Ôter une vie, je comprends que ça puisse être jouissif pour certains d'entre vous. Mais moi, ce qui me plaît, c'est avant tout de faire souffrir mes victimes. Voir jusqu'à quel point elles peuvent encaisser la douleur avant de s'abandonner. J'utilise mon sabre pour trancher et achever les gens que je tue. Mais avant cela, j'ai tout un tas d'outils pour les torturer. Le premier homme que j'ai assassiné, il était tellement amoché, je crois que même sa famille a dû avoir du mal à le reconnaître. J'y étais allé un peu fort. Il n'avait pas résisté bien longtemps mais je m'étais acharné sur son corps. Ensuite, j'ai appris...

— Qu'as-tu appris ? demande le maître de cérémonie, comme pour relancer Fabien, après quelques secondes de silence.

— J'ai appris à y aller plus doucement. À laisser ces hommes et ces femmes accueillir la douleur comme elle vient. À s'en remettre un peu avant de leur envoyer une nouvelle décharge. À les achever quand ils me supplient. Quand j'en arrive à ce momentum, je considère avoir réussi ma tâche.

— Si j'ai bien compris, tu assassines des hommes comme des femmes. Comment choisis-tu tes victimes ? Ont-elles un lien ?

— Au début, il n'y en avait aucun. Je tuais au hasard de mes rencontres. Mais depuis peu, je me suis spécialisé dans les jeunes femmes blondes de dix-huit à vingt-cinq ans. Vous voulez savoir pourquoi ? J'adore les charmer, entrer dans leur intimité ou les faire entrer dans la mienne. J'adore coucher avec elles et ensuite les séquestrer. Pour elles, c'est une sorte d'ascenseur émotionnel. Elles pensent tomber sur un dom Juan, un homme attentionné qui veut les séduire. Mais ensuite, elles se rendent compte que je suis le pire psychopathe sur qui elles auraient pu tomber. »

S'il ne peut pas voir le visage de cet homme derrière son masque, Antoine aperçoit ses yeux, qui brillent d'une lueur vive. Fabien prend beaucoup de plaisir à raconter la façon dont il agit. Il sait que c'est mal, que c'est loin de toute normalité. Mais il s'en fiche. Il semble aimer ce qu'il fait.

Pendant quelques minutes, Fabien poursuit son récit. Antoine en perd quelque peu le fil. Il entre dans des détails sordides. Fabien décrit certaines tortures qu'il inflige à ses victimes. Il explique quels instruments il utilise. Plusieurs fois, le maître de cérémonie semble sur le point de l'interrompre. Cependant, il le laisse faire. Antoine se demande bien pourquoi.

« Bien, on va en rester là, Fabien, dit-il soudain en coupant la parole à ce vrai pervers. Je te remercie. J'espère que tu te sens mieux après avoir raconté ta version des faits. »

Fabien baisse la tête, comme s'il se rendait compte de tout ce qu'il venait de déballer. Le regrette-t-il ou se sent-il simplement soulagé ? Impossible à dire. Quoiqu'il en soit, le maître de cérémonie reprend la parole.

« Vous voyez, l'intervention de Fabien est ô combien importante. Elle nous montre que nous sommes toutes et tous différents. Notre approche de la mort, de la façon dont on l'a donnée, n'est pas la même. Voilà pourquoi il est essentiel de ne pas nous juger. J'insiste sur ce point, notamment pour les nouveaux arrivants. Nous en accueillons d'ailleurs un, ce soir. »

Tous les regards se braquent sur Antoine. Tout le monde semble avoir compris que le maître de cérémonie parle de lui. Il doit être le dernier à avoir accepté de participer à ce genre de réunion.

Antoine a les mains moites. Il ne sait pas comment réagir. Son estomac se contracte. Il est loin d'être à l'aise. Est-ce le fait de se trouver entouré d'autres tueurs ? Dont certains, à l'instar de Fabien, peuvent être totalement dérangés ?

Après quelques secondes de silence, qui semblent durer une éternité du point de vue d'Antoine, leur hôte poursuit.

« Oui, il s'agit bien de toi, Antoine. C'est avant tout pour lui que j'ai de nouveau insisté sur les règles qui régissent notre communauté. Cependant, cette piqûre de rappel n'aura fait de mal à personne. Antoine, si tu souhaites t'exprimer, c'est le moment. Tu n'es pas obligé de rentrer dans les détails, comme Solène et Fabien l'ont fait. »

La gorge serrée, le jeune homme fait un signe de la tête pour exprimer son refus de prendre la parole. Il ne souhaite pas partager son histoire personnelle. Il ne veut pas en dévoiler plus sur son « Prince Noir ». Il préfère l'enfouir au plus profond de son être. Pas éternellement ; mais ce soir, en tout cas, c'est ce qu'il souhaite.

« Bien. Je ne t'oblige à rien, lui dit le maître de cérémonie d'un ton bienveillant. Tu parleras quand tu te sentiras prêt. C'est comme cela que nous fonctionnons. Est-ce que quelqu'un d'autre désire prendre la parole ? Il s'agira de la dernière intervention de la soirée. »

Ils sont huit personnes à être assises en demi-cercle face à leur hôte. Ce dernier attend quelques secondes qu'une main se lève. Aucun autre participant ne semble vouloir parler de la façon dont il tue des gens. Antoine est surpris mais à bien y réfléchir, il les comprend.

Il n'est pas facile de reconnaître que nous avons une part sombre, qui parfois prend le dessus sur notre part rationnelle. Même si nous en avons tous une.

Soudain, une main se lève. Il s'agit d'un homme grand, dont les jambes sont allongées. Il a de grands pieds. Il porte des chaussures renforcées, ainsi qu'un treillis. Au-dessus de son masque de Guy Fawkes, Antoine aperçoit une coupe en brosse. Il pense que cet homme est un militaire ou quelque chose dans le genre.

6

La personne qui prend la parole a une voix posée et stricte. Il semble tout droit sorti d'un film. Antoine pense tout de suite à Jason Bourne ou à une sorte de James Bond des temps modernes.

« Bonsoir tout le monde. Je m'appelle Dominique. J'ai cinquante-deux ans. Vous devez vous en rendre compte en me voyant : je suis un ancien militaire. J'ai servi pour l'armée de terre. J'ai effectué plusieurs missions en Afrique, notamment au Mali. En Afghanistan aussi, où la France a été présente il y a quelques décennies. »

Antoine a vu juste. Que vient faire un militaire à cette réunion censée rassembler des tueurs en série ? Vient-il parler des gens qu'il aurait assassinés au cours de ces missions qu'il est en train d'évoquer ? Cela en ferait un homme différent des autres. Antoine s'intéresse à ce que Dominique s'apprête à raconter. Il ne le quitte pas des yeux. Comme tous les invités à cette réunion, d'ailleurs.

« Je vois bien que vous vous posez toutes et tous une seule question. Oui, j'ai déjà tué des gens dans l'exercice de mes fonctions. Comme tous les militaires ou presque. Souvent, nous n'avons pas le choix. Mais parfois, nous l'avons. Nous décidons quand même d'ôter la vie aux personnes que nous avons en face de nous. On utilise la guerre comme prétexte... Quelle connerie ! On n'ose pas se l'avouer, mais l'Homme est ainsi fait : il aime tuer. L'odeur du sang, ça a quelque chose d'excitant, ne trouvez-vous pas ? »

Antoine voit des signes d'approbation parmi ses camarades d'un soir. À bien y réfléchir, s'il ne bouge pas, il est d'accord avec ce que dit Dominique. Lui aussi aime l'odeur et la vue du sang. C'est ce qui le met en joie. La mort, ce n'est que la finalité de leurs actions. Tout ce qui tourne autour, en revanche, leur permet de combler un vide en eux.

« Je crois que nous sommes à peu près tous d'accord avec toi, intervient le maître de cérémonie. Mais nous ne sommes pas ici pour juger de tes actions en temps de guerre. Explique-nous plutôt pourquoi tu te retrouves parmi nous ?

— Je vais vous l'expliquer, oui. Même si je l'ai déjà fait plusieurs fois. Ce n'est pas ma première réunion mais je commence à accepter mon côté sombre. Bref, à la fin de ma carrière militaire, quand j'ai eu quarante ans, je n'ai pas su quoi faire de mes dix doigts. J'avais tout donné pour notre pays et son gouvernement. Quand j'ai reçu mon premier chèque de retraité, j'ai pensé à une blague. J'avais à peine de quoi vivre ! Sans travailler, je ne pouvais pas subvenir à mes besoins. Ni à ceux de ma femme et de nos deux enfants. N'ayant pas fait de longues études, je n'avais pas beaucoup de choix. Je devais me résoudre à des petits jobs, souvent difficiles. Certains en extérieur, en plein hiver, sous la pluie ou dans le froid. Très vite, j'en ai eu marre. Je ne me voyais pas faire ça très longtemps. J'ai donc cherché des solutions. D'un autre côté, ma vie d'avant, bien plus palpitante, me manquait déjà. C'est là que je me suis perdu sur le Dark Web. J'avais entendu parler d'anciens militaires à qui on offrait un bon paquet de fric pour des missions clandestines à l'étranger. J'ai cherché ces missions, mais je suis tombé sur autre chose : des contrats pour tuer des gens. Je suis devenu ce qu'on appelle un tueur à gages. »

Cette révélation jette un froid dans la salle. Une fois de plus, Antoine a l'impression d'avoir affaire à un personnage tout droit sorti d'un film d'espionnage. Il voit arriver la suite : Dominique va évoquer son passé de sniper et expliquer qu'il parvient toujours à trouver une planque pour tuer des hommes politiques, des banquiers véreux ou d'autres personnes de la haute société devenues gênantes pour ceux qui détiennent le pouvoir.

Antoine va vite découvrir qu'il a raison sur toute la ligne.

« J'ai répondu à une annonce postée sur le Dark Web. Il faut savoir que j'étais un bon tireur quand j'étais chez les militaires. Les dépositaires de l'annonce m'ont permis de devenir une sorte de sniper. Ils m'ont envoyé un fusil que je leur ai remboursé grâce à mes premiers contrats. Ils m'ont expliqué comment mettre en place un plan pour ne pas me faire repérer. La plupart du temps, je trouve un endroit sûr, comme un appartement en location ou à l'abandon. Je me poste à une fenêtre et j'attends que ma cible sorte de son hôtel, par exemple. Puis je lui tire dessus. Impossible de me repérer. Si cette façon de tuer est furtive, elle me procure quand même du plaisir. Je ne sens pas vraiment l'odeur du sang mais je peux sentir la panique autour de la victime. Les gens craignent souvent de se faire tirer dessus à leur tour. Ils se mettent à courir dans tous les sens. Comme des fourmis quand on met un grand coup de pied dans une fourmilière.

— Il y a ici une petite différence avec Solène ou Fabien, ne trouvez-vous pas ? demande le maître de cérémonie.

— Oui, il y en a une, répond Dominique sans plus attendre. Je tue pour de l'argent. Et je gagne un bon paquet de fric grâce aux contrats que j'exécute. Mais je tiens à vous rassurer : c'est la seule différence entre vous et moi. Je prends autant de plaisir que vous quand j'ôte la vie à une personne. On m'appelle tueur à gages, mais je suis aussi un tueur en série. Comme vous. Si on m'enlève ça, je ressens comme un grand vide. Et je ne parle pas que de chiffres en baisse sur mon compte bancaire. J'ai besoin de tuer. C'est viscéral. J'ai fait ça toute ma vie et je crois que je le ferai jusqu'à ce qu'on m'arrête. Ou qu'on me tue...

— Si tu me le permets, j'ai relevé une autre différence, reprend leur hôte. C'est toi qui en as parlé lors de ta dernière intervention, il y a deux réunions de cela, si je me souviens bien. Il s'agit de ce que tu as appelé un code de conduite.

— Oui, c'est vrai. En tant que militaire, j'ai toujours suivi des règles. Je n'en ai jamais dévié. Les ordres sont les ordres. Quand j'ai commencé à exécuter des contrats, je me suis dit que je devais faire tout ce qui est en mon pouvoir pour ne pas mettre ma femme et mes enfants en danger. Je leur ai fait croire que je travaillais dans le privé, en tant que garde du corps, et que c'était ce métier qui me rapportait beaucoup d'argent. Pour le reste, je dois rester très prudent. Quand on me demande de tuer quelqu'un — la plupart du temps un personnage de haut rang —, je me renseigne sur sa sécurité. Ces gens sont souvent entourés d'un ou deux gardes du corps. Ils peuvent aussi être surveillés par la police ou les renseignements généraux. Je m'informe sur tout cela, pour ne pas me faire repérer. Ensuite, je cherche un endroit où me tenir en embuscade. Mon passé de militaire m'aide beaucoup, une fois de plus. Mais si je ne trouve pas l'endroit idéal, j'abandonne. Je mets le contrat en suspens. Je n'en ai jamais refusé un seul mais parfois, je mets plusieurs semaines avant d'atteindre ma cible. Mes commanditaires le savent.

Ils savent aussi que je suis un des tueurs à gages les plus efficaces du marché. J'ai d'autres règles, comme ne jamais tuer ces hauts dignitaires quand ils sont en famille. Je ne m'en prends à eux que quand ils sont dans l'exercice de leurs fonctions. Et quand ce sont des pourris. Ils le sont tous, de toute façon. Mais il y a quelques petites exceptions. Parfois, je dois attendre qu'ils me prouvent qu'ils le sont pour exécuter le contrat. Voilà pour les règles de base. »

Le maître de cérémonie remercie Dominique pour son intervention, ainsi que ses explications sur ses activités. De son côté, Antoine réfléchit de nouveau à l'intérêt d'une telle réunion. Il se demande comment cet homme est parvenu à réunir autant de tueurs. Et surtout, dans quel but.

Antoine est d'un naturel curieux. Il aimerait voir plus que ce salon où leur réunion a lieu. Qui est cet homme ? Est-il riche ? A-t-il beaucoup de pouvoir ? Le jeune homme en vient à se demander s'il connaît déjà tout de ses activités nocturnes. Est-ce qu'on l'aurait vu tuer sa dernière victime et la découper en morceaux ? Ce van noir l'a-t-il suivi, tout au long de la nuit ? Savent-ils où se trouvent les différentes parties du corps de son ancien patron ?

Perdu dans ses pensées, Antoine entend à peine le maître de cérémonie, qui est resté debout pendant plusieurs minutes, leur signifier que la réunion touche à sa fin. Il invite les huit serial killers à prendre un café ou un thé, qui leur a été préparé sur une grande table située derrière eux. Chacun peut également manger les petits desserts qui ont été installés avec les boissons, en respectant une seule règle : interdit d'ôter complètement son masque et de dévoiler son visage.

Ces hommes et ces femmes, le visage caché derrière leurs masques de Guy Fawkes, se dirigent d'un pas lent et peu assuré vers la table où café et thé leur ont été préparés. Ils se servent, chacun leur tour, dans un silence de cathédrale. Ils ressemblent à des oisillons à peine sortis de leur nid. Ils ne savent pas comment s'y prendre pour boire et manger sans ôter leur masque. Dominique, l'ancien militaire, semble plus à l'aise. On voit tout de suite qu'il ne s'agit pas de sa première réunion. Il relève à peine son masque pour faire passer un petit gâteau au chocolat. Puis, il le replace délicatement sur son visage. Il fait de même, quelques secondes plus tard, pour boire une gorgée de café.

Antoine, qui a également pris une tasse du liquide noir, sans sucre, l'imite. Un petit groupe de quatre personnes se forme autour de Dominique et Antoine. Solène et Fabien, les deux autres personnes qui ont pris la parole ce soir-là, les rejoignent. Comme si les trois intervenants de la soirée devaient échanger sur leurs interventions. Comme s'il était de leur devoir d'intégrer le petit nouveau, qui n'a pas osé prendre la parole.

« Cela m'a fait du bien de partager mon histoire, dit Solène de sa voix douce, qui envoûte Antoine chaque fois qu'il l'entend. Pas vous ?

— Oui, c'est vrai que je me sens soulagé, répond Dominique.

— J'ai l'impression d'être moins seule. Je peux enfin côtoyer des gens qui sont comme moi.

— Tu veux dire des tueurs en série ? intervient Fabien. Parce que c'est bien ce que nous sommes.

— Tu as raison. Nous tuons tous et nous y trouvons un certain plaisir. Pas toi ? » demande Solène à l'attention d'Antoine.

Ce dernier est à nouveau perdu dans ses pensées. Il a le regard figé. Il ne bouge plus. Il aime déjà la voix de cette jeune femme à la chevelure blonde. Il aimerait découvrir son visage. Il sait que c'est impossible ; les règles ont été clairement exprimées par leur hôte. Il sait également qu'il pourrait se mettre en danger s'il voyait son visage. Et la mettre elle, en danger. N'empêche. Il aimerait vraiment découvrir à quoi elle ressemble.

« Antoine ? Tu es avec nous ? lance Dominique.

— Oui. Pardon. Je pensais à un truc. Vous avez raison, nous sommes tous des tueurs en série et nous aimons tous ce que nous faisons. Mais personnellement, ça me fait bizarre d'être là.

— Ça m'a aussi fait ça, la première fois, dit Fabien. Cette impression étrange. Ces questions qui se bousculent dans ma tête.

— Ce n'est pas ta première réunion ? lui demande Antoine.

— Non, j'en suis à ma troisième. Et je me pose toujours ces mêmes questions : qui sont-ils et comment ont-ils pu nous réunir ?

— Moi, je me demande comment ils peuvent connaître nos activités. Je veux dire, si vous êtes comme moi, vous devez prendre mille précautions pour ne pas vous faire repérer par la police. Et eux, ils savent qui on est vraiment. Ce n'est pas bizarre, ça ?

— Tu te poses trop de questions, dit Dominique. Je me suis demandé qui ils étaient, moi aussi. Mais dans mon métier, je sais que parfois il vaut mieux ne pas tout connaître sur son employeur. La discrétion est de mise. C'est pour ça que nous avons des masques et que nous ne savons rien les uns des autres. Mis à part nos prénoms. Et c'est bien mieux ainsi.

— Oui, cela pourrait nous mettre en danger d'en savoir plus, intervient Solène. Je comprends ce que tu veux dire et je saisis tes craintes, Antoine. Mais mieux vaut ne pas faire de vagues.

— Ne pas faire de vagues, répète Fabien. Elle est pas mal, celle-là ! S'ils nous suivent pour en apprendre plus sur nous, peut-être que la police nous suit aussi. Tu n'y as jamais pensé ?

— Je ne sais pas, dit Antoine. Dominique a peut-être raison. On se pose trop de questions. »

Le jeune homme tente de mettre fin à cette discussion. Il sent que Fabien pourrait vite monter dans les tours. Par ailleurs, il aperçoit le maître de cérémonie s'approcher d'eux. Il est accompagné d'un de ces colosses, qui pourrait être son garde du corps. Ils doivent faire profil bas. S'écarter du danger.

Alors que Fabien s'apprête à rajouter quelque chose, un homme rejoint le petit groupe qui s'est formé. Il a les cheveux coiffés en pétard au-dessus de son masque. Il marche à vive allure, comme s'il était sous l'emprise d'une drogue. Il prend une part de flan sur la table et s'insère dans la discussion du groupe formé par Antoine, Solène, Fabien et Dominique.

« Salut les gars ! Enfin, je devrais plutôt dire les gars et la fille ! Moi, c'est Killian. J'ai pas voulu parler tout à l'heure, parce que bon... Ce que je fais peut choquer, vous voyez.

— Tu es comme nous tous : tu assassines des gens et tu y prends un malin plaisir, répond Dominique. Tu ne dois pas en avoir honte ; ni avoir peur d'en parler pendant une réunion.

— Oui. Non. Je ne sais pas, en fait ! C'est seulement ma deuxième fois ici. Pour toi, c'est une première, ajoute-t-il à l'attention d'Antoine.

— Oui, c'est ça, répond-il. Et je comprends que ce ne soit pas évident d'intervenir. Moi aussi, j'ai préféré observer avant de parler.

— Ah mais moi, c'est pas que j'ai honte ou quoi ! C'est juste que... Si je raconte mon histoire, il faudra mettre un petit bandeau avec écrit dessus : *Pour public averti*. Vous voyez où je veux en venir ? »

Les quatre tueurs se regardent. Ils ne savent pas comment réagir face à cet énergumène qui, visiblement, est différent des autres personnes réunies ici. Est-il dans un état second ? Impossible à dire mais il ne semble pas tout à fait normal. *De quelle normalité parle-t-on ?* se demande Antoine en son for intérieur.

« Allez, je vais vous raconter un petit bout de mon histoire, vous allez vite comprendre pourquoi je dis ça.

— Tu n'es pas obligé, dit Dominique. Tu peux aussi attendre la prochaine réunion et partager ça avec tout le monde.

— Je ne sais pas si j'en aurai envie. Mais vous, vous me semblez tombés du ciel. Vous avez l'air prêts à entendre mon histoire, après avoir évoqué la vôtre. Allez, je me lance !

— Comme tu veux, intervient Fabien. Tu ne nous laisses pas vraiment le choix, de toute façon.

— Bon, alors voilà : je suis orphelin. J'ai perdu mes deux parents dans un accident de voiture, quand j'avais à peine cinq ans. Du coup, j'ai été baladé de foyer en foyer, de famille d'accueil en famille d'accueil. Il faut dire que je n'étais pas un gamin facile. Perdre si tôt ses parents, ça vous fout en l'air ! Bref, comme je n'ai jamais vraiment eu de famille, j'ai toujours détesté Noël. Quand je voyais les autres gosses avoir plein de cadeaux, je ressentais de la colère. J'en voulais au monde entier de m'avoir pris mes parents avant même d'avoir pu me fabriquer des souvenirs avec eux. En grandissant, tout ça m'a donné des envies de meurtre. Très vite, j'ai pensé faire peur aux gens en me déguisant en un père Noël méchant. Petit à petit, j'ai construit un personnage ; il prend vie dans mon corps et revient tous les ans, au mois de décembre. Pour faire simple, j'enfile un costume blanc, une fausse barbe et je vais dans des familles, un peu au hasard.

— Pourquoi tu te déguises en blanc ? demande Solène. Le père Noël est rouge, comme la couleur du sang...

— Bim ! Tu vises juste toi ! Au début, je me suis déguisé en rouge, comme tout le monde. Mais je ne suis pas tout le monde, ma belle. Quand j'ai vu que je me mettais du sang partout, ça m'a donné des idées. Parce que quand j'assassine une famille entière, c'est une véritable boucherie. Vous devriez voir ça ! Je leur éclate le crâne à coup de massue et il y en a partout. Même la police a du mal à imaginer qu'on puisse commettre de telles horreurs... Bref, je me suis dit que si j'arrivais en blanc, les gens verraient tout de suite qu'il y a quelque chose qui cloche. Et puis, quand je repars, mon costume est plein de sang, donc il est rouge ! C'est pas génial, ça ? »

À peine Killian a-t-il terminé sa diatribe que le maître de cérémonie, accompagné de deux hommes baraqués, fait irruption au milieu du groupe.

« Tout va bien, ici ? demande-t-il. J'ai l'impression que notre ami Killian a vu sa langue se délier. Peut-être un peu trop, même.

— Non, tout va bien, monsieur, dit Dominique, sentant le danger poindre le bout de son nez. Je crois que le café l'excite un peu, voilà tout.

— Bien. De toute façon, nous allons tous vous convier à retourner chez vous. Killian ?

— Oui, monsieur ? répond-il de manière théâtrale.

— Je te prie de bien vouloir nous accompagner. Tu seras le premier à sortir d'ici et à rentrer chez toi. Je crois que cela vaut mieux pour tout le monde. »

Sans broncher, entouré des deux hommes aux allures de gardes du corps, Killian sort du groupe et se dirige vers la sortie. Antoine peut voir le grand sourire du maître de cérémonie, qui est toujours affublé de son masque en forme de bandeau, posé sur ses yeux. Il frappe dans ses mains et dit tout haut :

« Allez, je vous invite toutes et tous à me suivre jusqu'à la porte d'entrée. Il est grand temps que vous rentriez chez vous ! Veuillez me suivre, *ladies and gentlemen* ! »

Tout ce petit monde se regroupe dans le vestibule. Antoine se retrouve à côté de Solène. Ils se regardent. Le temps se suspend. Le jeune homme a l'impression de voir la jeune blonde lui sourire. Il aurait tant souhaité la rencontrer dans d'autres circonstances.

Au fur et à mesure que cette assemblée avance vers la porte, Antoine voit ce qu'il se passe. Il y a autant de colosses que d'invités à la réunion. Quand une personne atteint la porte d'entrée, on lui enfile un sac noir sur la tête. Puis on l'emmène jusqu'à un van. Il y en a sept. Le huitième, dans lequel Killian est monté, est déjà parti.

7

Antoine est le dernier à sortir de cette bâtisse d'un seul étage. Avant qu'on lui mette un sac noir sur la tête, il voit Solène monter dans un des véhicules stationnés devant l'entrée. Puis c'est le noir complet. Le cirque reprend, cette fois-ci à l'envers.

Il sent une main serrer son bras droit. On le guide jusqu'au dernier van, dont la porte coulissante est ouverte. On l'aide à s'asseoir sur la banquette arrière. Antoine entend la portière se fermer. Le moteur démarre. On attache sa ceinture, puis le véhicule se met en route. À nouveau, il semble rouler pendant environ quarante-cinq minutes.

Il fait nuit noire quand on retire le sac de la tête d'Antoine. Il lui faut quelques secondes avant que ses yeux ne s'habituent à l'obscurité. Il reconnaît tout de suite où il est. On vient de le laisser à l'entrée du parc de Monsalut, à Cestas. Pile à l'endroit où on lui avait donné rendez-vous.

Prêt à poser une ou deux questions au colosse qui l'a aidé à descendre du véhicule, Antoine se retourne. Il reste bouche bée. À peine lui a-t-on retiré le sac qu'il avait sur la tête que le van noir disparaît dans la nuit. Noire, elle aussi. L'homme à la carrure de rugbyman n'a pas attendu pour regagner le véhicule qui est reparti sur les chapeaux de roue.

Seul, planté là, Antoine reste figé pendant quelques secondes. Il tâte les poches de son jean et se rend compte qu'on lui a rendu son téléphone portable. Il l'allume pour consulter l'heure. Il est presque vingt-trois heures. Il est grand temps de rentrer.

Il lui faut moins de dix minutes pour regagner son domicile. Dans sa tête, les idées se bousculent. Il ne sait pas quoi penser de cette réunion à laquelle il a assisté. Ni de ses participants. Il repense à Solène, à sa longue chevelure blonde, à sa voix douce et mielleuse. Il repense à Killian, qui a tout d'un fou à lier et qui est parti bien avant les autres.

Qu'est-ce que tout cela signifie ? Pourquoi l'a-t-on invité, ou plutôt forcé, à assister à ce genre d'assemblée ? Qui est cet homme, qui n'a pas complètement caché son visage ? Comment fait-il pour *recruter* tous ces meurtriers ?

Le cerveau saturé de pensées parasites, Antoine arrive enfin devant sa maison. Il compose machinalement le code qui lui permet d'ouvrir le petit portillon. Il avance ensuite vers la porte d'entrée. De façon instinctive, sans se rendre compte qu'on lui avait également pris ses clefs, il les sort de la poche de sa veste et ouvre la porte. La fraîcheur à l'intérieur le surprend. Le jeune homme se rend compte qu'il faisait une chaleur rassurante dans cette grande maison. *Il devait y avoir une cheminée*, pense-t-il. Près de la porte d'entrée, Antoine règle le thermostat du chauffage pour que la température avoisine les 20 °C.

Sourcils froncés, il se dirige vers la cave. C'est le seul endroit où il se sent en sécurité. C'est son antre, là où il agit. Il se remémore encore son dernier meurtre, quelques jours auparavant. Qu'est-ce que cela lui a fait du bien ! Il prend place sur un siège, près de l'établi. Et poursuit ses réflexions, à voix haute cette fois.

« Mais qu'est-ce que c'est que ce truc, les *Anonymes* ? C'est fou, non, ce que je viens de vivre ! Une réunion des alcooliques anonymes version serial killer ? C'est insensé ! Et d'abord, qui est cet homme ? Que nous veut-il ? Si c'est lui qui a créé cette sorte d'association, l'a-t-il fait dans le but de nous faire arrêter pour tous les meurtres que nous avons commis ou veut-il nous encourager à continuer ? Il va falloir que je me renseigne. Il faut que j'en sache plus sur lui et ses activités. Je ne peux pas rester dans le flou. C'est trop dangereux. Cela pourrait me coûter la vie et celle de Solène aussi... »

Voilà qu'il repense à cette jeune femme qui l'a touché en plein cœur. Solène. Qui est-elle ? Où vit-elle, quelle est sa vie en dehors des actions horribles qu'elle peut perpétrer ?

« Reprends-toi, Antoine ! Ce n'est pas le moment de tomber amoureux. Encore moins avec une nana qui participe à ce genre de réunion. Je ne crois pas que cet homme blaguait concernant les règles qu'il a établies. J'ai senti qu'il serait prêt à tuer si on venait à les enfreindre... »

Et pourtant. Quand on lui interdit quelque chose, Antoine est pire qu'un enfant. Cela lui donne envie de faire tout le contraire de ce qu'on lui dit. Il a toujours été comme cela. Une sorte de rebelle des temps modernes. S'il a décidé qu'il verrait le visage de cette jeune femme, il ferait tout pour le voir. Mais il n'en est pas encore là dans ses réflexions. Tout ce qu'il veut, c'est s'assurer qu'il est à l'abri. Qu'il ne pourra rien lui arriver. Qu'il pourra continuer à tuer, autant qu'il le veut. Quand il veut. Où il veut.

Pourtant, ses recherches ne mènent à rien. Comme Dominique, Antoine a l'habitude d'utiliser la face cachée du net : le Dark Web. Il tente de trouver plus d'informations sur cette organisation dont il ne connaît quasiment rien. En vain. Il tente également d'en apprendre plus sur le maître de cérémonie. Il ne connaît pas son nom mais il sait que tout est possible sur le Dark Web. Il lance alors une recherche en se connectant via son ordinateur portable. Pas une seule page internet n'apparaît à l'écran quand il utilise les mots clés qu'il pense être justes. Le maître de cérémonie est discret : il semble être inconnu au bataillon.

8

Quand vient la fin d'une réunion, c'est toujours la même rengaine. Baptiste se sent vidé. Épuisé. Ses hommes de main savent qu'il ne faut pas le déranger. Tant qu'il ne revient pas vers eux, ils ont ordre de ne pas l'importuner. Même Anthony, qui a des droits que d'autres n'ont pas, ne s'aventure pas à monter au premier étage.

Une fois que tous les tueurs en série sont montés dans le van qui les reconduira chez eux, Baptiste s'enferme au premier étage de la grande bâtisse qui a accueilli la réunion des *Anonymes*. Sans passer par son bureau, il se dirige vers l'unique salle de bain de la maison. Là, il retire enfin ce masque en forme de bandeau qui lui cache le haut du visage. Ce masque de carnaval, qu'il porte depuis plusieurs décennies, il aimerait s'en débarrasser. Baptiste se sent exténué. Il aimerait passer la main. Cependant, il sait que ce n'est pas à lui d'en décider. Et pourtant, ne pourrait-il pas proposer un des tueurs qui assistent à ses réunions pour prendre sa place ? Sans rien imposer, il pourrait proposer le nom de l'un d'entre eux. Et il sait lequel.

Baptiste se déshabille complètement et jette son costume dans la panière à linge sale. Ce n'est pas lui qui le lavera. Un de ses hommes s'en occupera. Nu, il marche d'un pas lourd vers la cabine de douche. Il n'a qu'une envie : sentir l'eau brûlante couler le long de son corps, comme pour laver tous ses péchés.

Le maître de cérémonie reste une bonne dizaine de minutes sous l'eau, sans bouger. Les yeux clos, il repense à tout ce qu'il a accompli. À tout le sang versé depuis qu'il a pris la tête des *Anonymes*. Il en a tellement marre. S'il n'en montre rien devant ses hommes, qui le croient si fort, parfois il craque après une réunion. Les larmes se déversent alors le long de ses joues en un torrent sans fin.

Cependant, une fois que la tempête est passée, Baptiste reprend vite ses esprits. Il sort de la douche plus vite qu'il n'y est entré. Il enfile son peignoir et file s'enfermer dans son bureau. Il pourrait se reposer, prendre une soirée et regarder la télévision. Mais il ne veut pas. Garder la tête dans le guidon, quoi qu'il arrive. C'est ce qui lui permet de tenir depuis toutes ces années.

Quand Anthony rentrera, il le verra à la tâche. Il ne se doutera de rien, même s'il commence à bien le connaître. Un peu trop, peut-être. Cependant, il ne pourra pas savoir que son patron, cet homme qu'il respecte autant qu'il le craint, se met à pleurer quand il prend sa douche après une réunion.

Une bonne heure et demie après la fin de la réunion, Anthony est enfin de retour au manoir. C'est comme cela qu'ils appellent cet endroit entre eux. Sans attendre, il se dirige vers le bureau de son patron. Quand il ouvre la porte, Baptiste est encore devant son ordinateur portable, en train de travailler.

« Vous pourriez vous reposer un peu, lui dit-il.

— Pas de repos pour les braves, répond Baptiste en levant les yeux de l'écran. Alors, Anthony. Qu'as-tu pensé de cette réunion ?

— Vous avez bien géré le rythme, comme vous le souhaitiez. Et, comme vous me l'aviez dit, Solène et Dominique ont bien voulu prendre la parole.

— Oui, je comptais sur eux et ils ne m'ont pas déçu. Et puis, Fabien a aussi voulu parler !

— Trois tueurs qui racontent leur histoire au cours de la même soirée, c'est plutôt rare.

— Oui, tu as raison de le souligner.

— Par contre, je n'ai pas du tout aimé la façon dont Killian a agi.

— Ne t'en fais pas pour ça, mon cher Anthony ! Ce problème est déjà réglé.

— Comment ça ? Vous voulez dire...

— Je crois que tu as compris. On n'entendra plus jamais parler de lui et il ne sera plus un problème pour notre organisation.

— Donc, vous vous êtes débarrassés de lui.

— Ne t'en fais pas pour ça. Les autres tueurs ne s'en rendront pas compte. Et je suis sûr qu'il ne manquera à personne.

— Comment pouvez-vous être si sûr que les autres tueurs ne se poseront pas de questions ?

— Écoute, Anthony. Des phénomènes comme Killian, ce n'est pas la première fois qu'on en rencontre. Notre but est simple : éviter de faire des vagues. Si on veut encourager ces tueurs à continuer leurs activités, on doit en sacrifier certains. Si je te dis que les autres ne s'en rendront pas compte, c'est parce qu'on va attirer leur attention sur autre chose. Ils vont continuer à se raconter leurs histoires et nous, on va les encourager à poursuivre leurs activités. Après, si certains se font attraper par la police, qu'est-ce qu'on y peut ? »

Les deux hommes poursuivent leur conversation en faisant le point sur les histoires personnelles racontées par les meurtriers ayant pris la parole ce soir-là. Ils font cela après chaque réunion. Baptiste a besoin d'un homme en qui placer toute sa confiance pour échanger sur ce qu'ils vivent. S'il ne le faisait pas, il sait qu'il ne serait plus de ce monde. La charge mentale d'un tel travail est si lourde à porter. C'est même un vrai fardeau, qu'il a accepté quand il a pris la tête de cette société appelée les *Anonymes*.

Cependant, pour rien au monde, il n'aurait voulu avoir une autre trajectoire. Malgré tous les regrets qui le rongent, il sait qu'il était fait pour cela. On l'en a convaincu, il y a de nombreuses années, et il n'a jamais cessé d'y croire.

9

Allongée sur son lit, recroquevillée sur elle-même, elle se souvient. Ce n'est pas un rêve, même si elle a les yeux clos. Il s'agit d'un souvenir, qui remonte à la surface chaque fois qu'elle en parle.

Elle se revoit dans sa chambre d'adolescente. Quand elle vivait encore chez ses parents. Elle ressent la terreur qui l'habitait à cette époque. Elle en tremble. Quelques gouttes de sueur se forment sur son front. Elle se remémore la crainte d'entendre son beau-père entrer dans la pièce. Il le faisait souvent, le soir, autour de vingt-trois heures trente.

Il est vingt-trois heures vingt-cinq.

Solène se rappelle ce qu'elle ressentait quand la porte s'ouvrait et se refermait. Son estomac se nouait à l'instant où son beau-père actionnait le verrou. Pour qu'ils ne soient pas dérangés. Comme s'il était encore là, à côté d'elle, elle se souvient de son odeur de tabac froid. Elle la sentait toujours quand il se glissait dans ses draps.

Puis venait le moment où ses doigts rugueux se posaient sur sa peau. Avec des gestes précis, il baissait son pantalon de pyjama, ainsi que sa culotte en coton. Sans préambule, alors que c'était la grande sécheresse, il insérait deux doigts en elle. Solène souffrait en silence. Les premières fois, elle avait gémi de douleur. Elle s'était vite rendu compte que cela décuplait le plaisir de ce vieux pervers. Elle s'était jurée de ne plus jamais l'aider à se faire du bien.

Solène serrait les dents pour ne pas crier. Elle se revoit enfouir la tête dans son coussin pour rester silencieuse au moment où elle sentait son sexe dur la pénétrer. La douleur était si intense. Mais il s'en foutait. Il faisait des va-et-vient qui finissaient par lui arracher des larmes. Cela ne durait jamais plus de cinq minutes. La jeune femme, tremblotante, se rappelle son beau-père la laissant là, sous les draps, les fesses nues et le sexe dégoulinant de sa semence.

« Tu penseras bien à prendre ça », lui disait-il en désignant ses pilules contraceptives, posées sur sa table de chevet.

Solène ne pouvait rien avaler pendant de longues minutes. Au lieu de cela, elle attendait qu'il soit rentré dans sa chambre, qu'il se soit couché dans le lit qu'il partageait avec sa mère, pour se rendre aux toilettes. Elle régurgitait alors son dernier repas, avant de prendre une douche rapide pour essayer de faire partir les traces laissées par son beau-père.

Solène le détestait. En pleurs, elle se jurait qu'elle serait celle qui mettrait fin à ses jours. Ce gros dégueulasse ne méritait rien d'autre.

Elle ouvre des yeux embués de larmes. Elle ne contrôle pas ses pensées, qui l'emmènent quelques mois en avant. Viennent les souvenirs de ce jour où elle est passée à l'acte. En un instant, sa vie a basculé. Le cauchemar était enfin terminé, même si cela signifiait qu'elle devait tout recommencer. Ailleurs.

Cela faisait quelques mois que Solène avait atteint l'âge de dix-sept ans. Elle voulait attendre la majorité pour partir loin de chez elle. Cependant, elle ne supportait plus les incursions de cet homme hideux dans sa chambre. Dans son lit. Dans son intimité. À cause de lui, elle avait peur des garçons qui la trouvaient jolie. Elle n'osait pas sortir avec eux.

Un matin, sur le chemin du lycée, elle décida qu'il était temps de mettre fin à cette mascarade. Elle ne prévoyait pas de le tuer, juste de tout faire pour qu'il arrête. Solène savait pourtant qu'il ne comprenait que la violence. Voilà pourquoi elle avait caché un marteau sous son oreiller. Au cas où. Elle ne pensait pas l'utiliser pour l'attaquer, seulement pour se défendre. La jeune femme se souvient que tout ne s'était pas exactement passé comme elle l'avait imaginé.

Deux jours plus tard, quand son beau-père s'était de nouveau glissé sous ses draps, Solène s'était sentie plus forte. La rage avait pris le dessus. Avant même qu'il ne posât ses sales mains rugueuses sur elle, l'adolescente avait le marteau dans la main droite, bien cachée sous son oreiller. À l'instant où ce pervers avait posé une main sur ses fesses, elle l'avait frappé avec son arme.

Tout s'était ensuite enchaîné si vite.

Solène se rappelle le cri de surprise de son beau-père. La rage qui l'enveloppait de tout son être. Dans un accès de folie, Solène s'était relevée sur le lit. Elle avait frappé, encore et encore, sur la tête de celui qui lui avait tant fait de mal. Elle ne voulait pas qu'il puisse se venger. Elle voulait le faire taire à jamais.

Solène revoit, par flashs, le sang qui avait éclaboussé partout dans sa chambre. Elle voit le corps sans vie s'étaler par terre de tout son long. Sa mère était absente, ce soir-là.

La jeune femme avait fui avant que cette dernière ne fût rentrée. Elle avait pris un sac de sport, y avait enfoui quelques affaires de rechange et le peu d'argent qu'elle avait en sa possession. Elle n'en avait pas beaucoup mais par chance, son beau-père avait une centaine d'euros dans son portefeuille.

C'était il y a plus de dix ans. Depuis, Solène a parfois des souvenirs de ces instants. Ils n'ont jamais été aussi clairs que lorsqu'elle assiste à ces réunions des *Anonymes*.

Quand elle pense à tous ces hommes, tous ces pères de famille qui s'en prennent à leurs progénitures... Solène ressent une pulsion. Elle veut tuer à nouveau. Elle sait qu'elle ne s'endormira pas avant d'avoir une nouvelle cible en vue.

La jeune femme consulte sa montre, posée sur la table de nuit : deux heures quinze du matin. Elle doit se lever. Allumer son ordinateur. Consulter les sites d'informations en continu. Naviguer sur Twitter à la recherche d'un homme à arrêter. Un homme malsain à qui elle doit donner une bonne leçon.

Sans plus tarder, Solène sort de son lit. Elle se rend dans la salle de bain. Le reflet que lui renvoie le miroir n'a rien de flatteur. Elle a les yeux rougis par les larmes. Des cernes noirs, signe d'une fatigue autant que d'une lassitude. Après un bref passage par les toilettes, la jeune femme de vingt-sept ans s'assoit sur le canapé. Elle allume son ordinateur portable et ouvre un moteur de recherche.

Pendant près d'un quart d'heure, elle navigue sur différents sites de journaux, à la recherche de la perle rare. Solène sait que le genre d'homme qu'elle recherche pullule de plus en plus. Si elle ne trouve rien sur ces sites, elle sait qu'elle trouvera quelque chose à se mettre sous la dent en allant sur Twitter.

Après dix minutes de recherches intenses, elle finit par tomber sur l'histoire d'un père de famille d'une soixantaine d'années, qui n'a jamais été condamné par la justice. Au fil du temps, voilà une chose que Solène a apprise : les pires dégueulasses ont déjà vécu une longue vie et sont parvenus à passer entre les mailles du filet.

Ni une ni deux, la jeune femme se renseigne sur ce vieux pervers. Il habite en région parisienne, dans la ville de Mantes-la-Jolie. Solène a l'habitude de voyager dans tout le pays pour faire tomber le sceau de sa justice. Elle fait tout pour recueillir un maximum d'informations sur lui. Au bout d'une demi-heure de recherches et de messages auxquels elle reçoit des réponses quasi immédiates — la magie des réseaux dits sociaux — elle sait où trouver sa prochaine cible.

Solène doit planifier son voyage. Elle sait qu'elle ne doit laisser aucune trace, donc n'effectuer aucun paiement par carte bancaire. Ce qui ne l'empêche pas de prévoir son budget. Elle regarde combien lui coûtera le prix d'un billet de train depuis Bordeaux jusqu'à la gare de Paris-Montparnasse. Puis, la jeune femme calcule le prix de la location d'une voiture, une fois arrivée en région parisienne. Enfin, elle prévoit du petit matériel à acheter.

Une fois qu'elle a tout orchestré, Solène retourne dans sa chambre. Il est près de quatre heures du matin. Apaisée, prête à agir, elle peut se laisser aller dans les bras de Morphée.

Le lendemain, Solène se prépare à commettre l'irréparable. Elle se lève aux alentours de huit heures trente. Elle se prépare, s'habille avec un jean et un pull en coton blanc. Une tenue commune, faite pour passer inaperçue. Elle prend sa voiture et se dirige vers Bordeaux. Elle gare son véhicule dans une petite rue, loin de la gare, histoire de ne pas se faire repérer. Elle prend ensuite le tramway, direction la gare Saint-Jean de Bordeaux. Elle s'arrête plusieurs fois en chemin pour retirer de petites sommes d'argent dans plusieurs distributeurs. Solène espère brouiller les pistes en agissant de la sorte.

Elle prend le TGV de 11 h 11, qui est direct jusqu'à la gare Montparnasse à Paris. Elle achète son billet, en cash, au guichet de la gare bordelaise. Une fois arrivée dans la capitale, elle utilise le métro et le RER jusqu'à l'aéroport Charles de Gaulle. L'idée est, là aussi, de brouiller les pistes et de ne pas se faire remarquer. À l'aéroport, Solène loue une voiture ; elle choisit la plus discrète d'entre elles, un petit format de citadine de couleur gris métallisé. Puis, elle fonce vers les Yvelines.

Après une bonne heure et demie de trajet, Solène arrive enfin dans la ville de Mantes-la-Jolie. Elle n'a aucune envie de s'éterniser ici. Elle espère pouvoir rentrer chez elle avant la nuit. Elle ne veut pas avoir à réserver un hôtel dans cet endroit miteux. La jeune femme roule jusqu'à l'adresse qu'elle est parvenue à obtenir, la nuit précédente. Par chance, le vieil homme vit seul dans un petit appartement. Elle n'aura aucun mal à le trouver.

Quand elle arrive au pied de son immeuble, Solène gare sa petite citadine. Elle regarde dans son sac à dos : la batte de baseball qu'elle a achetée se trouve bien à l'intérieur. Tout comme sa bombe lacrymogène, qui lui servira à empêcher sa future victime de se rebeller. Solène inspire profondément et expire un grand coup. Elle se sent fin prête.

Il est seize heures. Le silence règne dans l'immeuble de cet homme qu'elle est venue assassiner de sang-froid. Ce qui l'arrange. Les gens ne sont pas encore rentrés de leur journée de travail. Les mères de famille sont devant les écoles, à attendre que leurs enfants sortent de classe. Solène doit agir. Vite.

Quatre à quatre, elle monte les marches de l'escalier qui la mènent au cinquième étage. Elle bifurque à gauche, passe deux portes et se trouve devant l'appartement 53. C'est là. Il est présent. La jeune femme entend du bruit. La télévision, visiblement branchée sur un jeu télévisé diffusé l'après-midi. Elle reconnaît l'émission dont il s'agit. Même si cela n'a aucune importance, elle sait que le vieil homme regarde Des Chiffres et des Lettres, sur

France 3. Elle identifie la voix de l'animateur, Laurent Romejko. *Encore un qui a une tête de pervers*, se surprend-elle à penser. *Solène, reprends-toi. Pense à ce que tu dois faire.*

Comme à son habitude, la jeune femme vérifie si la porte est fermée à clé. Même si c'est rare, il lui est déjà arrivé de tomber sur une porte d'entrée qui n'était pas verrouillée. Ce qui n'est évidemment pas le cas. Solène doit sonner. L'homme, qui doit être affalé sur son canapé ou sur un fauteuil bon marché, va devoir se lever. Elle aurait préféré entrer chez lui, sans un bruit, et le surprendre en pleine réflexion alors que consonnes et voyelles apparaissent en désordre sur l'écran de télévision.

Avant d'appuyer sur le bouton situé à droite de la porte de l'appartement 53, Solène glisse une main dans son sac. Elle s'empare de la bombe lacrymogène. C'est désormais le seul moyen en sa possession pour surprendre ce type et se donner une chance de le tuer sans faire trop de ramdam. Elle inspire un grand coup. Elle bloque sa respiration et se décide enfin à sonner.

Le bruit du carillon la fait sursauter. Elle ne s'attendait pas à un son aussi strident. La réaction du vieil homme est également inattendue.

« Qu'est-ce que c'est ! beugle-t-il derrière la porte, d'une voix rauque et désagréable. Qui c'est qui vient me faire chier à c't'heure ! »

Solène ne dit rien. Elle attend. Les secondes s'étirent et deviennent des heures. Elle a chaud, puis froid. Elle sent la transpiration perler sur son front. Entre ses aisselles. Elle se sent sale, alors qu'elle n'a encore rien fait. *Courage*, se dit-elle intérieurement.

La porte s'ouvre. L'homme qui apparaît devant Solène lui inspire le dégoût. Il ne lui reste que quelques cheveux grisonnants sur la tête et visiblement, il a laissé tomber l'idée d'en prendre soin. Son ventre bedonnant dépasse d'un vieux t-shirt devenu trop court. Il porte également un short en coton, sur lequel la jeune femme devine ce qui ressemble à des taches de café. Cerise sur le gâteau, il porte une moustache dans laquelle des miettes de pain sont encore incrustées.

« Qu'est-ce que vous me vou... », a-t-il à peine le temps de maugréer avant de recevoir une salve de gaz chimique en plein dans les yeux. Machinalement, l'homme se les frotte et ils rougissent de manière instantanée. Il se met à grommeler des onomatopées incompréhensibles.

Solène n'a pas besoin d'en remettre une couche. Sa victime est aveuglée. Elle range la petite bombe aérosol dans son sac et s'empresse d'entrer en repoussant le vieil homme jusque dans son fauteuil.

« Mais c'est quoi ce bordel ! parvient-il à articuler en tombant en arrière.

— Ce bordel, dit Solène, c'est une femme qui a soif de vengeance pour toutes ces jeunes filles que vous avez agressées sexuellement.

— Je ne vois pas de quoi vous voulez parler, répond le vieil homme en tentant maladroitement de se redresser.

— Oh si, je pense que vous savez.

— Mais... Qu'est-ce que vous croyez faire de moi ? Vous ne me faites pas peur !

— Ce que je vais faire ? Je vous l'ai dit : venger toutes celles qui ont été vos victimes. Vous êtes un prédateur. Un détraqué sexuel. Un gros dégueulasse, même. N'ayons pas peur des mots. »

Sans attendre la moindre réponse, Solène pose son sac à dos sur la petite table située dans la cuisine. Elle en sort la batte de baseball qu'elle a prise avec elle. Elle s'approche du canapé. Cependant, au lieu de s'attaquer tout de suite à l'homme qui semble sans défense et dont les yeux sont plus rouges qu'une tomate, elle attrape la télécommande posée sur la table basse. La jeune femme monte le son. Elle espère que cela suffira à couvrir le bruit qu'un voisin pourrait entendre dans les minutes à venir.

« Vous êtes où ? reprend l'homme, toujours aveuglé par le gaz.

— Juste devant vous, répond Solène.

— Espèce de petite salope, dit-il en essayant de l'attraper. Ses gestes frisent le ridicule.

— Si je suis une salope, ça doit faire de vous un putain de détraqué de merde », assène-t-elle en cognant une première fois.

Le coup fait mouche. La batte en métal frappe la tempe gauche du vieil homme dans un bruit sourd. Sa tête part sur le côté. Il n'a même pas le temps de crier qu'il s'effondre sur le fauteuil. Solène y est allée fort. Cependant, elle le voit bouger, au bout de cinq secondes. Le vieil homme porte sa main à son visage. Il a une plaie sanglante.

« Tu vas voir ce que je vais faire de toi, sale pute... »

Ce sont ces derniers mots. Avant qu'il ne recouvre la vue et que ses forces soient décuplées par l'instinct de survie, Solène fait pleuvoir les coups.

Elle manie sa batte comme personne. Cet objet, créé il y a longtemps pour développer un sport américain, sert désormais une entreprise de destruction. La jeune femme frappe d'abord l'homme au genou gauche. Elle lui explose la rotule dans un craquement bien distinct. Il pousse un cri aigu mais avant qu'il ne puisse se plaindre plus et alerter le voisinage, Solène le frappe de nouveau à la tête. Elle lui brise le nez. Le craquement fait penser à la branche d'un arbre qui cède sous l'effet du vent. La suite est tout aussi sanglante. Joue, épaule, côtes et enfin crâne. Solène ne ménage pas ses efforts pour mettre le vieil homme hors d'état de nuire.

Au bout d'une demi-douzaine de coups, elle se sent vidée de toute énergie. Elle laisse échapper la batte de baseball, qui tombe sur le parquet dans un bruit sourd. Les larmes lui montent aux yeux quand elle découvre l'état dans lequel elle a mis cet homme.

Ce n'est pas le moment d'avoir des sentiments, se dit-elle intérieurement. D'un côté, elle sait qu'elle a eu raison de le mettre hors d'état de nuire. Même si, à son âge, il ne devait plus faire beaucoup de mal. Mais il en a fait tout au long de sa vie. Il devait payer.

Solène ramasse l'arme du crime et la range avec minutie dans une pochette en plastique qu'elle garde toujours dans son sac. Elle fait bien attention à ne pas mettre de sang partout. Soudain, elle pense à une chose : comment se débarrasser du corps de ce vieux pervers ? Habituellement, quand elle tue dans le sous-sol de son immeuble, elle jette le corps de ses victimes dans une vieille décharge située à quelques kilomètres de chez elle. Cependant, elle n'a pas prévu son coup. Comment déplacer le corps sans vie d'un homme qui doit peser plus de cent kilos depuis le cinquième étage de cet immeuble ? Solène n'a pas vraiment le choix : elle va devoir laisser l'homme qu'elle a tué dans son appartement, à pourrir sur place.

Et si elle l'y aidait ? Comment un corps peut-il se décomposer plus rapidement ? La jeune femme estime qu'il faut aider la nature à accomplir son œuvre. Elle pense alors à une chose. La chaleur va accélérer la décomposition du corps de cet homme qu'elle ne regrette pas d'avoir éliminé. Avant de quitter définitivement les lieux, elle allume tous les chauffages de l'appartement et les monte au maximum. Certes, la chaleur alertera le voisinage mais il sera difficile d'établir l'heure exacte du décès de ce vieux pervers. Soulagée, Solène tourne les talons et laisse sa victime baigner dans son propre sang. Dans quelques jours, elle vérifiera les journaux pour voir dans quelles circonstances sa mort a été découverte. Non pas que cela soit d'une importance capitale mais elle veut savoir, puisqu'elle n'a pas agi comme elle a l'habitude de le faire.

Sur le chemin du retour, alors qu'elle roule sur la nationale 118 en direction de Paris, Solène repense à la dernière réunion des *Anonymes*. Le flot de ses pensées se dirige vers Antoine, le petit nouveau. Il avait l'air tellement perdu. Savait-il seulement ce qu'il faisait là ?

La jeune femme se dit que dans d'autres circonstances, elle aurait voulu faire plus ample connaissance avec ce genre d'homme. Il a l'air encore jeune et il est bien bâti. Comme elle, est-il célibataire ?

Ce qui l'intrigue encore plus, c'est le côté discret de cette personne. Lors des réunions, Solène a remarqué que les tueurs étaient souvent excentriques. Comme ce type qui est venu leur parler alors qu'ils buvaient un café et faisaient le point sur ce qu'il venait de se passer. Antoine semble différent. Plus réservé. Est-ce cela qui l'attire ?

Elle a tellement de temps avant de rentrer chez elle, en Gironde, qu'elle se pose mille questions. Elle réfléchit à ce qu'elle vient de faire. Elle n'y coupe pas. Elle revoit le visage de cet homme réduit en lambeaux. Surtout, elle se demande à quoi servent ces réunions entre serial killers. Quel en est le but ? Pourquoi cet homme, qui ne porte qu'un masque en bandeau sur les yeux, va-t-il les chercher et pourquoi les mettre ensemble dans la même pièce ?

La jeune femme se demande s'il ne s'agit pas d'une expérience. Un peu comme dans Squid Game, les jeux pervers et la mort des participants en moins. La question la plus importante pour elle lui vient comme une évidence, alors qu'elle est dans le train en direction de Bordeaux : est-il possible de quitter ce genre de réunion quand on le souhaite ?

Solène n'en est pas sûre. Ces gens semblent les traquer, les suivre pour connaître tout de leurs activités. Le maître de cérémonie, cet homme à la barbe poivre et sel, semble savoir tout d'eux. Jusqu'à leurs secrets les plus sombres. Elle doit prendre une décision. Elle est prête à le faire, quel qu'en soit le prix.

Elle va essayer de se libérer de ces rendez-vous qu'elle n'apprécie guère. Solène va tout faire pour en finir avec les *Anonymes*.

10

Le lendemain de cette première réunion à laquelle il a assisté, Antoine reprend une vie normale. Si on retire la partie où il est un tueur en série qui ne peut s'empêcher de commettre des meurtres, elle est banale. Rien de bien croustillant à se mettre sous la dent. Même pas une petite aventure amoureuse.

Comme tous les matins, il prend un rapide petit-déjeuner en lisant les nouvelles fraîches sur sa tablette. Une fois son café et quelques morceaux de pain avec de la confiture engloutis, il prend une douche et s'habille. Ce rituel bien huilé ne lui prend pas plus de trois quarts d'heure. Quinze minutes de plus et il est au bureau.

Au sein de l'entreprise qui l'emploie, les questions restent sans réponses depuis la disparition de Robert. Leur patron ne leur a pas donné de nouvelles depuis plusieurs jours. Personne ne sait où il est passé. Le sujet est encore sur toutes les lèvres. Antoine aurait préféré l'éviter. Cependant, il sait qu'il a un pouvoir sur les autres : il est le seul à savoir précisément où se trouve chaque partie du corps de cet homme qu'il exécrait. Cela lui arrache un sourire en coin.

Alors qu'il se dirige, le cœur léger, vers la machine à café, Antoine se fait happer par Claire. La secrétaire tire une tête d'enterrement. Elle semble avoir mal dormi la nuit précédente.

« Antoine, c'est une catastrophe ! dit-elle en faisant claquer ses talons par terre.

— Que se passe-t-il, Claire ? répond-il avec le plus grand calme.

— Tu oses me demander ce qu'il se passe ? Robert n'a toujours pas donné signe de vie ! Les coups de fil s'enchaînent et je ne sais pas quoi dire au grand patron. C'est sûr, on va mettre la clé sous la porte ou ils vont nous envoyer un gars choisi à la va-vite.

— Tu t'en fais trop, dit-il en la prenant par les épaules. Dans une autre vie, ou un autre monde, il aurait très bien pu la séduire et passer une nuit torride avec cette jeune femme.

— Je suis désolée... Si tu savais, toute cette histoire me stresse tellement ! Robert comptait — compte — beaucoup sur moi pour plein de choses et du coup, c'est moi qui dois tout gérer en son absence !

— Tu veux que je m'occupe de quelque chose ? Je ne suis pas aussi compétent que toi, mais je peux gérer les plannings des équipes et des chantiers, si tu le souhaites.

— Tu ferais vraiment ça ?

— Oui. Si je peux aider, je ne vais pas m'en priver.

— Mais, attends... Vous avez un chantier à gérer, avec ton équipe !

— Ce n'est rien. Tu sais très bien que Pierre peut diriger le reste de l'équipe et pour le remplacer, on va faire venir un intérimaire. Bon, il ne sera là que dans une heure, au mieux. Mais c'est déjà ça.

— Tu es un amour, Antoine ! » lâche-t-elle, soulagée, en l'embrassant sur la joue.

Voilà comment cet assassin parvient une fois de plus à s'en tirer : en jouant les bons samaritains. Ce n'est pas la première fois qu'il use de cette astuce. Jusque-là, elle a toujours fonctionné à merveille. Pourquoi s'en priver ?

Antoine passe la majeure partie de sa journée dans le bureau de son ancien patron, à régler les affaires internes de l'entreprise. Il sait qu'il ne pourra pas faire cela éternellement mais aujourd'hui, cela l'arrange.

En effet, son « Prince Noir » — comme l'ont appelé les gens qui lui ont envoyé cette lettre pour l'inviter à une réunion des *Anonymes* — a déjà refait surface. Il lui susurre à l'oreille qu'il a besoin qu'il tue pour nourrir sa soif de sang. Antoine doit préparer son prochain meurtre. Passer la journée enfermé dans un bureau devrait l'aider à trouver qui sera sa prochaine victime.

Aux alentours de treize heures, la jolie secrétaire exhorte Antoine à prendre une pause pour aller déjeuner. Elle lui propose de l'accompagner mais il lui explique qu'il préfère rester seul. Il avance comme argument qu'il passe toutes ces pauses avec ses collègues, sur les différents chantiers. Pour une fois, il souhaiterait profiter du calme et du silence en allant déjeuner seul dans un petit restaurant.

Le trentenaire prend sa voiture et roule une dizaine de minutes vers le centre-ville de Pessac. Il choisit une boulangerie où il achète un sandwich, une boisson et un dessert. Il s'assoit à une table située devant la vitrine. Cela lui permet de réfléchir à la suite des événements. Il pense à son prochain meurtre mais surtout à cette sorte de table ronde de serial killers à laquelle il a assisté la veille.

Est-ce qu'on va l'inviter à rejoindre une nouvelle fois ce groupe de gens ? Recevra-t-il une nouvelle lettre dans les jours à venir ?

Impossible à savoir. Alors qu'il entame la deuxième moitié de son sandwich au jambon, le flot de ses pensées se tourne vers la jeune femme qui a dit avoir été violée par son beau-père. Antoine repense à sa voix envoûtante. À sa chevelure blonde, aperçue derrière le masque de Guy Fawkes. Il se met à avoir de la compassion pour elle.

Les yeux perdus dans le vide, il essaie d'imaginer ce qu'elle a pu vivre. Cela a dû être horrible pour elle. Subir les sévices d'un pervers durant toute son adolescence, au moment même où on est censé découvrir son corps et sa sexualité. Antoine peine à comprendre la haine qu'elle a pu éprouver pour en arriver à le tuer. Pourtant, il imagine le soulagement qui a dû être le sien quand elle a senti la vie quitter le corps de cet homme. Il ressent lui-même ce sentiment quand il assassine ses propres victimes. Voir cette lueur disparaître au fond de leur regard, cela n'a pas de prix.

Ce que le jeune homme a du mal à comprendre, c'est comment ce premier meurtre a pu donner envie à Solène — tel est le prénom qu'elle a donné lors de la réunion — d'en commettre d'autres. Comment en est-elle venue à se dire qu'elle devait faire justice à toutes ces jeunes femmes violées ? Rien que pour cela, Antoine l'admire déjà. Il y a tant de questions qu'il voudrait lui poser pour mieux la comprendre. Et ce n'est pas tout.

Il sait que ce n'est pas bien. Qu'il ne devrait pas. Cependant, il ne peut s'empêcher d'avoir envie de découvrir le visage qui se cache sous ce masque. Il est conscient du danger. Il est loin d'être bête. Les règles ont été clairement énoncées. Il les a comprises.

Et pourtant. Il ne saurait expliquer pourquoi mais cette femme ne le laisse pas indifférent. Est-ce le fait d'avoir trouvé une version de lui-même au féminin ? Jamais il n'a pu parler de ce qu'il faisait à une de ses amantes. Elles auraient fui en courant. Même s'il ne leur a jamais voulu de mal. Il ne pourrait jamais toucher à une personne du sexe opposé. Mais allez leur faire comprendre.

Quand les gens savent que vous tuez, ils voient en vous un assassin sanguinaire. Prêt à dépecer n'importe qui. C'est parfois vrai, Antoine le sait. Seulement, il y a des assassins qui sont différents. Ultra sensibles. Capables d'aimer autant que de détruire. Antoine choisit soigneusement ses victimes. Mis à part elles, il ne touche pas aux gens qui lui semblent bons. Il a des amis et il est déjà tombé amoureux. Le seul problème, c'est que la vie de couple n'est pas compatible avec ses activités nocturnes.

Que se passerait-il s'il tombait amoureux d'une meurtrière ? Voilà la question qui s'offre à lui alors qu'il termine son dessert. A-t-il envie de le savoir ? Veut-il tenter le diable en essayant de voir Solène en dehors de ces réunions ? Il n'en sait rien. De toute façon, rien ne lui dit qu'elle aura envie d'enfreindre les règles. Ce serait trop risqué et il le sait.

Après avoir déjeuné, Antoine retourne au bureau. Il a du travail à terminer. En quelques jours, le retard s'est accumulé. Il ne regrette pas d'avoir offert son aide à Claire. Son seul regret, c'est de devoir tenir une nouvelle conversation avec elle, à la machine à café.

« Tu vas mieux ? lui demande-t-il en la voyant se servir un café au lait.

— Grâce à toi, oui ! Encore merci. Et toi, tu t'en sors avec les plannings ?

— C'est long, d'autant plus que je ne suis pas habitué à les gérer. Mais ça ira, j'aurai terminé d'ici ce soir.

— Parfait, lui dit-elle en lui offrant son plus beau sourire. Si tu veux, pour te remercier de ton geste, je peux t'inviter à boire un verre. Ce soir. »

Antoine ne peut pas accepter. Même si, devant ces jolies jambes galbées dans de beaux collants et ce beau tailleur qui sied à merveille à la secrétaire, il aurait envie de dire oui. Que risquerait-il à passer une nuit avec Claire ? Si ce n'est détruire le couple de la jeune femme ?

Non, pense-t-il. *Tu ne peux pas mélanger ce travail qui te sert de couverture et ta vie privée. Baise avec une autre femme, si ça te démange tant que ça.*

« Je suis désolé, Claire, mais ce soir je suis pris. Une autre fois, peut-être.

— Comme tu voudras. Tu n'auras qu'à demander.

— Si tu veux bien m'excuser, j'ai encore du boulot, dit-il en prenant la tasse de café qu'il a fait couler.

— Antoine ? l'interpelle-t-elle alors qu'il s'apprête à repartir. Claire semble embêtée.

— Je vois qu'il y a encore une chose qui te tracasse. Tu veux m'en parler ?

— Je... Je ne devrais peut-être pas tant qu'il n'y a rien d'officiel.

— Oula, toi tu sais ce que le grand patron nous prépare.

— Ça se pourrait. Si je te le dis, tu me promets de n'en parler à personne ?

— Motus et bouche cousue, dit-il en mimant le geste d'une fermeture éclair sur sa bouche.

— Je crois qu'avant de remplacer Robert, s'il s'avère qu'il a réellement disparu, ils vont virer quelques personnes. Apparemment, Robert était trop généreux et il a trop embauché.

— Trop embauché ? On est à peine assez pour réaliser toutes les tâches que l'on a à faire !

— Je sais. Mais dans certaines succursales, ils s'en sortiraient très bien en étant moins nombreux.

— Je vois... Ils vont donc virer les gens qui, selon eux, sont les moins utiles à la boîte.

— C'est l'idée. Je pense que toi et moi, nous sommes à l'abri.

— Possible. Tu es la seule secrétaire compétente, ici. Ils ne peuvent pas te mettre à la porte. Quant à moi, ils peuvent. Je ne m'entendais pas toujours très bien avec le patron.

— Et pourtant, tu réalises un excellent travail. Il ne tarissait pas d'éloges sur toi.

— J'espère que ce sera suffisant.

— On verra bien », souffle-t-elle, visiblement fatiguée par la situation créée de toute pièce par l'homme qui se tient face à elle.

Antoine met un terme à leur discussion en l'exhortant à se remettre au travail pour éviter de perdre trop de temps. Il retourne dans le bureau de son patron décédé et s'y enferme pendant tout l'après-midi.

De retour chez lui, Antoine passe la soirée à planifier son prochain meurtre. Cela l'empêche de trop penser à Solène. Et aux *Anonymes*.

Il se dirige vers son antre — la cave — pour y réfléchir tranquillement. Avant cela, il allume la télévision et laisse une lampe allumée dans le salon. Antoine prend toujours soin à rester discret. Il ne veut pas éveiller l'attention. Agir de la sorte montre à un voisinage parfois trop curieux qu'il est bien chez lui, probablement à passer une soirée tranquille devant une de ces imbécillités que nous sert le petit écran.

Antoine a toujours suivi les mêmes principes quand ses pulsions meurtrières faisaient surface. Ce n'est pas maintenant qu'il va déroger à la règle. Le fait que ces *Anonymes* soient entrés dans sa vie ne doit rien changer. Il en va de sa survie.

Pourtant, assis sur son siège face à son établi, il semble se trouver dans une impasse. Robert était le dernier homme, à ce jour, à l'empêcher de vivre sa vie comme bon lui semble. Jusqu'à maintenant, il a éliminé tous les gens qui le gênaient. Il vit seul depuis quelque temps, donc il n'y a personne dans son entourage qui lui est toxique.

Que faire ? Tuer des gens au hasard pour assouvir sa soif de sang ? Ce n'est pas une option. Ce n'est pas la façon dont il fonctionne. Il est persuadé que s'il déroge aux règles établies par sa propre volonté, il court à sa perte. Selon Antoine, rien de mieux pour se faire pincer par la police.

Il pense à Solène. À ce qu'elle a raconté lors de la réunion mystique à laquelle il a assisté. La jeune femme a expliqué qu'elle choisissait ses victimes selon leurs agissements. Elle traque les violeurs et les pédophiles pour leur faire payer leurs actes ignobles. Pourquoi ne dérogerait-il pas à ses habitudes ? Antoine se souvient avoir regardé la série Dexter, qui était une sorte de documentaire et de livre d'apprentissage pour lui. Dans cette fiction, pas toujours si loin de la réalité, le personnage principal joué par Michael C. Hall déclare que de nombreux tueurs échappent à la justice. Et si c'était vrai ? Combien d'innocents pourrait-il sauver en tuant une seule et même personne ?

Cette idée plaît à Antoine, qui s'identifie facilement aux personnages de fiction qu'il peut voir à la télévision. Il lui faut désormais savoir où chercher. Le trentenaire n'est pas un grand adepte des réseaux sociaux et de toutes ces applications qui, pour lui, peuvent le faire repérer. Au lieu de cela, il préfère naviguer sur le Dark Web, qui est beaucoup plus discret.

Dans son antre souterrain, le jeune homme possède un ordinateur. Il l'utilise quand il veut être tranquille pour effectuer des recherches qui ne laissent pas de traces. Pour le reste, il possède un ordinateur portable qui se trouve dans le salon. Antoine met en route l'unité centrale.

Le temps que la machine se lance, il fait le point sur le matériel qu'il a en sa possession. Voilà un autre rituel auquel il s'attache entre deux meurtres. Il vérifie s'il lui reste assez de film plastique pour protéger l'endroit où il se trouve et où il tuera sa prochaine victime.

Il vérifie ses outils, notamment la grande scie qui lui sert à découper les membres. Il doit régulièrement en aiguiser la lame, pour qu'elle soit toujours aussi efficace.

Enfin, il fait le point sur son stock de kétamine. Ce psychotrope est utilisé en médecine vétérinaire pour anesthésier les animaux. Antoine l'utilise, à petite dose, pour désorienter ses victimes et les ramener plus facilement chez lui. Il achète des flacons et des seringues pour l'inoculer à un fournisseur trouvé sur le Dark Web.

Le temps de faire son petit inventaire, son ordinateur s'est mis en route. Antoine se rassoit sur son siège, sous la petite lampe qui diffuse un halo de lumière. Il se connecte au Dark Web. Il ne sait pas par où commencer. Il sait qu'il existe des tas de forums de discussion sur cette face cachée du net. Il entreprend d'aller sur l'un d'eux, qui semble en lien avec la police et les affaires non élucidées.

Antoine choisit un pseudonyme lambda, la discrétion étant de mise dans les profondeurs du Web. Il se met à lire les échanges qui ont lieu sur le chat en ligne sur lequel il est branché. Il voit passer des noms de gens qui, visiblement, auraient commis des meurtres et s'en seraient tirés. Il remarque que les autres personnes connectées parlent de politiciens véreux, qui sans s'être sali les mains auraient provoqué la mort de dizaines de gens.

C'en est trop. La rage monte et le sang d'Antoine se met à bouillir. Comment se fait-il qu'autant de personnes puissent passer entre les mailles du filet ?

Pourquoi ne s'en est-il pas rendu compte avant ? Son « Prince Noir » est en train de prendre le dessus. Son regard se fait plus sombre. Ses sourcils se froncent. Ses dents grincent sans qu'il s'en rende compte.

Le jeune homme doit agir. Il ne peut pas rester sans rien faire. Son côté sombre s'insurge et lui ordonne d'écrire un message sur le chat en ligne. Antoine demande si ce genre de personnes impunies se trouverait par hasard dans le sud-ouest de la France. Sa question ne trouve aucune réponse directe. En revanche, le pseudo *NRV3108* vient lui parler en message privé.

« Salut. Tu cherches à savoir quoi précisément ?

— Je veux savoir s'il existe des criminels impunis qui vivraient dans le sud-ouest de la France.

— Je vois. C'est ton coin. Tu fais partie de ceux qui pensent pouvoir se faire justice eux-mêmes.

— Ça ne te regarde pas.

— C'est vrai. Après tout, tu fais ce que tu veux.

— Pourquoi tu viens me parler ?

— Pour répondre à ta question. Il en existe partout, tu sais. Il suffit de savoir chercher.

— Merci de ta réponse. Je vais continuer à creuser, alors.

— Attends. J'ai quelque chose pour toi.

— Ah bon ?

— Oui, je ne suis pas venu te parler juste pour jouer le donneur de leçons.

— Je suis tout ouïe.

— Suis ce lien, tu verras une liste apparaître. Fais gaffe, ne la diffuse nulle part. À part sur le Dark Web. Tu sais les risques que tu prends si elle apparaît ailleurs. »

Le lien s'affiche à l'écran, en-dessous de leur discussion. Antoine remercie son interlocuteur et, la main tremblante, clique sur le bouton gauche de la souris. Comme prévu, une liste de noms apparaît à l'écran. Elle porte un titre : « Hommes impunis par la justice ».

Antoine fait défiler les noms. Il n'en connaît aucun. Qui sont ces gens ? Qu'ont-ils fait ? Il pense à une chose : il va devoir vérifier qu'ils aient bien enfreint la loi ou commis l'irréparable avant de s'occuper de l'un d'entre eux. Pour cela, il va devoir creuser auprès de *NRV3108*.

« Tu es là ?

— Oui. Tu as vu la liste ?

— J'ai vu. Comment je fais pour savoir ce qu'ils ont fait ?

— Tu peux cliquer directement sur leur nom de famille. Un dossier complet apparaîtra sur eux.

— T'as bien fait les choses, on dirait.

— Je ne suis pas à l'origine de ce document.

— Et si je veux choisir une de ces personnes, je dois me taper tous les CV ?

— C'est le jeu, ma pauvre Lucette.

— Bien. Je me mets tout de suite au boulot. »

Sans un mot de plus, Antoine quitte le chat tout en laissant la liste ouverte. Il voudrait l'enregistrer sur son disque dur mais il sait très bien que ce ne serait pas prudent. Heureusement, le Dark Web permet de conserver des documents en toute discrétion.

Durant toute la soirée, il poursuit ses recherches en lisant ce qu'il trouve concernant certains des noms de la liste. Il y a des politiciens sans vergogne. Antoine ne souhaite pas s'attaquer à ces gens-là. Il préférerait trouver un homme qui tue sans raison valable. Pour lui donner une bonne leçon.

Au fil de ses prospections, Antoine trouve la cible parfaite. Un homme prénommé Kevin. Selon les documents trouvés sur le Dark Web, il aurait tué plusieurs femmes de sang-froid, alors qu'il couchait avec elle. Il les a étranglées avec ses mains. Sans sommation.

Cet homme vit dans le centre-ville de Bordeaux. Antoine rassemble le maximum d'informations sur lui : photo, adresse postale, lieu de travail. Tout y est. Il va devoir agir, pour le bien de la communauté. Jamais ce Kevin ne s'est fait pincer par la police.

Une fois sa prochaine victime trouvée, Antoine doit planifier son meurtre. Il décide du jour où il devra agir. Auparavant, il va suivre l'homme dont il ôtera la vie. Cela lui permettra de le voir, de se rendre compte de sa taille et de sa corpulence. Il ne doit rien laisser au hasard. Dès le lendemain, Antoine ira se mettre en planque non loin de l'endroit où Kevin travaille. Il est serveur dans un restaurant du centre-ville. Il travaille pour le prestigieux restaurant L'Entrecôte, sur le cours du 30 juillet, non loin de la place des Quinconces.

Il sera facile pour Antoine de se poster non loin de là, à la terrasse d'un café. Il pourra observer Kevin quand il prendra son service et attendra patiemment qu'il ressorte du restaurant. Ainsi, il saura combien de temps il reste à l'intérieur. Dans quelques jours, il aura avec lui une seringue de kétamine. Il cueillera cet homme à la sortie du restaurant et le conduira jusqu'à son Duster. Puis, il le conduira jusqu'à sa cave, où il pourra enfin produire son œuvre.

Si tout se déroule comme il l'espère, le prochain meurtre d'Antoine devrait avoir lieu dans trois ou quatre jours. Auparavant, il devra aller dans un magasin de bricolage pour racheter du film plastique et de quoi aiguiser la lame de sa grande scie.

Il sait qu'il sera fin prêt. Son « Prince Noir » semble satisfait. Il va pouvoir passer une bonne nuit et dormir sur ses deux oreilles.

11

De retour dans la cave d'Antoine. Tout s'est déroulé comme prévu. La phase d'observation, la préparation finale, ainsi que la traque. Il n'y a pas eu le moindre accroc. Kevin est désormais étendu sur la table métallique qui meuble la pièce souterraine. Il est dans les vapes. Désorienté. Il ne sait pas où il se trouve ni ce qu'il se passe. Il est pris au piège.

Derrière lui, près de l'établi, Antoine se prépare. Il enfile sa combinaison en plastique et ses sur-chaussures. Il sifflote. Son « Prince Noir » est au sommet de sa forme. Son cœur bat à cent à l'heure, comme s'il venait de courir dix kilomètres. Son esprit est rempli de joie.

Le jeune homme termine sa préparation en tirant sur les cordons de la capuche en plastique. Il attrape sa dague sur l'établi et la pose près du corps dont les pieds et les mains sont soigneusement attachés. Antoine doit réveiller sa proie. Attirer son attention. Comme à son habitude, il prend l'arrosoir posé à terre et y verse un peu d'eau. Il le lève ensuite de la main droite et verse quelques gouttes sur le front de Kevin.

Ce dernier secoue la tête. Il revient à lui. Toujours désorienté, il voit un homme au-dessus de lui, dans un accoutrement étrange. Il grommelle quelques paroles incompréhensibles. Antoine lui laisse le temps de recouvrer ses esprits. Il pose l'arrosoir et reprend la dague. Voyant que sa victime a du mal à refaire surface, il s'adresse à elle.

« Alors, mon petit Kevin. On a du mal à se réveiller ? dit-il en passant la lame de la dague sur une de ses joues.

— Qu'est-ce... Qu'est-ce qui se passe ? parvient-il à balbutier d'une voix timide.

— Il se passe que tu as été un vilain garçon et je suis là pour te punir.

— T'es qui toi, d'abord ? »

Même s'il est bien ligoté et ne peut pas bouger, Kevin semble reprendre un peu d'assurance. Voilà ce qui arrive quand on s'attaque à ses pairs. Mentalement, ils sont plus forts que son patron ou sa petite amie devenue trop possessive. Ils ont conscience de ce qui va se passer et pensent pouvoir s'en tirer.

« Aucun intérêt à ce que tu connaisses mon nom. Et si tu penses pouvoir t'en sortir, juste parce que tu es un assassin, laisse-moi t'annoncer que tu te trompes sur toute la ligne !

— Comment tu sais que j'ai tué des gens ?

— Je le sais. C'est tout. Je sais que tu as tué plusieurs femmes pendant que tu les pénétrais. Je sais que ta verge devient encore plus dure quand tu les étrangles.

— Putain ! Qui t'a parlé de ça, connard !

— Aucune importance. Je sais, voilà tout. Et je sais aussi que tu dois payer.

— La police n'a jamais rien trouvé pour m'inculper. Je suis innocent aux yeux de la justice. C'est peut-être ça qui te fait chier !

— La justice, je l'emmerde. Elle n'est même pas capable d'empêcher les gens comme toi de nuire à la société. Alors je dois m'en charger. Fin de la discussion. »

Antoine joint le geste à la parole. Sa dague tranchante entre en action. Il retient son souffle. Il attrape son arme fétiche des deux mains. Il la fait monter dans les airs, tel un sportif de haut niveau prêt à s'élancer. Il expire un grand coup, en même temps qu'il fait décrire un arc de cercle à la lame. Avec un son net, elle découpe la chair de sa victime comme si c'était du beurre. Le trentenaire entaille d'abord le bras gauche de Kevin. Ses hurlements le mettent en joie. Il sent des frissons lui parcourir le dos.

Antoine marque un temps d'arrêt. Celui-ci ne dure que quelques secondes, durant lesquelles il s'extasie devant le sang qui gicle de la plaie béante. Son regard change. Il sombre dans une folie meurtrière. D'un geste assuré, qu'il a déjà répété des dizaines de fois, il imprime un nouveau mouvement avec son arme. Il la tient désormais d'une seule main. Il la plante, jusqu'à la garde, dans la chair de la cuisse de l'homme qui pousse un hurlement.

Kevin l'implore d'arrêter. La douleur est trop intense. Il est à deux doigts de perdre connaissance.

« Reste avec moi », lui demande Antoine.

Il lui donne des petites tapes sur les joues pour le tenir éveillé. Il peut voir les larmes ruisseler. La douleur. Voilà ce qui le nourrit. Faire souffrir les autres le rend si heureux. Antoine ne se sent jamais aussi bien qu'à cet instant précis.

Il ne lui faut que quelques secondes supplémentaires pour terminer son travail de scarification. Kevin perd beaucoup de sang. Il a plusieurs plaies béantes disséminées sur tout le corps. Antoine se sent tout puissant. Avant que sa victime ne perde connaissance, un aller qui serait sans retour, le jeune homme décide de mettre fin à sa souffrance.

À nouveau, il prend la dague à deux mains et la lève dans les airs. Cette fois-ci, il fait descendre la lame d'un coup sec sur le thorax de Kevin. Le poignard traverse sa cage thoracique, en direction du cœur. Le coup est fatal. Antoine tourne la dague à l'intérieur de cette énième plaie, jusqu'à voir la vie s'évanouir dans les yeux de l'homme qu'il veut éliminer.

Une fois que Kevin a rendu son dernier souffle, il retire la dague de sa poitrine. Le corps de sa victime ne bouge plus. Il est étendu là, sur la table métallique jonchée au milieu de la cave. Du sang s'écoule sur les bâches en plastique disposées au sol.

Vient alors la phase de nettoyage. Antoine se transforme en vrai maniaque. Pas une seule goutte de sang ne doit tomber sur le sol en béton. S'il le protège, ce n'est pas pour rien. Il sait que l'hémoglobine, ça ne ment pas. Si la police avait des soupçons et que la scientifique était envoyée chez lui, une seule petite goutte sur le sol pourrait le trahir. Voilà pourquoi il prend bien soin de faire son affaire sur des bâches en plastique.

Il replie d'abord soigneusement chacun des morceaux de matière organique qu'il avait scotchés entre eux. Il les ramène juste en-dessous de la table métallique, de laquelle s'écoule encore du sang. L'hémoglobine ne doit tomber que sur les bâches. Rien ne doit déborder. Antoine en fait un point d'honneur.

Sa tâche est ensuite de découper le corps de l'homme qu'il vient de tuer et d'enfouir les différentes parties dans des sacs poubelles étanches. Là encore, il prend soin de ne pas en mettre partout. Au fur et à mesure qu'il avance dans ce qu'il doit accomplir, Antoine réfléchit aux différents endroits où il pourra jeter les restes de sa victime. Il n'est pas bête. Il sait qu'il va devoir éviter les plans d'eau où il a déjà jeté les parties du corps de son ancien patron. Et s'il allait jeter celui-là dans l'océan ? Certes, cela lui prendrait plus de temps, mais le courant l'emmènerait vite au large. Surtout s'il leste les sacs en plastique avec des pierres.

Antoine met son plan à exécution. Il charge son véhicule des sacs étanches une fois qu'ils sont remplis. Il revient ensuite à la cave pour terminer la phase de nettoyage. Il replie complètement toutes les bâches qui sont remplies de sang. Il les enfouit, elles aussi, dans des sacs étanches qu'il jettera dans l'océan. Puis il récure chaque coin de la pièce avec de l'eau de Javel et une éponge. Il frotte avec autant de forces qu'il le peut. Il passe et repasse dans tous les endroits de la cave où l'hémoglobine pourrait le trahir : la table métallique, l'évier situé dans un coin, le sol et les murs. Rien n'échappe à son côté maniaque. Il frotte tellement que ses muscles en deviennent douloureux. Pour finir, il nettoie ses outils avec autant d'attention. À la fin, il a tellement frotté que l'éponge s'émiette. Il doit la jeter.

Il ne lui reste plus qu'à se débarrasser de sa combinaison complète. Elle a reçu quelques gouttes de sang. Voilà pourquoi il a laissé une bâche en plastique déroulée au sol. Il se positionne dessus et retire tout son accoutrement. Il enroule ensuite le tout et le jette dans un dernier sac poubelle étanche qui rejoint les autres à l'arrière de son Duster.

Antoine fait un dernier tour de la cave, afin de s'assurer qu'il a bien tout nettoyé, et le voilà parti pour la côte Atlantique. Le jeune homme possède un bateau qu'il utilise rarement. En réalité, il appartenait à son père disparu. Ce dernier lui avait appris à naviguer et l'avait même forcé à passer son permis bateau. Antoine n'aime pas aller sur l'eau ; il en a peur. Il ne le fait que quand il juge cela nécessaire. Ce qui lui permet de garder sa place dans un petit port près du bassin d'Arcachon.

En pleine nuit, il se rend à l'endroit où est situé son bateau. Il le charge des sacs en plastique contenant les restes de Kevin, puis le met à l'eau. Il n'hésite pas à naviguer plus d'une heure pour s'éloigner du bassin, même si la nuit est déjà bien avancée. Il se dirige vers le nord de la Gironde, en direction de la plage du Porge. Il sait que là, le courant marin peut se montrer puissant. S'il jette les sacs étanches à quelques miles nautiques de la plage, il ne risquera rien. Le courant les emportera plus loin et les fera couler dans les profondeurs des eaux.

Aussi vite qu'il le peut, le tueur en série accomplit son œuvre. Une fois qu'il a terminé, il ramène le bateau à sa place et rentre chez lui. Il est plus de quatre heures du matin. Il est épuisé. Heureusement pour lui, il a une journée de repos qui l'attend.

Quand il ouvre la porte de sa maison, soulagé à l'idée de se savoir sous la couette moins de dix minutes plus tard, il marque un temps d'arrêt. Une lettre a été glissée sous sa porte. Antoine hésite à la ramasser. Il pense d'abord à une blague. Cependant, il reconnaît le logo qui se trouve sur le verso de l'enveloppe. Antoine voit le masque de Guy Fawkes et les gouttes de sang. Les *Anonymes*. S'agit-il d'une nouvelle invitation ?

Sa curiosité est piquée à vif. Il n'y a qu'un seul moyen de le savoir. Antoine se baisse pour attraper la lettre. Il déchire l'enveloppe dans un geste imprécis. Il claque la porte pour la fermer. Tant pis pour les voisins, qui doivent dormir à poings fermés. Antoine sort une feuille, qu'il lit avec attention. Sans vraiment s'en rendre compte, il retire ses chaussures, passe dans le salon en se cognant contre une chaise et s'assoit sur le canapé.

Il s'agit bien là d'une invitation à une autre réunion des *Anonymes*. Elle doit avoir lieu le lendemain. La lettre est simple, sans fioritures. Une invitation à participer à une nouvelle table ronde, une mise en garde disant qu'il ne doit divulguer aucune information et un rendez-vous, à la même heure et au même endroit que la fois précédente. Antoine se doute qu'on lui réservera le même sort, pour qu'il ne puisse pas voir où on l'emmènera.

Cependant, la première question reste de savoir s'il a envie de participer à un autre rassemblement de serial killers. Veut-il parler, en détail, de ses activités nocturnes ? Ou simplement écouter les autres participants évoquer leur côté sombre ? Le dilemme est total.

Antoine se dit que ce serait pourtant une occasion de revoir — même si elle sera cachée derrière un masque — cette jeune femme prénommée Solène. Il sait que ce n'est pas sérieux, mais cette perspective fait peser la balance d'un côté. Il décide de se rendre, dans moins de vingt-quatre heures, sur le lieu du rendez-vous.

Au moment de se coucher, Antoine repense à Solène. Qu'est-ce qui lui dit qu'elle participera à cette réunion des *Anonymes* ? Et si elle n'était pas là ? Il est prêt à prendre le risque. Si par malchance elle n'était pas présente, il écouterait patiemment les autres tueurs en série déballer leur histoire. Il refuse encore de parler, puisque personne ne peut l'y obliger.

Et si elle était présente ? Parlerait-il ? Il l'avait bien écoutée se dévoiler. Elle avait évoqué son passé, tumultueux à cause d'un beau-père voué à l'inceste et à une mère aveuglée par... Par quoi, d'ailleurs ? Quelle mère pouvait laisser son compagnon faire du mal à sa propre fille ? Antoine avait du mal à se l'imaginer. Tout comme il avait du mal à se faire à l'idée que Solène avait pu souffrir pendant toutes ces années.

Voilà qui lui donne envie d'apprendre à mieux la connaître. Il veut partager sa douleur, la comprendre, la ressentir. Il désire découvrir comment toutes ces épreuves ont pu forger son caractère et la rendre aussi forte.

Lui aussi a eu son lot d'épreuves à surmonter. Il ne sait que trop bien qu'on n'en ressort pas indemne. Ça laisse des traces. La preuve, il s'amuse désormais à tuer des gens. Visiblement, ce qu'a vécu Solène a eu les mêmes répercussions sur ses activités. Et sur son caractère, qui semble bien trempé. Cela plaît beaucoup à Antoine.

Son physique est également attirant, il ne peut le nier. Cette belle chevelure blonde. Ces yeux d'un bleu perçant qu'il a pu voir derrière le masque. Cette voix douce et posée, rassurante et chevrotante à la fois. Elle a tout pour le faire fondre.

Alors qu'il plonge doucement dans les bras de Morphée, en pensant à cette jeune femme, Antoine se surprend à avoir une érection. Il s'en veut mais se promet de ne pas se caresser. Elle vaut mieux qu'un simple fantasme. Ce qu'il veut, c'est la toucher. La sentir. Partager plus qu'une histoire de meurtres avec elle.

Même si ce jeu s'avère dangereux. Il n'en a rien à faire. Au contraire. Ce jeu pourrait être amusant. Piquant. Il changera sa routine quotidienne.

Et, sait-on jamais, peut-être pourrait-il avoir une vraie relation avec une femme, pour une fois. Ce fichu « Prince Noir » l'en a empêché plus d'une fois. Certaines ont fui devant sa jalousie. D'autres en ont perdu des plumes. Voire la vie. Personne n'a jamais vu qui il était vraiment sans en payer les conséquences. Avec une meurtrière, ce pourrait être différent.

Antoine s'endort avec ces pensées. Il plonge rapidement dans un sommeil profond. Sans rêves. En tout cas, à son réveil, il les aura tous oubliés.

12

« Bonjour Antoine ! Soyez le bienvenu à cette nouvelle réunion des Tueurs en Série Anonymes ! »

Le maître de cérémonie, caché derrière son simple masque en bandeau posé sur les yeux, accueille son invité avec un grand sourire. Il semble satisfait de le voir participer à sa deuxième réunion. Comme la fois précédente, il lui tend un masque de Guy Fawkes, qu'Antoine vient poser sur son visage. Il suit son hôte, qui l'invite à se rendre dans le grand salon.

Quand il entre dans la pièce, Antoine se rend compte qu'il n'est que le troisième participant à être arrivé. Solène n'est pas là. Pas encore. Cependant, il reconnaît les deux hommes qui sont déjà installés : Dominique, l'ancien militaire, et Fabien, ce pervers psychopathe qui a des idées sombres depuis le lycée.

Antoine se demande s'il y aura de nouveaux tueurs lors de cette réunion. Mis à part Solène, il a déjà fait la connaissance de Killian, cet homme un peu fou qui se déguise en père Noël habillé de blanc pour tuer ses victimes. Il ne sait pas s'il reconnaîtra les autres participants de la première réunion à laquelle il a assisté.

Il ne lui faut pas longtemps pour avoir des réponses à ses interrogations. En moins de dix minutes, toutes les chaises disposées dans le salon de cette maison mystérieuse se remplissent. Solène est la quatrième personne à entrer dans la pièce. Quand elle arrive, Antoine retient son souffle. Même si elle ne lui prête pas la moindre attention. Elle se contente d'aller s'asseoir. Elle attend patiemment le début de la réunion.

Antoine reconnaît deux autres personnes présentes la fois précédente. Enfin, il y a deux nouveaux. Il s'agit de deux hommes. Peut-être prendront-ils la parole, ce qui lui éviterait d'avoir à le faire. En effet, Antoine sait déjà que trois des huit personnes présentes à cette réunion sont intervenues la fois d'avant. Il y a de grandes chances pour qu'on lui demande de raconter son histoire.

« Mesdames et messieurs, soyez toutes et tous les bienvenus à cette nouvelle réunion des Anonymes ! Certains commencent à être des habitués, mais il y a des nouveaux parmi nous ce soir. Nous verrons s'ils veulent se présenter. »

Le maître de cérémonie lance la réunion avec exactement les mêmes mots que la fois précédente. Antoine se dit que son hiatus est bien huilé. Il a dû l'apprendre par cœur.

« Ce n'est pas une obligation, poursuit-il, loin de là. S'ils préfèrent se contenter d'observer, c'est leur droit. Cependant, il y a certaines règles à respecter ici. Et en dehors de cet endroit. J'espère que vous en avez toutes et tous conscience. »

Leur hôte poursuit avec exactement les mêmes explications qu'Antoine a déjà entendu. Il les réécoute avec attention, comme tous les autres participants. Ce rappel à l'ordre, qui semble chaque fois nécessaire au maître de cérémonie, devrait suffire à le convaincre de ne pas aller au bout de ses pensées. Et pourtant.

Le maître de cérémonie répète les règles déjà énoncées lors de la première réunion à laquelle Antoine a assisté. Il termine son hiatus par cette phrase :

« Si vous ne savez pas qui sont les autres participants aux réunions, vous évitez de vous mettre en danger. Et de les mettre en danger, eux aussi. »

Le danger. De quoi parle-t-il ? Antoine doit-il avoir peur de cet homme et de ses sous-fifres, lui qui est capable de scarifier, torturer, tuer et découper des gens avant de les jeter au fond d'un lac ou dans l'océan ?

Une fois les règles et précautions d'usage rappelées par le maître de cérémonie, il est temps pour les huit invités à la réunion de se dévoiler. Enfin, pas tous. Seulement quelques-uns prendront la parole. Antoine osera-t-il s'afficher face à des inconnus ? Avec une boule au ventre, il attend que l'homme à la barbe poivre et sel demande qui souhaite prendre la parole. Les nouveaux ne voudront pas. Et il les comprend. Solène, Fabien ou encore Dominique ont déjà parlé lors de leur dernier meeting. Antoine se sent presque obligé d'intervenir.

Quand leur hôte pose sa sempiternelle question, plusieurs regards convergent vers Antoine. Visiblement, les trois tueurs avec qui il a échangé la fois précédente brûlent d'envie d'en apprendre plus sur lui. Personne ne lève la main. Que se passerait-il s'il n'y avait aucun volontaire pour s'exprimer ? Antoine n'a pas à attendre plus longtemps pour le découvrir.

« Bon, comme vous le savez, c'est toujours un peu embêtant quand personne ne se montre volontaire, dit le maître de cérémonie. Je n'aime pas avoir à désigner quelqu'un au hasard. Ceci dit, je ne vais peut-être pas avoir à le faire... »

Un sourire espiègle se dessine sur son visage. Il a remarqué que toutes les têtes, ou presque, sont désormais tournées vers Antoine. Il n'a plus vraiment le choix : il va être le premier à raconter son histoire.

« Antoine, reprend le maître de cérémonie, j'ai l'impression que tu attises la curiosité de nos camarades. En tout cas, ceux qui t'ont rencontré lors de notre dernière réunion. Je ne te forcerai à rien, mais est-ce que cela te gêne de prendre la parole ?

— Non, dit-il timidement.

— Bien. Merci beaucoup, mon cher. Pourrais-tu nous en dire plus sur toi, dans ce cas ?

— Comme vous le savez, je m'appelle Antoine, répond-il en regardant les paumes de ses mains. Je suis né à Bordeaux et mes parents vivaient dans la région... »

Ses paroles se perdent dans le vide. Il a lâché cette phrase sans la préparer. Cependant, sa voix s'est peu à peu affaiblie. Le souvenir de ses parents lui a fait perdre toute confiance en lui.

« Veux-tu nous dire pourquoi tu parles d'eux au passé ? lui demande le maître de cérémonie avec de la sympathie dans la voix.

— Ils sont... Ils ne sont plus de ce monde, se contente-t-il de répondre.

— Rien de plus ?

— N'aie pas peur de te dévoiler », l'encourage Solène.

Le fait qu'elle prenne part à la discussion, qu'elle tente de le rassurer le surprend au plus haut point. Antoine lève la tête vers elle et devine un sourire derrière son masque de Guy Fawkes.

« Mon père a été une victime collatérale dans un attentat. Ma mère est décédée des années plus tard, dans un malheureux accident de voiture. Elle ne supportait pas le départ soudain de mon père. Elle était saoule...

— Je vois que ce sont des souvenirs douloureux. On ne va peut-être pas insister là-dessus, si tu le veux bien. »

Antoine fait oui d'un signe de tête.

« Veux-tu plutôt nous parler de tes activités nocturnes ? reprend le maître de cérémonie.

— Si vous voulez. Il n'y a rien d'exceptionnel. Enfin, je crois.

— Dis-nous quand même ce que tu fais et ce qui te motive à le faire, intervient encore Solène. Comme certains d'entre nous l'ont fait la dernière fois.

— OK. Eh bien, jusqu'à hier, je n'avais tué que des gens qui me gênaient dans ma vie personnelle. Des gens qui, en quelque sorte, étaient devenus des parasites.

— Ah ? Ça a donc changé il y a peu ? reprend leur hôte.

— Oui. Je...

— Ne t'inquiète pas, Antoine. Personne ici ne va te juger. Solène a raison. Tu dois prendre exemple sur tes camarades, qui se sont livrés sans aucune honte. Et si tu commençais par nous parler de ces gens dont tu dis qu'ils te gênaient ?

— Eh bien... Antoine se racle la gorge pour s'éclaircir la voix. Je n'aime pas qu'on vienne m'embêter dans ma petite routine. Du coup, il m'est arrivé d'éliminer les gens qui m'empêchaient de vivre comme je le voulais. Pour vous donner quelques exemples, j'ai déjà mis fin aux jours d'une petite amie jalouse, qui était devenue trop possessive. J'ai aussi, plus récemment, tué mon patron. Il disait m'apprécier mais il m'en demandait toujours plus et même le week-end, il lui arrivait de m'appeler quand j'étais tranquillement chez moi. Je ne le supportais plus. »

Antoine marque une pause. Il n'en revient pas de s'être livré aussi facilement. Il s'en sentirait presque soulagé. Certes, tous les regards sont tournés vers lui. Mais il ne ressent aucun jugement. Personne ne va fuir en courant ou prendre son smartphone pour composer le 17.

« Tu vois, ça a l'air de te faire du bien de parler, l'encourage Solène.

— Est-ce que tu es prêt à nous expliquer comment tu t'y prends quand tu as décidé d'assassiner quelqu'un qui te gêne ? lui demande le maître de cérémonie.

— Je peux. J'ai une cave dans mon sous-sol. Personne n'est autorisé à y entrer. Sauf pour y mourir. Dans cette pièce, j'ai du matériel de bricolage et une grande table en métal sur laquelle j'étends mes victimes. En général, je les attache pour qu'elles évitent de se rebeller. Je ne les tue pas tout de suite. Ces gens, la plupart du temps, m'ont fait souffrir psychologiquement. Je leur rends donc la pareille. Je possède une dague, qui est une pièce de collection qui m'a coûté très cher. Je l'utilise pour sacrifier le corps de mes victimes. Avant de les achever, quand la souffrance est si insupportable qu'ils sont à deux doigts de perdre connaissance. Là, je les regarde droit dans les yeux. Je ressens un tel soulagement quand je vois la vie disparaître au fond de leur regard... »

Nouvelle pause. Antoine se rend compte qu'il vient de déballer un de ses secrets les plus profonds face à des inconnus. S'il s'agissait de personnes lambda, ces révélations auraient signé son arrêt de mort. Il n'en est rien. Le maître de cérémonie, avec son sourire en coin, semble même l'encourager à poursuivre.

« Tu vois, lui dit-il. Ce n'est pas si terrible que ça en a l'air ! En revanche, je me pose une question, si tu permets. Et je pense ne pas être le seul.

— Je vous écoute.

— Que fais-tu du corps de tes victimes ? Comment fais-tu pour nettoyer ta cave ? Je suppose qu'il y a du sang partout...

— Vous voulez des détails, c'est ça ?

— Nous voulons comprendre comment tu as fait pour ne pas te faire prendre par la police. Cela peut être enrichissant pour nous tous !

— Pour le sang, poursuit Antoine en levant la tête pour regarder son auditoire, j'installe des grandes bâches en plastique dans ma cave. Cela permet de nettoyer plus vite. Cela évite qu'il y ait des éclaboussures partout. Le sang, ça ne ment pas. Si la police venait fouiner chez moi, jusqu'au sous-sol, et découvrait une seule petite goutte d'hémoglobine, je serais perdu. Voilà pourquoi je suis aussi minutieux.

— Et intelligent, ajoute Solène.

— Pour ce qui est des corps, je ne sais pas si vous êtes prêts à entendre ma méthode.

— Nous sommes prêts à tout entendre, dit alors Dominique, qui intervient à son tour pour encourager le jeune homme.

— OK. Comme vous voudrez. Pour ne pas me faire repérer, je découpe les corps de mes victimes avec une scie de boucher. Je découpe les quatre membres en deux parties, puis la tête. Avec le tronc, cela me fait dix parties que j'enfouis dans des sacs en plastique. Je pars ensuite les disséminer dans divers points d'eau de la région.

— De la région ? s'étonne le maître de cérémonie.

— Oui. Je dois les éloigner le plus possible. J'ai même un bateau sur le bassin d'Arcachon. Il m'arrive parfois de jeter les parties des corps mutilés dans l'océan Atlantique.

— C'est vraiment astucieux ! s'extasie l'homme barbu. Tu vois, ton expérience est vraiment très intéressante. On peut voir que tout est réfléchi. Tu ne laisses rien au hasard et...

— Ma première règle est de ne pas me faire avoir, l'interrompt Antoine. Je mets tout en œuvre pour y arriver.

— Bien, reprend l'homme, quelque peu étonné de s'être fait couper la parole. Maintenant, veux-tu nous dire ce qui a changé hier ? Tu as encore tué, n'est-ce pas ?

— Oui.

— Mais il ne s'agissait pas d'une personne qui te gênait, comme tes autres victimes ?

— Non.

— Tu veux nous en dire plus ?

— Je crois que... j'ai assez parlé, souffle Antoine en baissant à nouveau les yeux vers le sol.

— Très bien, répond le maître de cérémonie sans s'offusquer. C'est ton droit de ne pas vouloir en dire plus. Tu nous en as déjà dit beaucoup, tu as raison. Gardons-en un peu pour une prochaine fois. »

Antoine, soulagé, passe le reste de la réunion à écouter les histoires racontées par les autres intervenants. Deux personnes prennent la parole pour expliquer pourquoi elles tuent, ce qu'elles éprouvent et comment elles choisissent leurs victimes.

Quant à lui, il rencontre un nouveau sentiment, qu'il n'avait jamais ressenti auparavant. Il a de la gratitude pour cet homme qui se tient debout face à eux. Lui qui ne cache pas complètement son visage et laisse paraître sa barbe poivre et sel. Grâce à cette personne, Antoine se sent moins seul. Il partage son désarroi de vivre avec un « Prince Noir » et de devoir nourrir cette noirceur. Ils sont plusieurs à être comme lui.

Comme Antoine, toutes les personnes qu'il a entendu parler lors de ces réunions des *Anonymes* semblent prendre un certain plaisir dans l'acte de tuer. Comme lui, ils aiment tous voir le sang s'écouler des plaies béantes de leurs victimes. Cela leur donne un sentiment de toute-puissance et de supériorité.

Pouvoir octroyer la mort, ôter la vie à tout moment, voilà qui peut vite faire tourner la tête.

Alors qu'il pense à cela, Antoine s'aperçoit que Solène tourne régulièrement la tête vers lui. Le maître de cérémonie va-t-il s'en rendre compte ? Se mettrait-elle en danger pour lui ? Antoine espère pouvoir lui parler à la fin de la réunion, comme la fois précédente. Juste pour pouvoir entendre le son de sa douce voix, voir ses beaux yeux bleus et sa belle chevelure blonde de plus près. Il sait qu'il ne pourra pas aller plus loin mais ce serait déjà pas si mal. Bien sûr, Dominique pourrait se joindre à eux, ou même Fabien. Peu lui importe. Tout ce qu'il souhaite, c'est pouvoir remercier Solène, qui l'a encouragé à se livrer. Elle a fait un pas vers lui. Il lui en est reconnaissant.

Elle aurait pu ne rien dire et le laisser se débrouiller seul. Elle a préféré parler, quitte à couper la parole au maître de cérémonie. Antoine a bien vu qu'il ne l'a pas bien pris. Il ne doit pas être habitué à cela. Lui en tiendra-t-il rigueur ? Impossible à dire. Antoine n'en a que faire. Tout ce à quoi il pense, désormais, c'est à cette jeune femme dont il aimerait découvrir le visage. Sentir son parfum et voir ses beaux yeux à travers son masque de Guy Fawkes ne lui suffit plus.

13

Après trois quarts d'heure de discussion et d'échanges, la réunion prend fin. Trois personnes, dont Antoine, sont intervenues ce soir-là. Cela paraît suffisant au maître de cérémonie, qui décide de conclure leur petit rassemblement. Comme la fois précédente, Antoine et ses camarades d'un soir sont invités à prendre un café ou un thé, accompagné de biscuits préparés pour l'occasion.

Plusieurs hommes, à la carrure de boxeurs, se trouvent autour de la table dressée au fond du salon. Antoine se dirige vers elle d'un pas non assuré. Il se sert un café. Même à cette heure tardive, il sait qu'il ne risque rien : la caféine ne l'a jamais empêché de dormir, contrairement à son « Prince Noir ».

Au moment de se servir, son regard croise celui du maître de cérémonie. L'homme à la barbe poivre et sel lui sourit malicieusement. Il lui fait un signe de la tête pour lui signifier que quelque part, il est fier de l'avoir fait parler. Antoine semble même le voir faire un clin d'œil. Peut-être est-ce un signe pour lui faire comprendre qu'il ira plus loin. La fois prochaine, il essaiera de lui faire dire pourquoi il a décidé de sortir de sa routine en tuant une personne qui n'avait rien à voir avec le code d'honneur qu'il a mis en place depuis des années.

Antoine sait qu'il devra avouer la vraie raison qui l'a poussé à tuer, la veille. Il ne pourra pas en réchapper. Cet homme semble lire en eux comme dans un livre ouvert. Il est fin psychologue. S'il ment, Antoine est convaincu qu'il le saura. Il devra alors parler à tout le monde de son « Prince Noir », de sa soif de sang grandissante et des sentiments qu'il éprouve déjà à l'encontre d'une autre tueuse, qu'il se gardera bien de nommer. En parlant d'elle...

« Je tenais à te féliciter, dit une voix féminine derrière lui.

— Merci, répond Antoine en laissant tomber un sucre dans sa tasse de café.

— Non, vraiment, dit Solène en attrapant un biscuit dans le plat disposé sur la table. Tu as été très courageux. Ce n'est pas évident de prendre la parole comme tu l'as fait, surtout quand c'est seulement la deuxième réunion à laquelle on assiste.

— Oui, tu as peut-être raison. Tu veux du café ? lui demande-t-il, heureux d'entendre la douce voix de Solène et de pouvoir la regarder droit dans les yeux. Même si son regard le trouble.

— Non, merci. Si je bois du café maintenant, je ne dormirai pas de la nuit !

— C'est vrai qu'il est tard ! Pardon, mais le café ne me fait aucun effet donc je ne m'en rends pas compte.

— Ce n'est rien. Par contre, tu peux me servir du thé, dit-elle avec un sourire qu'Antoine devine à ses yeux qui se plissent.

— Va pour un thé, répond-il en prenant une tasse pour la servir.

— Ton histoire personnelle est vraiment touchante, lâche-t-elle alors qu'il a le dos tourné. Je n'imagine même pas ce que tu as pu ressentir quand tu t'es retrouvé... Orphelin.

— La tienne aussi est pas mal, dit-il en lui donnant son thé. Tu prends du sucre ?

— Non, ça ira. Merci. Ah bon, tu trouves que ce que j'ai dit était touchant ?

— Eh bien, oui, en quelque sorte. Moi non plus, je n'ose pas imaginer ce que tu as pu vivre comme enfer avec un beau-père comme le tien.

— Oui... Tout ce qui nous est arrivé...

— Ça nous a tous bien foutus en l'air ! assène Dominique, qui se joint à la conversation.

— Comme tu dis, répond Antoine.

— Ne vous y méprenez pas, reprend l'ancien militaire, qui à son tour prend un biscuit. Je ne voulais pas m'immiscer dans votre discussion. Mais il faut dire qu'on a tous bien souffert. C'est peut-être ça qu'on veut faire payer à nos victimes.

— Je pense que tu es dans le vrai, dit Solène.

— Je suis d'accord, ajoute Antoine. Même si j'ai du mal à comprendre le but de nos réunions.

— On s'interroge tous. Mais comme je vous l'ai déjà dit : si mon expérience dans les forces militaires m'a appris une chose, c'est que parfois il vaut mieux ne pas trop en savoir.

— Peut-être », répond vaguement Antoine en s'éloignant de la table.

S'il a envie de discuter avec Solène, le tournant que prennent les choses avec l'arrivée de Dominique ne lui plaît guère. Il préfère marcher dans le grand salon en attendant qu'on l'invite à rentrer chez lui. Du coin de l'œil, il voit Fabien rejoindre les deux autres meurtriers. Il tourne définitivement les talons.

Antoine fait le tour de la pièce, observant les quelques tableaux accrochés au mur. Il pense que cet homme, qui les reçoit dans son humble demeure, est quelqu'un de riche. Peut-être est-ce un businessman, qui a réussi sa vie grâce à ses affaires. Si le jeune homme se pose des questions sur lui, il sait qu'il n'en saura jamais plus. Dans le cas contraire, il pourrait y laisser sa vie.

« J'aimerais te voir ailleurs qu'ici, entend-il derrière lui.

— Quoi ? répond-il en se retournant pour s'apercevoir que c'est Solène qui vient de lui chuchoter ces mots à l'oreille. Tu es folle ou quoi ?

— C'est possible, oui. Mais j'ai vraiment envie d'en découvrir plus sur toi. Peut-être même de voir ton visage.

— Tu sais ce qu'on risque si on fait cela ? répond-il en s'efforçant de ne pas élever la voix. Rien que le fait d'avoir cette discussion... S'ils nous entendent, dit-il en désignant du regard les quatre colosses installés derrière la table, quelques mètres plus loin.

— J'en suis totalement consciente. Malgré tout, tu m'intrigues. Je n'y peux rien. C'est comme ça. »

Antoine est totalement perdu. Mille pensées se bousculent dans sa tête. Solène semble ressentir la même chose pour lui que ce qu'il éprouve à son égard depuis la première réunion à laquelle il a assisté. La seule différence, c'est qu'elle est parvenue à y mettre des mots. À voix haute, devant lui. Jamais il n'aurait osé le faire.

Une petite voix à l'intérieur de sa tête lui dit de ne pas s'aventurer sur cette pente glissante. Pourtant, c'est presque inespéré. Ce serait la première fois qu'il trouverait une femme qui éprouve les mêmes sentiments que lui. Et qui le comprendrait, puisqu'elle est comme lui.

« Mais on ne peut pas se voir en dehors des réunions. On ne sait rien l'un de l'autre, de toute façon. Et c'est bien mieux comme ça.

— On trouvera un moyen de se voir ailleurs qu'ici. D'apprendre à réellement se connaître. Fais-moi confiance.

— Quoi ? As-tu seulement entendu ce que je viens de te dire ? »

Antoine doit faire un gros effort pour continuer à parler tout bas. Il a envie de hurler, tant l'idée de Solène lui semble saugrenue. L'est-elle réellement ? Ne brûle-t-il pas d'envie, lui aussi, de la voir sans ce masque ridicule ?

« J'ai entendu, ne te fâche pas et ne hausse pas le ton. Mais j'ai aussi compris que tu ressens la même chose que moi. J'ai vu la manière dont tu me regardes. Ça ne trompe pas. Tu sais, les femmes ressentent ce genre de choses et...

— Chut, ne dis plus rien. Voilà le maître de cérémonie.

— Alors, vous deux, dit l'homme barbu en s'approchant de Solène et Antoine. Qu'est-ce que vous manigancez ?

— Je félicitais Antoine d'avoir réussi à prendre la parole, répond Solène sans se démonter. Je me suis souvenue à quel point cela m'avait été difficile.

— C'est vrai que tu as attendu ta quatrième réunion pour bien vouloir nous en dire plus, dit-il en posant une main sur l'épaule de la jeune femme. Antoine, il est plutôt rare qu'un homme avec un bagage aussi lourd que le tien parle aussi rapidement. Je tiens aussi à te féliciter !

— Merci », répond-il timidement, lui qui ne s'est jamais senti aussi mal à l'aise de toute sa vie.

Le maître de cérémonie s'éloigne sans en dire plus. Sentant le danger se rapprocher, Solène retourne vers la table. Sans manquer de lancer un clin d'œil à Antoine, en lui disant tout bas :

« On y arrivera, je te le promets. Il nous faudra être extrêmement prudents, mais on trouvera un moyen de le faire. »

Au moment où la jeune femme s'éloigne, Antoine se rend compte qu'il retenait son souffle. Il craint le maître de cérémonie, sans comprendre pourquoi. Solène, en revanche, semble se jouer de lui avec un malin plaisir.

Troublé par cet échange, Antoine entend à peine l'appel de leur hôte quand il annonce aux participants de la réunion qu'il est temps de les reconduire chez eux. Un des colosses qui se trouvait derrière la table vient le chercher, alors qu'il est toujours planté au beau milieu du salon, comme sonné par ce qui s'est passé quelques secondes auparavant.

C'est la même rengaine que la fois précédente. Les tueurs en série sont ramenés un à un vers la porte d'entrée de la bâtisse. Ils ne voient aucune autre pièce que le salon et le couloir menant à cette porte. Tout est cloisonné. Ils n'ont pas le droit d'en voir plus. Une fois sur le perron, l'homme tout de noir vêtu qui les accompagne leur enfile une cagoule sur la tête avant de les conduire vers un van dont le moteur est déjà en route.

Antoine fait partie des premiers à partir. Il ne revoit pas Solène, qui se trouve derrière lui. Ce qui ne l'empêche pas de penser à ses mots, tout au long du trajet qui le mènera jusqu'au point de rendez-vous : le parc de Monsalut, à Cestas. À cette heure tardive, bien qu'il soit fermé au public, les deux hommes en noir qui raccompagnent Antoine se montrent extrêmement prudents. Le conducteur du van laisse le moteur en route, le temps que l'autre colosse ouvre la porte coulissante pour faire descendre Antoine du véhicule. Il le conduit jusqu'au portail d'entrée du parc. Avant de lui ôter sa cagoule, il s'assure qu'aucune voiture n'approche. Puis, il s'exécute. Avant de repartir vers le van, sans prononcer une seule parole.

Antoine rentre chez lui sans plus tarder. Il ressent des frissons quand il repense au regard de Solène plongé dans le sien. La jeune femme occupe toutes ses pensées. Il ressasse leur discussion et se met à imaginer qu'une rencontre, en dehors de ces réunions entre serial killers, lui plairait grandement. Malgré le danger que cela représente.

14

« Rassure-moi : tu as vu ce qu'il s'est passé entre eux ? Tu as entendu ce qu'ils se sont dit ? »

Baptiste est furieux. Il a comme l'impression qu'il y a eu un rapprochement entre un homme et une femme ayant assisté à la réunion qui a pris fin il y a environ deux heures.

« Calmez-vous, patron. Comme vous, je les ai vu se parler. Mais je n'ai pas entendu ce qu'ils se disaient. Ils peuvent avoir échangé sur la prise de parole d'Antoine, sans rien se dire de plus.

— Tu te fous de moi ! Depuis le temps qu'on travaille ensemble, tu ne sais pas reconnaître quand deux tueurs de sexes opposés flirtent ensemble ?

— Flirter ? Le mot est peut-être un peu fort...

— Peut-être ! Mais en tout cas, ce n'est jamais anodin quand un homme et une femme se parlent comme ça, à la fin d'une réunion. J'ai beaucoup plus d'expérience que toi et je sais de quoi je parle ! »

Dans ces moments-là, Anthony s'abstient de répondre. Baptiste le sait. Il doit le prendre pour un fou. Pourtant, le maître de cérémonie est quasiment certain d'avoir raison. Il n'a aucune preuve, à part le fait qu'Antoine et Solène se sont parlé après la réunion.

Comme un lion en cage, Baptiste traverse la pièce de long en large. Il rumine ce qu'il vient de dire à son principal homme de main.

« Tu vas redoubler de vigilance, d'accord ? Tu n'aurais même pas dû rentrer... Je sais que tu es resté en planque pendant plusieurs jours devant chez lui et que je t'avais promis qu'on prendrait ta relève pendant deux ou trois jours. Mais tu vas y retourner.

— Pardon ?

— Oui, je veux que ce soit toi qui le surveilles.

— Sans vouloir vous offenser, patron. Qu'est-ce que je peux faire de plus qu'un autre ne peut pas faire ?

— J'ai toute confiance en toi. Je sais que tu seras plus vigilant qu'un autre, surtout en sachant ce que je pense de leur petit rapprochement. Au moindre détail, au moindre changement dans ses habitudes, tu me feras un compte-rendu par SMS.

— C'est de la folie... »

Baptiste se tourne vers son homme de main. Il a le regard noir. Ce n'est jamais bon signe quand il laisse la colère l'envahir de la sorte.

« De la folie, hein ? Écoute-moi bien, Anthony. Malgré tout le respect que j'ai pour toi, tu ne connais même pas un dixième des rouages de cette organisation. Si je me fais du souci, ce n'est pas pour rien. Si j'ai dû rappeler les règles lors des dernières réunions, ce n'est pas pour rien non plus. On a de la chance, en France. C'est rarement arrivé qu'on ait deux tueurs qui tentent un rapprochement. Mais sache que c'est arrivé à d'autres. Et tu veux savoir ce qu'a fait la maison-mère ? Elle a fait le ménage. Jamais je ne les laisserai faire ça au sein de mon organisation. Tu m'entends : jamais ! »

Anthony ne comprend pas tout ce que raconte le maître de cérémonie. Peu lui importe. Ce dernier lui ordonne de retourner en planque devant le domicile d'Antoine. Il ne doit plus le lâcher d'une semelle, jusqu'à nouvel ordre. Baptiste ne pourra dormir sur ses deux oreilles qu'au moment où il saura que son homme de confiance s'est lancé à fond dans sa mission.

Une fois seul dans son bureau, Baptiste va s'asseoir sur le canapé. Exténué, comme toujours après avoir présidé une réunion, il se noie dans l'alcool. Le whisky l'aide à contenir sa colère. Ce breuvage qu'il ingère en grande quantité l'aide aussi à trouver le sommeil. Grâce à la boisson, Baptiste oublie tous les mauvais actes qu'il a pu perpétrer au nom des *Anonymes*.

15

On y arrivera, je te le promets.

Cette phrase tourne en boucle dans sa tête. Antoine ne sait pas ce que Solène imagine, ni quel plan elle compte mettre en place. Tout ce qu'il sait, c'est qu'elle avait l'air déterminée. Il sait parfaitement que quand une femme veut obtenir quelque chose, elle met tout en œuvre pour parvenir à ses fins.

Quand il arrive devant sa maison, Antoine plonge la main gauche dans sa veste pour attraper ses clés. Là, en plus de son trousseau, ses doigts effleurent un autre objet : un bout de papier. Il ne se rappelle pas l'avoir mis là. Aurait-il oublié de jeter une de ces listes de courses qu'il fait parfois pour être sûr de penser à tout une fois au supermarché ? Antoine n'a qu'un seul moyen de le savoir.

Avec des gestes rapides, il cherche la clé de sa maison. Il veut aller si vite qu'il fait tomber le trousseau. Il lâche un juron, le ramasse et souffle un grand coup. Cette soirée semble l'avoir ébranlé. Il est sorti de sa routine et s'est fait draguer par une femme. Cela fait quelques temps qu'il n'a pas eu de petite amie ; à tel point qu'il en est décontenancé.

Antoine essaie de se calmer. Il retrouve des gestes plus précis, comme quand il commet un meurtre. Une fois entré chez lui, il prend le bout de papier qui se trouve dans la poche gauche de sa veste. Il la range dans le placard de l'entrée avant de se diriger vers le salon.

Sans ôter ses chaussures, Antoine s'assoit sur le canapé. Il déplie la feuille A4. L'écriture est soignée, féminine. Il ne s'agit pas d'un pense-bête pour faire ses courses. Lui a une écriture penchée, avec des lettres moins rondes. Qui a pu lui laisser ce mot ?

Antoine a bien sa petite idée. Même si cela lui semble impossible. Il sait qu'il n'a qu'une façon d'obtenir des réponses : il doit lire ce qui est écrit sur la feuille blanche.

Cher Antoine, si tu lis ce mot c'est que nous avons réussi à nous parler et que nous envisageons de nous voir en dehors de ces réunions ridicules. Mon nom complet est Solène Doyon. J'habite à Pessac, tout près du Bois des Sources du Peugue. C'est là qu'ils me donnent rendez-vous quand ils veulent que j'aille aux Anonymes.

Je te dis cela pour t'en apprendre un peu plus sur moi, mais attention : TU NE DEVRAS JAMAIS VENIR CHEZ MOI ! Ce serait trop risqué, pour toi comme pour moi.

J'ai quand même très envie que l'on se voie sans ce masque absurde. Je veux découvrir ton visage et te montrer le mien. Je sais à quel point cela peut être dangereux. Mais si toi aussi tu en as envie, ce n'est pas ça qui nous arrêtera.

Je possède un petit chalet au bord du bassin, près du Cap Ferret. On pourrait s'y rencontrer sans éveiller les soupçons. Il faudra que tu sois prudent et que tu fasses de nombreux détours pour m'y rejoindre. Je te laisse les coordonnées GPS : 44° 40'16.8" N/1° 14'23.3" W.

Si tu veux me voir, tu n'auras qu'à m'y rejoindre, dans deux jours. Je t'attendrai. Ne viens pas trop tôt.

Je t'encourage à attendre que la nuit soit déjà bien avancée.

Sois prudent. Solène.

Antoine s'effondre sur le canapé. Il ne sait pas quoi penser de la tournure que prennent les événements. Avant d'assister à sa seconde réunion des *Anonymes*, il voulait en savoir plus sur Solène. Désormais, il a peur. Plus pour elle que pour lui. Il craint de la mettre en danger s'il répond à son invitation. Pourtant, il devrait être le plus heureux des hommes.

Cette jeune femme, qui semble si jolie derrière son masque, a pris les devants. C'est elle qui l'invite à la rejoindre et non l'inverse. Il y a quelques jours, c'était inespéré.

Que faire ? Antoine a très envie d'aller rejoindre Solène sur le bassin. Il sait qu'il devra prendre mille précautions pour s'assurer qu'il n'est pas suivi. Après tout, ces hommes sont capables de le suivre quand il tue quelqu'un. Le suivent-ils tout le temps, pour savoir quand il va agir de nouveau et ensuite lui lancer une invitation pour assister à une réunion des *Anonymes* ? Il semblerait que c'est comme cela qu'ils fonctionnent. Il ne sera pas aisé de les semer, s'il décide de se rendre au Cap Ferret.

Après quelques minutes de réflexion, Antoine se lève. Il ôte ses chaussures et se dirige vers son antre : le sous-sol. Là, il allume son ordinateur. Il veut entrer les coordonnées GPS laissées par Solène pour voir où se trouve exactement ce chalet dont elle a parlé. Pour plus de discrétion, Antoine se connecte au Dark Web pour effectuer sa recherche. Il pose la feuille à côté du clavier et entre les coordonnées dans un moteur de recherche. Une carte du bassin d'Arcachon apparaît à l'écran. Antoine doit zoomer pour ne plus voir que le Cap Ferret. Là, un point désigne l'endroit où se trouve le chalet. Comme s'il était sur Google Maps, Antoine peut bifurquer pour avoir une vue satellite de cet endroit. Il aperçoit clairement un chalet en bois. Pour lui, un tel chalet se trouve en montagne, et non au bord de la mer. Quoiqu'il en soit, il est rassuré sur une chose : Solène ne lui a pas menti. Dans deux jours, c'est là qu'elle l'attendra.

Cependant, Antoine n'a pas fini de se poser des questions. Il reprend sa petite routine et se rend à son travail (avec toujours cette menace de licenciement pour certains de ses collègues, qui rend l'atmosphère pesante, à cause de sa pulsion et du meurtre qu'il a commis...). Tout au long de la journée, il ne pense qu'à Solène. Il se demande s'il est raisonnable de risquer sa vie pour une femme qu'il connaît à peine. Et si ça ne collait pas entre eux ?

D'un autre côté, le jeune homme ne cesse de penser à ces petits détails qu'il aime déjà chez elle : sa silhouette, sa belle chevelure blonde, ses beaux yeux bleus. Sans parler de sa voix, qui semble l'envoûter chaque fois qu'il l'entend. Serait-il déjà amoureux ?

Comme cela avait été le cas avant qu'il assiste à sa première réunion des *Anonymes*, Antoine tente de peser le pour et le contre. Il s'aperçoit vite que ces réflexions ont pour effet de calmer son « Prince Noir », qui ne se manifeste pas une seule seconde. Quand il pense à cette jolie jeune femme, il n'a pas envie de tuer. Son côté fleur bleue prend le dessus sur sa noirceur. Est-ce vraiment quelque chose de positif ?

Antoine veut se convaincre que oui. Ce serait la première fois qu'il parvient à échanger avec une femme qui est comme lui. Solène pourrait le comprendre. L'inverse serait également possible. Elle n'aurait pas à fuir en apprenant ce dont il est capable.

Elle sait déjà et lui a quand même glissé ce morceau de papier dans la poche de sa veste.

Une fois rentré après une journée de dur labeur, il pense à autre chose. Alors qu'il prend une douche bien chaude, il repense aux quelques relations qu'il a eues avec des personnes du sexe opposé. Il se rend compte qu'il a toujours dû mentir aux femmes qui partageaient sa vie. Quand son « Prince Noir » se manifestait et qu'il devait le nourrir, il s'éloignait d'elles. Il se renfermait sur lui-même et mettait en place des mensonges plus gros les uns que les autres. Pour les protéger. Pour se protéger.

Il n'aurait pas à le faire avec Solène. Pourtant, il reste convaincu qu'ils ne pourront jamais former un couple modèle. Comment deux tueurs en série pourraient-ils s'en sortir dans ce monde ? Cela lui semble impossible d'y arriver et fait pencher la balance d'un côté.

Et si le maître de cérémonie apprenait qu'ils se voyaient en dehors des réunions ? Chaque fois, il énonce clairement les règles. Ainsi que les conséquences pour ceux qui ne les respecteraient pas. Irait-il jusqu'à les faire tuer s'ils se voyaient, dans ce chalet, sans se montrer assez discrets ?

Le lendemain, Antoine fait tout ce qu'il peut pour rester dans le bureau de son ancien patron. Il fait croire à Claire qu'il doit avancer dans la paperasse de l'entreprise, qui malgré tout ce qui se passe doit continuer son activité. La jolie blonde le remercie une fois de plus pour son aide et le laisse tranquille, au moins pour la matinée.

Si Antoine aurait bien des choses à faire pour aider la secrétaire, il ne parvient pas à se concentrer. Ce jour pourrait changer sa vie, s'il se décidait à rejoindre Solène au Cap Ferret. Le fera-t-il ? Il n'a pas encore pris de décision. Il tente une nouvelle fois de peser le pour et le contre.

Vers dix heures, il se convainc qu'il doit suivre son cœur. Une heure plus tard, il ne voit que les dangers. Aux alentours de midi, il est complètement perdu. Cette jeune femme, de quelques années sa cadette, le rend déjà fou. Antoine sait qu'elle l'attendra. Que se passera-t-il s'il la rejoint ? Ne feront-ils que discuter ou leur rendez-vous arrangé ira-t-il plus loin ?

Pour se changer les idées, Antoine prend son déjeuner avec quelques-uns de ses collègues. Il en a marre de penser à la jeune femme. Par ailleurs, il sait qu'il doit rester au contact des autres hommes avec qui il travaille. Il ne veut pas qu'ils pensent qu'il pourrait prendre la place de leur ancien patron. Il leur assure que cela n'arrivera jamais et que, comme eux, il est toujours sous la menace d'un licenciement.

Antoine passe l'après-midi sur un chantier qu'il doit absolument terminer avant la fin de la semaine. Cela lui permet de moins penser à Solène. Il sait qu'il devra prendre sa décision, le soir venu. En attendant, il a du travail et doit rester concentré.

Vers dix-huit heures, il rentre enfin chez lui. Sur le chemin du retour, le flot de ses pensées explose. Toutes les questions laissées en suspens lui reviennent comme un boomerang.

Une fois arrivé chez lui, il gare sa voiture mais n'en descend pas tout de suite. Il se masse les tempes, soudainement pris d'une migraine. Il doit rentrer dans la maison, prendre un médicament et se poser. Antoine sait que les prochaines heures seront cruciales.

Ce qui ne l'empêche pas de faire les cent pas dans le salon. Plus les minutes avancent et plus il a envie de rencontrer Solène. Il veut voir son visage, malgré tous les dangers que cela représente. Va-t-il se montrer égoïste et céder à ses pulsions ?

16

Assis sur le canapé, Antoine est décidé à partir. Pourtant, une pointe d'hésitation subsiste. Il reste là, à tourner et retourner son téléphone portable entre ses mains. Il a entré les coordonnés GPS du chalet de Solène dans son application de navigation. Il a mis sa veste et ses baskets blanches. Les clés de son Duster sont posées à côté de lui. Qu'attend-il pour y aller ?

Il n'ose se l'avouer, mais la peur le retient. Antoine sait qu'il est surveillé. Il sait que lors de ses deux derniers meurtres, il a été suivi. S'ils le voient sortir de chez lui, ils penseront qu'il va de nouveau tuer. Est-ce vraiment si mauvais ? Ne peut-il pas les semer en route et expliquer ensuite qu'il savait qu'il était pris en filature ?

Ses mains tremblent. Son cœur bat la chamade. Que va penser Solène s'il ne la rejoint pas ? Il est sûr d'une chose : s'il veut voir son visage et en découvrir plus sur elle, c'est ce soir ou jamais.

Au bout d'un moment, il ne tient plus. Il est pris d'une pulsion. Il doit la suivre, ne surtout pas la faire taire. Il se lève d'un bond, attrape ses clés de voiture et sort. Une fois dans le garage, il marque un temps d'hésitation. Le bruit des portières qui se déverrouillent le fait revenir à la réalité. Il doit y aller.

Cinq minutes plus tard, Antoine prend conscience qu'il roule en direction de l'autoroute A63. Celle qui le mènera vers le bassin d'Arcachon. Il lève les yeux vers le rétroviseur central pour s'apercevoir qu'un van noir le suit. Phares éteints, il fait tout pour rester discret. S'il ne savait pas qu'il était suivi, Antoine n'y aurait vu que du feu. Mais il sait.

Comment faire pour les semer ? Ils vont vite comprendre où il se rend. Le fait qu'il ait décidé de répondre à l'invitation de Solène va finalement la mettre en danger plus qu'autre chose.

Bifurquer. Ne pas s'engager sur l'autoroute. Voilà tout ce qui lui reste à faire. Le jeune homme fait demi-tour, comme s'il voulait rentrer chez lui. Cependant, il prend bien la route du bassin, en passant par la départementale. Connaissent-ils toutes les petites routes où l'on peut vite se perdre la nuit ? Antoine a bien envie de le découvrir.

Son idée est de les mener en bateau. Prendre un itinéraire tellement alambiqué qu'ils n'auront aucune idée de l'endroit où il souhaite se rendre. Au final, l'idée est de les perdre. Antoine a un avantage : il connaît le coin comme sa poche. Il sait comment aller jusqu'au Cap Ferret, de l'autre côté du bassin, tout en faisant des détours pour perdre le van qui le suit.

Rira bien qui rira le dernier.

Cette course poursuite rend le trajet excitant. Antoine doit bien se l'avouer : cela casse sa routine et ce n'est pas plus mal. Cela lui plaît.

Pendant plus de deux heures, il tourne en rond dans les petits villages qu'il traverse. Il emprunte des routes départementales dont il soupçonnait à peine l'existence. À un moment donné, il pense même s'être perdu. Heureusement qu'il a son GPS, qu'il a glissé entre ses jambes, sur son siège, pour que les hommes qui le poursuivent ne comprennent pas à quel jeu il est en train de jouer.

À force de patience, il arrive à les semer. Arrivé dans un village à mi-chemin entre Bordeaux et le Cap Ferret, il se rend compte qu'il n'est plus suivi.

Antoine s'arrête sur le bas-côté, tout près de la mairie du village. Il laisse le moteur de son véhicule tourner. Il attend quelques minutes, dans la crainte de voir le van noir réapparaître dans son rétroviseur. Quand il est sûr de ne plus être poursuivi, il reprend la route. Il accélère, suivant l'itinéraire proposé par son GPS, pour arriver au plus vite au chalet de Solène.

Quelques dizaines de minutes plus tard, Antoine se gare enfin à l'endroit où les coordonnées GPS l'ont mené. Le chalet est caché derrière une balustrade en bois et une haie de lauriers parfaitement entretenus. Il se demande si le portail qui se trouve face à lui est ouvert. Avant de tenter sa chance, il prend une grande inspiration. Il jette un coup d'œil à gauche et un coup d'œil à droite pour s'assurer que le van ne l'a pas retrouvé. Il ne voit personne.

Pourtant, Antoine ne sait toujours pas sur quel pied danser. Il reste là, planqué devant le portail, sans bouger. Toutes les questions qu'il s'est posées ces dernières vingt-quatre heures remontent à la surface. Et si c'était la pire chose à faire ? Si cela se passait mal entre Solène et lui ? Et si, finalement, le maître de cérémonie des *Anonymes* savait déjà ce qu'ils s'apprêtent à faire ?

Antoine commence à faire les cent pas devant la propriété qui abrite le chalet où il a été invité. Il se torture l'esprit.

Arrête de penser, et agis ! Maintenant. Tu pourrais le regretter et après, il sera trop tard, s'exhorte-t-il.

Il sait qu'il est déjà trop tard pour rebrousser chemin. Il a joué avec les hommes qui le suivaient. Il devra s'en expliquer. Que pensera le maître de cérémonie s'il lui dit qu'il avait juste besoin de prendre l'air en allant jusque sur le bassin ? Il ne le croira pas.

Tu ne peux plus faire machine arrière.

Antoine doit prendre son courage à deux mains. Il s'avance vers le portail. C'est le dernier obstacle qui le sépare de cette femme. Solène Doyon. L'envie de découvrir son visage, d'apprendre à mieux la connaître n'est-elle pas plus forte que tous les dangers auxquels il s'expose déjà ? Doit-il renoncer à la possibilité d'être enfin lui-même en compagnie d'une femme ?

Non. Tu ne peux pas. Il faut que tu y ailles.

Antoine, qui n'a jamais tergiversé quand il s'agissait d'éliminer une personne devenue gênante pour lui, pose la main droite sur le loquet du portail. Après une dernière hésitation, il actionne la poignée, ouvre le portail et entre. Les mains enfouies dans les poches de son jean, le regard fuyant, il approche lentement vers la porte d'entrée.

Qui s'ouvre.

Apparaît alors une jolie blonde aux yeux bleus, dont le visage angélique finit par le faire fondre. Ce soir, son « Prince Noir » n'aura aucune velléité de sortir. Il va rester sagement endormi au plus profond de son être.

17

Il n'a même pas eu à frapper à la porte. Faire machine arrière n'est plus une option. Solène est apparue devant lui telle une déesse à la chevelure dorée.

Elle est si belle, pense-t-il intérieurement.

Bouche bée, il la voit s'avancer vers lui. Elle sourit. En plus d'avoir un visage d'ange, elle s'est préparée. Pour lui. La jeune femme porte une belle robe de soirée noire, plutôt courte, avec des collants et des bottines à talons. Il doit se pincer pour être certain de ne pas rêver.

« Viens, lui dit-elle en l'invitant à la suivre à l'intérieur du chalet. On ne va pas rester dehors, quand même.

— Je... Tu es magnifique, parvient-il à balbutier.

— Merci, répond-elle avec un franc sourire et un brin de malice dans les yeux. Tu n'es pas mal non plus ! »

Solène tourne les talons. Après quelques secondes à rester immobile, Antoine lui emboîte le pas.

La jeune femme referme la porte derrière elle. Son regard est plein de malice. Elle sait ce qu'elle veut. Antoine, quant à lui, est encore hésitant. Malgré la beauté de cette jolie blonde. Elle semble avoir compris que c'est à elle de faire le premier pas. Elle invite Antoine à la suivre dans le salon. Elle le prend par la main et lui sourit encore. Il sent qu'elle n'a qu'une envie : qu'ils aillent plus loin dans leur relation. Mais lui est-il prêt ? Alors qu'il se pose la question, il sent une tension grandir entre eux. Solène se rapproche de lui, inexorablement. Il ne peut plus s'échapper.

Elle l'embrasse langoureusement, avec passion. Jamais aucune femme ne s'était montrée aussi entreprenante avec lui. S'il est surpris, Antoine ne repousse pas l'étreinte que lui offre Solène. Il la laisse introduire sa langue dans sa bouche et diriger les opérations.

Au bout de quelques secondes, elle décolle ses lèvres des siennes. Son sourire radieux ne la quitte pas. Elle voit pourtant qu'Antoine est embarrassé.

« Qu'est-ce qui ne va pas ? lui demande-t-elle en lui prenant la main pour l'inviter à s'asseoir sur le canapé.

— Je...

— Ne sois pas timide !

— Je suis surpris. Je ne m'attendais pas à tout ça, répond Antoine en s'asseyant.

— Ce n'est pas ce que tu voulais ?

— Si. J'avais très envie de découvrir qui se cachait derrière le masque. Et je dois dire que je ne suis pas déçu. Mais...

— Mais quoi ? Tu as peur ?

— Je ne sais pas... Est-ce vraiment raisonnable ?

— De quoi parles-tu ?

— De ce qu'on s'apprête visiblement à faire.

— Et qu'allons-nous faire ? » demande-t-elle avec des yeux pétillants.

Antoine veut répondre quelque chose mais elle ne lui en laisse pas le temps. Elle s'approche du jeune homme et dépose un nouveau baiser sur ses lèvres. Plus tendre. Plus sensuel.

Cette fois, c'est lui qui prend les devants. Il veut montrer qu'il est un homme, plein d'assurance. Même s'il a longtemps hésité avant de venir, même s'il n'est pas convaincu que ce soit une bonne idée, il a obtenu ce dont il avait envie : une nuit avec cette jolie femme, dont il vient à peine de découvrir le vrai visage.

Antoine introduit sa langue dans la bouche de Solène. À son tour, il dirige les opérations, posant sa main droite sur sa cuisse. Le contact du collant, si doux, lui donne des frissons dans le dos. Il commence à se sentir à l'étroit dans son pantalon, ce que la jeune femme semble remarquer.

Elle prend un malin plaisir à poser une main sur lui. Elle caresse son sexe dur, par-dessus son jean. Antoine est à deux doigts d'exploser. Avant que cela n'arrive, il invite d'un geste sa muse d'un soir à ouvrir sa braguette. La jeune femme s'exécute. Sans plus attendre, elle descend le jean et le caleçon du jeune homme jusqu'à ses pieds. Sa verge s'érige, bien droite, telle la tour Eiffel.

Solène la prend en main et lui offre de tendres caresses. De son côté, le trentenaire s'abandonne complètement. Sa main droite remonte tout en haut de la cuisse de la jeune femme. Il parvient à lui arracher un gémissement quand il effleure de ses doigts son sexe chaud et humide.

La suite logique les voit se déshabiller mutuellement et faire l'amour comme jamais ils ne l'avaient fait. Autant l'un que l'autre. Est-ce le fait de savoir qu'ils couchent avec quelqu'un qui, comme eux, est capable d'assassiner des gens de sang-froid ?

La scène dure une bonne demi-heure. Leurs corps entrelacés sont couverts de sueur. Ils ne rechignent pas à exprimer leur joie. Les voisins sont bien assez loin pour ne pas les entendre.

Après avoir atteint l'orgasme, Antoine se couche sur le dos à côté de son amante, qui vient se lover contre lui. Elle pose sa tête sur son torse. Le nez plongé dans ses beaux cheveux blonds, il peut sentir le parfum exquis de son shampooing.

Ils restent là, en silence, pendant quelques minutes. Chacun reprend son souffle. Ils rigolent. Antoine se rend compte de ce qui vient de se passer. Les endorphines sécrétées par son corps l'empêchent de réfléchir. Pourtant, au fond de lui, des interrogations subsistent. Il fait tout ce qui est en son pouvoir pour les faire taire. Il veut profiter de l'instant présent.

Au bout d'un moment, Solène brise le silence. Non pas qu'il soit gênant. Cependant, elle veut en savoir plus sur l'homme qui vient de l'emmener avec lui au septième ciel.

« Tu connais mon nom complet, Antoine. Est-ce que je peux aussi connaître le tien ? lui demande-t-elle en relevant la tête et en plongeant son regard bleu azur dans le sien.

— Bien sûr. Je m'appelle Antoine Lebrun. Par contre, je ne préfère pas te dire où j'habite. Je sais que tu vis à Pessac, mais je ne t'ai rien demandé.

— Tu penses que c'était une erreur que je te le dise ?

— Je ne sais pas. Je n'y ai pas vraiment réfléchi.

— Tu es sûr ? Parce qu'on dirait que ça te gêne...

— Non, ça ne me gêne pas vraiment. Mais si de mon côté, je ne te dis rien, c'est pour te protéger. Comme tu me l'as si bien dit dans le mot que tu m'as laissé, on ne doit jamais aller chez l'un ou chez l'autre. Qui qu'ils soient, ces gens qui organisent les réunions des Anonymes peuvent être dangereux.

— Je sais. Plusieurs fois, je me suis dit que certains tueurs ne venaient plus aux réunions. J'ai trouvé ça un peu bizarre.

— Ah bon ?

— Oui. Cela arrive toujours avec ceux qui sont un peu excentriques ou qui parfois se font remarquer.

— Je vois... Comme ce Killian, qui s'est joint à notre groupe la dernière fois ?

— Tout à fait, répond la jeune femme en se relevant sur le lit. Je n'y avais pas pensé, mais il était absent hier !

— Alors que Fabien et Dominique étaient bien là.

— Non, c'est peut-être une coïncidence. On ne doit pas devenir paranos.

— Tu as raison », dit Antoine en invitant Solène à venir se blottir contre lui.

Pourtant, une graine est plantée dans son esprit. Elle va vite germer. Antoine, qui est déjà sujet à se poser mille questions sur tout ce qui lui arrive, ne peut empêcher son cerveau de repenser à ce que vient de lui dire la femme allongée à ses côtés. Cet homme, qui a dit se déguiser en père Noël vêtu de blanc pour attirer l'attention de ses victimes avant de les séquestrer, n'était pas à la réunion des *Anonymes* la veille. Pourquoi ?

Le jeune homme se met à imaginer les pires scénarios possibles. Il est vrai qu'il parlait fort et semblait excentrique. Ce trait de caractère gênait-il le maître de cérémonie ? A-t-il demandé à un des grands gaillards, qui semblent être là pour le protéger, de s'occuper de son cas ?

Qu'est devenu Killian ? Voilà une question qui reste en suspens dans son esprit.

« À quoi tu penses ? lui demande soudain la jeune femme. Il ne voit aucune raison de lui mentir.

— Je repensais justement à Killian. Je me demandais pourquoi il n'était pas venu, hier.

— Il peut y avoir mille raisons, tu sais, dit Solène en se relevant à côté de son amant. Parfois, les tueurs qui viennent à ces réunions disparaissent comme cela du jour au lendemain. Il leur arrive de revenir quelques réunions plus tard. Ou alors, on ne les revoit jamais. Il paraît que c'est comme ça que ça fonctionne.

— Mais tu ne t'es jamais demandé pourquoi certains disparaissaient... définitivement ?

— Non. En tout cas, ce n'est pas parce qu'ils ont couché ensemble, ajoute-t-elle en déposant un baiser sur les lèvres d'Antoine. Ce qui ne doit pas nous empêcher d'être extrêmement prudents.

— Oui, je sais. D'ailleurs, je devrais peut-être y aller.

— Je pense que c'est plus sage, en effet. Il ne faudrait pas que les gars qui te suivaient retrouvent ta trace et découvrent ce petit havre de paix.

— Comment sais-tu que j'étais suivi ? s'étonne Antoine en se levant.

— On l'est tous. Moi aussi, j'ai dû les semer. C'était plus facile que tu ne pourrais le penser.

— Je vois. Raison de plus pour que je sois sagement rentré chez moi avant l'aube », conclut-il en enfilant son jean, avant de remettre son t-shirt et sa veste.

Solène se lève à son tour et accompagne son nouvel amant jusqu'à la porte. Elle enfile un grand peignoir dont la transparence laisse paraître son corps nu en-dessous. Antoine profite une dernière fois de la vue, avant de se décider à sortir de cet endroit où, pour une des rares fois dans sa vie, il s'est senti lui-même.

« Tu pourras revenir, lui dit la jolie blonde avant de l'embrasser. Si tu parviens à semer le véhicule qui te suit, on se reverra ici. Mais pas tout de suite. Laisse passer quelques jours. Peut-être même qu'on se verra à une réunion avant de se retrouver ici. Tu as les coordonnées, de toute façon. Viens quand tu veux. Pas avant cinq ou six jours. »

Antoine acquiesce d'un mouvement de tête. Sans dire un mot de plus, il s'éloigne pour rejoindre sa voiture. Quand il ouvre le portail, il regarde à droite et à gauche pour s'assurer que le véhicule qui le suivait n'est pas là. Il n'y a personne. La nuit règne en maître sur le bassin. Le silence est roi.

S'il est seul — ou presque — sur la route, Antoine se dit qu'il doit tout de même faire de nouveaux détours pour rentrer chez lui. Histoire de ne pas tomber nez à nez avec ces gens qui le suivaient. Il évite l'autoroute et met quasiment une heure et demie pour retrouver son domicile. Au moment où il arrive face à sa maison, il aperçoit le van noir dans son rétroviseur. Les deux hommes ont dû revenir sur leurs pas après qu'il les a semés, quelques heures plus tôt.

Ils ne peuvent pas savoir où j'étais ni ce que je faisais, se convainc Antoine.

Il doit rester naturel. Faire comme si de rien n'était. Comme s'il était allé s'occuper d'une nouvelle victime. Voici d'ailleurs ce que sera sa défense, si on lui demande pourquoi il a voulu se débarrasser de ses poursuivants. Il dira qu'il les a remarqués, que la discrétion n'est pas leur fort. Il affirmera être allé tuer un homme, mais qu'il voulait le faire sans être vu ni dérangé.

Ces arguments devraient suffire. En attendant, il doit descendre de son Duster, rentrer chez lui et dormir un peu.

Avant de fermer les yeux et de se laisser aller dans les bras de Morphée, Antoine repense à la soirée exceptionnelle qu'il vient de passer. Solène est tellement belle. Il a beaucoup de chance qu'elle ait fait le premier pas. Elle l'a invité dans son chalet, si loin de la ville et de leurs problèmes. Est-il déjà amoureux ?

Son esprit lui pose la question. Antoine ne sait pas vraiment ce qu'est ce sentiment. Il s'est déjà senti proche d'une femme mais jamais il n'en a trouvé une qui le comprend réellement et qui l'accepte pour ce qu'il est.

C'est la première fois qu'il ressent cela. En plus d'apprécier la plastique attirante de la jeune femme, il s'est senti lui-même à ses côtés. Il n'a pas eu peur de ses instincts primaires. Voilà pourquoi il se sent si bien, comme soulagé. Il est prêt à sombrer dans un sommeil réparateur, dénué de cauchemars.

Avant de plonger de manière définitive, il a une pensée pour Killian. Une image vient s'imposer à son esprit. Il voit ses cheveux coiffés en pétard au-dessus de son masque de Guy Fawkes. Il voit du sang, partout sur sa poitrine. Il aperçoit enfin sa propre dague, plantée dans le cœur de cet homme qu'il ne connaît même pas.

Sans savoir ce que cela signifie, il laisse le sommeil l'envahir de tout son être.

18

Son téléphone portable se met à vibrer. C'est l'alarme qui se met en route. Il est sept heures du matin. Comme tous les jours, il commence par lire ses messages. C'est essentiel pour son activité. Chacun de ses employés lui fait un compte-rendu de la nuit. Il y a rarement des problèmes. Sauf aujourd'hui.

Baptiste s'y attendait. Après la dernière réunion qu'il a dirigée, il a commencé à avoir des doutes. Il a vu cette jeune blonde, Solène, discuter en tête-à-tête avec l'une des dernières recrues.

Antoine. Il a tellement de potentiel. Ce serait dommage de devoir s'en débarrasser.

Tout en lisant le message qui s'étale sur plusieurs lignes, le maître de cérémonie se lève. Aucune femme n'a dormi à ses côtés depuis bien longtemps. Si au début cela le dérangeait, il s'y est fait avec le temps. Vêtu d'un peignoir, il descend les escaliers qui mènent au rez-de-chaussée.

Une fois arrivé dans la cuisine, Baptiste lance la machine à expresso. Il laisse toujours une tasse vide dans la machine, pour gagner du temps. Il relit plusieurs fois le message laissé par Anthony, un homme en qui il a toute confiance.

« Antoine est sorti cette nuit. On a pensé qu'il allait encore tuer. Même si ça nous a surpris, mais on n'est pas là pour réfléchir. C'est votre job, patron.

On vous le laisse. Bref, il a commencé à se diriger vers l'autoroute A63. Puis, il a fait demi-tour. On s'est dit qu'il avait oublié un truc et qu'il retournait chez lui. On est restés discrets, rassurez-vous. Même si ça a été difficile, je dois l'avouer. Quoi qu'il en soit, il n'est pas allé chez lui. Il a commencé à prendre des petites routes, à passer par de petits villages. On ne savait pas où il allait. Et puis, on a compris.

Il cherchait à nous semer. Ce qu'il a réussi à faire. J'étais vert de rage. C'est rare qu'on arrive à me repérer et à échapper à ma surveillance. Mais vous aviez raison, patron. C'est un bon. Un très bon, même.

Impossible de vous dire où il est allé. Mais il n'est rentré que tard dans la nuit. On était retournés à côté de sa maison. On l'a vu rentrer, à plus de deux heures du matin. »

Baptiste doit vérifier un deuxième message qu'il a reçu ce matin même. Il a été envoyé par Pedro, un autre de ses hommes de main. Ce dernier est chargé de suivre Solène. Il en vient au même constat : la jeune femme est sortie de chez elle, la nuit précédente, et a semé les hommes qui la tenaient en filature.

Son sang ne fait qu'un tour. Il ne lui en faut pas plus pour imaginer l'impensable : et si Antoine était allé retrouver cette femme, Solène ? Où auraient-ils pu se voir ? Impossible à savoir mais Baptiste est certain qu'ils se sont vus. Ce qui est interdit par leur règlement. S'il s'avère qu'il voit juste, il devra appliquer des sanctions.

« Fais chier », jure-t-il.

Il n'a aucune envie de tuer Antoine. Il sent qu'il a quelque chose de spécial, qui pourrait servir les *Anonymes*. Si seulement il se décidait à lui faire confiance !

Quant à Solène, même si elle n'a pas eu une vie facile, il n'aura aucun mal à se passer d'elle.

Baptiste n'a qu'un coup de fil à passer. Il n'a qu'à prévenir Pedro et Christian, qui campent devant chez elle. Ce sont des pros. Ils pourraient faire cela proprement.

Cependant, le maître de cérémonie préfère attendre. Il veut voir de lui-même ce qu'il y a entre eux. Il se décide à les inviter à la prochaine réunion.

Ils n'ont pas tué ? Ce n'est pas grave. C'est un critère d'invitation mais ce n'est pas le seul. Il peut y avoir des exceptions.

L'idée de Baptiste est de les observer. Il souhaite voir comment ils interagissent l'un envers l'autre. À travers leurs masques, il verra leurs regards se croiser. Il lira en eux comme dans un livre ouvert. Cela ne fait aucun doute.

En cinq petites minutes, l'affaire est réglée. Baptiste appelle Pedro pour lui demander de déposer une lettre d'invitation près de la porte d'entrée, chez Solène. Ensuite, il passe un second coup de fil.

Il appelle Anthony. Il lui explique qu'il a lu attentivement son compte-rendu. Il lui dit de ne pas s'inquiéter. Tout acte a ses conséquences. Après lui avoir demandé, avec toute la bienveillance dont il est capable, de redoubler de vigilance quand il poursuit Antoine, Baptiste propose à son employé de déposer une lettre d'invitation pour la prochaine réunion des *Anonymes*.

Une fois qu'il a raccroché, il se sent soulagé. Un problème vite réglé est un problème tout aussi vite oublié. Celui-ci n'est que partiellement résolu, mais il sent quand même que la journée va être bonne.

Il peut tranquillement boire son café en profitant des premiers rayons du soleil.

19

Quelques heures seulement après avoir passé une soirée exceptionnelle, Antoine reçoit une invitation pour participer à une nouvelle réunion. Elle aura lieu le soir même, ce qui ne manque pas de le surprendre. Il pensait que l'accès aux réunions ne se faisait qu'après avoir commis un meurtre. Il semblerait qu'il se soit trompé. Pas le temps de tergiverser. Il s'y rendra ; il n'a pas vraiment le choix. Peut-être s'ouvrira-t-il à nouveau devant les autres participants ? Peut-être partagera-t-il ses craintes face à la puissance de sa noirceur intérieure ?

À la pause déjeuner, alors qu'il mange seul dans le bureau de son ancien patron, Antoine se demande s'il verra Solène à cette réunion des *Anonymes*. Selon sa théorie, qui ne semble pas se vérifier, il recevait une invitation chaque fois qu'il tuait quelqu'un. Seulement, là il n'a pas tué. Si Solène est présente ce soir-là, cela voudra-t-il dire qu'elle aurait cédé à une de ses pulsions, peut-être même avant qu'ils ne se voient dans son chalet ? Mystère...

Alors qu'il mange une salade niçoise, Antoine est pris d'une folle envie de consulter les réseaux sociaux de son amante. Il ne résiste pas longtemps. Il prend son téléphone portable et se connecte à Facebook. Dans la barre de recherche, il écrit son nom complet : Solène Doyon. Il trouve plusieurs personnes y répondant. Quoi de plus naturel ? Elle utilise peut-être un pseudonyme pour ne pas se faire repérer.

Loin de se décourager, le jeune homme ajoute un paramètre à sa recherche : la localisation. Il réduit le nombre de résultats et ne trouve plus qu'une seule Solène Doyon autour de Bordeaux. Cependant, il ne peut pas être certain qu'il s'agit d'elle. Intelligente comme elle est, elle n'a pas mis son portrait en photo de profil. Elle a préféré mettre un paysage, qui ressemble au Cap Ferret. Antoine est quasiment sûr de lui. Il s'agit bien d'elle.

Il va voir ce qui se cache sous ce profil. S'il y a peu d'informations sur la jeune femme, il trouve plusieurs photos qui lui confirment qu'il est question de son amante. En effet, il reconnaît son chalet et le jardin qui l'entoure. Rien de plus. Elle a peu de contacts sur ce réseau social et ne se montre pas très active. Normal, pour une tueuse en série.

Pourtant, Antoine se dit qu'elle est jeune et doit avoir une activité sur un autre de ces réseaux. Il cherche si elle possède un profil sur Instagram. Sans grand succès. Il est convaincu qu'elle utilise un pseudonyme et qu'il lui sera impossible de la trouver. Là encore, il se dit qu'il doit être normal pour une femme comme elle de rester discrète. Ne l'est-il pas lui-même ? Il n'utilise que rarement ces applications et jamais sous son vrai nom.

Le soir venu, Antoine se rend au parc de Monsalut. Là, le van vient le récupérer et l'emmène jusqu'au manoir où ont lieu les rassemblements. Il a encore la tête enfouie dans un sac en toile noir pour ne rien voir du trajet qu'ils empruntent. Il leur faut environ une heure pour arriver sur place.

Comme d'habitude, Antoine est accueilli à l'entrée par le maître de cérémonie. Celui-ci le salue et l'invite à s'asseoir dans le grand salon. Quand il entre, le trentenaire reconnaît Fabien. Dominique ne semble pas être là. Il ne participera pas à cette réunion.

En revanche, Solène fait son entrée deux minutes seulement après lui. Antoine la reconnaît dès qu'il la voit arriver. Son cœur a quelques ratés. Il doit faire un gros effort pour ne pas la fixer, dans l'attente d'un signe de sa part. Ils doivent faire profil bas. Il ne le sait que trop bien.

Quand les sept personnes présentes ce soir-là sont installées sur leurs chaises, le maître de cérémonie ouvre cette nouvelle séance. Il commence par rappeler les règles, comme toujours. À leur évocation, Antoine sent une boule se former dans son estomac. Non pas qu'il regrette ce qu'il s'est passé avec Solène. Pourtant, il craint les conséquences de leurs actes. La jeune femme ressent-elle la même chose que lui ?

La réunion démarre avec les témoignages de deux personnes qui y assistent pour la toute première fois. Antoine, comme les autres, écoute attentivement leur témoignage. De temps à autre, il jette un coup d'œil vers Solène. Il voudrait sentir son parfum, goûter à ses lèvres et connaître à nouveau la chaleur de son corps.

Quand les nouveaux ont terminé leur laïus, Fabien lève la main pour prendre la parole. Visiblement, il a envie de partager un autre pan de son histoire personnelle.

« Fabien, aurais-tu quelque chose à ajouter à tes précédents récits ? lui demande le maître de cérémonie.

— En fait, répond-il timidement, je voudrais vous parler de mon dernier meurtre.

— Je t'en prie, nous t'écoutons !

— Pour ceux qui ne m'ont jamais entendu, je m'appelle Fabien. Disons que j'ai un attrait pour tout ce qui est glauque. Plus jeune, je regardais des films pornos plutôt hard et j'allais souvent voir un site internet qui diffusait des photos de gens décédés dans des conditions atroces. On pouvait y voir des crânes défoncés par des pales d'hélicoptère, pour vous donner un exemple. Mais ce n'est pas de ça que je voudrais vous parler, ajoute-t-il avant de marquer une pause.

— Que veux-tu nous dire ? l'encourage l'homme dont le masque ne recouvre que les yeux.

— Je crois que je n'ai jamais autant aimé faire du mal à quelqu'un qu'hier. Disons que j'ai pris un malin plaisir à être pervers, vicieux et à faire durer la souffrance de ma victime. »

Antoine se rend compte qu'il n'est pas le seul à être différent. Fabien possède aussi une certaine noirceur, qu'il n'hésite pas à dévoiler au grand jour.

« Voilà qui est intéressant ! Poursuis, je t'en prie.

— Comme je l'ai expliqué lors d'une précédente réunion, je ne tue désormais que des jeunes femmes, blondes, qui ont entre dix-huit et vingt-cinq ans. La dernière s'appelait Marlène. Je l'ai rencontrée dans un bar. Elle était très jolie. Elle jouait au billard avec une bande d'amis. Je me suis joint à eux. Je n'ai eu aucun mal à la séduire. Je lui ai appris à mieux jouer pour battre ceux avec qui elle était. Elle m'a simplement remercié en m'offrant un verre. C'est ainsi que j'ai pu récupérer son numéro de téléphone et...

— Excuse-moi de t'interrompre, intervient le maître de cérémonie. Je crois que ce qui nous intéresse, c'est ce qui vient après que tu as séduit cette femme. La façon dont tu t'y es pris pour la mettre dans ton lit nous importe peu. N'aie pas peur de te livrer et de t'ouvrir à nous, Fabien.

— Très bien. On est sorti ensemble au bout de quelques jours. Tout se passait pour le mieux. Pour une fois, je voulais essayer de construire quelque chose. Mais mon côté sombre a vite repris le dessus...

Il y a quelques jours, je l'ai emmenée à la cabane abandonnée qui se trouve en pleine campagne. Celle dont j'ai déjà parlé et qui se trouve tout près de l'endroit où je vivais quand j'étais enfant. C'est là que je l'ai séquestrée et tuée. Comme toutes les autres. »

Sans que personne ne s'y attende, Antoine lève la main pour demander la parole. Bien sagement, comme s'il était dans une salle de classe.

« Antoine, tu as une question à poser à Fabien ? lui demande le maître de cérémonie.

— Oui. J'aimerais savoir ce que tu fais des corps des femmes que tu assassines.

— Je les enterre dans la forêt, répond Fabien. Cette vieille cabane se trouve à l'entrée d'un grand bois, en pleine campagne. Elle est située au fin fond d'une parcelle de vigne qui a appartenu, il y a longtemps, à mes parents. Mais plus personne ne l'utilise, parce qu'elle menace de s'effondrer. S'ils savaient que c'est là que je séquestre mes victimes, avant d'aller les enterrer loin dans cette forêt... Bon, par contre, je ne vous dirai pas où c'est, ce serait trop dangereux. Soyez rassurés sur une chose : il faudra du temps avant que la police découvre qu'elles sont là.

— Très bien ! J'aime quand vous échangez entre vous, ajoute le maître de cérémonie. Veux-tu bien poursuivre, Fabien ? Qu'est-ce qu'il a eu de si particulier, ce meurtre, à part le fait que tu as eu des sentiments plus poussés pour Marlène ?

— Je ne sais pas ce qui s'est passé. Comme vous venez de le dire, je m'étais un peu plus attaché à elle qu'aux autres. D'un autre côté, j'ai été tellement plus cruel ! J'ai fait durer le plaisir. Je l'ai séquestrée pendant plusieurs jours dans la cabane. Je la blessais et ensuite, j'essayais de la soigner. Je lui amenais à manger et à boire, ce que je n'avais jamais fait avec une autre. Psychologiquement, ça a dû être terrible pour elle... »

Fabien semble avoir des regrets. On ne peut voir que ses yeux, entourés de cernes noirs, mais l'ensemble de son visage est marqué par ce qu'il a fait. Ce qui ne l'empêche pas de poursuivre.

« Pour entrer un peu plus dans les détails, j'ai commencé par lui lacérer les bras et les jambes. Je lui ai fait plusieurs plaies. Comme d'habitude, j'ai éprouvé une grande joie quand j'ai vu la chair s'ouvrir et le sang couler. Seulement, quand mes yeux se posaient sur le visage de Marlène, je regrettais ce que j'étais en train de faire. Quelque part, je m'en voulais de la torturer. C'est comme si deux personnes se battaient à l'intérieur de moi : une qui éprouvait des sentiments pour cette jolie blonde et l'autre, ma part sombre, qui voulait lui faire du mal et la tuer.

— J'imagine que c'est cette part sombre qui a remporté la partie, au final.

— Tout à fait. Au début, j'essayais de la soigner, même si c'était difficile vu le nombre de blessures que je lui avais infligées. Le lendemain ou quelques heures plus tard, je revenais pour la torturer à nouveau. Je lui ai arraché quelques dents, parce que j'aime faire souffrir mes victimes. Elle m'a supplié cent fois d'arrêter, de l'achever. Je ne l'ai fait que le quatrième jour de sa captivité. Elle avait du sang partout. Je lui avais fait des entailles sur tout le corps. Je l'avais frappée. Elle avait des ecchymoses sur le ventre et dans le dos. Je crois même que je lui ai cassé une côte. Ou peut-être deux.

— Quand as-tu décidé d'en finir avec elle ?

— Hier, au moment où elle m'a traité de fils de pute. C'en était trop. Mon côté sombre n'a pas du tout apprécié. J'ai tout de suite attrapé mon katana et je lui ai tranché la gorge. Mais... C'était bizarre...

— Comment ça ? »

Tout le monde a les yeux rivés sur Fabien. Son histoire est prenante. Elle les amène toutes et tous à réfléchir à leurs actes et à leurs conséquences. Antoine se pose la question fatidique, dont tout le monde attend la réponse : a-t-il eu la force d'enterrer le corps de cette femme pour qui il éprouvait des sentiments ?

« J'ai tout de suite regretté mon geste, lâche Fabien, les larmes aux yeux. Je m'en suis voulu d'avoir fait tant de mal à une si belle personne. Elle n'avait rien demandé, elle était si jolie et... elle n'avait que vingt et un ans et toute la vie devant elle !

— Je comprends que tu puisses regretter, tente de le rassurer le maître de cérémonie. Et c'est important que tu en parles devant nous. Cependant, je crois qu'il y a une question que l'on se pose et à laquelle tu dois répondre : as-tu enterré le corps de Marlène dans la forêt ? »

Fabien marque une pause. Son regard passe d'un meurtrier à un autre. Il voit bien que personne ne le juge mais il ne sait pas quoi répondre. Finalement, après quelques secondes de silence, il se tourne vers leur hôte et répond :

« Non. Je n'en ai pas eu la force... »

Tout le monde prend la mesure des paroles de cet homme qui semble complètement perdu. Cela veut dire que le corps de cette jeune femme, Marlène, gît encore au beau milieu de cette cabane abandonnée en pleine campagne. N'importe qui pourrait la trouver et prévenir les forces de l'ordre. Un chasseur, un promeneur ou même un vigneron. Et si la police scientifique trouvait des indices sur cette scène de crime, cela pourrait les mener jusqu'à Fabien. Et peut-être même jusqu'aux *Anonymes*.

« C'est problématique, Fabien, dit le maître de cérémonie d'une voix posée. Je vais te demander une chose. Les deux hommes qui sont venus te chercher sur le lieu du rendez-vous vont te ramener immédiatement chez toi. Tu vas ensuite retourner à la cabane abandonnée pour enterrer le corps de cette pauvre Marlène. Ils vont te suivre, avec leur van, pour s'assurer que tu accomplis bien cette tâche. T'en sens-tu capable ?

— Oui, lâche Fabien d'une voix à peine audible.

— Tu es sûr de toi ?

— Oui, répète-t-il après s'être raclé la gorge.

— Bien. Alors, allez-y. Tout de suite ! »

Le maître de cérémonie se montre autoritaire. Dès qu'il a fini de parler, deux des colosses s'approchent de Fabien et lui font signe de les suivre. Le jeune homme se lève et disparaît du grand salon, sous les yeux ébahis des autres tueurs en série.

« Bon, reprend le maître de cérémonie. J'espère que ce petit accroc sera sans conséquences. Nous allons poursuivre, si vous le voulez bien. »

Les révélations de Fabien ont jeté un froid dans l'assemblée. Personne n'a envie de prendre la parole. Pas même Antoine. Les mots de Fabien ont perturbé tout le monde.

« Profitons de l'expérience de Fabien pour faire un point sur une chose, finit par dire le maître de cérémonie, toujours debout face à cette assemblée de tueurs en série. Vous ne devez laisser aucun indice derrière vous. Sinon, vous finirez en prison. Ou pire, si vous tombez sur des flics qui ont la gâchette facile. Cela dit, nous avons la chance de ne pas être aux États-Unis, où certains États appliquent encore la peine de mort. Mais je vous en prie, n'oubliez pas de vous débarrasser des corps des gens que vous tuez. Faites comme bon vous semble, les possibilités sont multiples. Antoine, ici présent, découpe les corps de ses victimes pour les jeter dans différents points d'eau : lacs ou océan. Voilà qui est intelligent ! Vous pouvez les brûler, les enterrer, les plonger dans de l'acide... Faites comme vous le voulez, mais ne laissez jamais la police ouvrir une enquête sur vos meurtres. »

Tous acquiescent d'un mouvement de tête. L'homme conclut là-dessus et invite tout le monde à boire un thé ou un café en dégustant les petits desserts qui ont été préparés pour l'occasion. Voilà l'instant où Antoine et Solène doivent se montrer les plus prudents. Même s'ils ont, l'un comme l'autre, une envie incommensurable de se parler.

20

La réunion a pris une tournure inattendue. Elle s'est terminée plus rapidement que prévu. Baptiste se dirige vers la cuisine. Anthony et Pedro sont là ; ils ont ôté leurs propres masques et l'attendent.

« Quelle merde, dit-il doucement. Qu'est-ce qui lui a pris, à Fabien ?

— Vous pensez qu'on va devoir l'éliminer ? demande Pedro, un homme d'origine portugaise petit et trapu.

— Je ne pense pas, non. Il devrait rattraper son erreur.

— Et s'il ne le fait pas ? demande Anthony. On ne peut pas risquer de voir la police débarquer ici !

— Cela n'arrivera pas. Sois rassuré. Allez, arrêtons de palabrer ! Voulez-vous bien aller me surveiller Antoine et Solène, s'il vous plaît ? Ils risquent de nous poser un autre problème.

— Tout de suite, patron », répondent-ils en remettant leurs masques sur leurs visages, sans discuter les ordres du maître de cérémonie.

Baptiste laisse ses deux employés s'éloigner vers le salon, chacun portant un plateau avec des desserts. Il sait qu'il peut leur faire confiance. S'ils voient les deux tourtereaux — car c'est bien ce qu'ils sont devenus, selon lui — discuter ensemble, ils lui feront leur rapport. Pas besoin d'aller fourrer son nez là-dedans. Il se ferait remarquer pour rien.

Au lieu de cela, il s'éclipse au premier étage. Il est nécessaire qu'il se détende. Après tout, ce n'est pas la première fois que cette organisation qu'il dirige est mise en péril. À cause des actes d'un des tueurs qu'il invite dans ce domaine et de leurs conséquences. Mais c'est toujours du stress supplémentaire. Voilà pourquoi il lui faut se faire couler un bon bain chaud.

Avant de se glisser dans la baignoire, il repense à ce que Fabien a raconté. Après tout, c'est un être humain. C'est tout à fait normal qu'il ait des sentiments pour une jeune femme. Mais que faire de son côté sombre ? Ne devrait-il pas être stoppé ?

Antoine veut se montrer prudent. Il a une folle envie d'aller voir Solène et de lui parler. Mais il se retient. Il sait que l'homme qu'il a semé hier soir se trouve parmi les employés du maître de cérémonie. Et s'il se doutait de quelque chose ? La jeune femme lui a bien dit qu'ils allaient devoir redoubler de vigilance.

En l'absence de Fabien et Dominique, ils ne connaissent personne d'autre parmi les meurtriers qui ont participé à cette réunion. Tout le monde se regarde, une tasse ou une assiette à la main, sans vraiment oser se parler.

Le jeune homme entreprend de faire le tour du salon. Comme la fois précédente. Il marche sans but, en observant les tableaux accrochés aux murs. Alors qu'il lit l'inscription écrite sous l'un d'eux, la jeune femme s'approche de lui. Doucement, elle lui susurre dans le creux de l'oreille :

« J'ai très envie qu'on se voie à nouveau. »

Il ne réagit pas. Ils doivent faire profil bas. Il poursuit son tour. Tout comme Solène, qui est déjà partie de l'autre côté de la pièce. Quelques secondes plus tard, ils se croisent à nouveau. Ils ne peuvent alors s'empêcher d'échanger un regard qui en dit long. Ils savent tous les deux qu'ils veulent se revoir. Quand ? Telle est la question.

« Tu crois qu'on peut discuter via les réseaux sociaux ? lui glisse Antoine à l'oreille.

— Je vois que tu as cherché mon profil, répond-elle en s'éloignant de lui.

— Oui, mais je n'ai rien trouvé, dit-il en la suivant.

— So.Doy, sur Instagram. Maintenant arrête de me suivre. »

Antoine se fige. Il a compris. Deux des hommes de main, masqués, les observent. Ils doivent se méfier s'ils ne veulent pas se voir bannis des *Anonymes*. Voire pire.

Ils repartent chacun de leur côté. Cependant, Antoine voit que les deux hommes qui les épiaient se réunissent derrière la table où se trouve de quoi boire et manger. Que peuvent-ils bien se dire ? Se doutent-ils de quelque chose ?

Pour ne pas céder à la panique, il reprend une tasse de café. Sans sucre. Il tente une approche, sans grande confiance, vers un autre homme ayant participé à la réunion. Il n'a rien dit. Il a le regard noir. Quand Antoine s'approche de lui, il le fixe pendant quelques secondes, puis s'éloigne sans dire un mot.

Quelques minutes plus tard, le maître de cérémonie réapparaît. Il semble s'être changé. Il porte toujours son masque de carnaval sur les yeux. Il fait un signe à ses employés, qui se dirigent d'un pas militaire vers le vestibule menant à l'entrée du manoir.

« Mesdames et messieurs, il est grand temps de rentrer chez vous, dit-il à l'assemblée de tueurs en série. Nous avons tous vécu des émotions fortes, ce soir. Mes hommes vont vous raccompagner. Quant à Fabien, soyez rassurés : il est en ce moment même en train d'enterrer le corps de cette pauvre femme qu'il a torturée et assassinée. Je viens d'avoir de ses nouvelles. Les choses sont en train de s'arranger. Veuillez vous diriger vers la porte d'entrée, je vous prie. Je vous souhaite une excellente soirée ! »

Antoine est surpris par son air enjoué. A-t-il vraiment eu des nouvelles de Fabien ? Impossible de le savoir. Tout comme il semble difficile de se rendre compte de ce qu'il sait à propos de sa relation naissante avec Solène.

Inutile de s'en faire pour rien. Il se contente de suivre le protocole. Sans dire un mot, il rejoint l'homme qui le raccompagnera jusqu'au parc de Monsalut, à Cestas. Il pense que c'est à environ trois quarts d'heure de l'endroit où il se trouve, même s'il ne sait pas exactement où est ce manoir. Il accepte qu'on lui mette un sac noir sur la tête. Pour sa sécurité, il ne dit rien jusqu'à ce qu'il soit chez lui.

Une fois rentré, il sait ce qu'il fera. Il ira sur Instagram consulter le profil de Solène. Il lui enverra un message. Il verra quand ils pourront se revoir. S'ils peuvent se revoir, cela va de soi.

21

À peine rentré chez lui, Antoine met en route son ordinateur portable, posé sur la table basse. Il s'installe sur le canapé, enlève son manteau et attend qu'il se mette en route. Une fois qu'il est prêt, il se connecte à Instagram — sans passer par le Dark Web — et recherche le profil So.Doy, comme le lui a indiqué son amante.

Il tombe sur ses photos : il la reconnaît, c'est bien elle. Elle a souvent le sourire, même s'il cache une personne blessée par la vie.

Antoine note qu'il y a peu de selfies ou de photos où Solène est seule. La plupart du temps, elle est accompagnée de ses amies. Cependant, la majorité des photos sont des paysages qu'elle semble apprécier.

Après avoir observé les images qui composent le profil de la jeune femme, il entreprend de lui envoyer un message. Il ne veut pas se précipiter. D'un autre côté, il sait qu'il ne pourra pas s'en empêcher. Avant d'écrire sur les touches du clavier, il doit peser ses mots. Il sait qu'ils auront beaucoup de poids dans la suite de sa relation avec Solène.

Solène, je ne peux pas résister à t'écrire ces mots, écrit-il dans la messagerie de la jeune femme. *La nuit que nous avons passée ensemble me laissera un souvenir impérissable. Je sais que c'est dangereux, que nous risquons gros tous les deux mais j'ai très envie de te revoir. Si ce message te dérange ou si tu crains qu'il ne nous fasse repérer, tu peux l'effacer. Je ne le prendrai pas mal. Mais, s'il te plaît, je te demande de me répondre.*

Il clique sur « Envoyer » et le message s'affiche à l'écran. Antoine le relit. Il ne regrette pas son geste. Il attend désormais une réponse. Pour ne pas devenir fou, il décide de faire du rangement dans sa cave. Cet endroit a un effet magique, apaisant sur lui. Cependant, il laisse l'écran de son ordinateur ouvert. Il sait qu'il recevra une notification sonore dès qu'il obtiendra une réponse. Inutile de faire le pied de grue devant l'écran en attendant.

Antoine pourrait aller se coucher. La journée a été assez longue et cette soirée l'a épuisé. Une autre journée de dur labeur l'attend le lendemain. Il ne récolte que ce qu'il a semé : en assassinant son patron, il a hérité de plus de travail administratif. Tant pis pour lui. Il s'en accommode. En espérant qu'il sera remplacé le plus rapidement possible.

Il n'a pas envie de se mettre au lit. Que faire pour occuper son esprit ? Antoine a l'habitude, dans ces moments-là, de se réfugier dans sa cave. Il nettoie son matériel et donne un coup de propre. Cela lui permet d'y voir plus clair. Alors qu'il s'apprête à descendre les escaliers qui le mèneront au sous-sol, le jeune homme entend la petite alarme sonore qui indique qu'il a reçu une notification sur son ordinateur.

Il se précipite vers le salon. Il déverrouille l'écran de son ordinateur pour s'apercevoir que Solène lui a répondu.

Je savais que tu m'écrirais, peut-il lire sur l'écran. *Moi aussi je veux te revoir. Le plus vite possible. Mais on doit redoubler de vigilance. Ils commencent peut-être à se douter de quelque chose. Tu devras faire encore plus attention pour revenir jusqu'au chalet. Peut-être que tu devras venir par un autre moyen qu'avec ta voiture. Je ne sais pas. Sache juste que je vais m'y installer pendant les deux prochains jours. Rejoins-moi si tu en as envie. Je t'attendrai.*

Antoine ne quitte pas l'écran des yeux. Un sourire niais se dessine sur son visage. Ils sont sur la même longueur d'onde. Solène aussi veut le revoir. Doit-il se précipiter vers elle et la rejoindre au plus vite ? Non. Il doit se calmer. Comme elle l'a si bien dit, ils doivent rester prudents.

La jeune femme lui demande d'essayer de trouver un autre moyen pour la rejoindre. En voiture, il sait qu'il aura des difficultés à semer le van noir qui le suit et le surveille nuit et jour. Comment faire ? Et s'il parvenait à sortir de chez lui, à pied, pour trouver un autre moyen de locomotion ?

Antoine a une idée. Il pourrait faire appel à un Uber, même si cela lui coûtera beaucoup d'argent. Il lui donnerait rendez-vous à quelques rues de chez lui. Pour le rejoindre, il passerait par l'arrière de sa maison, en traversant incognito le jardin de ses voisins. Cette idée lui semble réalisable. Il tentera sa chance, le lendemain soir. Tant pis si le trajet entre Cestas et le bassin d'Arcachon lui coûte un bras. Le jeu en vaut la chandelle.

Après avoir raccompagné les tueurs dont ils ont la charge, Anthony et Pedro rejoignent leur patron dans son bureau, situé au premier étage du manoir. Baptiste semble détendu, malgré la gravité de la situation. Depuis deux décennies, il tient leur organisation d'une main de maître. Ce n'est pas pour la voir voler en éclats à cause d'un couple se formant parmi les participants aux réunions des *Anonymes*. Ni pour voir les flics débarquer à cause d'un assassin incapable de couvrir ses traces.

Quand les deux hommes à la carrure de boxeurs pénètrent dans son bureau, Baptiste est en train de fumer un cigare. Il est vêtu d'un long peignoir qu'il a enfilé une fois que tout ce beau monde a été parti. Aucun des deux hommes de main n'a envie de savoir s'il est nu en-dessous.

« Alors, les gars, dit Baptiste, débarrassé de son masque en forme de bandeau. Pouvez-vous me dire ce que vous avez observé ?

— Comme vous, je commence à croire qu'ils sont ensemble, répond Anthony du tac au tac. Ils ont dû se voir en dehors des réunions. Ils ont peut-être même déjà couché ensemble.

— Anthony, s'il te plaît... Pas toi ! Tu sais très bien que je n'aime pas qu'on réponde à côté de mes questions. Je vais vous le redemander, ne me décevez pas. Qu'avez-vous observé ?

— Ils ont échangé quelques mots, dit Pedro à son tour. On n'a pas pu entendre ce qu'ils se disaient mais on les a vus faire. Ils ont essayé de rester discrets. Ça n'a duré que quelques secondes.

— Il y a aussi eu des échanges de regards, reprend Anthony avec moins de véhémence. Voilà pourquoi je pense que...

— J'ai bien compris ce que tu penses, l'interrompt sèchement Baptiste. Il faut qu'on en ait le cœur net. Si on doit agir, on ne doit pas prendre cela à la légère. Anthony, tu vas continuer à surveiller Antoine. Ne le lâche pas d'une semelle.

— Compris, patron.

— Avec Pascal, vous allez redoubler de vigilance pour ne pas vous faire avoir une nouvelle fois. Faites bien attention. Il est très malin. Cela dit, je veux que vous découvriez où il va quand il s'absente de chez lui. S'il va rejoindre Solène, je veux en être informé sur-le-champ.

— Très bien. J'envoie un message à Pascal pour qu'il se tienne prêt. On partira dès que nous en aurons terminé.

— Sage décision. Quant à toi, Pedro, tu vas partir chez Solène. Comme d'habitude, tu prendras Christian avec toi. Mais vous aussi, je veux que vous redoubliez de vigilance. Solène ne doit pas échapper à votre surveillance, c'est bien clair ?

— Très clair, patron.

— Bien. Je suis convaincu qu'ils se rencontrent dans un endroit situé loin de chez eux. Préparez-vous à rouler pendant des kilomètres. Dès que vous savez où elle va, pareil : vous m'appelez tout de suite.

— Et on fera quoi quand on aura confirmation qu'ils se voient en dehors des réunions ? demande Anthony.

— Il nous faudra agir. Même si j'ai du mal à imaginer qu'on se sépare d'Antoine. Je sens qu'il a quelque chose de spécial, qui pourrait plaire à mes supérieurs. Bon, filez maintenant, vous avez du boulot. »

Les deux hommes sortent du bureau. Avant de se séparer, ils échangent quelques mots. Ils décident de se joindre entre eux, avant d'appeler Baptiste, si jamais ils se rendaient compte que Solène et Antoine se rejoignaient à nouveau pour se voir. Ils savent très bien que l'homme qui les emploie pourrait les tuer s'il savait qu'ils prenaient des décisions sans son accord. Cependant, ils ne feront rien. Ils veulent juste se mettre au diapason sur une chose : à quatre, ils seront plus forts si jamais le couple les découvre. Autant se rejoindre et mettre toutes les chances de leur côté.

22

Le lendemain matin, Antoine n'a pas envie d'aller travailler. Il en a marre de passer ses journées dans le bureau de son ancien patron. Par ailleurs, les pensées se bousculent dans sa tête. Naturellement, il repense à Solène et au fait qu'il a très envie d'aller la rejoindre dans la journée. Mais il repense également à Fabien.

Ce meurtre qu'il a raconté la veille, lors de la réunion... Antoine pourrait-il, lui aussi, s'attacher à une de ses victimes sans pour autant pouvoir s'empêcher de lui infliger les pires tortures ? Et si son « Prince Noir » refaisait surface, sans prévenir, et le poussait à faire du mal à Solène ?

Il préfère chasser ses pensées négatives. Il appelle Claire pour signifier son absence et s'en excuser. Il avance le fait qu'il se sent nauséeux et couve peut-être une gastro. Elle ne lui en tient pas rigueur. Elle lui dit de rester chez lui, au chaud, à se soigner. Elle l'exhorte tout de même à revenir au plus vite et en pleine forme. Le travail s'accumule en l'absence de nomination d'un nouveau patron.

Le téléphone raccroché, Antoine se prépare pour partir à l'aventure. C'est décidé : il rejoindra Solène, à son chalet, dès l'après-midi. Mais avant, il doit planifier son trajet pour éviter de se faire repérer. Il doit penser à une façon de sortir de chez lui sans passer par devant, pour que les deux hommes présents dans le van noir ne puissent le voir. Il doit également définir une adresse à donner à un Uber qu'il ira rejoindre quelques rues plus loin.

Quelques kilomètres plus loin, du côté de Pessac, Solène est sur le point de sortir de chez elle. Oublié son dernier meurtre. Oubliée cette ordure qu'elle a voulu rayer de la carte. Elle n'a aucune envie de tuer, même si elle sait que des hommes comme son beau-père, qui restent impunis par la justice, il en existe encore des tas.

Cependant, au lieu de chercher une nouvelle victime, elle prépare sa valise. Elle a décidé de passer quelques jours au calme, dans son chalet situé près du Cap Ferret. Solène espère que son nouvel amant, Antoine, la rejoindra bien assez vite. Même si elle sait que c'est dangereux pour eux. Elle ne peut pourtant pas s'empêcher de repenser à leur première nuit d'amour. Rarement un homme lui avait procuré de telles sensations.

Elle se surprend d'ailleurs elle-même. Depuis quand elle a envie de se faire si belle pour une personne du sexe opposé ? Qu'est-ce qui la pousse à s'habiller aussi sexy et à ressortir ses sous-vêtements en dentelle ? Est-ce l'envie de plaire et de le séduire ou est-ce que cela lui permet de se sentir en confiance ?

Pendant longtemps, cette jolie blonde a repoussé le passage à l'acte. Même si elle a eu plusieurs petits amis, au lycée et à l'université, elle n'a eu sa première relation sexuelle qu'à vingt-deux ans. Et elle a mis du temps avant de vraiment y prendre du plaisir. Au début, elle se remémorait tout le temps la douleur provoquée par les incursions nocturnes de son beau-père. Autant dire que ses relations avec les hommes ne duraient pas bien longtemps. Quelques semaines, voire quelques mois, tout au plus.

Là, pour la première fois de sa vie, elle sent qu'il se passe quelque chose. Dès qu'elle a vu Antoine, caché sous son masque, elle a senti comme des papillons dans son ventre. Ils battaient des ailes tellement fort que ça la chatouillait. Elle a eu envie d'en découvrir plus sur lui et, quand elle a enfin pu voir son visage, elle a fondu. Voilà pourquoi elle s'est livrée à lui aussi facilement.

Une fois sa valise prête, Solène est extirpée de ses pensées par le temps qui passe. Elle consulte sa montre et décide d'accélérer le pas. Elle va devoir faire quelques détours pour tenter de semer les hommes qui la suivent à chacun de ses déplacements. Elle ne sait pas si elle y parviendra encore, comme elle a pu le faire cette nuit où ils se sont vus, avec Antoine. Mais elle doit essayer.

Solène jette sa valise dans le coffre de sa voiture, une petite citadine. Puis elle démarre le moteur, et la voilà partie en direction du bassin d'Arcachon. Elle évite tous les grands axes routiers, même si elle doit rouler près de deux heures. Pour elle, c'est une question de survie. Elle regarde régulièrement dans ses rétroviseurs pour s'apercevoir que le van noir qui la suit habituellement se tient à l'écart. Au bout de quelques minutes, elle ne le voit même plus. Quels jeux jouent-ils ? Sauraient-ils où elle se rend ? *Impossible*, se dit-elle comme pour s'en convaincre.

Tout est prêt. Antoine a prévu de passer par le jardin des voisins, situé à l'arrière de sa maison. Il sait qu'il n'y aura personne, quand il décidera de partir vers trois heures de l'après-midi. Les deux parents seront au travail, tandis que leurs enfants seront encore à l'école. Le jeune homme n'aura qu'à escalader le grillage qui sépare les deux propriétés. Il traversera ensuite la haie de lauriers, puis le jardin des voisins. Enfin, il sortira par le portillon pour se trouver dans la rue parallèle à la sienne. Il ira ensuite rejoindre l'Uber qu'il a déjà commandé, pour 15 h 15, à trois rues de là.

En attendant l'heure de partir, Antoine reprend des forces. Il se prépare un repas complet : entrée, plat et dessert. Il mange des pâtes, le meilleur carburant pour une fin de journée qui s'annonce sportive. Doit-il renvoyer un message à Solène pour l'assurer de sa présence ? Il ne sait pas si c'est une bonne idée ; mais il ne peut cependant pas s'en empêcher. Alors qu'il prend son café, il ouvre son ordinateur portable, se connecte au profil Instagram de son amante et lui écrit le message suivant :

Solène, c'est décidé : je vais venir te voir. Je prendrai un Uber pour ne pas me faire repérer. Je pense que j'arriverai aux alentours de 16 h 30. Je ne peux te décrire ma joie à l'idée de te retrouver et de passer du temps avec toi. J'espère que nous pourrons continuer à nous découvrir. Je resterai peut-être toute la nuit avec toi, avant de reprendre un Uber demain matin. À tout à l'heure, ma jolie blonde.

Il hésite avant de cliquer sur le bouton « Envoyer ». À quoi bon ? se dit-il. Il vaut mieux qu'elle sache qu'il va venir. Ainsi, elle pourra se préparer à le recevoir. Il n'y aura pas d'effet de surprise, mais au moins elle sera rassurée.

Aux alentours de quinze heures, après avoir pris une douche et s'être changé, Antoine prend son sac à dos et se prépare à sortir. Il a mis un sweat à capuche noir, un jean et a vissé une casquette noire sur sa tête. Il espère se fondre dans la masse. Il sort par l'arrière de sa maison, laissant une porte-fenêtre entrouverte. Il sait que cela pourrait permettre aux deux hommes qui le suivent en permanence de rentrer chez lui pour se rendre compte qu'il est absent. A-t-il seulement le choix ?

Antoine se dirige vers le fond de son jardin. Discrètement, alors que le quartier est d'un calme incroyable — seul le chant des oiseaux vient perturber cette tranquillité —, il franchit le grillage qui le sépare de la maison voisine. En quelques secondes, il se retrouve chez eux, entre la clôture et la haie de lauriers. Il court vers la gauche, à la recherche d'une ouverture pour se faufiler dans le jardin. Quelques secondes plus tard, il longe la haie pour rejoindre le portail. Il sait que le portillon n'est jamais fermé à clé. Il a tout étudié pour pouvoir sortir de là sans se faire repérer.

Une fois dans la rue parallèle à la sienne, il jette un coup d'œil en arrière. Il ne voit personne. Il est sur le point de réussir son coup. Antoine n'a plus qu'à marcher, le plus naturellement possible, jusqu'à une impasse située quelques centaines de mètres plus loin, où il a demandé à un Uber de le récupérer.

Le taxi particulier arrive à l'heure convenue. Il demande un code envoyé sur l'application d'Antoine, qui le lui donne sans perdre plus de temps. Le jeune homme pénètre dans la berline noire, en pensant qu'il a berné les hommes de main du maître de cérémonie. Impossible, selon lui, qu'ils découvrent ce qu'il s'apprête à faire. Il pourra passer une soirée tranquille avec cette femme à laquelle il s'attache plus rapidement qu'il ne le pense. Et peut-être même toute la nuit.

En début d'après-midi, Solène arrive à son chalet, situé dans le hameau du Canon, près du Cap Ferret. Dès qu'elle descend de son véhicule, elle vérifie si elle aperçoit le van noir qui l'a suivi à son départ de Pessac. Il semblerait qu'elle ait réussi à le semer. Satisfaite, elle ouvre le coffre, attrape sa valise et fonce s'enfermer à l'intérieur du chalet en bois.

Après quelques jours de pluie, le soleil daigne enfin pointer le bout de son nez. Si le fond de l'air reste frais, c'est le moment d'en profiter. Solène a une chance inouïe d'avoir pu acheter ce petit coin de paradis. Depuis son chalet, elle possède un accès direct à la plage située à seulement quelques mètres. Elle peut alors profiter du bassin d'Arcachon même si, à marée basse, cette cuve est complètement vide d'eau.

Cependant, l'heure n'est pas à la baignade. Solène veut seulement profiter du soleil, se promener sur la plage et oublier tous ses soucis. Elle veut éviter de trop penser à Antoine et de passer son temps à l'attendre.

Avant de sortir, elle consulte pourtant son téléphone portable. Un réflexe que possède désormais tout le monde, comme si on ne pouvait plus vivre sans. Elle s'aperçoit alors qu'elle a plusieurs notifications. Dont un message sur son compte Instagram. Son sang ne fait qu'un tour. Elle reçoit rarement des messages sur cette application. Le seul à lui en envoyer, depuis qu'elle lui a donné son pseudo, est son amant. Lui a-t-il écrit ? Pour lui dire quoi ?

Solène doit le découvrir. Elle n'aura l'esprit tranquille que quand elle saura ce qui se cache derrière cette notification. Elle déverrouille l'écran de son smartphone et clique sur l'icône d'Instagram. Elle va ensuite dans sa messagerie. C'est bien Antoine qui lui a écrit. Il voulait la prévenir qu'il a trouvé un moyen de se rendre au Cap Ferret sans se faire repérer. Il précise qu'il devrait arriver aux alentours de 16 h 30. Dans moins de deux heures. Les papillons, dans le ventre de Solène, se remettent à battre des ailes.

Un seul homme pourrait-il racheter tous les péchés de ces vieux pervers qui pourrissent la vie de leurs propres progénitures ? Solène n'en est pas certaine mais penser à son amant lui fait oublier toutes ses envies de meurtre. *Et si je me sentais proche de lui parce que nous sommes tous les deux des meurtriers*, se demande-t-elle.

Elle préfère balayer cette question d'un revers de la main. Sortir. Profiter du soleil et de l'air marin. S'aérer l'esprit. Voilà ce qu'elle doit faire avant l'arrivée d'Antoine. *Ma jolie blonde*. Ces trois mots, qu'il a écrits à la fin de son message, la font sourire.

Avant de devenir trop fleur bleue, Solène préfère éteindre son téléphone portable et l'enfouir dans sa poche. Elle ne veut pas refouler tous ses sentiments mais elle a peur de les laisser s'exprimer. Elle va tout de même garder son smartphone avec elle, au cas où Antoine lui écrirait à nouveau. Puis elle sort du chalet et se dirige vers la plage.

Elle est pieds nus, en train de marcher dans le sable frais. Quand elle est là, plus rien ne compte pour elle. Elle trouve cet endroit magnifique. Ici, elle oublie presque les malheurs qu'elle a vécus à cause de son beau-père. Ses cauchemars sont si loin. Si elle pouvait venir s'installer là, près de l'océan, elle vivrait peut-être mieux. Cependant, elle sait qu'elle doit rendre justice à toutes ces femmes violées. Pour elles, mais aussi pour son bien-être personnel. C'est une mission qu'elle s'est donnée, comme pour nourrir cette part sombre qu'elle possède.

Pourrait-elle expliquer cela à Antoine ? Est-il comme elle ? Elle ne le sait pas encore ; tout comme elle ne sait pas si elle osera aborder le sujet avec son amant. Et les *Anonymes* ? Que faire de cette sorte d'organisation secrète ? Pourquoi continuer à y aller si c'est pour enfreindre leurs règles ? Solène ne se sent pas liée à eux ni à ce maître de cérémonie. Elle voudrait ne plus avoir à se rendre à ces réunions qui lui font penser aux Alcooliques Anonymes pour tueurs en série.

Pourra-t-elle refuser la prochaine invitation qui lui sera envoyée ? N'est-ce pas mettre en péril sa propre vie ?

23

Antoine n'a nul besoin de frapper à la porte. Celle qui est désormais sa compagne, même si ce n'est pas officiel, le voit arriver. Elle lui ouvre. Il entre sans se faire prier.

« Tu n'as pas été suivi ?

— Non, j'ai été extrêmement prudent. Comme je t'ai dit, j'ai pris un Uber.

— Tu es sûr de toi ? Ils auraient pu le repérer et...

— Oui, je suis sûr, l'interrompt-il. Je suis passé par le jardin des voisins. C'est impossible qu'ils m'aient vu partir. Je pense qu'ils doivent encore être postés devant chez moi, à espérer que je sorte. Ils n'y verront que du feu. Tu n'as pas à t'inquiéter.

— Bien, bien.

— Et toi, c'est bon ?

— Oui, je n'ai vu personne. J'ai pris toutes mes précautions, moi aussi.

— Dans ce cas, on devrait se détendre et profiter de ce moment.

— Oui, tu as raison, dit finalement Solène en tirant tous les rideaux. Mets-toi à l'aise, je reviens dans cinq minutes. »

La jeune femme disparaît en direction de la salle de bain. Antoine enlève son sweat, dans lequel il crève de chaud. Il prend place sur le canapé.

Quelques minutes plus tard, la porte s'ouvre à nouveau. Antoine peut sentir les effluves du doux parfum de son amante. Cette dernière sort d'un pas lent et chaloupé. Elle porte un kimono en soie, qui s'arrête au-dessus des genoux. Si Antoine ne peut deviner ce qui se cache en-dessous, il peut tout de même voir que la jeune femme porte des bas, dont il aperçoit le liseré. Quelle autre surprise lui a-t-elle réservée pour leur deuxième soirée ?

Sans un mot, elle se dirige vers la cuisine. Elle ne connaît pas ses goûts en matière d'alcool, mais elle sert deux verres de vin blanc sec. Elle a ouvert une bouteille de Monbazillac, d'un grand cru classé qu'elle se réservait pour les grandes occasions. C'en est une. Elle prend les verres et se dirige vers le canapé. Elle en tend un à Antoine et s'assoit à ses côtés.

« Tu es magnifique, lui glisse-t-il à l'oreille en prenant le verre.

— Merci, répond-elle d'une voix timide, tout en rougissant.

— C'est moi qui devrais te remercier... »

Avant de succomber aux charmes du jeune homme, Solène lui propose de trinquer. Elle boit plus de la moitié de son verre d'une traite. Antoine pense qu'elle doit avoir besoin de cela pour se donner du courage. Elle a fait un gros effort pour lui plaire et le remercier de l'avoir rejoint. Elle ne doit pas se sentir complètement à son aise.

Quant à lui, il ne boit qu'une petite gorgée de ce délicieux breuvage. Il ne voudrait pas perdre le contrôle de son corps avant d'avoir profité de cette femme magnifique qui se tient à ses côtés. Il pose le verre sur la table basse, se tourne vers Solène et l'embrasse.

Antoine s'abandonne complètement. Il oublie tous ses soucis. Il ne sait plus qui il est ni ce qu'il fait habituellement la nuit pour faire taire son « Prince Noir ». Il profite pleinement de l'instant présent.

Son corps enlace celui de cette beauté blonde pour découvrir ce qu'elle cache sous son peignoir. Quand il l'ouvre de ses doigts délicats, Antoine découvre que Solène a sorti le grand jeu : sous-vêtements en dentelle et porte-jarretelles. Il se sent immédiatement à l'étroit dans son pantalon.

À peine a-t-il le temps d'y penser que la jeune femme libère ce phallus aussi tendu que la corde d'un arc. L'excitation des deux amants est à son comble. Cette nuit s'annonce plus chaude encore que la première qu'ils ont passée ensemble.

Leur ébat débute sur le canapé, pour se finir dans la chambre à coucher, en passant par la cuisine. Deux heures durant, ils s'adonnent aux plaisirs de l'amour et du sexe. Solène en pleure presque de joie. Quant à Antoine, il voudrait que cet instant dure à tout jamais.

Au cours de la soirée, ils font une pause pour reprendre des forces. Un dîner pris sur le pouce, en quelques minutes seulement. Les deux amants prennent une douche et voilà qu'ils recommencent. Solène change de sous-vêtements. Elle a bien vu que cela plaisait à son amant. Elle ressort de la salle de bain avec un magnifique body rouge en dentelle, et ils repartent pour une nuit de plaisir.

Plusieurs fois, ils s'endorment dans les bras l'un de l'autre. Quand ils se réveillent, ils se parlent pendant quelques minutes et reprennent de plus belle. Cette nuit restera gravée à jamais dans leur mémoire.

Affalé sur son canapé, dans son bureau, Baptiste attend. Il n'a que peu de doutes sur l'issue de la mission qu'il a confiée à ses hommes. Il est quasiment sûr qu'il recevra des photos, dans quelques heures tout au plus, lui prouvant que Solène et Antoine se fréquentent.

Pour éviter de trop penser aux conséquences fâcheuses de ce rapprochement entre deux tueurs en série qu'il a fait entrer parmi les *Anonymes*, Baptiste se noie dans l'alcool. Il enchaîne les verres de whisky. Il prend le temps de déguster le goût de cette boisson forte. Petit à petit, son esprit divague. Il ne peut pas l'en empêcher. Il se met alors à penser à ses propres péchés.

Comme ces hommes et ces femmes qu'il invite dans ce manoir, Baptiste a déjà tué. Plus d'une fois. Les *Anonymes* lui servent d'ailleurs de couverture. L'organisation lui permet, quand un serial killer dépasse les limites, d'assouvir ses pulsions. Et, pour faire disparaître les corps, il a une technique infaillible : l'acide. Toutes les matières organiques finissent par fondre dans une grande barrique remplie d'acide. Il en a fait plusieurs fois l'expérience. Certes, l'odeur dégagée est insupportable. Mais à la fin, il ne reste plus rien.

Au fin fond du jardin, il profite d'une vieille grange à moitié en ruines. Ses hommes ont interdiction de s'y rendre. La raison officielle ? La bâtisse menace de s'effondrer. La raison officieuse ? C'est là que se trouve la barrique d'acide. Quelques-uns des hommes de main de Baptiste ont déjà essayé d'aller à l'encontre de cet ordre. Ils ne sont plus de ce monde pour en parler.

Le maître de cérémonie pensait qu'en vieillissant, ses pulsions meurtrières se calmeraient. Il n'en est rien. Parfois, il rêve d'ôter la vie à un de ces meurtriers cachés derrière le masque de Guy Fawkes. Pendant qu'ils racontent leur histoire, il lui arrive d'en imaginer certains entre ses griffes. Il se voit alors leur retirer le cœur à main nue ou les plonger, encore conscients, dans la barrique d'acide située dans la vieille grange. Il lui faut parfois faire de gros efforts pour rester concentré sur ce qui se dit dans le grand salon où se réunissent les *Anonymes*.

S'il s'avère que Solène et Antoine sont bien en train de se voir alors que les règles ont été clairement énoncées, cela donnera une excuse à Baptiste pour passer à l'acte. Il l'a dit à son bras droit : il n'aura aucun mal à se débarrasser de la jeune blonde. Le fait que son beau-père lui a pourri la vie et qu'elle a déjà eu son lot d'obstacles à surmonter n'y changera rien. En revanche, Baptiste aura plus de mal à appliquer ces mêmes règles avec Antoine.

Avant de l'inviter au manoir, il l'a longuement fait observer. Ses hommes de main, à tour de rôle, l'ont suivi. Ils ont pris des photos et écrit des comptes-rendus sur ses agissements. Ainsi, le maître de cérémonie a pu étudier ce tueur en série dans les moindres détails. Tel un scientifique, il a dressé un portrait détaillé d'Antoine. Il a établi un profil psychologique, qui correspond exactement à ce que recherchent les *Anonymes* pour un chef. Baptiste sent tellement de potentiel chez ce tueur. Il a l'impression de se revoir quand il était plus jeune. Méthodique et ne laissant rien au hasard.

Pourrait-il prendre sa place ? Baptiste voudrait proposer le nom d'Antoine à ses supérieurs. Il sait qu'il ne peut rien leur imposer, mais il souhaiterait enfin se retirer de ce milieu qui pèse de plus en plus sur ses épaules. Et, selon lui, Antoine sera un digne successeur. Il est fait pour le job.

Baptiste s'endort au milieu de ses réflexions. L'alcool a parfois cet effet sur lui. Cependant, il ne reste pas assoupi pendant bien longtemps. Quelques poignées d'heures, tout au plus. Au beau milieu de la nuit, il sent son téléphone portable vibrer à côté de lui. Même s'il n'a pas envie de se réveiller, Baptiste est bien obligé d'ouvrir les yeux. Il sait qu'il a reçu un message d'un de ses hommes.

Les vibrations s'enchaînent. Baptiste pose son regard sur l'écran de son smartphone. C'est Anthony. Il est en train de lui envoyer des photos. Le sang de Baptiste ne fait qu'un tour. Il doit tout de suite consulter les messages de son bras droit. Il va enfin savoir.

Les photos envoyées sur son téléphone portable sont sans équivoque. On y voit Antoine et Solène, ensemble, en train de s'embrasser. D'autres clichés les montrent en train de s'enlacer et même de se déshabiller. Baptiste n'a pas besoin d'en voir plus. Il se lève d'un bond. Encore sous l'emprise de l'alcool, il vacille. Il doit passer sa colère sur un objet. Il attrape alors son verre vide et le jette, de rage, contre le mur.

« Merde ! », hurle-t-il. Sa voix résonne dans le bureau.

Il doit réagir sans plus attendre. Donner des ordres à ses hommes. Il retourne sur la conversation où Anthony lui a envoyé les clichés du couple formé par Antoine et Solène. Baptiste sait que ses hommes ont bien suivi les deux tourtereaux sans se faire repérer ni distancer. Ils sont désormais ensemble, tous les quatre, et attendent pour agir.

Le maître de cérémonie demande à ses hommes de ne pas intervenir. Sous aucun prétexte. Il leur ordonne de laisser Antoine et Solène rentrer chez eux, quand bon leur semblera. Il les invite ensuite à prendre une bonne journée de repos. Il estime qu'ils en ont bien besoin, après avoir traqué ces deux énergumènes pendant toute une journée. Enfin, Baptiste demande à Anthony et ses compères de se tenir prêts, le lendemain, pour la réunion des *Anonymes* qui est déjà planifiée. Avant d'envoyer son message complet, il insiste cependant sur une chose : tout acte a ses conséquences et ils agiront. Bientôt.

Le cœur léger, Antoine paie le chauffeur Uber, en ajoutant un pourboire d'une dizaine d'euros. Il ne l'aurait jamais fait en temps normal. Mais il vient de passer une nuit exceptionnelle. Du genre de celles que l'on n'oublie jamais.

Malgré tout, il ressent de la fatigue. Il n'a quasiment pas dormi de la nuit. Avant de pousser la porte et de rentrer chez lui, il jette un coup d'œil dans la rue. Il ne voit pas le van qui reste habituellement posté, de jour comme de nuit, à quelques mètres seulement de sa maison. Il se doute qu'ils n'ont pas abandonné. Que se passe-t-il, dans ce cas ?

Sur son petit nuage, Antoine reporte ce problème. Il voudrait aller se coucher mais une part d'excitation le tient en éveil. Que faire ?

Il se dirige vers la cuisine et se fait couler un café. Puis il va se poser, en sifflotant, sur le canapé. Il ne s'en rend pas compte, mais son « Prince Noir » semble totalement éteint. Est-ce le fait de côtoyer une jeune femme qui est une tueuse, comme lui ? Serait-il en train de réellement tomber amoureux, pour la première fois de sa vie ?

Antoine ne saurait décrire précisément ce sentiment qu'il ressent au plus profond de son être. Il semble en paix avec lui-même. Il n'a aucune envie de faire du mal.

Il lui tarde déjà de revoir Solène. Il espère qu'elle ressent la même chose pour lui. Cependant, plus ils se verront, plus ils devront redoubler de vigilance. Soudain, ses pensées s'obscurcissent.

Et si ce van noir, qui d'ordinaire est garé à quelques pas de sa maison, avait une bonne raison d'être aux abonnés absents ? Et si le maître de cérémonie s'en prenait à son amante ?

Antoine chasse ces mauvaises pensées d'un revers de la main. Il ne veut pas tomber dans la paranoïa. Il ne veut retenir que cette belle nuit d'amour.

D'ailleurs, il doit se préparer pour aller travailler. Il aurait bien pris une journée de repos supplémentaire, mais il ne veut pas abuser. Il doit aller aider Claire, qui doit crouler sous la paperasse. Même s'il n'a aucune envie de croiser certains collègues, qui pourraient finir sur sa table d'opération le jour où son « Prince Noir » fera de nouveau surface.

24

Une semaine passe. Antoine ne reçoit aucune nouvelle de la part de Solène. Sans se montrer inquiet, il se pose quand même quelques questions. Il lui a laissé un message sur son compte Instagram. Pas plus. Il ne veut ni la harceler ni la forcer. Il sait que cela reste dangereux. Ils ne peuvent pas se voir aussi souvent que le ferait un couple normal. Il se dit que son amante a opté pour la prudence. Elle le contactera quand elle se sentira prête. Peut-être que leur planque a été découverte et qu'elle cherche un nouvel endroit où ils pourraient se voir ? Il n'en sait rien. Il doit continuer à mener sa vie comme si de rien n'était.

Par ailleurs, Antoine n'a pas reçu de nouvelle invitation pour participer à une réunion des *Anonymes*. Depuis la première à laquelle il a été invité, il ne s'est jamais passé autant de temps sans qu'il soit de nouveau convié. Il faut dire que son « Prince Noir » n'a pas totalement refait surface. Durant ces sept jours, il a fait quelques apparitions. Mais jamais jusqu'au point de non-retour. Cela fait plus de deux semaines que le jeune homme n'a pas tué. Ce n'est pourtant pas l'envie qui lui manque. Surtout quand, dans une file d'attente pour déposer un colis à La Poste, un homme a commencé à lui chercher des noises parce qu'il ne voulait pas le laisser passer. Il n'avait soi-disant qu'une petite lettre à poster, alors qu'Antoine devait envoyer un colis parce qu'il avait vendu une vieillerie ayant appartenu à sa mère sur le site Leboncoin. Sur le coup, il aurait bien ramené cet énergumène dans sa cave. Mais, aussi étonnant que cela puisse paraître, il a laissé tomber. Est-ce le résultat de ce sentiment d'amour qu'il ressent à l'égard de Solène ?

Deux jours après sa virée près du Cap Ferret et cette nuit passée dans les draps de la jeune femme, Antoine s'est aperçu que le van noir a repris sa place dans la rue. Il se sait épié dans ses moindres faits et gestes. Ils doivent attendre qu'il tue à nouveau. Est-ce vraiment le déclencheur pour se faire inviter à une réunion ? Il veut en avoir le cœur net. Avant de mettre son plan à exécution, il envoie un nouveau message sur le compte Instagram de So.Doy. Il dit à son amante qu'il a envie de tuer, juste pour vérifier sa théorie. Il lui explique que si elle veut le voir lors de la prochaine réunion où il sera invité, elle devra elle aussi tuer quelqu'un. Antoine n'attend pas de réponse. Il se déconnecte du réseau social et ouvre une page internet. Il a retenu le nom de l'homme qui l'a défié dans la file d'attente. Il était inscrit, en grosses lettres capitales, au dos de l'enveloppe qu'il devait envoyer en recommandé. Antoine a eu le temps de le voir et, inconsciemment, il a retenu le nom de cette personne.

Grâce au logiciel TOR, il se connecte sur le Dark Web. C'est fou ce que l'on peut y glaner comme informations, dans l'anonymat le plus total ! Mais aussi sur n'importe qui. Il entre le nom de cette personne : André Dubeau. La chance est de son côté. En effet, cet homme moustachu, au ventre proéminent, n'a pas un nom commun. Il le trouve aisément sur le Dark Web. Il récolte même des informations capitales sur lui. Il a quarante-cinq ans, bientôt quarante-six. Il habite à Talence mais il vient d'installer sa fille de dix-neuf ans du côté de Cestas. D'où sa présence au même endroit qu'Antoine, quelques jours auparavant.

Antoine prend une feuille dans l'imprimante. Il note le nom de cet homme. Son âge. Son adresse. Il doit d'abord faire du repérage. Voir s'il est chez lui. Il sait qu'il sera suivi par le van noir. Quelle importance ? N'est-ce pas là le but de la manœuvre ? Il était prêt à laisser tomber, à ne pas s'occuper de cet homme qui, pendant quelques minutes, lui a pourri la vie. Cependant, Antoine sait que sa prochaine invitation aux *Anonymes* passe par le meurtre de cet emmerdeur. Il doit aller au bout.

Antoine prend une journée pour observer le comportement et la vie quotidienne de cet homme. Il prend toutes les précautions nécessaires avant de passer à l'action. André Dubeau est divorcé. Il vit seul. Ce sera plus facile de le capturer. Le matin, il part travailler vers huit heures et demie. Il rentre quatre heures plus tard, prend le temps de déjeuner et repart aux alentours de treize heures trente. Antoine le suit jusqu'à l'endroit où il travaille, en plein centre-ville de Bordeaux. Il est banquier. Quoi de surprenant ? Peu avant dix-huit heures, il sort de son bureau. Il ne rentre pas tout de suite chez lui. Il passe d'abord par un bar, place de la Victoire, où il reste une bonne heure. Quand il en ressort, il n'est en apparence plus le même. Il a ôté sa cravate, sa chemise est à moitié ouverte et ses joues sont teintées de rouge. Boit-il seulement ou va-t-il rejoindre une femme ? Impossible à dire. L'un dans l'autre, il ne rentre pas chez lui avant dix-neuf heures trente. Personne ne l'y attend.

Le lendemain de ce round d'observation, Antoine passe à l'action. Quand il va chez André Dubeau, il s'aperçoit que le van le suit toujours. Pas question de le semer, cette fois. Il veut que les deux hommes qui sont à l'intérieur voient ce qu'il va faire. Qui il va ramener chez lui. L'affaire ne prend que quelques minutes. Sur les coups de dix-neuf heures, Antoine crochète la serrure de l'homme dont il a fait sa cible. Il entre chez lui, dans un appartement plongé dans le noir. Il attend qu'il entre pour se jeter sur lui et le piquer avec sa seringue de kétamine. Puis, sous les yeux avisés des deux sous-fifres du maître de cérémonie, il jette le corps inanimé à l'arrière de son Duster. Direction sa cave.

« Qui êtes-vous ? demande André, totalement paniqué de se retrouver attaché là.

— Habituellement, je dis aux gens qui sont étendus sur ma table que cela n'a pas d'importance... Mais bon, là c'est un peu différent, vois-tu.

— Qu'est-ce que vous racontez ? Qui êtes-vous, espèce de malade mental ?

— On se calme, André. Tu ne me reconnais pas ? Laisse-moi te rafraîchir la mémoire. Si je te dis La Poste, à Cestas, il y a quelques jours. Tu rendais visite à ta fille et tu avais un recommandé à envoyer. Tu m'as demandé de te laisser passer. Tu t'es plaint. Tu t'es mis en colère pour rien. Là, tu me remets ?

— Mais qu'est-ce que c'est que ce... ce bordel ? Vous m'en voulez pour ça ? Merde ! Je suis tombé sur un taré !

— Ah non, je ne peux pas te laisser dire ça. Je suis différent, je veux bien l'accepter. Mais pas taré. Je sais ce que je fais.

— Et tu crois que c'est mieux ? assène André en relevant la tête.

— Non, je n'ai pas dit ça... Ceci étant dit, tu aurais pu échapper à ma vengeance pour m'avoir parlé comme une merde. Je ne suis pas si rancunier que cela. J'étais prêt à te laisser tranquille, mais bon. C'est comme ça.

— Qu'est-ce qui vous a fait changer d'avis ? Je peux peut-être vous aider à modifier vos plans.

— Non, c'est trop tard. J'ai besoin de toi, certes. Mais tu me seras plus utile quand tu seras mort.

— Vous... Vous allez me tuer ? Oh mon Dieu !

— Ton Dieu ne peut plus rien pour toi, j'en ai bien peur ! Ne panique pas, je vais faire vite. Contrairement à d'autres, tu ne vas pas beaucoup souffrir. Je n'ai pas le cœur à te torturer, tu sais. C'est bien dommage, parce que j'excelle dans ce que je fais. Mais bon, j'ai un autre objectif, comme je te l'ai expliqué. Allez, trêve de bavardage ! »

L'homme étendu sur la table métallique écarquille les yeux, en proie à la panique. Cette vision aurait dû emplir Antoine de joie. Contrairement aux autres fois où il a tué, il ne ressent pas la même satisfaction. Ce meurtre sert un autre dessein. Il doit exécuter cet homme pour faire partie d'une nouvelle réunion. Et peut-être revoir son amante, dont il n'a plus de nouvelles.

Ce qu'il a dit à André est vrai. Il n'a aucune envie de le torturer et de faire durer le plaisir. Il veut que ce soit rapide. Ainsi, il prend sa dague, non pour lui lacérer la peau mais pour aller droit au but. Il la soulève en l'air, au-dessus du corps tremblant du quadragénaire. En quelques secondes seulement, l'affaire est terminée. La lame se plante dans son cœur. Antoine la ressort. Le sang se met à couler et les forces quittent peu à peu le corps de sa victime. Ses paupières se ferment et il se laisse partir sans lutter. Game over.

Antoine n'en a pas fini. Il doit encore découper le corps inerte de cet homme qu'il vient de tuer à contrecœur. Il doit en emballer les différentes parties dans des sacs plastiques. Et effectuer son habituel manège, en allant les jeter dans différents points d'eau. Comme il le prévoit, le van le suivra, même s'il roule toute la nuit. Autant aller au bout, même si sa nuit de sommeil sera courte.

Quand il gare sa voiture dans son allée, autour de trois heures du matin, il entend le van démarrer au coin de la rue. Celui-ci ralentit devant son portail. Un des deux hommes ouvre la vitre. Il jette une enveloppe. Antoine s'empresse d'aller la ramasser. Il l'ouvre avant même d'être rentré dans sa maison. À l'intérieur se trouve une carte d'invitation. Il la reconnaît. Il en a déjà reçu plusieurs. Rendez-vous est donné le soir même, à vingt heures précises, au parc de Monsalut. Antoine vient de réussir son coup. Il est de nouveau invité à une réunion des *Anonymes*. Y verra-t-il Solène ?

Vingt heures trente. Antoine est installé sur une des chaises depuis une dizaine de minutes. Il était le premier arrivé. Il a eu le temps de compter le nombre de sièges préparés pour cette réunion. Il y en a six. C'est le plus petit nombre depuis qu'il a assisté à son premier rassemblement de tueurs en série. Qui seront les autres invités ?

Dominique fait son entrée dans le salon, escorté par un homme trapu. Du même genre de ceux qui le suivent et l'ont récupéré sur le lieu du rendez-vous. D'un signe de la tête, les deux hommes se saluent. L'ancien militaire a-t-il tué, lui aussi, pour pouvoir assister à cette réunion ? Antoine espère voir son amante occuper une des six chaises. Il espère même voir Fabien ; s'il n'est pas réellement inquiet pour lui, il se demande ce qu'il a pu lui arriver depuis la dernière fois où il l'a vu. Est-il parvenu à enterrer le corps de cette femme qu'il a sauvagement assassinée ? Ont-ils effacé toutes les preuves qui pourraient conduire la police à mener une enquête sur ce meurtre ?

Deux personnes font leur entrée tandis qu'il se pose toutes ces questions. Il reconnaît l'une des deux. Il s'agit d'une femme qui était présente à la dernière réunion à laquelle il a participé. C'était sa première fois. Est-elle revenue quand lui était absent ? Quant à la seconde personne, il semblerait que ce soit sa première fois. Il commence à savoir quand quelqu'un débarque ici sans jamais être venu. Le comportement n'est pas le même. La personne semble perdue. Désorientée.

Il ne reste plus que deux sièges libres. Antoine a un mauvais pressentiment. Une sorte de boule acide gonfle dans son estomac. Les secondes s'étirent inlassablement. L'attente devient un vrai supplice. Un autre homme fait son apparition dans le grand salon. Antoine n'est pas sûr de lui. Il lui semble qu'il l'a déjà vu. Peut-être la toute première fois où il est venu aux *Anonymes*. Mais cet homme n'avait pas pris la parole. Qui est-il ? Vient-il régulièrement ? Il en saura peut-être plus dans quelques minutes.

Il ne reste qu'un siège vide. Est-il réservé à Solène ? Antoine se met à rêvasser. Il imagine la jeune blonde faire son apparition. Le visage caché derrière son masque. Sa démarche chaloupée. L'odeur de son parfum. Un petit sourire en coin, discret, quand son regard croisera le sien. Une complicité bien dissimulée.

Rien de tout cela ne se produit. Antoine est extirpé de ses pensées quand le dernier invité entre dans la pièce. Une fois de plus, il s'agit d'un homme. Il n'y aura qu'une seule femme ce soir-là. Cet homme est un nouveau. Comme l'autre, il semble perdu. Il ne sait pas où il est ni ce qu'il fait ici. Sont-ils réellement des meurtriers ? L'âme en peine, Antoine est en proie au doute. Il est surtout déçu de ne pas voir Solène s'installer sur la dernière chaise, à la place de cet homme. A-t-elle reçu son message sur son compte Instagram ? A-t-elle eu envie de tuer, ou même de le revoir ?

Une fois que tout le monde est bien installé, la porte du salon se referme. Leur hôte entre par une autre porte, qui semble donner sur la cuisine. Comme à son habitude, il porte un beau costume trois-pièces et son éternel masque en forme de bandeau, qui ne lui cache que les yeux. Sa barbe ainsi que sa bouche sont visibles de tous. Avec toute sa prestance, il s'installe face à son auditoire. Débute alors l'habituel discours. L'homme insiste toujours sur les mêmes points. Il redéfinit les règles, dont la plupart ont été bafouées par Antoine, qui ne s'en veut pas le moins du monde. Si c'était à refaire, il le referait assurément. Maintenant, il en est sûr : il est tombé amoureux de cette belle blonde. Voilà pourquoi il se montre aussi inquiet de ne pas la voir.

Après les recommandations d'usage, le maître de cérémonie — personne ne sait ici qu'il s'appelle Baptiste et si l'un d'entre eux l'apprenait, il signerait son arrêt de mort — ne demande pas qui est volontaire pour parler en premier. Il désigne Antoine du regard et s'adresse à lui.

« Mon cher Antoine, dit-il à son attention. Je suis sûr que tu as des choses à nous raconter !

— En effet, répond-il avec une extrême prudence. Il sait qu'il doit rester vigilant et tout faire pour ne pas tomber dans le piège qu'on lui tend.

— Je sens que ça va être intéressant ! Nous t'écoutons.

— Eh bien, vous devez vous douter de ce que je vais vous dire. J'ai encore tué. Cette nuit.

— Ah oui ? Pourtant, j'ai l'impression que tu étais parvenu à te retenir, ces derniers jours. On ne t'a pas beaucoup vu aux réunions.

— Non, je n'ai pas été invité depuis une dizaine de jours, vous avez raison. Et je suis resté deux bonnes semaines sans tuer. Est-ce mal ? Je ne pense pas...

— Bien sûr que non, ce n'est pas mal, l'interrompt leur hôte. Mais nous savons tous ici combien il est difficile de contrôler nos pulsions. Peux-tu nous expliquer comment tu as réussi à le faire ?

— Eh bien... »

Antoine marque une pause. Il voit dans le regard de Baptiste qu'il sait. Il a compris ce qu'il se passe avec Solène. Antoine doit réagir. Prendre une décision. Trouver la marche à suivre. Sans mettre en danger son amante, il décide de délivrer une part de vérité.

« Je crois que j'ai rencontré l'amour, lâche-t-il après plusieurs secondes de silence.

— Tu le crois ou tu en es sûr ?

— C'est tout frais donc je n'en suis pas encore sûr. Mais j'ai bien rencontré une femme avec qui je me sens bien. Et j'ai tout de suite senti que ce sentiment avait fait taire mon « Prince Noir » pendant quelques jours.

— C'est formidable ! Je pense que ton expérience va être utile à tout le monde ! Peux-tu nous dire ce qui a changé hier ? Pourquoi est-ce que tu as de nouveau assassiné un homme ?

— Il a vite repris le dessus.

— Qui ça ?

— Mon « Prince Noir ». Il faut savoir que je ne le contrôle pas. Il peut resurgir à n'importe quel moment.

— Donc, si je comprends bien, le fait que tu te sentes amoureux n'a pas suffi à le calmer.

— C'est ça. Enfin, je pense. Comme vous, j'en découvre un peu plus chaque jour. Je pensais qu'il s'était calmé et ne reviendrait pas tant que j'éprouverais ce sentiment envers cette femme. Mais il est revenu plus vite que prévu.

— Veux-tu nous dire qui est cette femme ? Nous parler un peu d'elle ? »

Antoine est pris au dépourvu. Le maître de cérémonie sait de qui il s'agit. Il ne peut en être autrement. À quoi joue-t-il ? Son but est-il seulement de le déstabiliser ?

« Je... Je ne préfère pas, répond Antoine. Je n'en vois pas l'intérêt.

— Tu as peut-être raison, oui. Alors, parle-nous plutôt de ce qui t'a poussé à tuer de nouveau. Comment ton côté sombre a-t-il repris le dessus ?

— Comme je vous l'ai déjà expliqué, je ne m'occupe que des gens qui me dérangent dans ma vie quotidienne. Il y a quelques jours, un homme d'une quarantaine d'années s'en est pris à moi dans une file d'attente, à La Poste. Il n'avait qu'une lettre recommandée à envoyer et moi un colis. Il m'en a voulu parce que je n'ai pas accepté de le laisser passer. J'attendais depuis une demi-heure déjà et je n'en pouvais plus.

— Donc, tu l'as retrouvé le jour même et tu l'as assassiné ?

— Non, pas tout de suite. Au début, mon « Prince Noir » m'a laissé tranquille. J'avais d'autres priorités, grâce à cette femme que j'ai rencontrée.

— Tu as passé du temps avec elle, si je comprends bien.

— Oui, un peu.

— Mais comment s'est manifesté le retour de bâton, si je puis dire ?

— Quelques jours plus tard, j'étais seul chez moi et... »

Antoine marque une pause. Il doit construire correctement son mensonge.

« Et ?

— J'ai eu envie de tuer. C'est comme si une force en moi était décuplée. Je n'en avais pas seulement envie ; c'était un besoin primaire. Il fallait que je tue. Mon « Prince Noir » m'ordonnait de le faire. »

Antoine ne fabrique pas cet argument de toute pièce. Quand il a décidé de tuer cet homme — André Dubeau —, il en a réellement ressenti le besoin. Même s'il était guidé par un autre : celui de se faire inviter à cette réunion des *Anonymes* dans l'espoir de revoir Solène.

« Si je comprends bien, reprend le maître de cérémonie, ton côté sombre s'est manifesté avec encore plus de force. Le fait que tu aies pu éprouver un sentiment agréable, voire confortable, comme l'amour, l'aurait renforcé ?

— Je ne sais pas. On peut voir les choses comme ça, j'imagine. Quoiqu'il en soit, je peux vous dire que je n'ai jamais eu autant envie de tuer. À tel point que je n'ai pas torturé ma victime comme je le fais habituellement. Je n'ai utilisé ma dague que pour lui planter dans le cœur et mettre fin à ses jours. Pas de rituel. Pas de scarification. Je voulais en finir, et vite.

— On pourrait appeler ça une pulsion meurtrière, dit religieusement le maître de cérémonie. Voilà qui est intéressant, Antoine. Je te remercie d'avoir partagé cette expérience avec nous. Elle est très instructive. »

Le jeune homme souffle un grand coup. Il se rend compte qu'il retenait sa respiration. Il a passé le test. Il ne sait pas exactement quelles informations détient cet homme, mais son regard perçant, l'assurance et le charisme avec lesquels il préside chacune des réunions auxquelles il a assisté le rendent terrifiant. Antoine n'aimerait pas avoir à faire à lui. À cet instant précis, il n'espère qu'une chose : que Solène ne se soit

pas fait repérer et qu'elle ne soit pas tombée dans ses
filets.

25

Au cours de cette réunion, trois personnes se succèdent pour partager leurs expériences. Il s'agit de deux hommes et une femme, qui assistent à leur premier rassemblement. Pendant qu'ils parlent, Antoine se met à penser qu'il y a plus de meurtriers en France qu'il ne l'aurait cru. Font-ils venir des gens de tout le pays ? Comment les repèrent-ils ? Comment autant de gens peuvent-ils passer entre les mailles du filet sans se faire prendre par la police ? Il se pose mille questions.

Au bout de quelques minutes, qui s'étirent comme un élastique, le maître de cérémonie met fin à la soirée. D'un bout à l'autre, Antoine s'est ennuyé, ne faisant que penser à Solène et au danger qu'elle court. Cependant, il ne peut s'empêcher de remarquer que deux personnes n'ont pas dit le moindre mot : Dominique, qui a déjà raconté son histoire et qui semblait totalement détaché lors de cette réunion, et un brun ténébreux que le jeune homme n'a encore jamais vu.

Si l'ancien militaire a bien tué pour assister de nouveau à une réunion des *Anonymes*, il ne veut pas s'en vanter. Le maître de cérémonie semble se désintéresser de lui. Pour le moment. Dominique serait-il à craindre ? Le maître de cérémonie voudrait-il éviter une sorte de confrontation, même verbale, avec ce grand gaillard ? Antoine aimerait parfois mettre son cerveau sur pause et arrêter de s'interroger de la sorte.

D'autant plus que d'autres questions surgissent, concernant cet homme aux cheveux bruns qu'il ne connaît pas encore. Assiste-t-il à sa première réunion ? A-t-il souvent tué ou en est-il à son galop d'essai ? D'un regard, il comprend que cet homme et Dominique se sont déjà vus. Lui aussi est observateur. Ce n'est donc pas sa première réunion.

D'ailleurs, lors du traditionnel buffet, si on peut l'appeler ainsi, les deux hommes se rejoignent naturellement. L'un sert une tasse de café à l'autre. Ils n'échangent que peu de mots mais il semble y avoir une complicité entre eux. Antoine en est certain : ils ont déjà assisté ensemble à un rassemblement, dans ce manoir.

Dans le salon transformé en salle de goûter, les sous-fifres du maître de cérémonie observent en silence. Ils doivent continuer à se montrer prudents. Ce dernier est parti mais Antoine est persuadé que ses employés lui feront un compte-rendu détaillé s'ils soupçonnent quoi que ce soit d'anormal.

Avec un air détaché, il s'approche du duo qui pioche dans les assiettes de gâteaux. Il se sert une tasse de café et lance la discussion.

« Salut, les gars. Vous n'avez pas été très bavards, ce soir.

— Tout le monde ne peut pas parler à chaque réunion, répond Dominique, derrière son masque, d'une voix posée.

— C'est vrai, tu as raison. Mais du coup, on ne sait pas toujours qui est qui. Toi, par exemple, je ne sais pas comment tu t'appelles. Pourtant, tu sembles connaître Dominique.

— Je m'appelle Guillaume, répond le brun ténébreux, sans bouger un sourcil derrière son masque de Guy Fawkes. Et toi ?

— Antoine. Ce n'est pas la première réunion à laquelle tu assistes ?

— Oh que non ! Je crois que j'étais là avant Dominique. Disons que je tue des gens depuis plus longtemps que lui. Peut-être même que toi, va savoir.

— Oui, qui sait, reprend Antoine dans un rire étouffé par le stress. Et qu'as-tu raconté devant tous ces meurtriers pour justifier tes actes ?

— Tu n'es pas obligé de répondre, dit Dominique. Je ne sais pas ce qu'il t'arrive, Antoine, mais si tu veux en savoir plus sur Guillaume, tu devrais peut-être attendre une autre réunion, où il prendra la parole.

— Où est le problème, Dominique ? On ne fait que parler. C'est bien ce qu'ils veulent qu'on fasse, avant de nous renvoyer chez nous, non ?

— Je ne suis pas sûr que ce soit leur but, dit Guillaume. Mais je vais te répondre de manière succincte. Tu connais la série Dexter ?

— Oui, qui ne connaît pas !

— Je suis un peu comme lui. Une sorte de justicier des temps modernes. Je tue des gens qui torturent et font du mal aux autres.

— Comme nous tous ici, quoi, répond le jeune homme, quelque peu déçu.

— Tout à fait. Peut-être que je fais le ménage parmi les *Anonymes*, va savoir.

— T'es sérieux, là ?

— On ne peut plus sérieux. Je n'aime pas quand les gens passent à travers les mailles du filet.

— Donc, ça veut dire que tu pourrais avoir envie de me tuer. Ou de tuer Dominique ?

— C'est le jeu, mon pauvre, répond Dominique. Et ça ne me fait pas peur. Personne ne peut vivre éternellement, Antoine. Ni toi, ni moi. Et je préfère mourir des mains de Guillaume que de celles de cet homme prétentieux qui préside les réunions. »

Antoine ne dit plus rien. Si les révélations de cet homme étrange lui font craindre le pire, il remarque tout de même un ressentiment dans la voix de Dominique. Se serait-il passé quelque chose justifiant cette animosité envers leur hôte ?

« Dominique, est-ce que je peux te poser une question ? reprend-il tout bas, en tournant le dos aux hommes postés derrière la table des victuailles.

— Vas-y, répond-il à voix basse.

— Tu as remarqué comme moi que Fabien était absent, n'est-ce pas ? Personne ne l'a revu depuis la fois où il a avoué ne pas avoir enterré sa victime.

— Non, en effet. C'est la deuxième réunion qu'il manque.

— La troisième, pour être juste, ajoute Guillaume. J'ai assisté aux trois dernières et j'en avais manqué deux auparavant. Dont celle où il a fait ces révélations.

— Il n'est pas revenu depuis ? ajoute Antoine en s'efforçant de ne pas hausser le ton.

— Non, dit Dominique. Et je dois avouer que cela commence à m'inquiéter.

— Moi aussi. Tout comme... »

Guillaume leur fait signe de se taire. Deux des hommes de main s'approchent du trio. Ils ont remarqué qu'ils parlaient à voix basse. Ils ne sont pas libres de faire ce qu'ils veulent tant qu'ils sont dans ce manoir.

Pour échapper à tout soupçon, Antoine s'éloigne de Guillaume et Dominique. Il se met à marcher dans le salon en observant les tableaux accrochés au mur. Du coin de l'œil, il peut voir que les deux hommes se tournent le dos et ne se parlent plus.

Antoine fait le tour du salon et revient vers la table pour prendre un gâteau. Au passage, il croise Guillaume et lui glisse tout bas :

« Solène aussi manque à l'appel. Je ne sais pas si tu vois qui c'est, mais elle a manqué les deux dernières réunions.

— Je sais qui c'est, oui. Mais elle n'a rien fait pour être absente. N'est-ce pas ?

— Je ne sais pas, répond Antoine en s'éloignant de nouveau.

— Elle n'est pas là parce qu'elle n'a pas tué ces derniers temps, voilà tout. »

Malgré cette phrase, Antoine peut voir Guillaume et Dominique discuter en toute discrétion. Il semblerait que le brun ténébreux donne les informations qui sont en sa possession à l'ancien militaire. Ce dernier, d'un signe de tête, fait comprendre à Antoine qu'il a bien reçu l'information.

« Dominique est inquiet pour Fabien mais pas pour Solène, lui dit discrètement Guillaume quand ils se croisent à nouveau.

— Je vois, répond Antoine en s'éloignant.

— Est-ce que tu utilises le Dark Web ? lui demande l'homme resté derrière lui.

— Oui. Mais je ne vois pas en quoi...

— Ça nous arrive de discuter via une messagerie en ligne qui est intraçable. Si tu veux nous rejoindre, c'est hyper simple.

— Je ne sais pas, mais dis toujours.

— Dans la barre d'adresse, quand tu es sur TOR, tu n'as qu'à écrire l'adresse du site officiel du journal L'Équipe. Mais au lieu de mettre .fr, tu écris .onion. Tu tomberas directement sur la messagerie et tu pourras nous retrouver.

« — Je vois. Je ne sais pas si je vous contacterai mais c'est bon à savoir. Arrête de me suivre, maintenant. »

Guillaume tourne les talons et laisse Antoine à ses propres questions. Doivent-ils s'inquiéter de l'absence de Fabien, comme de celle de Solène ? Si Guillaume et Dominique pensent que la jeune femme n'a rien à se reprocher, Antoine sait que c'est faux. Fabien est aux abonnés absents parce qu'il aurait pu se faire prendre par les forces de police. Il a laissé des preuves derrière lui, après son dernier meurtre, qui auraient pu faire repérer les *Anonymes*. Le maître de cérémonie a dû agir. Il ne peut en être autrement.

Concernant Solène, Antoine est sûr d'une chose : ils se sont fait repérer. Le fait qu'elle ne lui réponde plus sur Instagram et qu'elle soit absente à cette réunion lui en apporte la preuve. Que peuvent-ils faire ? Leurs moindres faits et gestes sont scrutés, à cet instant même. Ils ne peuvent pas mettre un plan en place ni décider quoi que ce soit.

Antoine doit se résoudre à attendre qu'on le reconduise chez lui, sans pouvoir parler plus longtemps avec Guillaume ou Dominique. La seule lueur d'espoir, c'est qu'ils sont comme lui : ils se posent des questions sur ce groupuscule et sur le maître de cérémonie. Ils ne sont pas totalement pour ce qu'il se passe sous leurs yeux. Ils pourraient l'aider à faire bouger les choses. Même si ce serait extrêmement dangereux.

26

Elle tremble. Elle frissonne. Le froid ne semble plus vouloir la quitter. Depuis plusieurs jours — elle ne saurait dire combien exactement —, elle est recroquevillée sur elle-même, dans un coin de ce qui lui sert de prison. Elle n'a pas compris ce qui s'est passé. Tout est allé si vite.

Il y a quelque temps, Solène est rentrée chez elle, à Pessac, après avoir passé une nuit de rêve avec Antoine. Son nouvel amant. Un tueur, comme elle. Personne ne doit le savoir. En rentrant, elle a envoyé un SMS à une de ses amies, Marie. Les deux femmes se voient rarement mais elles communiquent régulièrement grâce aux réseaux sociaux. Et, parfois, elles s'envoient des messages. Solène lui a expliqué qu'elle a rencontré un homme bien. Elle a tenu à le préciser, tant elle a été déçue par le passé. Elle a également confié à son amie qu'elle était en train de tomber amoureuse de lui.

Une fois chez elle, Solène a passé sa matinée à faire du rangement. Sans être maniaque, elle se sent mieux quand son appartement est en ordre. Il faut dire que depuis son dernier déménagement, certains cartons n'ont pas encore été vidés ! Ils traînent, dans un coin de la pièce principale, à attendre qu'on veuille bien s'occuper de leur contenu. D'excellente humeur, Solène s'est ainsi occupée de cette tâche qu'elle a plusieurs fois repoussée. Si elle avait su qu'elle serait interrompue alors qu'elle vidait le dernier carton !

Elle a entendu la sonnerie de l'interphone. Surprise, elle a décroché. Elle se méfie toujours un peu mais elle voulait savoir qui venait sonner chez elle. De toute façon, elle avait toujours sa batte de baseball à portée de mains, rangée dans un tiroir du meuble à chaussures disposé dans l'entrée. Elle a ainsi reçu l'information suivante : l'homme qui sonnait chez elle était un livreur. Elle a eu beau lui dire qu'elle n'avait rien commandé, il avait insisté. Si le colis qu'il avait en sa possession n'était pas pour elle, il n'y pouvait rien. C'était bien son nom qui était inscrit dessus.

Quelques secondes plus tard, quand elle a ouvert la porte, Solène a regretté sa naïveté. Deux hommes costauds, aux allures de rugbymen, l'ont poussée à l'intérieur de son appartement. Ils portaient tous les deux des masques de Guy Fawkes. Exactement les mêmes que ceux que portaient les participants aux réunions des *Anonymes*. Ainsi que les hommes de main du maître de cérémonie. Il ne lui en a pas fallu plus pour comprendre : ils savaient. Elle avait été suivie. Ou alors, Antoine n'était pas parvenu à tromper leur vigilance.

Quoi qu'il en soit, elle venait de se faire attraper. Elle a bien essayé de se défendre et d'attraper sa batte de baseball. Cependant, à deux contre une, avec leur carrure impressionnante, elle ne pouvait rien contre ces deux hommes. Sans trop de mal, ils l'ont attrapée et lui ont bloqué les poignets à l'aide d'un collier de serrage en plastique. Puis, c'est le trou noir. Solène a eu la tête recouverte par un sac opaque. Elle a même fini par perdre connaissance quand elle a reçu un énorme coup de poing dans le ventre. Elle a failli s'échapper de l'étreinte des deux hommes, ce qui a fortement déplu à l'un d'entre eux, qui n'as pas hésité à la cogner. Sans retenue.

Depuis, Solène est retenue prisonnière dans cet endroit horrible et inhumain. Elle ne reçoit que deux repas par jour. Et une misérable bouteille d'eau. Par ailleurs, elle n'a qu'un petit seau et une serviette humide pour faire ses besoins et s'essuyer. Enfin, les courants d'air sont affreux dans cette pièce sombre et humide. Humiliée et inquiète quant à son avenir, Solène n'a rien avalé depuis qu'elle se trouve ici.

Elle sait cependant qu'elle n'est pas seule. Il y a un homme dans la cage à côté de la sienne. Il était là avant elle. Il a essayé de lui parler mais elle n'a pas voulu lui répondre. Pourtant, sa voix lui disait quelque chose. Elle est sûre de l'avoir déjà entendu. A-t-il participé, comme elle, aux réunions des *Anonymes* ? C'est fort possible. Lui aussi a dû enfreindre une ou plusieurs règles.

Solène est surprise de ne pas voir Antoine débarquer dans cet endroit sordide. Comme elle et visiblement comme cet homme, il a été à l'encontre des règles établies. Pourquoi ne l'ont-ils pas arrêté ? Elle est convaincue que son amant ne s'est pas laissé faire. Ils ont été obligés de le tuer.

Cette pensée provoque une crise de panique. Solène régurgite. Cependant, elle n'a rien dans l'estomac. Il n'en ressort que de la bile, ce qui lui provoque des douleurs insoutenables. Elle se décide enfin à boire un peu d'eau. Elle est fraîche. Cela lui fait du bien à la gorge. Elle se calme un peu.

Au bout de quelques minutes, Solène perçoit un bruit. Comme une clé qui tourne dans une serrure. Puis, une porte qui s'ouvre et enfin, des bruits de pas dans des escaliers. Elle ne peut pas bouger. Elle est tétanisée par la peur. Vient-on la chercher pour mettre fin à sa vie ? Va-t-on lui apprendre qu'Antoine a voulu jouer les héros et qu'il a fallu le tuer de sang-froid ? Elle est terrorisée.

Mais ce n'est pas pour elle qu'un homme vient. Elle l'entend parler mais ne saisit pas ce qu'il dit. Elle est comme dans une dimension parallèle. Sa voix lui vient de loin. Elle comprend des bribes de mots mais ne parvient pas à les associer pour en faire des phrases. Une conversation se noue entre l'homme qui vient de débarquer et celui enfermé comme un lion en cage. À un moment donné, la discussion s'arrête. L'homme s'approche de la cage de Solène. Il lui jette deux objets. Elle ne se retourne pas pour voir ce dont il s'agit. Il lui semble juste reconnaître le bruit d'une bouteille.

Puis, l'homme part et revient. Ils sont deux, désormais. Ils ouvrent la cage située à côté de la sienne. Celui qui logeait à l'intérieur est emmené. Il remonte les escaliers avec les deux autres. Solène est convaincue qu'ils vont le tuer. Pour lui, c'est la fin. Et pour elle ? Combien de temps vont-ils la laisser croupir ici ?

27

Après cette dernière réunion à laquelle il a assisté, Antoine n'a pas vraiment le choix : il reprend son travail sur les chantiers. L'entreprise qui l'emploie a enfin nommé un nouveau directeur, qui est plus jeune que ne l'était Robert. Il paraît plus sympathique et compréhensif. Plusieurs fois, il a remercié Antoine d'avoir pris le relais, en attendant sa nomination. Il faut dire que Claire a mis son travail en avant. Antoine est soulagé d'être de nouveau au contact de ses collègues, à l'extérieur. Il en avait marre de passer tout son temps enfermé dans un bureau.

Il ressent un besoin vital de prendre l'air. Cela l'aide à mieux réfléchir. En effet, suite à la dernière réunion des *Anonymes* à laquelle il a assisté, il se pose tout un tas de questions. Il se demande ce que Fabien est devenu. Pourquoi était-il absent lors des derniers rassemblements auxquels il aurait pu participer ? Personne ne l'a revu depuis cette fois où il a avoué être tombé amoureux de sa victime. Une jeune femme blonde qu'il a pourtant torturée. Il l'a salement amochée, si on en croit ce qu'il a raconté. Et, surtout, il ne l'avait pas enterrée, comme les autres.

Le maître de cérémonie et ses sous-fifres ont-ils assassiné Fabien ? La question revient plusieurs fois à l'esprit d'Antoine. Il se souvient que, le jour où il a fait ces révélations, Fabien est parti avec deux des grands gaillards qui épaulent le maître de cérémonie. On ne l'a jamais vu revenir. On n'a jamais eu de ses nouvelles. Rien ne dit qu'ils ne l'ont pas tué, de sang-froid, pour rattraper les dégâts qu'il a causés.

Est-ce que tout cela aurait un sens ? Voilà une autre question qu'il se pose. S'ils sont partis avec lui, c'est pour l'aider à enterrer le corps de cette pauvre femme. Pour aller plus vite, pour être plus efficaces. Mais aussi pour effacer toutes les preuves qui pourraient conduire jusqu'à Fabien. Et, par extension, jusqu'aux *Anonymes*.

Dans ce cas, pourquoi ne vient-il plus aux réunions ? Peut-être qu'on l'a tout simplement banni. Peut-on bannir un tueur en série en le laissant vivant ? Ce serait un grand risque. Un trop grand risque.

Petit à petit, les pensées d'Antoine dérivent et se tournent vers Solène. Il ne reçoit toujours aucune réponse aux messages qu'il a pu lui laisser sur Instagram. Elle non plus n'a pas assisté à la dernière réunion. Doit-il s'en inquiéter ? Après tout, si elle n'a pas tué, c'est tout à fait normal qu'elle n'ait pas été là.

Oui, mais. Il y a ces messages qui ne reçoivent aucune réponse. Ce silence radio qui se fait de plus en plus pesant. Antoine est-il assez bête pour croire qu'elle se serait détournée de lui, sans explications, après la dernière nuit qu'ils ont passée ensemble ? Il ne peut pas y croire. Alors quoi ? Le danger l'aurait rendue craintive ? Elle aurait tellement peur pour sa vie qu'elle ne donnerait plus de nouvelles et aurait adopté la technique de l'autruche ?

Impossible. Antoine tente de se convaincre que la jeune blonde aux yeux bleus dont il est tombé amoureux est plus rationnelle que cela. Elle n'avait pas l'air de se soucier du danger que leur rencontre représentait. C'est elle qui a voulu le revoir. Il lui est arrivé quelque chose. Il ne peut en être autrement. Ces hommes s'en sont pris à elle. Antoine en est persuadé.

Pourtant, il se demande pourquoi elle et pas lui. Ils ont été deux à enfreindre les règles établies. Lui aussi a montré son visage. Lui aussi a donné son vrai nom. Alors, il devrait également en payer les conséquences. Solène ne peut pas être la seule à s'être fait prendre. Antoine doit-il s'attendre à voir les deux hommes postés devant chez lui surgir à tout instant pour l'enlever et l'emmener devant leur patron ? Devra-t-il répondre de ses actes ?

Il veut se tenir prêt. Voilà pourquoi il cache sa dague dans la poche de son jean. Elle y rentre tout juste. Elle le rassure. Il sait que s'il en a besoin, il pourra se défendre. N'importe où. N'importe quand. Cette arme est son amie la plus fidèle. Elle ne l'a jamais déçu. Elle a toujours effectué son travail. Elle n'a jamais rechigné à la tâche.

À quelques kilomètres de Bordeaux, dans le bureau de Baptiste, deux hommes sont en pleine discussion. Il s'agit du maître des lieux et de son employé le plus fidèle — le plus ancien à être à ses côtés —, Anthony. La veille au soir, ce dernier lui a raconté ce qu'ils ont vu, avec Pedro. Dominique, Guillaume et Antoine ont parlé entre eux. Ils ont commencé à s'inquiéter de la disparition de Fabien. Anthony pense qu'Antoine a également évoqué Solène avec l'un des deux autres hommes mais il n'en est pas sûr.

« Patron, ils commencent à se poser sérieusement des questions, dit Anthony alors qu'il se tient debout face au bureau de Baptiste.

— Je comprends, et ce n'est pas la première fois, répond ce dernier, assis sur sa chaise ergonomique.

— Qu'allons-nous faire ? Les éliminer tous les trois ?

— Avec Solène et Fabien, ça va commencer à faire beaucoup, tu ne crois pas ?

— Oui. Cinq d'un coup, ça va faire du grabuge. Sans parler du fait qu'il faut faire disparaître les corps et...

— Ce n'est pas le plus problématique. Et tu le sais. Ce qui est gênant, c'est qu'il faut que je rédige un rapport aux autorités supérieures pour expliquer nos manquements. Ce qui est dangereux, c'est si d'autres participants commencent à avoir des doutes. Enfin, ce qui pourrait nous menacer, toi et moi, ainsi que tous mes employés, c'est s'ils décident de mettre fin à la cellule française.

— Ils peuvent faire ça ?

— Ils l'ont déjà fait par le passé. Tu veux savoir comment ils s'y prennent ? Ils tuent tout le monde, y compris celui qu'ils ont placé sur le siège de dirigeant. Moi, en l'occurrence. Ils attendent quelques mois que les choses se tassent. Puis, ils montent une nouvelle équipe. Ils recommencent à zéro, en somme.

— Nous ferons tout pour éviter ça, patron.

— Cela va sans dire, répond Baptiste en se levant et en faisant les cent pas dans son bureau. Bon, on n'est peut-être pas obligés de tuer tout ce petit monde.

— Vous avez une idée derrière la tête ? demande Anthony en suivant son patron du regard, quitte à en avoir le tournis.

— Effectivement. Je vais aller à la cave. Je vais m'entretenir avec Fabien. On va le libérer pour la prochaine réunion. Il faudra bien veiller à inviter Antoine, Dominique et Guillaume.

— Même s'ils n'ont pas tué ?

— Oui. Cela n'a pas vraiment d'importance, tu sais. Quitte à être un peu plus nombreux que prévu.

— Et Fabien, on en fait quoi ? »

Anthony suit toujours Baptiste des yeux. Ce dernier retourne s'asseoir à son bureau. Il ouvre un tiroir et en sort un chéquier. Alors qu'il griffonne sur la feuille de papier, il reprend :

« On va lui proposer une belle somme d'argent contre son silence. Bien sûr, il ne pourra pas encaisser ce chèque. Je vais lui expliquer que c'est une garantie et qu'il aura l'argent en cash à la fin de la réunion.

— Vous pensez vraiment que cela peut marcher ?

— Avec l'argent, tout s'achète. Même le silence d'un tueur en série. J'en suis convaincu.

— Donc, c'est vous qui irez le voir à la cave. Vous lui expliquerez qu'il va assister à la prochaine réunion mais qu'il ne doit pas dire qu'on l'a séquestré. Vous lui proposerez l'argent contre son silence et ensuite vous lui direz quoi ? Qu'il sera libre de rentrer chez lui ?

— C'est exactement ça, mon cher Anthony ! répond Baptiste en lui montrant un chèque où on peut compter quatre zéros après le un. Mais je vais ajouter une chose. Je vais lui dire que si les autres lui posent des questions, il devra juste leur dire qu'il était parti je ne sais où pendant quelques jours. À lui d'inventer une histoire crédible pour justifier son absence.

— D'accord. Vous allez le faire parler pendant la réunion ?

— Non, ce serait trop risqué. Tout ce qu'il faut, c'est que les autres le voient. Qu'ils puissent lui parler, à la limite.

— Une chance qu'on ne l'ait pas encore éliminé ! Il n'y paraîtra rien.

— Oui, c'est sûr. Je t'avais dit qu'il pourrait nous servir et qu'il ne fallait pas s'occuper de lui tout de suite.

— Et si Antoine pose des questions sur Solène ? Il en posera, j'en suis certain. Vu ce qui s'est passé entre eux...

— On va temporiser. D'abord, on s'occupe de Fabien. Avec lui, on devrait déjà calmer Guillaume et Dominique. S'ils voient ce petit con à la prochaine réunion, ils seront rassurés. Ils ne se rangeront plus du côté d'Antoine quand il abordera le cas de Solène.

— Vous ne pouvez pas en être sûr à cent pour cent.

— Non, en effet. Mais, comme tu le vois au quotidien, je me trompe rarement.

— C'est vrai. Et c'est pour ça que c'est vous le patron.

— Allez, ne tarde pas plus. Va me préparer toutes les invitations pour la prochaine réunion. Et rappelle les gars qui sont en planque devant la maison d'Antoine. Je vais avoir besoin d'eux ici. Laissons-le tranquille pendant quelque temps. »

Anthony se lève. Sans un mot de plus, il se dirige vers la porte. Il laisse Baptiste poursuivre son travail administratif. Il le connaît si bien depuis toutes ces années. Personne d'autre n'aurait pu déceler cette pointe de crainte au fond de son regard. Anthony ne sait pas qui sont ces autorités supérieures dont son patron a parlé. Cependant, il sait une chose : lui qui n'a habituellement peur de rien, il craint ces gens-là.

Antoine voudrait éviter de se connecter à nouveau sur le compte Instagram de So.Doy. Cependant, il n'en peut plus. Au cours de la soirée, il va voir s'il y a de l'activité. Même si la jeune femme ne publie pas souvent de nouvelles photos, il veut croire qu'elle tentera de lui faire passer un message via une publication. Si elle ne lui répond pas parce que c'est trop risqué, il ne lui reste que ce moyen.

Pourtant, rien ne se passe. Antoine est de plus en plus inquiet. Il ne tient plus : il envoie un nouveau message privé à son amante. Il la supplie presque de lui répondre. Il lui dit qu'il va aller la voir chez elle, dans son chalet au bord du bassin. Il ajoute qu'il espère la trouver là, à l'attendre. Il sait que c'est dangereux mais cela fait maintenant une dizaine de jours qu'il n'a pas eu de ses nouvelles. Il veut savoir s'il lui est arrivé quelque chose.

Antoine décide de partir le soir même. En ce jeudi soir, il ne devrait pas trop y avoir de circulation. Il aurait pu attendre le week-end, mais il craint de se retrouver dans les bouchons. Il sait qu'il devra rentrer le lendemain pour se rendre au travail. Pas question de se faire porter malade alors qu'il y a un nouveau patron. Et qu'il semble l'avoir à la bonne.

Avant de partir, Antoine pense au van noir qui est en planque devant chez lui. Comment ne pas se faire repérer ? Comment éviter qu'il ne soit suivi ? Il pourrait refaire le coup de l'Uber. Seulement, les voisins sont chez eux. Hors de question de se faufiler dans leur jardin sans se faire prendre. Il va devoir sortir avec son Duster. Pourra-t-il rouler plusieurs heures durant, en faisant des tours et des détours, pour parvenir à les semer ? C'est risqué, mais a-t-il seulement le choix ?

Il se change. Il met ses vêtements noirs, ainsi que sa casquette qu'il enfonce sur son front. Sans oublier sa dague, qu'il garde avec lui pour sa propre sécurité. Antoine prend son sac. Ses clés. Il se dirige vers son Duster. Avant même de le démarrer, il entend le bruit d'un moteur. Dans le rétroviseur de son véhicule, il peut voir le van passer. Les deux hommes qui le surveillent habituellement semblent partir. Que se passe-t-il ? Pourquoi s'en vont-ils de manière si soudaine ?

Antoine prend à peine le temps d'y réfléchir. Voilà une opportunité à laquelle il ne s'attendait pas. Tant mieux pour lui, il va gagner du temps. Il va pouvoir prendre l'autoroute et se rendre au chalet de Solène en moins d'une heure. C'est une aubaine pour lui. Ne pas savoir ce qu'il a pu arriver à la jeune femme commence à le rendre fou.

Antoine démarre en trombes. Il n'a plus qu'une idée en tête : foncer droit vers le bassin d'Arcachon, en prenant l'autoroute A63. Il bifurquera ensuite pour prendre la direction du Cap Ferret, où se trouve le chalet de son amante. Le soir, il y a peu de circulations sur cet axe. Antoine peut rouler à vive allure. Il veut effacer tous les doutes qui le rongent depuis plusieurs jours. Il a donné rendez-vous à Solène. Si elle est là, elle lui donnera une explication censée à son silence. Si elle est absente, il saura à quoi s'en tenir.

En arrivant à quelques mètres de la résidence secondaire de la jeune femme, Antoine s'attend à voir un van noir garé non loin de là. En route, il s'est dit que les hommes qui le suivent savaient peut-être déjà où il se rendait et voulaient le devancer. Cependant, il n'y a aucun véhicule suspect autour du chalet.

Antoine gare son Duster à quelques mètres et marche jusqu'au portillon permettant d'entrer dans le jardin. Il ne remarque rien qui sorte de l'ordinaire. Aucun mouvement dans le chalet ni à l'extérieur. Il franchit le portillon et s'avance jusqu'à la porte d'entrée. Il s'apprête à frapper quand soudain, il a un mauvais pressentiment. Il éloigne sa main fermée. Il sait, à cet instant précis et sans pouvoir se l'expliquer, qu'il n'y a personne à l'intérieur.

Il se souvient de la première fois où il est venu ici. Solène l'attendait et, avant même qu'il ne puisse s'annoncer, elle était sortie sur le perron de la porte. Toute belle, avec ses magnifiques cheveux lisses et ses yeux d'un bleu si profond. Là, personne ne vient l'accueillir. Antoine essaie de tourner la poignée de la porte d'entrée. Elle n'est pas fermée à clé. Sans forcer, il parvient à l'ouvrir. Il pénètre à l'intérieur du chalet.

28

Quand Anthony sort de son bureau, Baptiste reste encore devant son ordinateur pendant une bonne demi-heure. Il a des choses à régler avant d'aller s'occuper de Fabien. Au bout de trente minutes, il éteint l'ordinateur et enfile son masque de carnaval sur ses yeux. Il se lève, sort de cette pièce où il travaille à longueur de journée et se dirige vers la cave.

Là, deux personnes sont enfermées dans des sortes de cages en métal. Ce qui donne l'impression de se trouver dans un décor tout droit sorti du Moyen-Âge. Dans l'une des cages se trouve l'homme qui intéresse le maître de cérémonie. Ce psychopathe capable de torturer les femmes avec qui il couche... Quitte à se torturer lui-même quand il a des sentiments pour elles. Dans la deuxième, une jeune femme, blonde, est recroquevillée sur elle-même. Difficile de croire qu'elle a pu assassiner des gens. Des hommes, principalement. Dont son propre beau-père.

Baptiste s'approche de la cage où se trouve Fabien, qui lève les yeux vers son bourreau. Il se doute qu'il va y passer. Son heure semble être venue. Pourtant, le maître de cérémonie n'est pas venu pour ouvrir la cage et l'en faire sortir. Baptiste prend une chaise et s'assoit face à lui. Il voudrait parler, dirait-on.

« Bonjour, Fabien. J'ai une proposition à te faire.

— Une... Une proposition ? demande Fabien en relevant la tête. Vous n'allez pas... me tuer ?

— Peut-être pas. Cela dépendra de toi, en fait.

— Comment ça ?

— J'ai là un chèque de dix mille euros, dit Baptiste en sortant un bout de papier griffonné de la poche de son pantalon. Tu vois, il est signé de ma propre main. Je suis l'homme qui dirige les réunions des Anonymes, au cas où tu ne m'aurais pas reconnu.

— Mais, je ne comprends pas... Pourquoi voulez-vous me donner autant d'argent ?

— Laisse-moi t'expliquer. Je voudrais que tu participes à la prochaine réunion. Seulement, je crains que tu parles.

— Que je parle ? De quoi ? Je sais tenir ma langue, vous savez !

— À d'autres, reprend-il en éclatant de rire. On sait tous que tu parleras de ce qu'on t'a fait subir et du fait qu'on te retient prisonnier dans une cage en métal. Non, on ne peut pas te faire confiance.

— Quoi, alors ?

— Eh bien, si tu acceptes cette somme d'argent, tu devras garder le silence. Tu participeras à la réunion, comme avant. En revanche, à aucun moment tu ne seras autorisé à parler. Tu n'interviendras pas de toute la soirée.

— Et après ? Quand on se réunit à la fin de la réunion pour partager une sorte de goûter ? Je n'ai jamais compris ce rituel, d'ailleurs...

— Tu n'as pas à le comprendre. Après, tu pourras parler avec certains de tes compagnons. Mais tu ne leur diras rien de ce qu'il se passe ici. Si tu le fais, tu seras tué sur-le-champ. On aura un sniper posté non loin de là, qui te logera une balle entre les deux yeux. Sans sommation.

— Mais... Cela fait combien de temps que je suis ici ? J'ai quelque peu perdu la notion de temps.

— Quelques jours seulement. Tu as manqué les trois dernières réunions.

— Je vois. J'en connais qui me poseront des questions, si je réapparais. Comment vais-je faire pour y répondre ?

— Tu te débrouilleras. Tu inventeras une histoire. Je pense que pour ça, je peux te faire confiance. Mais je vais t'aider un peu : disons qu'après ton dernier meurtre, plus sanglant que jamais, où tu as tué une femme pour qui tu avais des sentiments, tu as fait une mini-dépression. Surtout après qu'on t'a forcé à l'enterrer pour effacer toutes les traces de tes actes ignobles. Cela te va ?

— Je... Oui, répond simplement Fabien.

— Bon. Ça veut dire que tu acceptes les dix mille euros ?

— Je crois que j'ai besoin de réfléchir un peu.

— Prends ton temps, je vais rester là en attendant. »

Baptiste se lève. Il fait le tour de la cave. Il laisse Fabien seul avec lui-même et va voir Solène. Elle ne bouge pas. Elle est repliée sur elle-même, dans un coin de la cage. Elle tremble. Le maître de cérémonie va fouiller dans une armoire située à l'autre bout de la pièce. Il en sort une couverture, qu'il jette dans la cage où se trouve la jeune femme. Il lui apporte également une bouteille d'eau. Elle ne bouge toujours pas. Tout ce qu'il peut espérer, c'est qu'elle s'empare de ces objets une fois qu'il aura le dos tourné. Il ne voudrait pas qu'elle se laisse mourir dans cette cage miteuse. Il ne supporterait pas de ne pouvoir choisir quand elle mourra. Et quelle forme prendra la fin de sa vie.

Après quelques minutes à s'affairer, le maître de cérémonie revient s'asseoir face à Fabien. Le meurtrier n'a pas bougé. Il a les yeux tournés vers le sol. Il semble être en grande réflexion. Naturellement, il se demande ce qu'il doit faire. Doit-il accepter l'argent et ne rien dire de ce qu'il se passe en coulisse ? S'il refuse, il restera là à croupir dans cette cage. Pire, ils finiront par le tuer. Il le sait. Mais avec une telle somme d'argent...

« J'accepte les dix mille euros, dit-il au bout d'une quinzaine de minutes, en relevant la tête vers Baptiste.

— Excellent ! Tu as bien compris ce que tu as à faire ?

— Garder le silence. Ne rien dire de tout ce qui s'est passé depuis qu'on est allés s'occuper du corps de Marlène.

— De quoi ne parleras-tu pas ?

— Je ne dirai rien sur le fait que vos hommes de main m'ont frappé pour aller plus vite. Je ne dirai rien sur le fait que vous m'avez enfermé dans une cage, dans des conditions sanitaires horribles. Je ne dirai rien sur les menaces de mort ni sur l'argent que vous venez de me proposer pour me soudoyer. Je ne répondrai à aucune question sur tous ces sujets.

— Parfait, je vois que tu as bien saisi ce que je te demande ! Une dernière petite chose, mon cher Fabien.

— Je vous écoute.

— Tu te doutes bien qu'un tel chèque ne peut pas être encaissé comme cela. Il s'agit d'un faux. Mais je te donne ma parole : à la fin de la prochaine réunion, tu recevras une mallette pleine de cash. Il y aura exactement dix mille euros à l'intérieur. Je vais te la montrer, elle est déjà prête dans mon bureau. »

Quelques minutes plus tard, Anthony ouvre la porte de la cage métallique, dans un grincement strident. À la demande de Baptiste, il l'a rejoint dans la cave pour accompagner Fabien jusqu'à son bureau. Ainsi, il aide le tueur en série, qui a perdu quelques kilos, à en sortir. Une fois que les trois hommes sont arrivés au pied des marches du sous-sol, le colosse sort un bout de tissu de la poche arrière de son pantalon.

« Je suis désolé mais on doit te mettre ça sur la tête, lui dit Baptiste. Tu ne dois en aucun cas savoir où on est ni où on va. »

Fabien n'a d'autre choix que de se laisser faire. Il est trop faible pour lutter contre Anthony, qui fait deux têtes de plus que lui. Son instinct de survie pourrait le pousser à se battre contre lui, mais il se sent si faible... Alors, il laisse cet homme à la carrure de boxeur lui déposer ce sac sur la tête. Il ne voit plus rien et doit se laisser guider.

Après avoir monté les escaliers, Fabien est escorté jusqu'à un véhicule. Un van. Il le reconnaît au bruit de sa portière coulissante. Le véhicule est conduit par Anthony. Baptiste s'installe sur le siège passager. Le van roule une demi-heure environ. Quand il en sort, Fabien recouvre la vue. L'employé du maître de cérémonie lui ôte le morceau de tissu qu'il avait sur la tête. Il peut alors voir qu'il se trouve face au manoir, qui est vide à cette heure avancée de l'après-midi.

« Suis-moi, il n'y a personne d'autre à part nous », lui révèle Baptiste.

Les deux hommes l'accompagnent à l'étage, dans le bureau du maître de cérémonie. Baptiste a fait préparer un repas complet pour son invité. À la grande surprise de Fabien, ils mangent ensemble. Baptiste lui explique à nouveau ce qu'il attend de lui.

« Fabien, lui dit-il alors qu'ils profitent de ce bon repas, tu as bien compris ce que tu auras à faire ?

— Oui, répond-il. Je dois réapparaître lors de la prochaine réunion. Je ne devrai pas intervenir, même si je sais déjà que certains tueurs se demanderont pourquoi je reviens après avoir manqué les trois dernières réunions.

— Ce n'est pas ton problème. Laisse-nous gérer cela. Et c'est tout ?

— Non, reprend Fabien. À la fin de la réunion, je devrai rester le plus naturel possible. J'aurai le droit d'échanger avec les autres tueurs en série, sans jamais leur dire tout ce qui s'est passé depuis ma disparition. S'ils me posent des questions, j'inventerai une excuse crédible.

— Ah bon ? Laquelle ?

— Comme vous me l'avez suggéré, je raconterai que j'ai fait une sorte de dépression. Je ne me sentais pas bien et je suis resté enfermé chez moi. Je ne suis pas sorti pendant plusieurs jours. Par conséquent, je n'ai pas tué et je n'ai pas été invité aux réunions.

— Parfait ! Dois-je te rappeler ce qui se passera si tu tentes quoi que ce soit qui va à l'encontre de ces règles pendant la réunion ?

— Pas besoin, dit Fabien en avalant difficilement sa salive. Vous m'avez déjà prévenu : un sniper sera posté non loin de là. Si je fais un pas de travers, je serai exécuté. »

Baptiste ne peut s'empêcher d'afficher un sourire satisfait. Il a parfaitement briefé ce tueur en série qui semble les craindre, désormais.

À la fin du repas, il lui sort une mallette pleine de coupures de cinquante euros. Il demande à Fabien s'il veut recompter. Celui-ci refuse. Il lui fait confiance. Il se doute qu'il y a bien les dix mille euros qui lui ont été promis.

Le faux chèque en main, ce psychopathe sanguinaire est raccompagné chez lui. Avant de le laisser partir, Anthony — qui a conduit le van seul, une fois de plus — lui donne un carton d'invitation pour la prochaine réunion des *Anonymes*.

« Tu as intérêt à être à l'heure au rendez-vous, lui dit-il. Tu sais ce qui t'attend si tu n'es pas là », ajoute-t-il en mimant le geste d'un couteau qui l'égorge.

Comme il s'y attendait, il n'y a personne à l'intérieur du chalet. Le silence règne en roi. Guidé par une force invisible, Antoine en fait le tour. Il pénètre dans le salon. Rien n'a bougé depuis la dernière fois. Leurs deux verres de vin, vides, sont encore posés sur la table basse. À nouveau, les souvenirs remontent à la surface. Il se souvient avoir embrassé Solène, sur ce canapé, après avoir bu quelques gorgées d'un Monbazillac sucré. Il se souvient du goût de ses lèvres, de l'érection que ce baiser avait provoquée.

Antoine avance vers la salle de bain. C'est là qu'elle s'était changée. Plusieurs fois. Pour lui montrer qu'elle possédait plusieurs pièces de lingerie fine, en dentelles, qui lui allaient à merveille. Il sent l'odeur de son parfum. Ces effluves si doux, qui l'envoûtent chaque fois qu'elle le porte. Il a tellement aimé s'abandonner dans son cou, y déposer de longs baisers alors qu'il sentait cette fragrance.

Il arrive dans la chambre. Cette pièce où leurs deux corps se sont enlacés. Cet endroit où ils ont passé une nuit de rêve, quelques jours auparavant. Il se souvient de ces draps souillés, qu'elle n'a même pas eu le temps de changer. Il s'approche et les touche. Il voudrait tellement qu'elle soit là pour recommencer. *Solène, où peux-tu bien être*, se demande-t-il.

Un bruit le tire de ses pensées. Son cœur bat la chamade. Qu'est-ce que cela pouvait être ? Antoine pense à un téléphone portable. Était-ce le sien ?

Impossible, il l'a mis en mode vibreur. Mais alors, celui de Solène ?

Sans perdre de temps, il se met à chercher. Une fois de plus, il fait appel à ses souvenirs. La dernière fois qu'il l'a vu, Solène posait son téléphone portable sous la table basse. Sur la petite tablette en bois située en-dessous du plateau principal. Antoine retourne dans le salon. Il prend place sur le canapé, se penche et...

Il est là. L'appareil électronique est toujours posé au même endroit. Solène vient de recevoir un message. *Marie*, est-il écrit en en-tête. Une amie ? Quoiqu'il en soit, Antoine peut voir qu'elle a reçu plusieurs messages auxquels elle n'a pas répondu. Son entourage doit commencer à s'inquiéter de sa disparition.

Elle s'est donc évanouie dans la nature. *Qu'ont-ils fait de toi ?* se demande-t-il. Il doit le découvrir. Antoine n'a plus que cette idée en tête. Il sait que cela sera dangereux. S'ils l'ont capturée — ou pire, tuée — c'est à cause de cette relation qu'ils ont tissée. Il doit lui porter secours.

Pour cela, il doit encore et encore participer à des réunions. Et pour être sûr et certain de se faire inviter, il va devoir tuer. Encore et encore. Est-il prêt à un tel sacrifice pour parvenir à ses fins ? Son « Prince Noir » ne s'en plaindra pas, mais lui ? La partie consciente de son esprit ?

29

Antoine n'aura pas à tuer pour être de nouveau convié à une réunion des *Anonymes*. Deux jours après s'être rendu au chalet de Solène, alors qu'il a tout planifié, il a trouvé un carton d'invitation glissé sous sa porte d'entrée. C'est toujours le même : une carte avec ce même logo et le masque de Guy Fawkes. Un mot écrit au verso, avec l'heure et le lieu du rendez-vous. Toujours le même : le parc de Monsalut, à Cestas. Antoine rentre d'une journée de travail harassante. Il est épuisé. D'une part, il a ressenti du soulagement de ne pas avoir à aller au bout de son plan. D'un autre côté, il s'est demandé s'il n'y avait pas un piège.

Ces interrogations ne l'empêchent pas de se rendre à l'endroit indiqué, à l'heure fixée. Comme d'habitude, on lui donne rendez-vous le soir, peu avant vingt heures. Il fait presque nuit quand Antoine se rend à l'entrée du parc, fermé au public. Le manège ne change pas d'un iota : le van noir arrive, on lui passe un sac sur la tête pour l'empêcher de voir ; on ne le lui ôtera qu'une fois devant le manoir, en pleine campagne, après un trajet d'environ quarante-cinq minutes. Si ce n'est plus. Antoine prend place sur un des sièges disposés en demi-cercle. Il attend l'arrivée de tous les convives et surtout, celle du maître de cérémonie.

Quand il est entré dans le salon, Antoine a tout de suite aperçu un homme qu'il connaît déjà. Son sang n'a fait qu'un tour. Il a reconnu Fabien. Il n'a jamais vu son visage, toujours bien caché derrière le masque de Guy Fawkes, mais cela ne fait aucun doute. Il reconnaît sa corpulence et ses cheveux coiffés en bataille. C'est lui. Il est revenu. Une lueur d'espoir s'allume dans son esprit. Solène va-t-elle refaire son apparition ? Antoine la voit déjà entrer dans la pièce, avec son regard d'un bleu profond derrière le masque, et s'asseoir sur une des chaises vides.

Mis à part Fabien, Antoine reconnaît deux des personnes présentes lors de la dernière réunion. Il reste plusieurs sièges vides. Petit à petit, les invités entrent, tous munis de leur masque. Ainsi, il reconnaît Dominique et Guillaume. Une autre femme entre et, enfin, un homme qui semble participer à son premier rassemblement. Les huit sièges sont occupés. Antoine sent une boule gonfler dans son estomac. Solène ne sera pas là. Pas ce soir. Il en vient à se demander pourquoi Fabien réapparaît de façon si soudaine, alors que son amante manque encore à l'appel.

Quelques minutes après l'arrivée du dernier homme dans la pièce, le maître de cérémonie fait son entrée. Il relève qu'il n'y a qu'un seul nouveau parmi l'assemblée. Il aurait pu se passer de rappeler les règles de base mais il a un bon argument pour le faire. Après son traditionnel laïus de début de réunion, le maître de cérémonie demande s'il y a un volontaire pour prendre la parole. Dominique et le nouveau venu lèvent la main. Leur hôte ne se fait pas prier pour inviter l'homme qui participe à sa première réunion à parler de lui et de son expérience.

Antoine et les autres participants apprennent qu'il s'appelle Benjamin. Il a vingt-sept ans et vient d'une autre région, plutôt lointaine. Le maître de cérémonie doit lui rappeler qu'il ne doit donner aucun détail sur l'endroit où il vit. Benjamin se retient de dire qu'il vient de l'est de la France, dans la région de Strasbourg. Baptiste a fait faire de nombreux kilomètres à deux de ses employés — qui seront payés en conséquence — pour aller le chercher. C'est aussi cela, les *Anonymes*. Dénicher des tueurs partout dans le pays.

Benjamin évoque son histoire personnelle. Comment il en est arrivé à tuer. Quel genre de personnes il assassine. Pourquoi. Il se révèle être un véritable psychopathe, qui cependant n'a qu'un seul but : protéger sa petite amie et la famille qu'ils sont en train de construire. Ainsi, Benjamin a déjà éliminé un ami de sa fiancée, qui était jaloux et aurait voulu — d'après lui — coucher avec elle. Il lui est déjà arrivé de s'en prendre à un homme qui l'avait draguée en boîte de nuit. Il l'a attendu, à cinq heures du matin, et lui a proposé de le ramener chez lui. Puis, il l'a sauvagement poignardé et l'a jeté près d'un parc, dans le centre-ville de Strasbourg. La police a conclu à une agression en pleine rue.

Tout le monde écoute religieusement l'histoire de Benjamin. Ou presque. Antoine est perdu dans ses pensées, ce que ne manque pas de remarquer le maître de cérémonie. Elles sont tournées vers une seule et même personne, qui se trouve dans la cave du manoir à cet instant : Solène. Le maître de cérémonie surprend Antoine quand il met fin au récit de ce nouveau tueur en série pour le forcer à prendre la parole. Antoine doit expliquer ce qui ne va pas et pourquoi il semble si distrait.

« Merci, Benjamin, dit soudain le maître de cérémonie. Ton témoignage était très intéressant. On creusera peut-être un peu plus sur les origines de tes envies de meurtre. Mais pour une première réunion, je pense qu'on va en rester là.

— J'allais poursuivre mon récit, répond Benjamin, visiblement troublé de s'être fait couper la parole.

— Assieds-toi, lui répond Baptiste d'un ton plus sec. Tu en as fini pour aujourd'hui. »

Benjamin s'exécute. Tout le monde le sait, ici : il vaut mieux ne pas jouer avec les nerfs de cet homme. Il a un tel charisme qu'il inspire le respect. Personne n'a jamais osé l'affronter. Si, peut-être une personne. Mais elle n'est plus de ce monde et ceux qui étaient présents ce jour-là ne le savent que trop bien.

« Bien. Dominique, j'ai vu que tu voulais intervenir, mais j'aimerais d'abord entendre Antoine. Je n'ai pu m'empêcher de remarquer que tu as l'air absent. Est-ce que je me trompe ?

— Je... Pardon ? dit Antoine, surpris de devoir parler.

— C'est exactement ce que je disais ! Tu n'as pas l'air d'être avec nous. Il y a un problème ?

— Je suis désolé... J'ai des soucis personnels. Des choses qui me tracassent et occupent mon esprit nuit et jour.

— Est-ce que cela a un rapport avec nous ? Ou avec le fait que tu sois un tueur en série ?

— Avec vous, non. Pas du tout. Avec mon « Prince Noir », oui. Un peu.

— Tu veux nous en dire plus ?

— Je ne suis pas sûr...

— Mais si, vas-y ! Les réunions sont aussi faites pour ça. Ce problème a-t-il un rapport avec cette jeune femme dont tu nous as parlé la dernière fois ?

— En quelque sorte, oui. Disons que je ne l'ai pas revue depuis la dernière réunion à laquelle j'ai participé.

« — Je vois. Quand as-tu assassiné un homme pour la dernière fois ?

— Avant la dernière réunion.

— Tu l'avais vue juste avant ?

— Oui. Quelques jours auparavant. Mais depuis, plus rien.

— Tu penses qu'elle sait ce que tu fais de ton temps libre ?

— Je... je n'ai pas très envie d'en parler. Pardon. »

Le maître de cérémonie est en train de jouer à un jeu déstabilisant. Il entre dans la tête d'Antoine et le fait tourner en rond. Ce dernier a vite saisi : il voudrait le prendre à son propre jeu et lui faire perdre la face. Il sait qu'il parle de Solène. Il sait qu'Antoine ne veut pas que les autres comprennent qu'il a couché avec une femme présente aux *Anonymes*. Comment lui dire que celle dont il est tombé amoureux doit disparaître ? Elle en sait trop sur lui et sur cette organisation pour qu'il la laisse en vie. Antoine lui en voudra, mais un jour il réalisera. Quand il sera à sa place, il saura.

Antoine est en sueur. Il ne s'attendait pas à être interrogé ainsi. Le maître de cérémonie lui pose trop de questions. Que sait-il au juste de sa relation avec Solène ? Il semble avoir compris quelque chose. Sinon, il n'aurait pas remis le sujet de sa petite amie sur le tapis. S'il en sait autant, pourquoi Antoine est-il encore en vie ? Il a enfreint les règles, au même titre que son amante.

Le maître de cérémonie a l'air de se rendre compte qu'il met Antoine mal à l'aise. Quand celui-ci s'excuse en baissant la tête, il laisse tomber. La réunion suit son cours. Antoine essaie de se montrer plus attentif mais ses pensées se tournent de nouveau vers Solène.

Dominique raconte ses dernières envies de meurtre. Il explique avoir réussi à se retenir. Il ne sait pas si c'est une bonne chose, mais il avait envie de le partager avec les *Anonymes*. Il ne sait pas combien de temps cela durera. Peut-être qu'il tuera de nouveau très vite, mais il se montre fier d'avoir pu se retenir. Le maître de cérémonie lui pose quelques questions, auxquelles il répond sans se faire prier. La réunion se termine après l'intervention de l'ancien militaire.

Comme d'habitude, les invités sont conviés à se réunir autour d'un thé ou d'un café. Ils sont placés sous haute surveillance. Aucun champ libre ne leur est laissé. Tout le monde le remarque. Antoine se sent suivi dans ses moindres faits et gestes. Un des hommes de main de leur hôte suit chacun des convives. Ils ne peuvent pas se parler entre eux. Au moment où il se sert un café, le regard d'Antoine croise celui de Fabien. Sans rien dire, ils se regardent droit dans les yeux. Il semble apercevoir un œil au beurre noir derrière le masque. Il ouvre la bouche mais ne dit rien. Il ne peut pas.

Quand Dominique s'approche de la table, il se tourne vers lui. Cependant, il voit que l'ancien militaire est lui aussi suivi de près. Il ne peut pas lui parler. Que faire ? Antoine brûle d'envie de savoir pourquoi Fabien avait disparu. Et pourquoi il réapparaît de manière aussi soudaine. Pourquoi ne les laisse-t-on pas se parler, alors que d'habitude le maître de cérémonie semble ne pas s'en soucier ? *Il se passe quelque chose de louche*, pense Antoine.

Pourtant, il ne peut rien faire. Ni lui ni personne d'autre. Pendant quelques longues minutes, les huit tueurs invités à cette réunion boivent du café en dégustant quelques biscuits préparés pour l'occasion. Certains ont préféré jeter leur dévolu sur le thé. Dans le grand salon de ce manoir perdu en pleine forêt, le silence est roi. Seuls les bruits de pas se font entendre. Les convives marchent dans la grande pièce, en attendant que Baptiste les invite à rentrer chez eux.

Là, le bal reprendra de plus belle. Ces huit personnes seront alignées en file indienne dans le couloir menant à la porte d'entrée. Un à un, on leur mettra un sac en toile sur la tête. Puis on les escortera jusqu'à un van qui les reconduira à leur point de rendez-vous. Certains ne rouleront que quelques minutes. D'autres plusieurs heures, comme celui qui devra raccompagner Benjamin jusqu'en banlieue de Strasbourg. Au final, tout le monde reprendra sa vie dans l'anonymat le plus complet. Jusqu'au prochain rassemblement auquel ils seront invités à participer.

À peine rentré chez lui, Antoine file droit vers la salle de bain. Il se déshabille et se glisse sous la douche. Il règle l'eau au plus chaud. Tant pis si la pièce est rapidement plongée dans la buée. Il a besoin de se remettre de ses émotions. La soirée ne s'est pas déroulée comme prévu. L'homme qui dirige chacune des réunions des *Anonymes* sait tout. Il ne peut en être autrement. Il est au courant de la relation qui s'est nouée entre lui et la jeune blonde.

Qu'est-il advenu de Solène ? Antoine imagine le pire. Pourtant, il se convainc qu'ils ne peuvent pas l'avoir tuée. Pas encore. La seule chose qu'il semble savoir, c'est que dès qu'ils en auront fini avec elle, ils s'en prendront à lui. Chaque chose en son temps. Ils pourraient s'occuper d'eux en même temps mais il ne le font pas. Pourquoi ? Cela reste un véritable mystère.

Antoine reste un bon quart d'heure sous l'eau chaude, à s'imaginer le pire. Il ressasse ce qu'il a dit lors de la réunion. Il s'en veut. Il n'aurait pas dû, au premier abord, parler du fait qu'il a rencontré une femme. Dont il est tombé amoureux et qui a contribué à faire taire son « Prince Noir ».

En sortant de la douche, Antoine ne se sent pas mieux. Il a encore un goût amer de cette soirée qu'il veut oublier au plus vite. Il se fait tard. Il devrait se mettre en pyjama et aller se coucher. Ce samedi, il ne travaillera pas. Il est épuisé après sa journée au chantier et cette réunion qui l'a chamboulé.

Pourtant, il se rhabille. Il remet son jean et son t-shirt. Il file dans sa chambre, ouvre le placard du dressing et enfile son sweat à capuche noir. Que va-t-il faire ? Il n'en sait rien mais il a besoin de marcher. De retour dans le salon, il met son manteau, prend ses clés et sort. Il n'en a rien à faire d'être suivi. Il a besoin de s'aérer l'esprit et de sillonner les rues de Cestas pour mieux réfléchir.

Tout est si calme. La nuit règne en maître sur cette petite ville située à quelques kilomètres de Bordeaux. Antoine entend le bruit d'une porte de voiture qui se referme derrière lui. Il se force à ne pas se retourner. Il sait qu'il sera suivi par un des hommes occupant le van posté nuit et jour devant sa maison. Il ne sait pas où il va. Il se laisse porter.

Alors qu'il marche droit vers la gare de Cestas-Gazinet, une petite station où seuls des TER s'arrêtent en provenance de Bordeaux pour aller jusque sur le bassin d'Arcachon, il plonge les mains dans les poches de son manteau. Là, dans la poche droite, ses doigts rencontrent un bout de papier. Antoine est quasiment sûr qu'il n'y était pas quand il l'a mis pour se rendre à la réunion, quelques heures plus tôt. De quoi s'agit-il ?

Antoine se dit qu'il ne doit pas le sortir tout de suite de sa poche. Il doit d'abord s'assurer d'être seul. Ne serait-ce que quelques secondes, histoire de voir ce que c'est que cette feuille. Il se souvient que Solène lui avait laissé un mot dans la poche, la première fois où elle lui avait donné rendez-vous dans son chalet. Se pourrait-il qu'elle ait trouvé un moyen de lui laisser à nouveau un bout de papier avec sa belle écriture ronde ?

Il presse le pas. Il se dirige vers la gare, à grandes enjambées. Il sait qu'il pourra accéder au quai en passant sous un porche qui sépare les rails du parking. Là, il pourra se cacher derrière un des petits bâtiments attenants à la gare. Il ne lui faudra pas plus de trente secondes pour ouvrir la feuille et lire ce qui est écrit dessus. Il doit bien y avoir un message. Il ne peut en être autrement.

Sans courir, Antoine passe sous le porche. Il jette un œil derrière lui : un homme est en train de le suivre, à bonne distance. Il tourne à gauche, après avoir franchi le porche, et va se planquer derrière le deuxième bâtiment, un peu plus loin. Une fois seul, il sort la feuille de sa poche. Il la déplie et découvre une écriture qui n'a rien de semblable avec celle de Solène. Qui lui a écrit ce message ?

Antoine, je t'écris parce que je sais qu'il s'est passé un truc entre Solène et toi. Je ne sais pas exactement où elle se trouve mais je l'ai vue. Nous étions tous les deux enfermés dans une cave. Malheureusement, je ne peux pas t'en dire plus. Mais je veux t'aider à la retrouver. Quant à moi, ils ont acheté mon silence. Ils m'ont proposé dix mille euros pour réapparaître aujourd'hui en réunion. Ils m'ont fait promettre de ne pas intervenir. Je n'ai pas eu le choix. C'était ça ou mourir. Avant cela, ils m'ont séquestré dans un endroit que je ne connais pas. Ils m'ont frappé. Torturé. S'ils savent que je te laisse ce misérable bout de papier, ils me tueront. Mais ça ne me fait pas peur ! Je sais que si on s'y met à plusieurs, on peut les faire tomber. Je ne peux pas t'en dire plus mais sache que je te soutiens. Nous devons les arrêter. Coûte que coûte.

D'une main tremblante, Antoine fourre la feuille dans la poche de son manteau. Il se retourne et voit, au loin sur le quai, l'homme qui le suit. Il porte une cagoule. Il ne veut pas qu'on le reconnaisse. Il s'agit bien d'un des sous-fifres de l'homme à la barbe poivre et sel. Cela ne fait aucun doute. Troublé, le jeune homme poursuit sa marche nocturne. Il repasse sous le porche et refait le même chemin en sens inverse.

Une fois chez lui, il observe par la fenêtre. Il voit l'homme à la carrure de rugbyman rentrer dans le van garé quelques mètres plus loin. Il sait qu'il n'est pas seul. Il sait qu'il va raconter ce qu'il a vu à son partenaire. Peut-être même qu'il appellera le maître de cérémonie. Pour lui dire quoi ? A-t-il vu qu'Antoine lisait un mot caché dans la poche de son manteau ? Il ne peut pas savoir ce qu'il y a écrit dessus. Ni que ce papier lui a été donné par Fabien.

Antoine espère qu'ils ne le découvriront pas. Comme il lui a si bien dit, Fabien serait en grand danger. Cependant, une question martèle l'esprit d'Antoine : pourquoi lui avoir laissé la vie sauve et lui avoir demandé de réapparaître lors de la réunion qui a eu lieu, ce soir même, alors qu'il en avait déjà manqué trois ?

Quelques mètres en-dessous du salon où a lieu une nouvelle réunion de tueurs en série, une jeune femme est recroquevillée sur elle-même. Seule dans cette cave insignifiante, elle a froid malgré la couverture qu'on lui a jetée. Elle ne sait pas ce qu'il se passe. Elle sait pourquoi elle est là mais pas ce qu'ils vont faire d'elle. Solène se pose des questions. Sur son avenir. Sur l'homme avec qui elle a passé une nuit inoubliable.

L'ont-ils capturé, lui aussi ? Elle ne saisit pas leur but. Elle ne comprend pas pourquoi ils l'ont enfermée là, et pas lui. Ils ne peuvent pas lui avoir laissé la vie sauve. Elle a découvert son visage, son nom complet et elle sait où il habite. Toutes ces choses sont interdites par le règlement des *Anonymes*.

Alors quoi ? Solène est convaincue qu'ils n'ont pas pu l'épargner. Tout comme ils ne vont pas lui laisser la vie sauve, à elle non plus. Ils vont revenir pour la torturer, avant de lui ôter la vie. Ils voudront savoir ce qu'elle sait précisément sur cet homme qu'elle n'aurait pas dû revoir en dehors des rassemblements qui ont lieu dans ce manoir. Situé elle ne sait où en pleine campagne girondine.

L'imagination de la jeune femme est prolifique. Elle imagine qu'ils sont déjà en train de torturer son amant. Dieu seul sait où. Elle l'imagine attaché à une chaise. Elle voit un des hommes de main du maître de cérémonie lui arracher les dents, une à une. Elle les voit lui injecter un sérum de vérité à l'aide d'une seringue. Puis, dans son pire cauchemar, elle voit Antoine mort, une balle logée pile entre les deux yeux.

Seule dans cette pièce froide, elle pleure. Jamais elle n'a voulu tout ce qui lui arrive. Elle n'a jamais prémédité ses meurtres, surtout le premier qu'elle a commis. Elle n'aurait jamais imaginé participer à des réunions entre serial killers. Et, par-dessus le marché, jamais elle n'aurait cru finir dans un endroit pareil.

30

« Vous n'auriez pas dû le laisser repartir. Vous me demandez mon avis, alors je vous le donne. »

Anthony se montre franc avec son patron. Il ne l'aurait jamais fait s'il ne lui en avait pas fait la demande. Assis dans le bureau de Baptiste, sur un canapé disposé dans le coin de la pièce, les deux hommes sont en grande discussion. Ils se demandent que faire de Solène et ce qu'il pourrait advenir de Fabien.

« Pourtant, il n'a rien dit lors de la réunion, répond Baptiste. Comme convenu, il n'a pas fait mine de vouloir intervenir. Et il n'a pu parler à personne à la fin. Que pourrait-il nous arriver ?

— Je ne lui fais pas confiance, répond Anthony en détachant chacun des mots. Il ne gardera pas le silence indéfiniment, j'en suis convaincu.

— Tu crois qu'il ne nous craint pas assez ? ajoute Baptiste en servant un verre de scotch avec des glaçons à son employé.

— Je ne sais pas, patron. Il reste un tueur en série. Et un pervers, en plus ! Les gars qui l'ont accompagné pour enterrer le corps de cette femme qu'il a dit aimer... Ils m'ont raconté ce qu'ils ont vu. Et ce n'était pas joli, joli !

— Oui... J'ai peut-être fait une erreur en lui laissant la vie sauve. Mais on avait besoin de lui, tu comprends ?

— Je sais bien. Il est devenu notre instrument pour étouffer toute révolte de la part des autres meurtriers. On marche sur des œufs, patron. Vous savez comme moi qu'ils peuvent être très dangereux, parfois.

— Nous le sommes, nous aussi.

— Je ne dis pas le contraire, dit Anthony en buvant une gorgée du précieux breuvage. Mais si la rumeur se répandait sur ce que nous faisons, nous pourrions nous en retrouver affaiblis.

— Anthony. Tu as toujours cru en moi. Depuis que je t'ai recruté, tu m'as été fidèle. Tu es mon meilleur élément. C'est aussi pour ça que je te demande conseil.

— Eh bien, je vous conseille de surveiller Fabien de très près. Les deux gars qui sont en planque devant chez lui vont devoir redoubler de vigilance. Quitte à faire des rondes à quatre, pour qu'ils puissent se reposer.

— On va faire ça, oui. Je te remercie du conseil. »

Baptiste se lève. Il fait le tour de la pièce pour rejoindre son bureau. Il sort un téléphone portable d'un tiroir et compose un numéro. Il appelle deux de ses employés pour leur transmettre ses ordres. Il y aura désormais une équipe de jour et une équipe de nuit pour surveiller les faits et gestes de Fabien en permanence. S'il agit de manière suspecte, il en sera immédiatement informé. Et il agira en conséquence, quitte à donner l'ordre de le tuer.

Une fois qu'il a raccroché, le maître des lieux pousse un grand soupir.

« Bon, ça c'est fait, dit-il en prenant son verre pour en vider le contenu d'une traite.

— Et Solène ? Qu'allons-nous faire d'elle ? demande Anthony, qui est resté sur le canapé.

— Voilà un autre problème qu'on va devoir résoudre, répond Baptiste. Qu'est-ce que tu en dis ?

— J'en dis qu'on ne peut pas tous les laisser en vie. Vous devriez l'éliminer.

— Et faire abstraction du lien qu'elle a créé avec Antoine ?

— Complètement. La laisser en vie, c'est s'exposer à de gros problèmes, patron. Vous le savez aussi bien que moi.

— Tu as raison. Même si je n'aime pas ça.

— En quoi la laisser en vie pourrait vous aider vis-à-vis d'Antoine ?

— Je ne suis pas sûr... Je me suis imaginé que c'est lui qui aurait pu donner l'ordre de la faire disparaître. Ce serait sa première décision en tant que nouveau chef des *Anonymes* en France. Une action forte, qui plairait à ces hauts décisionnaires qui sont placés au-dessus de nous.

— Je vois. Mais elle représente une trop grande menace. En plus, elle a enfreint plusieurs règles. Comme Antoine, d'ailleurs. Il devra savoir que s'il est encore en vie, c'est parce que vous souhaitez le voir prendre votre succession. Sinon, il croupirait six pieds sous terre, comme Solène.

— Je sais tout ça, mon pauvre Anthony ! Je ne suis pas attaché à cette femme. Je me fous bien qu'on la tue ! On peut la torturer en lui arrachant les dents ou en lui coupant la langue, ça m'est complètement égal ! Mais j'aurais voulu m'en servir comme d'un instrument pour mieux introniser Antoine à notre mode de vie.

— Qui vous dit qu'il acceptera, de toute façon ?

— Il n'aura pas le choix, vu ce qu'il a fait. La voilà, l'idée de génie ! Quand le moment sera venu, il devra choisir entre prendre ma place ou mourir de mes mains. Formidable, non ? »

Baptiste a une lueur dans les yeux qui n'échappe pas à son meilleur employé. Ce dernier, qui n'en a que faire d'être le préféré du patron, a toujours remarqué son petit grain de folie. Il espère le voir se décider, rapidement, à lui demander de tuer la jeune femme. Elle a voulu jouer avec les règles établies. Elle doit être punie. Quant à Antoine, il n'en a que faire qu'il prenne la place de Baptiste. Il suivra son patron, où qu'il aille. Il lui restera fidèle jusqu'à la fin.

Tout au long de la journée, Antoine se demande comment il pourrait répondre à Fabien. Il voudrait lui transmettre un mot, à son tour, en lui donnant rendez-vous au chalet de Solène. Là, ils pourraient discuter de ce qui est arrivé à cet homme quand il a disparu de la circulation. Comment faire ? Comment lui envoyer cette réponse qu'il a tant envie d'écrire ?

Alors qu'il prend son petit-déjeuner, il ressort le bout de papier. Il le pose sur la table de la cuisine et relit ce qui est écrit dessus. Puis il prend la feuille pour essayer de trouver un indice. Antoine se dit que Fabien lui a peut-être laissé un moyen de lui répondre. Il ne peut pas avoir pris autant de risques juste pour lui glisser un mot, sans suite.

Pendant quelques minutes, Antoine tourne et retourne la feuille. Sans succès. Lui vient alors une idée. Il allume les spots de la cuisine et lève la feuille vers la lumière. Il espère voir quelque chose apparaître par transparence. Cela ne manque pas. Antoine n'a aucune idée de la manière dont Fabien a pu s'y prendre. Surtout s'il est surveillé. Mais il sait que l'argent permet de réaliser de grandes choses. On a promis dix mille euros à Fabien. Il a bien pu se payer les services d'un crack du Dark Web pour réaliser cette prouesse.

À travers la lumière, Antoine voit apparaître une suite au mot écrit par son partenaire de réunion :

Si tu es assez malin — et je pense que tu l'es — tu réussiras à voir cette partie du message. Tu peux me répondre à cette adresse : 61, cours Pasteur 33000 Bordeaux. Ce n'est pas là que j'habite. Ce serait trop dangereux de te donner mon adresse. Mais tu peux m'envoyer une lettre, sur laquelle tu mentionneras « En souvenir de nos années lycée ». Je comprendrai que c'est toi.

Ni une ni deux, sans vraiment comprendre pourquoi, Antoine recherche l'adresse sur Google. Il s'agit d'un petit magasin de matériel de cuisine pour les particuliers. Labo&Gato, Bordeaux. Est-ce qu'il appartient à Fabien ? Il connaît peut-être le propriétaire, qui serait dans le coup ?

Antoine ne doit pas réfléchir trop longtemps. Il doit préparer sa réponse et l'envoyer sans plus attendre. S'il veut que la lettre arrive lundi au plus tôt, soit dans deux jours, il doit la poster avant midi. Ainsi, Antoine prend une feuille blanche et s'empresse d'écrire :

Fabien, j'ai bien reçu ton mot. J'ai aussi réussi à découvrir où t'envoyer cette lettre. J'ai bien compris qu'il se trame un truc qui n'est pas net. Avec Dominique, on s'était aperçu que tu avais disparu et manqué les trois dernières réunions. Je ne sais pas pour lui, mais moi j'ai trouvé ça étrange que tu réapparaisses. J'ai ma réponse, même si je souhaiterais en savoir plus.

Solène manque aussi à l'appel. Depuis plusieurs jours. Tu dois savoir qu'on a une relation, elle et moi. On a enfreint toutes les règles. Ce qui l'a mise en danger. Je te propose une chose. Solène possède un chalet près du Cap Ferret, en face du bassin d'Arcachon. En voici les coordonnées GPS : 44°

40'16.8" N/1° 14'23.3" W. Je t'invite à me rejoindre, dès ce soir. Normalement, nous serons lundi quand tu recevras cette lettre. Je t'attendrai.

Mais attention. Tu pourrais être suivi. Tu devras être extrêmement prudent. Je le serai aussi. J'ai déjà joué à ce jeu. Je te dis à bientôt. Ensemble, nous serons plus forts. Nous les ferons tomber, j'en suis convaincu.

Antoine

Il relit son mot. Il aurait voulu en dire plus mais il préfère attendre. Si Fabien vient sur le lieu du rendez-vous, dans un peu plus de deux jours, il pourra lui poser toutes les questions qui lui brûlent les lèvres. Et il en a des tonnes.

Antoine descend à la cave. C'est là, à côté de son établi, qu'il range timbres et enveloppes. Il remonte dans la cuisine, glisse la feuille sur laquelle il a écrit dans l'enveloppe et écrit l'adresse du magasin de cuisine. Il n'oublie pas, au-dessus, d'écrire : *En souvenir de nos années lycée.* Il s'habille ensuite en vitesse et file vers le bureau de Poste le plus proche. Il se sait suivi du regard par les deux hommes qui campent devant chez lui, dans leur van qu'il reconnaîtrait désormais entre mille. Cependant, aucun ne sort dans la rue, comme la veille au soir. Antoine sait qu'ils scrutent le moindre de ses faits et gestes. Mais ils le laissent aller poster sa lettre tranquillement.

Tout ce qu'il espère, c'est qu'ils n'iront pas ouvrir cette boîte jaune pour récupérer ce qu'il s'apprête à envoyer à Fabien. Comment le pourraient-ils ? *Il faut s'attendre à tout avec ces gens-là*, pense-t-il.

Ce qu'il ne sait pas, c'est que sa lettre partira bien en direction du magasin Labo&Gato, dans le centre-ville de Bordeaux. Dans deux jours, le propriétaire appellera Fabien pour lui dire qu'il a du courrier.

Celui-ci lira le mot d'Antoine et se rendra, le soir venu, sur le lieu du rendez-vous. Il sera armé, juste au cas où il s'agirait d'un piège. Et surtout, il fera tout son possible pour ne pas être suivi par ces gens qui l'ont torturé.

31

Le lundi soir, après une nouvelle journée de dur labeur, à se poser mille questions sur Solène, Antoine se rend à quelques kilomètres seulement du Cap Ferret. Il ne passe pas chez lui. Les hommes qui le surveillent ne sont jamais venus sur son lieu de travail. Ils pourraient se faire repérer. Cependant, quand ils verront qu'il ne rentre pas, ils se poseront des questions. Et s'ils savaient où le trouver ?

Antoine n'en a que faire. Tout ce qui lui importe, désormais, c'est de trouver des solutions. Il ne vit plus que pour sauver la femme dont il est tombé amoureux. S'ils détiennent Solène à son insu, il doit la secourir.

Peu avant dix-neuf heures, il arrive devant le chalet. Il gare son Duster quelques rues plus loin, afin de rester discret. Comme la fois où il est venu vérifier si son amante était dans sa résidence secondaire, il parvient à ouvrir la porte sans difficulté. Le chalet est vide et pourtant, tout ici rappelle la présence de cette magnifique blonde aux yeux bleus. Antoine a même l'impression de sentir encore son parfum.

Il attend près de deux heures. Il fait le tour de la bâtisse. Il cherche le moindre indice qui pourrait l'aider à retrouver son amante. Il ne trouve rien. Comment aurait-elle pu lui laisser une preuve de l'endroit où ils la détiennent alors qu'ils ne savent même pas où ont lieu les réunions des *Anonymes* ?

Antoine est assis sur le lit de Solène, pris entre nostalgie et peine, quand il entend quelqu'un frapper à la porte. Une boule se forme dans son estomac. Il espère voir Fabien sur le perron, et non le maître de cérémonie caché derrière son petit masque ridicule.

Quand il ouvre la porte, Antoine se retrouve nez à nez avec ce psychopathe sanguinaire, qui torture les femmes avec qui il couche avant de leur prendre la vie. Il découvre son vrai visage, sans se rendre compte que lui aussi voit le sien pour la première fois. Les deux hommes se saluent. Antoine invite Fabien à entrer dans cette demeure qui n'est pas la sienne.

« Je t'en prie, dit Antoine en accompagnant Fabien jusqu'au canapé, où les deux hommes prennent place. Tu as fait attention à ne pas être suivi ?

— Oui, ne t'inquiète pas. J'ai pris toutes mes précautions. Je n'ai pris ni la rocade, ni l'autoroute. J'ai regardé plusieurs fois derrière moi. Aucun véhicule suspect ne me suivait.

— J'espère que tu dis vrai. Ils peuvent se montrer malins.

— J'en sais quelque chose. Ils m'ont retenu prisonnier et m'ont torturé. Regarde ce qu'ils m'ont fait, dit Fabien en pointant du doigt son œil droit, entouré d'une marque violette.

— Justement, j'aimerais savoir ce qui s'est passé quand tu as disparu. J'ai besoin de comprendre.

— Tout a commencé après cette réunion où j'ai avoué avoir tué Marlène, cette jolie femme dont j'étais en quelque sorte tombé amoureux. Tu étais là, je crois.

— Oui, je m'en souviens. Tu avais dit que tu n'avais jamais autant torturé une de tes victimes avant de la tuer. Et tu regrettais ton geste.

— C'est bien ça. Et surtout, je n'avais pas eu le courage de l'enterrer derrière la cabane qui avait appartenu à mes parents. Ce que j'avais fait avec mes autres victimes. Le corps était resté là, à la vue de tout le monde. Ils m'ont aidé à l'enterrer, tout près de la cabane. Je n'avais pas la force de m'enfoncer dans la forêt. Elle est bien cachée, personne ne pourra la retrouver. Je pensais qu'ils me laisseraient tranquille après ça. Mais je ne m'attendais pas à ce qui allait suivre.

— Ils ne t'ont pas raccompagné chez toi après avoir été jusqu'à cette cabane pour enterrer le corps de la femme que tu avais assassinée ?

— Non. Les deux mecs qui sont venus avec moi ont commencé à me frapper. Ils n'avaient pas d'armes sur eux. Je crois que leur patron, ce mec bizarre qui dirige les réunions, ne leur faisait pas confiance. Il ne voulait pas qu'ils me tuent. Pas tout de suite. J'imagine qu'il les a empêchés de prendre un revolver avec eux parce qu'il savait qu'ils pouvaient craquer. Mais nous avions des pelles, pour enterrer le corps. Ils m'ont frappé avec celles qu'ils tenaient dans leurs mains. Ça n'a pas duré longtemps, mais ils s'en sont donné à cœur joie.

— Et après ? Où est-ce qu'ils t'ont retenu prisonnier ? »

Antoine meurt d'envie de questionner Fabien à propos de Solène. Il veut savoir quand il l'a vue, et surtout où. Cependant, il sait qu'il ne doit pas se précipiter. S'il veut que Fabien soit à ses côtés, s'il veut qu'il l'aide jusqu'au bout pour retrouver son amante et peut-être démanteler cette organisation, il doit se montrer patient.

« Je ne sais pas exactement, poursuit Fabien. C'était dans une cave. Ça, j'en suis sûr. Ça sentait la pisse, là-dedans ! Insupportable. D'ailleurs, pour faire mes besoins, je n'avais rien d'autre qu'un misérable sceau qu'ils venaient vider tous les deux ou trois jours.

— Putain... C'est inhumain de faire ça.

— Tu parles ! Et ce qu'on fait, c'est humain, peut-être ? N'oublie pas que nous sommes des meurtriers. Je connais des gens qui voudraient nous pendre pour ce qu'on fait. Aux États-Unis, certains états appliquent encore la peine de mort. Ils envoient les gens comme nous au casse-pipe.

— Tu n'as peut-être pas tort, sur ce point. Donc, tu ne sais pas où se trouve cette cave ?

— Non. Comme quand ils nous emmènent aux réunions, ils m'ont mis un sac sur la tête. Je ne voyais rien. Ils ne me l'ont enlevé qu'après m'avoir jeté dans une cage, au fond de ce sous-sol.

— Même quand ils t'ont fait sortir, tu n'as pas repéré où tu étais ?

— Pareil. Ils m'ont mis un sac sur la tête avant de me faire sortir. Je te rappelle aussi que je venais de me faire battre... »

Fabien marque une pause. Il semble déboussolé. Est-ce le fait de se remémorer tout cela ou se rend-il compte qu'ils auraient pu en finir avec lui ? Comme Antoine, Fabien doit se demander pourquoi ils ne l'ont pas fait. Quelle est la finalité de tout cela ? Pourquoi lui laisser la vie sauve ?

« Et pourquoi est-ce qu'ils t'ont fait sortir ? Avec Dominique, on avait fini par remarquer ton absence. On se disait qu'ils t'avaient fait disparaître.

— Je crois qu'ils ont compris que vous commenciez à vous poser des questions. Il y a trois jours, ils m'ont emmené dans le bureau du maître de cérémonie. J'ai eu droit au cinéma habituel : le sac sur la tête, le tour dans leur van insignifiant, puis je suis arrivé au manoir où les réunions ont lieu. Ils portaient tous leurs masques, comme d'habitude.

Tous, sauf moi. Ils s'en fichaient de voir mon visage mais moi, je ne devais pas voir les leurs.

— C'est là qu'ils t'ont proposé de l'argent contre ton silence ?

— Tout à fait. Le taulier a posé une mallette avec dix mille euros en cash sur la table. Il m'a expliqué qu'il avait besoin de moi. Il fallait juste que je réapparaisse lors d'une réunion. Sans rien dire. Que j'y assiste sans avoir l'intention d'intervenir. En fait, je pense qu'il fallait juste que vous puissiez me voir et vous rendre compte que j'étais encore en vie.

— Et après ?

— À la fin de la réunion où tu m'as vu revenir d'entre les morts, ils m'ont raccompagné chez moi. Ils m'ont donné la mallette avec les dix mille euros, en billets de cinquante.

— C'est tout ? Ils t'ont libéré, comme ça ?

— Oui, mais je suis sous haute surveillance. Il m'a bien fait comprendre que si je parlais, il me ferait tuer. Immédiatement.

— Ah oui... J'espère vraiment qu'ils ne t'ont pas suivi !

— Moi aussi. Je ne tiens pas à y rester.

— Mais pourquoi prendre autant de risques pour me laisser ce mot et venir tout me raconter ?

— Parce que j'ai compris ce qui te lie à elle.

— Solène ? »

À l'évocation de son nom, Antoine s'attend au pire. Fabien vient bien de dire qu'ils pouvaient le tuer à n'importe quel moment. Et il n'a enfreint aucune règle. Pour quelqu'un qui est passé outre, quel sort réservent-ils ? Antoine se met à imaginer qu'elle est déjà six pieds sous terre.

« Elle est encore en vie, lui dit Fabien comme s'il venait de lire dans ses pensées. Ne t'en fais pas pour ça. Ils ne la tueront pas tout de suite. Enfin, je crois.

« — Qu'est-ce qui te fait dire ça ?

— Tu es là, devant moi. Vous avez fauté tous les deux. Ils doivent attendre le bon moment pour vous confronter et vous tuer. À mon avis, ils veulent vous faire souffrir.

— Ce serait logique, oui. Mais ça fait déjà plusieurs jours que Solène manque à l'appel et...

— Comme je t'ai dit, l'interrompt Fabien, je l'ai vue. Elle est aussi dans cette cave où ils m'ont retenu prisonnier.

— Si seulement on savait où elle se trouve !

— On va le découvrir. Il nous faut un plan. Et de l'aide.

— Tu penses que Dominique pourrait nous épauler ?

— Je ne sais pas. Mais ça vaut le coup d'essayer.

— Oui. À trois, nous serons plus forts. »

Antoine continue de demander des détails sur l'endroit où Fabien a été retenu prisonnier pendant quelques jours. Il essaie de glaner des informations sur les bruits qu'il pouvait entendre en provenance de l'extérieur, pour tenter de localiser l'endroit. Une entreprise qui s'annonce infructueuse, cette cave étant fermée de façon hermétique.

Au bout de quelques minutes, Fabien propose à Antoine d'avancer. Il lui explique comment il a fait pour lui laisser un mot avec son adresse, par transparence. Il lui explique qu'il a payé les services d'un hacker, via le Dark Web. Antoine a alors une idée. Il va devoir se connecter, une fois de plus, au logiciel TOR. Il va devoir contacter l'ancien militaire, même s'il n'aime pas cela, grâce à l'anonymat que peut conférer cette face cachée du Net.

Antoine propose de laisser un message privé à Dominique via une messagerie en ligne du Dark Web. Guillaume lui a expliqué, lors d'une précédente réunion, comment les contacter. Il n'a qu'à se connecter au logiciel TOR et à écrire l'adresse du site du quotidien L'Équipe dans la barre d'adresse, en remplaçant *.fr* par *.onion*. Le jeune homme s'exécute et rédige son message, après avoir trouvé Dominique parmi les utilisateurs de la messagerie en ligne. Il n'attendra pas de réponse. Il espère juste que Dominique sera d'accord pour rejoindre leurs rangs et qu'il leur fera savoir lors de la prochaine réunion à laquelle ils assisteront. Antoine n'y sera peut-être pas invité mais il y a des chances pour que Fabien y participe. Ils voudront montrer, une fois de plus, qu'il ne lui est rien arrivé et qu'ils l'ont laissé en vie.

Antoine a pris son ordinateur portable avec lui. Sous les yeux ébahis de Fabien, qui ne se doutait pas qu'il savait utiliser le Dark Web et le logiciel TOR, il écrit le message destiné à l'ancien militaire. Ils le préviennent que Fabien pourrait bien se faire éliminer rapidement, surtout s'ils se rendent compte de cette petite escapade dont il est l'auteur et qui lui a servi à rejoindre Antoine ici, à quelques kilomètres du Cap Ferret. Ils devront agir vite. Les deux hommes se quittent après avoir envoyé ce message privé. Fabien part le premier, suivi quelques minutes plus tard par Antoine. Chacun retourne à sa petite vie, dans l'espoir de faire avancer les choses.

Fabien voudrait faire tomber cette organisation sans foi ni loi, alors qu'Antoine n'a qu'une idée en tête : sauver sa bien-aimée des griffes de ces vautours. Il ne pourra pas respirer normalement avant de savoir qu'elle est encore en vie et qu'ils pourront se revoir, dans d'autres circonstances.

Pendant que les deux tueurs en série échafaudent leur plan, les deux hommes chargés de surveiller Fabien arrivent près du chalet de Solène. Ils connaissaient l'adresse, qui leur avait été transmise par Anthony. Ce dernier leur a assuré qu'ils devaient d'abord se rendre là pour voir si l'homme dont ils ont la charge n'allait pas rejoindre Antoine. Bingo ! En arrivant, ils reconnaissent sa voiture.

L'un des deux sous-fifres de Baptiste, un Asiatique réputé pour sa discrétion et pour se faufiler partout grâce à sa taille de guêpe, pénètre sur la propriété de la jeune femme. À pas de loup, il s'avance jusqu'à une fenêtre donnant sur le salon. Il aperçoit les deux hommes, assis sur le canapé, en grande discussion. Il n'entend que des bribes de ce qu'ils se disent. Cependant, il comprend que Fabien révèle ce qu'il s'est passé à Antoine.

Ni une ni deux, l'Asiatique retourne jusqu'au van où son compère l'attend. Il lui parle de ce qu'il a compris. Les deux hommes décident d'appeler Anthony pour le tenir au courant de ce qu'il se trame ici. Ils vont devoir agir. Et vite.

« Ils sont tous les deux dans le chalet de cette petite garce, dit l'Asiatique à Anthony lorsque celui-ci décroche. Fabien est en train de tout lui raconter.

— Quel petit enfoiré ! répond le bras droit du patron. On aurait dû l'éliminer quand on en avait l'occasion.

— Qu'est-ce que tu veux qu'on fasse ? On entre et on les bute tous les deux ?

— Non. Pour l'instant vous ne faites rien. Tu m'entends ? Si vous touchez à un seul de leurs cheveux, je vous jure que je m'occuperai personnellement de vous.

— OK, OK. Ne t'énerve pas. Tu veux d'abord prévenir le patron, c'est ça ?

— Oui. Lui seul décidera quoi faire. Je te rappelle dans un quart d'heure maximum. »

Anthony raccroche, laissant les deux hommes dans l'attente. Bien sûr qu'il doit prévenir Baptiste. L'Asiatique espère juste qu'il donnera l'ordre de se débarrasser de Fabien. Il n'en peut plus de le voir foutre la merde. Quant à Antoine, il aimerait aussi le torturer et lui ôter la vie. Mais ce ne sera pas le plan, il en est convaincu.

Quinze minutes plus tard, Anthony rappelle ses deux compères. Il leur transmet les ordres de Baptiste. À son grand regret, le patron ordonne à ses employés de tuer Fabien. Sans sommation. Comme le pense l'Asiatique, il a fait assez de dégâts. Il vient de leur prouver que même avec une grosse somme d'argent, on ne pouvait pas lui faire confiance.

Concernant Antoine, en revanche, Baptiste demande à ce qu'on ne le touche pas. Il désire même qu'on le laisse repartir de là sans qu'il sache ce qu'il advient de Fabien. Les deux hommes vont devoir attendre qu'il soit rentré chez lui pour tuer ce dernier. À eux de choisir la façon dont ils vont s'y prendre.

Ainsi, quand ils voient Fabien repartir dans sa voiture bleue, les deux hommes le suivent de loin. Ils savent exactement où il habite et souhaitent le prendre par surprise. L'Asiatique prévoit de se faufiler chez lui et de le prendre à revers. L'autre homme, plus grand et plus costaud, l'empêchera de sortir par la porte d'entrée.

« On va le faire souffrir avant de lui ôter son dernier souffle », dit l'Asiatique alors que le van noir fonce droit chez Fabien.

32

Fabien habite à la campagne, à environ une demi-heure, à vol d'oiseau, au nord de Bordeaux. Il lui faut environ une heure et demie pour rentrer du chalet de Solène. Régulièrement, il jette un œil dans son rétroviseur. Il est convaincu d'être seul sur la route. Personne ne l'a suivi à l'aller, il ne voit pas pourquoi il serait suivi sur le chemin du retour. Il roule tranquillement, sans prendre l'autoroute, cependant. Une fois arrivé chez lui, il ne remarque aucun véhicule suspect.

Le tueur en série est quasiment sûr qu'il sera invité à la prochaine réunion des *Anonymes*. Il est convaincu qu'ils auront besoin de l'exhiber, une fois de plus, pour montrer qu'il ne lui est rien arrivé. S'ils veulent rassurer les autres participants, ils ont encore besoin de lui. Fabien est quasiment certain qu'il ne peut rien lui arriver. Ce qui ne l'empêche pas de se montrer prudent et de rentrer jusque chez lui en prenant les axes secondaires ; il a l'impression qu'il lui serait plus facile, ainsi, de repérer si quelqu'un le suivait.

Fabien se change, une fois arrivé chez lui, et s'effondre sur le canapé. Il allume la télévision. Il zappe quelques secondes, avant de s'arrêter sur une chaîne qui diffuse des clips vidéo 24 h/24. Il aime bien, de temps en temps, débrancher son cerveau et ne plus penser à rien. Cela l'aide à se sentir mieux, surtout après une soirée comme celle qu'il vient de vivre. À chaque jour suffit sa peine. Tel est son leitmotiv. Ce qu'il ne sait pas encore, c'est ce qui l'attend, alors qu'il croit pouvoir enfin se détendre. Il n'entend rien. Il ne voit rien venir. Pourtant, il n'est déjà plus seul chez lui.

Discrètement, l'homme asiatique qui le surveille depuis le van posté à quelques mètres de la maison est parvenu à entrer. Tel un espion, il a découpé un cercle dans une fenêtre pour pouvoir l'ouvrir. Il s'agit de celle de la chambre de Fabien, dont la porte est fermée. L'homme se faufile, sans un bruit, dans le couloir menant au salon. Il attend que sa cible soit bien installée dans le canapé, à moitié assoupie, pour agir. Tout va très vite.

L'Asiatique surgit d'un coup, en même temps que son complice ouvre la porte d'entrée, qui n'était pas fermée à clé. Fabien ne se rend pas compte de ce qui se produit. À peine a-t-il le temps de se lever, d'un bond, son cœur s'accélérant, qu'il se retrouve immobilisé par l'homme qu'il n'a pas entendu pénétrer chez lui. Ce dernier est passé derrière lui dans un mouvement si fluide qu'il n'a pas eu le temps de réagir. Il lui maintient désormais les deux mains derrière le dos, les attachant à l'aide d'une cordelette qu'il serre très fort. Ensuite, c'est le trou noir.

Quand Fabien revient à lui, il est attaché sur une des chaises qu'il possède dans le coin cuisine. Les deux hommes, dont il sait qu'ils sont des employés du maître de cérémonie des *Anonymes*, l'ont emmené derrière le comptoir qui sépare le salon de la pièce où il prend ses repas. Le tueur en série comprend ce qui est en train de se passer. Il pensait qu'ils avaient encore besoin de lui. Visiblement, ils ont décidé d'en finir plus tôt que prévu.

Il règne un silence de cathédrale dans l'habitation. Fabien voudrait protester, leur dire d'aller se faire foutre, mais il est bâillonné. Ils ont pensé à tout. Ses cris pourraient alerter le voisinage. Surtout quand l'Asiatique démarre les festivités. En effet, il a décidé de prendre son temps pour en finir avec sa victime. Lui aussi pourrait être rangé dans la catégorie des tueurs pervers et narcissiques. Il commence par frapper Fabien : deux crochets sur les joues ; sa pommette droite éclate. Le sang se met à couler.

Après s'être essuyé les mains, le tortionnaire donne un violent coup de poing dans l'estomac de Fabien. Il en a la respiration coupée. Le chiffon qu'il porte devant la bouche ne l'aide pas à reprendre ses esprits. Des étoiles se mettent à danser devant ses yeux. Désirant rester digne, Fabien relève la tête malgré tout. Il regarde les deux hommes dans les yeux. Il ne regrette rien. Voilà ce qu'il veut leur faire comprendre, même si les larmes se mettront à couler au fur et à mesure que la douleur deviendra insupportable.

Auparavant, c'est la sueur qui trouble la vision de Fabien, ligoté dans sa propre cuisine. Il se met à trembler quand il voit l'homme aux yeux bridés, dont il découvre enfin le visage, sortir un couteau de chasse de sa poche. La lame doit bien mesurer douze centimètres. Elle semble parfaitement aiguisée. Fabien jette un regard vers l'autre homme, qui reste impassible. Il sait qu'il n'en réchappera pas. Tout repose désormais sur les épaules d'Antoine, qui a eu la brillante idée d'envoyer un message à Dominique via le Dark Web. Un message qu'ils ne pourront pas retracer.

Avec un sourire digne des plus grands psychopathes, l'Asiatique pose la lame de son couteau sur le cou de Fabien, qui pense qu'il va lui trancher la gorge. Il n'en est rien. Il préfère se servir de son arme pour lui taillader la peau. Il commence par lui faire une entaille sur toute la largeur du front. Fabien ne dit rien, même si une douleur lancinante l'envahit. Il voit le sang couler devant ses yeux mais ne veut pas faire plaisir à ses deux tortionnaires en s'époumonant. L'Asiatique lui fait ensuite plusieurs entailles sur les bras, ainsi que sur le ventre. La souffrance devient insupportable. Mais ce n'est pas le pire.

Le summum est atteint quand on lui retire le chiffon qu'il a dans la bouche. Fabien voudrait cracher sa rage au visage de cet homme, mais il n'a pas la force de parler. Il halète. L'Asiatique lui ouvre la bouche de force et lui attrape la langue. Fabien écarquille les yeux. Il tente de bouger la tête de gauche à droite pour exprimer son refus. Ce qui ne suffit pas à arrêter son bourreau sanguinaire. D'un geste précis et maîtrisé, il lui découpe la langue et la jette à terre comme s'il s'agissait d'un vulgaire bout de viande.

« Ça, c'est pour avoir trop parlé », lui dit cet expert en arts martiaux.

Fabien comprend. Avant de rendre son dernier souffle, il saisit qu'ils savent tout sur tout. Ils ont des yeux et des oreilles partout. Il pensait ne pas avoir été suivi. Quel imbécile il a été ! Ils se sont montrés plus malins que lui. Peut-on vraiment les arrêter ? À cet instant précis, il pense que non. Et dire qu'il ne peut même plus prévenir Antoine et lui dire de tout laisser tomber !

L'homme originaire d'Asie observe Fabien souffrir pendant quelques minutes. Le temps s'étire à l'infini. Il voudrait qu'il en finisse. L'autre homme, celui qui n'a pas bougé d'un pouce, lui demande de mettre fin aux souffrances de Fabien. Il dit en avoir vu assez. Il voudrait bien rentrer chez lui. Ce sont les derniers mots que Fabien perçoit, avant de sombrer pour de bon.

Ni une, ni deux, l'Asiatique essuie son couteau avec le chiffon qui lui servait de bâillon. Il le range dans la poche de son jean et se jette sur Fabien. Il entoure son cou de ses deux mains et serre de toutes ses forces. Il ne faut que quelques secondes pour que le tueur en série se mette à suffoquer. Privé d'air, il se laisse aller. Il a une dernière pensée pour Marlène, cette femme qu'il a tuée quelques jours auparavant. Il l'a réellement aimée, même si ses pulsions ont été plus fortes que lui. Il s'en veut de l'avoir fait souffrir, maintenant qu'on lui a rendu la pareille. Il sait qu'il ne la verra pas dans l'autre monde. Elle doit être au paradis alors que lui ira droit en enfer.

Antoine ne se rend sur aucun chantier pendant deux bonnes semaines. En effet, il a posé quelques jours de congés. Il a besoin de repos. Et de temps pour mettre sur pied leur plan pour faire tomber cette organisation secrète. Cependant, il va vite déchanter. Il pense que la prochaine réunion des *Anonymes* aura lieu très vite. Ce à quoi il ne s'attend pas, c'est de passer une semaine entière sans recevoir d'invitation. Il remarque même que le van noir qui est habituellement en planque dans sa rue est absent pendant plusieurs jours.

Inquiet, Antoine tente de recontacter Fabien. Il renvoie une lettre au magasin de cuisine où il l'a déjà contacté, Labo&Gato Bordeaux. Il prend toutes les précautions nécessaires pour que le courrier lui parvienne. Cependant, il ne reçoit aucune réponse. Silence radio. Il n'obtient aucune nouvelle de son homologue, capable comme lui d'assassiner les gens. Veut-il se montrer prudent ? Antoine n'en sait rien. Il ne veut pas trop s'inquiéter. Après tout, Fabien lui a assuré avoir pris ses précautions. Personne ne semble l'avoir vu débarquer au chalet de Solène. Antoine pense qu'il est assez grand pour s'occuper de lui. Il entendra de nouveau parler de lui, le moment venu.

Le plus important, pour Antoine, est de continuer à participer aux réunions. Au bout de trois jours, il n'en peut plus de tourner en rond. Son « Prince Noir » commence à faire entendre sa voix. Il lui exhorte de tuer, afin de recevoir une invitation. Antoine préfère éviter. Il sait que des meurtres trop rapprochés pourraient le conduire à sa perte. Il a déjà lu des faits sur des tueurs en série devenus trop gourmands. À un moment ou à un autre, ils commettent une erreur. Elle peut être infime, cependant cela aide les enquêteurs à les trouver. Antoine voudrait éviter cet écueil.

Pourtant, il cherche à attirer l'attention des hommes qui organisent les réunions. Il se doute que même si le van noir n'est plus dans sa rue, s'il fait quelque chose de suspect, ils le sauront par un moyen ou par un autre. Il décide de se rendre à nouveau au chalet de Solène. D'un autre côté, il se dit qu'on ne sait jamais : son amante pourrait réapparaître, comme Fabien l'a fait alors que personne ne s'y attendait. Antoine prend la route en direction du Cap Ferret. Il va passer trois jours dans ce chalet, même si ce n'est pas la meilleure des idées.

En effet, Antoine ne cesse de s'inquiéter pour Solène. Ce lieu paraît si vide sans elle. Cela fait maintenant plus de deux semaines qu'il est sans nouvelles. Il n'en dort presque plus la nuit. Que lui ont-ils fait ? Il se demande encore et encore si elle est en vie. Il s'en veut de lui avoir attiré des ennuis.

Antoine établit son quartier général dans la résidence secondaire de son amante disparue. Il y passe trois jours et deux nuits, dans l'espoir de la voir revenir. Il espère, au fond de lui, qu'ils lui laisseront une chance. Comme ils l'ont fait avec Fabien.

Antoine se demande ce qu'il fait en attendant la prochaine réunion où ils se verront. Serait-il possible qu'il soit invité au manoir, alors que lui doit ronger son frein et attendre ? Ce n'est pas impossible. Il a l'espoir que ce jeune tueur en série puisse à nouveau croiser la route de Dominique, au cours d'une réunion où lui ne serait pas convié. Ils ont besoin de l'aide et des compétences de cet ancien militaire pour avancer.

L'idée d'Antoine, qui n'a rien d'autre à faire à part réfléchir, est de faire tomber cette organisation. Quels que soient son vrai nom et l'endroit où ont lieu ces fichues réunions. Il ne veut plus en entendre parler. Il n'a plus envie de voir tous ces meurtriers rassemblés autour de cette sorte de gourou. Qui est-il, d'ailleurs ? Pourquoi s'amuse-t-il à créer des interactions entre des assassins assoiffés de sang ?

Antoine ne comprend pas le but de ces réunions. Tout ce qu'il sait, c'est que cet homme a du pouvoir. Il est extrêmement dangereux. Peut-être même plus que tous ces tueurs réunis. Il a de nombreux associés qui l'entourent. *Et qui font le sale boulot à sa place*, pense-t-il un soir après avoir bu plusieurs bières.

Antoine se met à boire. Seul, le soir, il fait en sorte de passer le temps comme il peut. L'alcool l'aide à oublier. Et surtout, à trouver le sommeil.

Ne rien pouvoir faire pour voir la situation évoluer le rend fou. Combien de temps devra-t-il encore attendre pour se faire inviter à une réunion ? *Tu dois tuer*, lui exhorte son « Prince Noir ». *Au moins, tu seras certain d'être invité*. Mais il ne veut pas tuer. Pas tant qu'il ne saura pas dans quel état se trouve son amante. Si elle est encore en vie...

Un événement tire Antoine de l'alcool et de ces trois longues journées d'ennui et d'intenses réflexions. À la fin du troisième jour qu'il passe au chalet de Solène, alors qu'il rentre après avoir passé la fin de l'après-midi sur la plage pour se dégourdir les jambes, il trouve une enveloppe. Elle a été déposée sur le perron, devant la porte d'entrée. Lui est-elle adressée ?

Il lit son nom sur le recto, après l'avoir ramassée et retournée. Ils savent qu'il est ici. Ni une ni deux, Antoine sort dans la rue pour voir si un van est garé près du chalet. Rien. Ils savent, mais ne sont pas là. Ils ne le surveillent plus. Pas en temps réel, en tout cas.

Une fois rentré en lieu sûr, Antoine ouvre l'enveloppe qui porte son nom. Il y découvre l'habituel carton d'invitation. Avec ce logo qu'il voudrait oublier : le masque de Guy Fawkes et le sang... Il retourne le carton et y lit l'heure et le lieu du rendez-vous : on le récupérera ici, devant la résidence secondaire de Solène, à 18 h 30. Dans une heure.

Son sang ne fait qu'un tour. Que va-t-il se passer ? Ils savent où il est, tant et si bien qu'ils veulent venir le chercher, ici. Pas chez lui. Va-t-il réellement assister à une réunion des *Anonymes* ?

Antoine est effrayé. Son cœur bat si vite qu'il a l'impression qu'il va sortir de sa poitrine. Mais il va devoir le cacher. En attendant l'arrivée des hommes qui l'accompagneront jusqu'au manoir, il se connecte au Dark Web grâce à son ordinateur portable. Il veut s'assurer que Dominique a bien reçu le message qu'ils lui ont envoyé, l'autre jour, avec Fabien. Antoine se rend compte que le message a été lu. Cependant, il n'a obtenu aucune réponse. Pourquoi Dominique ne leur a-t-il pas envoyé un message à son tour ?

À l'heure convenue, Antoine se tient prêt. Il attend devant le portillon. Le van noir arrive, presque sans bruit, à 18 h 30 précises. La porte coulissante s'ouvre sur le côté du véhicule. Un homme masqué en sort, lui enfile un sac sur la tête et le fait asseoir dans le van. Le trajet est plus long que d'habitude.

Le silence est lourd et pesant dans le véhicule. Habituellement, les deux hommes qui conduisent Antoine jusqu'au manoir discutent entre eux. Parfois, ils sont même de bonne humeur. Pas cette fois. Aucun mot n'est prononcé jusqu'à ce qu'ils arrivent. Antoine sent que quelque chose ne tourne pas rond. Il en a la nausée. Que va-t-il se passer ? Va-t-il assister à une réunion ou son heure serait-elle venue ?

Au moment où on lui retire le sac qui lui avait été mis sur la tête, il s'aperçoit que rien n'a changé. Le maître de cérémonie, muni de son masque en bandeau posé sur les yeux, l'accueille avec un immense sourire.

« Sois le bienvenu, une fois de plus, mon cher Antoine. Nous n'attendions plus que toi ! »

Une fois n'est pas coutume, il est le dernier arrivé. Il doit être celui qu'ils sont allés chercher le plus loin. Dès qu'il prend place sur la dernière chaise laissée vacante, il reconnaît Guillaume ainsi que Dominique. Au total, ils sont sept. Parmi les quatre autres participants, Antoine a l'impression de ne voir que des gens qui sont déjà venus dans ce manoir. Deux d'entre elles étaient déjà présentes la fois précédente : il s'agit d'un homme et d'une femme. Quant aux deux autres, il est persuadé de les avoir déjà vues, il y a plus longtemps.

Antoine se sent mal à l'aise. Il sait tout de suite pourquoi : Fabien est absent. Il n'a pas été invité à cette réunion, qui se déroule comme si de rien n'était. Solène n'est pas réapparue, elle non plus. Antoine se sent seul contre tous. Comment va-t-il pouvoir lutter contre une organisation aussi puissante ? *Tu dois te reprendre*, se dit-il intérieurement. *Ne montre pas à quel point tu as peur. Sois fort !*

Le tueur en série reprend le contrôle de lui-même. Lui qui peut se montrer totalement inhumain quand il torture ses victimes se surprend à avoir autant de sentiments. Il ne s'en savait pas capable. Cependant, il doit afficher une poker face. Faire comme si tout allait bien.

Antoine essaie tant bien que mal de rester impassible. Il écoute attentivement le laïus du maître de cérémonie, qui répète les règles pour le bon déroulement de ces rassemblements entre serial killers. Une fois qu'il a terminé, il lance sa sempiternelle question.

« Qui veut prendre la parole en premier, ce soir ? Qui aurait envie de nous raconter un morceau de son histoire personnelle ? »

Contre toute attente, Antoine lève la main. À quoi joue-t-il, si ce n'est un jeu extrêmement dangereux ?

« Ah, Antoine ! s'exclame leur hôte. Cela me fait plaisir que tu te portes volontaire. Qu'as-tu à nous dire ?

— Je voudrais vous poser une question, si vous me permettez. Je n'ai rien à raconter sur moi-même, mais il y a une chose que je souhaiterais savoir.

— Vas-y, je t'en prie, lui dit le maître de cérémonie. Antoine se doute qu'il est méfiant, même s'il n'en montre rien.

— Voilà : est-ce qu'on a le droit de se poser des questions entre nous ? De demander des détails sur l'histoire personnelle d'une autre personne ? Je dois vous avouer que le passé de militaire de Dominique m'intrigue beaucoup et je voudrais profiter du fait qu'il soit parmi nous pour échanger avec lui. Vu qu'il nous est interdit de le faire en dehors des réunions. »

Le maître de cérémonie hausse les sourcils pour marquer sa surprise. Il semble réfléchir pendant quelques secondes. Il construit sa pensée, puis répond le plus naturellement possible :

« C'est peu commun, comme demande. Je dois te l'avouer. Mais rien ne dit que vous n'avez pas le droit d'échanger entre vous. Comme je le rappelle régulièrement, l'expérience de tout un chacun peut nous permettre d'en apprendre beaucoup sur nous-mêmes. Maintenant, il faut voir si Dominique est d'accord pour que tu lui poses quelques questions.

— Ça ne me dérange pas, répond le principal intéressé d'une voix calme.

— Dans ce cas, allez-y. Nous serons les témoins de cet échange entre deux tueurs expérimentés. »

Antoine se tourne vers Dominique, assis à sa gauche. Son plan est clair : le questionner pour lui faire comprendre qu'il a besoin de lui. Il a lu son message. Il le sait. Il doit désormais créer un rapprochement pour pouvoir lui parler à la fin de la réunion et lui demander pourquoi il ne lui a pas répondu.

« Dominique, je me demandais si ton passé de militaire te servait quand tu décides de prendre la vie d'une personne qui, selon tes critères, le mérite. Enfin, je me doute que ton expérience t'est utile, mais j'aurais voulu savoir en quoi tu arrives à t'en servir.

— C'est très simple. En tant que militaire, je suis quelqu'un de très méthodique. Mon ancien boulot me permet de tout planifier, de A jusqu'à Z, avant de passer à l'action. Je ne laisse rien au hasard. Tout est prévu et je ne dévie jamais de mon plan.

— Tu veux dire que tu prévois vraiment tout ?

— Exactement. Avant d'agir, je fais du repérage. Je surveille ma future victime, puis je décide de l'endroit où je la kidnapperai. Je prépare aussi le lieu où je mettrai fin à sa vie. Enfin, je prépare tout ce dont j'aurai besoin pour faire disparaître toute trace de son existence sur cette planète.

— Tu ne laisses aucune place au hasard, alors. C'est bien ce qui me semblait...

— Oui, tu as raison. Mais il faut savoir que si je fais cela, c'est aussi pour ne pas me faire prendre par la police. C'est quand ils ne contrôlent pas tout ce qu'ils font que les tueurs finissent par se faire arrêter. Je l'ai appris quand j'étais militaire. Et même après.

— Comme c'est intéressant ! intervient le maître de cérémonie. Si vous avez fini, j'aimerais que nous laissions une autre personne intervenir. Il ne faudrait pas que vous finissiez par vous lier d'amitié, non plus ! »

L'homme qui dirige les réunions, debout face à son auditoire, se force à sourire.

Cependant, Antoine n'en a pas fini. Il a encore une ou deux questions à poser à Dominique. Contre l'avis de leur hôte, il va demander à poursuivre cette conversation.

« Pardon, je ne voudrais ni vous offenser ni paraître grossier. Mais je souhaiterais demander autre chose à Dominique. Je préfère le faire ici et maintenant pour ne pas paraître suspect en discutant avec mon voisin à la fin de la séance.

— Que peux-tu avoir de plus à lui demander ? s'interroge le maître de cérémonie.

— J'aimerais juste savoir si Dominique avait tué beaucoup de monde durant sa carrière de militaire et ce qu'il avait pu ressentir à ce moment-là.

— Si tu as envie de répondre à ça, je t'en prie, Dominique. Mais rapidement, s'il te plaît.

— Je vais le faire. J'en ai déjà parlé, en plus. Oui, j'ai été obligé de tuer pas mal de gens. Mais parfois, je ne les voyais pas mourir. On posait des bombes ou on ripostait de loin. Mais une fois, je me suis retrouvé face à face avec un membre d'une faction armée, dans un pays de l'ouest africain. C'était lui ou moi. J'ai été obligé de le tuer. De sang-froid. Je ne peux pas dire que j'ai éprouvé du plaisir. Sur le coup, j'ai vomi tout ce que je pouvais. Mais ensuite, j'ai eu envie de recommencer. De goûter encore à l'adrénaline que cela avait provoquée. Tuer, c'est comme pratiquer un sport : le corps produit des substances qui nous font nous sentir bien. Pendant quelques minutes, du moins.

— Merci, souffle Antoine. J'en ai fini avec mes questions. Désolé de vous avoir dérangé.

— Non, tu ne nous as pas dérangés ! dit le maître de cérémonie. Tu es curieux, ce qui peut avoir de bons côtés. Mais attention, la curiosité est parfois un vilain défaut, qui peut mener vers les ennuis... »

La soirée se poursuit avec l'intervention de deux autres tueurs. La femme qui était déjà présente à la précédente réunion accepte de raconter son histoire. Elle se montre timide mais, guidée par leur hôte, elle révèle les raisons qui la poussent à assassiner des gens. Elle se nomme Anissa. Visiblement, elle aime manipuler les gens. Un père absent et autoritaire l'a poussée à s'affirmer de cette façon. Au fur et à mesure qu'elle parle, elle gagne en assurance. Anissa révèle qu'elle a tué sa première victime alors qu'elle n'avait que quinze ans. Elle ne l'a pas assassinée de ses propres mains. Mais ses manipulations l'ont poussée à se suicider. Il s'agissait d'une de ses camarades de classe, au lycée. Depuis, Anissa prend un malin plaisir à pousser les gens à mettre fin à leur vie. Et quand cela ne fonctionne pas, elle s'en occupe elle-même.

Enfin, un homme prend la parole. Antoine a l'impression de l'avoir déjà vu. Lors de sa première réunion, peut-être. Mais il ne l'avait encore jamais entendu. Lui aussi évoque les raisons pour lesquelles il tue. Cet homme, Frédérik — avec un k, sa mère ayant des origines allemandes — se dit amoureux des gens. Littéralement. Il aime la chair humaine, comme on peut aimer les animaux. Frédérik est un cannibale. Il tue pour manger. Bien entendu, il préfère certaines parties du corps humain et doit se débarrasser du reste. Visiblement, ses cochons adorent dévorer les restes humains.

Antoine écoute ces deux histoires sans vraiment y prêter attention. Il prépare déjà ce qu'il va dire à Dominique, une fois que la séance sera levée. Il doit lui parler sans paraître suspect. Il sait qu'il est surveillé. Ils savent tout. Il en est convaincu. Ce qui ne doit pas l'empêcher de prendre le risque de parler avec l'ancien militaire, pour savoir s'il a réellement reçu et lu ce message qu'il lui a transmis via le Dark Web.

Antoine pense qu'il devra revenir sur les questions qu'il a posées à Dominique. Cela leur permettra de discuter pendant quelques secondes. Et de lui parler ensuite, avec la plus grande discrétion, du sujet qui lui brûle les lèvres. Il compte les minutes avant la fin de la réunion. Il ne sera soulagé qu'une fois rentré, loin de ces hommes dangereux et sanguinaires.

33

Au bout d'une heure, la séance est enfin levée. Le maître de cérémonie semble avoir fait exprès de la prolonger de façon interminable. Il a posé de nombreuses questions à Anissa et Frédérik lors de leurs interventions. Voulait-il garder Antoine plus longtemps dans ce manoir pour pouvoir s'occuper de Fabien ou même de Solène ? Il ne le saura peut-être jamais.

Alors qu'il sonne la fin de la réunion, le maître de cérémonie prend tout le monde de court.

« Je suis désolé, mais ce soir nous n'avons préparé aucune victuaille. Nous avons été pris par le temps, malheureusement. Cela nous arrive rarement, mais ça peut arriver. Nous nous rattraperons la prochaine fois, je vous le promets. »

Antoine voit tout son plan tomber à l'eau. Pourtant, il reste déterminé. Il ne veut pas passer à côté d'une occasion, peut-être unique, de rentrer en contact plus poussé avec Dominique. Ils ont besoin de lui ; Fabien le sait, et lui aussi. Il doit lui parler avant de partir.

« Par conséquent, comme d'habitude, nous allons vous demander de vous mettre en file indienne dans le couloir. Mes chers associés vont vous raccompagner jusque chez vous. Et nulle part ailleurs », précise-t-il.

Antoine voit là une dernière chance de parler à l'ancien militaire. Celui-ci va se trouver devant lui, dans la file indienne. Même s'ils sont étroitement surveillés, il tente le tout pour le tout. Antoine est plus déterminé que jamais. L'envie de revoir Solène est plus forte que tout. Il sait que son amante est en danger. Ces jours sont peut-être comptés.

Sagement, comme les six autres participants, Antoine se dirige vers le couloir. Il se glisse dans la file et laisse les hommes de main effectuer leur tâche. Le temps presse. Alors que le premier meurtrier est accompagné vers un van garé devant le manoir, Antoine fait mine de percuter Dominique. Celui-ci se retourne. C'est le moment de lui parler.

« Excuse-moi, j'étais ailleurs. » Il lui fait un clin d'œil discret. « Si tu as bien reçu mon message via le Dark Web, réponds-moi, s'il te plaît. C'est une question d'urgence. »

Antoine est interrompu par un homme masqué, à la carrure de boxeur. Il lui fait signe de se taire et de reculer d'un pas. Le tueur en série s'exécute. Il ne veut pas avoir de problèmes. Pas maintenant. Cependant, ces quelques secondes lui ont suffi à dire l'essentiel à l'ancien militaire, qui sait désormais qui lui a laissé ce message mystérieux sur le Dark Web. Y répondra-t-il désormais ?

Ils n'y ont vu que du feu. Antoine, lui, a vu le regard de Dominique changer. Cet ancien militaire s'est montré intelligent. Il n'a pas tourné la tête. Son visage semble être resté impassible derrière son masque. Comme si rien ne s'était passé. Cependant, il a compris. Les hommes de main du maître de cérémonie leur ont ensuite fait signe de garder leurs distances. Rien de plus.

Satisfait, Antoine exécute ce qu'on lui demande de faire. Il laisse ses pairs entrer un à un dans les véhicules qui les reconduiront chez eux. Il se laisse emmener jusqu'au van qui le ramènera jusqu'au chalet de Solène. Il devra ensuite rentrer chez lui, à Cestas. Cependant, un petit changement s'opère.

On ne lui met pas de sac sur la tête. Pas tout de suite, en tout cas. On lui fait signe de grimper à l'arrière du van, puis on referme la porte coulissante. La vitre du côté droit du véhicule s'ouvre. L'homme au masque posé comme un bandeau sur ses yeux gris apparaît.

« Antoine, dit-il en affichant un grand sourire. J'ai de grands projets pour toi. Sache-le. Tôt ou tard, tu y seras confronté. Alors, ne gâche pas tout en t'opposant aux règles établies. »

La vitre se referme au moment même où le maître de cérémonie tourne les talons. Antoine ne peut rien répondre. Il n'aurait pas su quoi dire, de toute façon. Il a à peine le temps d'avaler ce qu'il vient d'entendre que c'est le trou noir. On lui met le bout de tissu sur la tête.

Antoine n'est pas parvenu à trouver le sommeil. Il n'a quasiment pas fermé l'œil de la nuit. Il a ressassé, sans cesse, les mots de leur hôte dans ce manoir où ont lieu les réunions.

J'ai de grands projets pour toi. Qu'est-ce que cela veut dire ? Quels projets ? Il se demande si cela a un lien avec le fait qu'il est toujours en vie. Après tout, ils savent. Et ils ne l'ont pas encore arrêté. Le feront-ils un jour ?

Ne gâche pas tout en t'opposant aux règles établies. Voilà la preuve qu'ils sont au courant de tout. Ce qui explique également la disparition de Solène. Antoine n'a plus aucun doute là-dessus : ils la retiennent encore prisonnière. Mais où ?

Depuis plusieurs jours, cette question ne cesse de le hanter. Il s'en voudrait tellement de la savoir morte à cause de lui et de ses sentiments ! Que ferait-il si cela arrivait ? Il n'en sait rien. D'ailleurs, quels que soient les projets dont le maître de cérémonie a voulu parler, il n'en a que faire. Tout ce qu'il veut, c'est sauver Solène des griffes de ce monstre.

Antoine sait qu'ils peuvent être dangereux. Il a entendu l'histoire de Fabien, qui a de nouveau disparu. Cela ne fait aucun doute pour lui : il est mort. Ils l'ont assassiné. Il ne voit pas d'autre solution. Pourquoi, dans ce cas, aurait-il manqué une nouvelle réunion ? À en croire ce que Fabien lui a raconté, ils désiraient le faire réapparaître lors de plusieurs rassemblements, pour lever tout soupçon. Pourquoi ce revirement de situation ? Sans vouloir se l'avouer, Antoine comprend tout.

Il saisit que c'est à cause de lui et de leur rencontre dans le chalet de Solène. Pourtant, les deux hommes étaient sûrs de ne pas avoir été suivis. Il sait désormais qu'il se trompe, puisqu'ils sont venus le chercher jusqu'au Cap Ferret pour l'emmener à une réunion. Ce qui montre à quel point il peut être périlleux d'aller à l'encontre des règles établies.

Cependant, Antoine est aussi un meurtrier sanguinaire. Il est méthodique et appliqué dans ce qu'il fait. La police n'a jamais eu aucun soupçon sur ses activités nocturnes. Personne n'a jamais découvert son côté sombre sans qu'il en parle. En est-il sûr ? Ne l'ont-ils pas vu tuer avant de l'inviter à sa toute première réunion ? Comment font-ils pour être aussi puissants ?

Antoine tourne et retourne toutes ces questions dans sa tête, jusqu'au petit matin. Il n'en peut plus d'attendre. De craindre des représailles. Quitte à voir sa vie menacée, il est prêt à aller jusqu'au bout. Il préfère mourir en essayant de sauver sa dulcinée que rester en vie et les voir la tuer. Dès que le soleil se lève, il allume son ordinateur et se connecte au Dark Web. Il n'espère qu'une chose : que Dominique aura enfin répondu à son message et qu'il se connectera sur la messagerie en ligne pour qu'ils puissent se parler en direct.

Au petit matin, Anthony et Baptiste prennent le café ensemble, dans le jardin situé à l'arrière du manoir. Il s'agit plus d'un temps informel, qui leur permet de discuter de ce qu'il se passe au sein de leur organisation. Baptiste voudrait profiter des premiers rayons du soleil, sans avoir à penser à ces assassins dont il doit s'occuper. Certains se posent des questions et vont continuer à s'en poser, maintenant qu'ils ont éliminé Fabien de l'équation.

« Je sais à quoi vous pensez, dit Anthony alors que son patron a les yeux perdus dans le vide. Laissez-moi vous dire que vous avez pris la bonne décision.

— Tu en es sûr ?

— Oui, patron. Il fallait éliminer Fabien. L'empêcher de faire plus de dégâts qu'il n'en avait faits. Vous le savez aussi bien que moi.

— Oui, peut-être... Pourtant, j'ai peur que ce ne soit que la partie émergée de l'iceberg.

— Que voulez-vous dire par là ?

— Fabien a planté des petites graines. Va savoir ce qu'il a dit à Antoine, quand ils se sont vus ? Je reste persuadé qu'ils ont parlé de Solène et que désormais, Antoine va essayer de s'en prendre à nous.

— Patron, sans être aussi intelligent que vous, j'ai l'impression qu'il est tout de même loin d'être bête. Il est au fait de notre puissance. Vous croyez qu'il va tenter quelque chose ?

— Je ne sais pas, Anthony. Comment avoir des certitudes ? Tout ce que je sais, c'est qu'il va être plus difficile de le rallier à notre cause. Et puis, il y a les autres...

— Comment ça, les autres ?

— Je pense que d'autres tueurs vont avoir des doutes quand ils vont s'apercevoir que Fabien manque à l'appel. Je pense notamment à l'ancien militaire.

— Dominique ?

— Tout à fait. Et puis, il y a Guillaume.

— Le mec qui se prend pour un justicier, dit Anthony en étouffant un rire.

— Oui. Ne te moque pas ! Chacun est comme il est.

— Oui, vous avez raison. Je vous prie de bien vouloir m'excuser.

— Je ne t'en veux pas. Ta réaction est humaine. Malgré tout, je ne peux m'empêcher d'être inquiet.

— Si ça peut vous rassurer, je vous le répète : vous avez bien fait d'éliminer Fabien.

— Je sais, Anthony, je sais. »

Le bras droit du maître de cérémonie respecte le silence qui s'établit. Lui aussi veut profiter de ce début de matinée et ne pas avoir à penser au sale boulot. Même s'il sait très bien qu'ils ne peuvent jamais s'en séparer trop longtemps. Ils sont liés pour la vie à cette organisation. Ils ne peuvent pas s'en défaire aussi facilement qu'il y paraît.

« Nous devons décider quoi faire de Solène, dit Baptiste. On ne peut pas la garder prisonnière éternellement.

— C'est vrai, oui. Vous savez que vous n'avez qu'une phrase à me dire pour que je l'exécute.

— Ce n'est pas si facile, Anthony. C'est comme une partie d'échec, vois-tu. Tu as déjà joué aux échecs ?

— Non, patron. Je ne pense pas être assez malin pour ce jeu. J'ai dû essayer une fois, mais je n'avais pas assez de patience.

— Tu as bien d'autres qualités. Comme ta loyauté. Bref, pour que tu comprennes où je veux en venir, il faut que tu saches qu'aux échecs, il faut toujours avoir un coup d'avance. Tout est une question d'anticipation. Il faut penser au coup qu'on va jouer, mais aussi prévoir le coup que notre adversaire jouera en suivant.

— Je comprends l'analogie, mais je ne vois pas vraiment pourquoi vous me parlez de ça.

— C'est très simple : nous devons anticiper ce que fera Antoine. Si nous tuons Solène de sang-froid, je doute qu'il le prenne bien. Il nous en voudra et plus rien ne l'empêchera de s'en prendre à nous. Alors que si nous la gardons en vie...

— Vous voulez vous servir d'elle pour le forcer à prendre votre succession, l'interrompt Anthony avec un grand sourire. Vous êtes un génie, patron !

— Je n'irais peut-être pas jusque-là, mais... oui, c'est le plan. Après, je sais à quel point il est difficile pour vous de la garder en vie dans de bonnes conditions. Vous avez vos pulsions et vous êtes nombreux. Nous ne sommes pas à l'abri d'un accident.

— Un accident ? Vous pensez que l'un d'entre nous pourrait craquer et s'en prendre à elle ?

— Exactement. Après tout, elle a enfreint les règles que j'ai moi-même énoncées à plusieurs reprises. Les autres pourraient même me croire laxiste et ne plus me faire confiance.

— Je vais veiller sur eux. Le premier qui vous critique, je lui colle une belle raclée.

— Merci, Anthony. Je n'en attendais pas moins de toi. Mais j'ai autre chose à te demander.

— Je vous écoute.

— J'aimerais que tu veilles sur Solène comme s'il s'agissait de ton propre enfant. Tu dois en prendre soin comme la prunelle de tes yeux. Tu veux bien ?

— Comment refuser ? répond Anthony, honoré de la demande de son boss.

— Parfait. Attention, c'est une grande responsabilité que je te donne là. Comme je viens de te l'expliquer, Solène nous est bien plus utile vivante que morte. Si tu échoues dans ta mission, je devrais me séparer de toi. À mon grand regret, crois-moi.

— Je n'échouerai pas. Vous pouvez me faire confiance.

— Si je te donne cette mission, c'est que je te fais entièrement confiance. Mais je veux juste que tu saches ce qui t'arrivera si tu joues de malchance. »

Anthony hoche la tête pour signifier à Baptiste qu'il a bien compris l'ampleur de la mission qu'il lui confie. Il fera tout pour se montrer à la hauteur. Quitte à se mettre certains de ses collègues à dos.

Il se jette corps et âme dans sa mission. Sans plus attendre. Il quitte son patron pour aller faire un tour dans la cave où Solène croupit depuis plusieurs jours maintenant. Il est grand temps de lui proposer de prendre une douche et de lui offrir un repas digne de ce nom.

Un café à la main, Antoine se connecte sur la messagerie en ligne du Dark Web dont lui a parlé Guillaume, grâce au logiciel TOR. Un ami lui a installé ce logiciel qui permet de rendre indétectable toute connexion dans les profondeurs du Net. Il espère que Dominique aura répondu à son premier message et surtout, qu'il sera connecté pour qu'ils puissent discuter ensemble sans craindre de se faire repérer par les *Anonymes*.

Plus les minutes passent et plus Antoine s'impatiente. Il fait les cent pas dans son salon. Il sait qu'il ne pourra pas y arriver seul. Fabien ayant de nouveau disparu, il ne lui reste que l'ancien militaire pour lui prêter main forte.

Soudain, un son retentit des haut-parleurs de son ordinateur portable. Quelqu'un vient de se connecter et de lui envoyer un message. Antoine se rassoit. C'est Dominique. Enfin.

« Bonjour, Antoine. Je ne sais pas exactement pourquoi tu veux qu'on se parle, même si j'ai ma petite idée. Mais je veux d'abord te dire que c'est extrêmement dangereux de passer au-dessus des règles. Ils pourraient nous tuer pour cela. Même si cette messagerie a l'air sécurisée, on n'est jamais à l'abri. »

Antoine lit le message de Dominique avec attention. Il prend le temps de lui répondre en pesant chacun de ses mots.

« Bonjour, Dominique. Merci de venir me parler. Je sais à quel point il est dangereux de faire ce que l'on fait. Mais je suis inquiet pour Fabien. Il a disparu, puis il est revenu. Et il a de nouveau disparu.

— Comment peux-tu en être si sûr ?

— Nous nous sommes vus. Nous nous sommes parlé. Il m'a révélé certaines choses.

— Vous êtes fous ? Antoine, vous n'auriez jamais dû faire ça ! Je vais devoir te laisser.

— Non, reste, je t'en supplie ! »

Pendant quelques secondes, Antoine ne reçoit plus aucune réponse. Le temps semble s'étirer à l'infini. Il est là, assis devant son ordinateur. Impuissant. Si Dominique décide de couper court à la conversation, que peut-il faire ? Antoine, d'ordinaire calme et bien élevé, se met à jurer. Ses mots résonnent dans le salon. Jusqu'à ce qu'il reçoive un nouveau message.

« Qu'est-ce qu'il t'a dit ?

— Il m'a parlé de cette fois où deux hommes l'ont accompagné pour enterrer la victime dont il n'avait pas pu s'occuper.

— Celle qu'il a dit aimer et qu'il a torturée comme il ne l'avait jamais fait auparavant ?

— Exactement. Une fois qu'ils ont effacé les preuves, ils l'ont tabassé.

— Merde...

— Et ce n'est pas tout. Ils l'ont ensuite retenu prisonnier.

— Ah bon ? Où ça ?

— Il n'a pas su me le dire. Il sait qu'il se trouvait dans une cave. Mais, bien entendu, ils lui ont caché la vue pour qu'il ne puisse pas voir où ils l'emmenaient.

— Putain ! C'est pour ça qu'il a manqué autant de réunions. Mais pourquoi est-il réapparu ?

— Ils ont vu qu'on avait des doutes. Ils ont dû nous entendre parler, quand on était avec Guillaume.

— Les enfoirés... Ils l'ont libéré pour nous faire taire. Mais pourquoi une seule réunion avant de l'enfermer à nouveau ? Ça ne paraît pas logique.

— Je ne pense pas qu'ils l'ont enfermé, cette fois. Après la réunion où il est revenu, c'est là que nous nous sommes vus. Je te passe les détails. Mais on a parlé de tout ça et on a essayé de mettre en place un plan pour les arrêter.

— Les arrêter ? Tu es fou, ma parole ! Ils sont trop puissants pour pouvoir être stoppés.

— On en parlera plus tard, si tu veux bien. Quoiqu'il en soit, même si nous étions sûrs tous les deux de ne pas avoir été suivis, je pense qu'ils ont su. Ils l'ont tué.

— Tu crois ?

— J'en suis certain. Fabien m'avait laissé une adresse postale où lui écrire. Il ne s'agissait pas de son adresse personnelle, mais d'une sorte de relais. J'ai essayé de le recontacter, mais il ne m'a pas répondu. »

Nouvelle pause. Antoine attend que l'ancien militaire digère toutes les informations qu'il vient de lui donner. Un nouveau message ne tarde pas à apparaître sur son écran. Pendant ces quelques secondes, le jeune homme se demande s'il doit aussi évoquer sa relation avec Solène.

« Bon, que veux-tu qu'on fasse ? On ne va pas les attaquer avec une mitraillette !

— Non, c'est sûr. Je voulais déjà que tu saches ce qu'il se passe. Et que tu redoubles d'attention. S'ils voient qu'on a des doutes, ils pourraient aussi avoir envie de nous éliminer.

— Très bien. Mais je sens qu'il y a autre chose, Antoine.

— Tu as raison. Je voudrais les faire tomber.

— Pour quelles raisons ? Te rends-tu compte de ce que tu me dis ?

— Oui, je m'en rends compte. Je ne sais pas si c'est de la folie à l'état pur, mais s'ils peuvent tuer des gens comme ça, pour une raison ou pour une autre, je pense qu'on doit les arrêter.

— Tu es toi aussi un tueur en série. C'est un peu paradoxal ce que tu me dis là.

— Je ne le fais pas pour moi, Dominique. Je ne voulais pas t'en parler, en tout cas pas tout de suite. Ils détiennent Solène.

— Solène ?

— Oui, tu sais, la jeune femme qui s'est fait violer par son beau-père. Ils la retiennent prisonnière. Fabien l'a vue dans la même cave où il était.

— Je vois... Mais pourquoi veux-tu la sauver ? Par pure conviction ?

— Non. On a une relation, elle et moi.

— Nom de Dieu ! Tout part de là, alors. Je comprends mieux !

— Je ne te demande pas de me répondre tout de suite mais j'aimerais que tu sois à mes côtés. Ensemble, nous serons plus forts. On pourra essayer de rallier d'autres tueurs à notre cause, comme Guillaume. Cette organisation me fait peur. Elle est bien trop puissante. On doit les faire tomber. »

Antoine ne désire pas en rajouter plus. Il met fin à la conversation et se déconnecte du Dark Web. Il est déjà bien content que Dominique soit venu lui parler. Il lui a expliqué pourquoi il avait besoin de lui. Il a désormais les cartes en main. À lui de reprendre contact s'il veut l'aider. Les aider.

34

Deux jours passent sans que le jeune homme soit de nouveau invité à une réunion. En organisent-ils tous les jours ? Il tente de se convaincre que ce n'est pas possible. Humainement, il ne peut pas y avoir autant de serial killers que cela dans toute la France. Il leur faut parfois du temps pour pouvoir observer les gens qu'ils veulent enrôler dans leur organisation si spéciale.

Antoine ne s'en fait pas de ce côté-là. Ce qui l'inquiète le plus, c'est qu'il n'obtient aucune nouvelle de la part de Dominique. Il ne communique plus avec lui via la messagerie qu'ils utilisent désormais sur le Dark Web. Aurait-il peur ? Pire : va-t-il parler de tout cela aux organisateurs des réunions ? Tout est possible. Antoine n'est pas tranquille. Il en vient à regretter d'avoir parlé de sa relation avec Solène à l'ancien militaire.

Il ne fait pas l'erreur de retourner au chalet. Il sait désormais qu'elle n'y reviendra pas. Par ailleurs, Antoine sait qu'il est surveillé de près. Il doit redoubler de vigilance et se montrer plus malin qu'eux.

En vacances, il se met de nouveau à tourner en rond. Son « Prince Noir » en profite pour refaire surface. Antoine passe une nuit entière dans sa cave, alors qu'il ne trouve pas le sommeil, pour tenter de calmer ses pulsions. Il aimerait changer. Tous ces événements lui font prendre conscience qu'il ne peut pas continuer à tuer impunément. Comment faire taire cette petite voix qui le hante et lui demande de tuer à tout jamais ?

Antoine fait les cent pas dans son sous-sol. Il marche de long en large dans cette vaste pièce où il a mis fin à la vie d'une dizaine de personnes. S'il ne regrette pas de s'être débarrassé de ces gens qui le gênaient dans sa vie, il ne veut plus torturer et ôter des vies. Il sait que cela fait partie de lui, que ses pulsions sont plus fortes que sa volonté. Mais il aimerait prendre le contrôle de son « Prince Noir » et ne plus le laisser diriger sa vie.

Pendant plusieurs heures, Antoine livre un combat contre lui-même. Il se parle seul. Si quelqu'un avait pu le voir, il l'aurait pris pour un fou et l'aurait certainement fait interner dans un hôpital psychiatrique. Pourtant, le jeune homme n'a rien d'un dingue. Tout le monde a cette petite voix intérieure qui lui parle en permanence. À la seule différence que la sienne lui demande d'assassiner des gens pour la satisfaire. Son « Prince Noir » est assoiffé de sang. La souffrance le remplit de joie.

Au bout de deux jours, alors qu'il est à deux doigts de céder à sa petite voix et cherche une nouvelle victime en naviguant dans les profondeurs du Net, Antoine reçoit une notification en provenance de la messagerie en ligne. C'est Dominique qui lui envoie un message. Il reprend enfin contact.

« Salut, Antoine. J'ai bien réfléchi à tout ça. Je veux t'aider. Mais on va devoir enrôler d'autres tueurs avec nous. Ce qui peut s'avérer dangereux. Si on leur parle de tout ça et qu'ils ne sont pas d'accord avec nous, ils pourraient tout leur révéler. Ce qui signerait notre arrêt de mort.

— J'en suis bien conscient, Dominique. Malgré tout, j'ai pris le risque, avec toi.

— C'est une des raisons qui me pousse à vouloir t'aider. Tu sais ce que tu veux et où tu mets les pieds.

— As-tu une idée de qui pourrait nous aider ? J'avais pensé à Guillaume. Tu penses qu'on peut lui faire confiance ?

— C'est possible, oui. Je peux prendre contact avec lui, si tu veux. Tâter le terrain avant de tout lui révéler.

— Parfait. Merci, Dominique.

— Ne me remercie pas. Tu le feras le jour où nous aurons démantelé cette organisation de fouteurs de merde. J'avais pensé à quelqu'un d'autre, qui avait fait part de sa haine contre eux.

— Qui ça ?

— Tu te souviens de Killian ?

— Killian... Le mec qui se déguisait en père Noël blanc ? On pouvait lire la folie dans ses yeux quand il racontait son histoire.

— C'est ça. Il aurait pu nous être utile. On aurait pu le sacrifier en cas d'affrontement en face à face.

— Mais il a disparu, lui aussi ?

— Tout à fait. Si ce que tu dis est vrai, si c'est vraiment leur façon de faire, ils ont dû l'éliminer après les révélations qu'il nous avait faites. »

Devant l'écran de son ordinateur, Antoine repense à cet homme. Plus jeune que lui, ses révélations lui ont fait froid dans le dos. D'un côté, il est bien content qu'il ne soit plus de la partie. D'autre part, Dominique a totalement raison : un kamikaze comme Killian aurait pu leur être bien utile. Lui, en tout cas, n'aurait eu aucun remords à le jeter en pâture à ces monstres.

« Il y a autre chose, reprend l'ancien militaire sur la messagerie en ligne.

— Quoi ?

— J'ai fait des recherches sur cette organisation. Les Anonymes. J'ai dû creuser et faire appel à une de mes connaissances parmi les anciens soldats que je connais. Cet homme est désormais un mercenaire qui exécute des contrats.

— Un tueur à gages, tu veux dire.

— Exactement. Bref, il m'a appris pas mal de choses sur eux.

— Tu partages ce que tu sais ?

— Oui. J'espère que tu es bien assis. Cette organisation n'existe pas qu'en France. Elle est née aux États-Unis, au milieu des années 1920. C'est là qu'est toujours installée ce qu'ils appellent la maison-mère. Elle se trouve en Floride, dans une petite ville à quelques minutes seulement de Miami. Durant un siècle, plusieurs succursales ont vu le jour dans plusieurs pays, dont le Royaume-Uni, l'Allemagne ou encore la France pour ce qui est de l'Europe. Nous faisons face à un vaste réseau qui semble vouloir contrôler les tueurs en série du monde entier. Ils veulent nous faire entrer dans une sorte de secte. »

Antoine se fige. Il doit digérer les informations que Dominique vient de lui donner. Il ne s'imaginait pas avoir à faire à une organisation d'une telle ampleur. Cet homme, celui qui dirige les réunions, ne serait donc qu'un parmi tant d'autres ? Il aurait des homologues en Allemagne, au Royaume-Uni et même aux États-Unis ? Qui est au-dessus d'eux ? Qui contrôle les ramifications de cette toile d'araignée qui semble s'étendre sur le monde entier ?

Il doit forcément y avoir un grand patron. Quelqu'un qui est à la tête de cette organisation. Antoine prend peur. Il craint que leur action ne serve à rien. Ce serait comme couper une tête qui repousserait, d'une manière ou d'une autre. Cette organisation est une hydre possédant de multiples têtes, qui doit devenir de plus en plus forte au fil des décennies. Et des expériences.

L'ancien militaire envoie un message pour savoir si Antoine est toujours devant son écran. Il ne peut pas lui répondre. Il a des vertiges. Il se sent mal. D'un bond, il se lève et se dirige vers la salle de bain. Il se penche au-dessus des toilettes et rend son petit-déjeuner. Il lui faut quelques minutes pour se remettre de ses émotions. Antoine se passe de l'eau fraîche sur le visage et retourne dans le salon. Il lit les messages de Dominique.

« Antoine, ça va ? Tu es toujours là ? Qu'est-ce qu'il t'arrive ?

— Je suis là, répond-il. *J'ai juste accusé le coup. Je suis allé vomir. Je ne me sentais pas très bien.*

— Je comprends. Moi aussi, je me suis rendu compte de l'ampleur du truc. On peut s'en prendre à eux, faire tomber cette sorte de branche française, mais est-ce que ça sera vraiment utile ? La maison-mère réagira et nous serons encore plus en danger. Au final, je pense qu'ils remettront sur pied une organisation en France.

— C'est bien possible, oui.

— Je ne sais pas combien de temps ça leur prendrait, mais je suis quasiment certain qu'on ne serait plus là pour le voir.

— C'est incroyable. Qu'est-ce qu'on peut faire, dans ce cas ?

— J'ai eu une petite idée. Je ne sais pas si elle est bonne, car elle est risquée.

— Dis toujours.

— Il faudrait les infiltrer. Comme un fruit, les faire pourrir de l'intérieur.

— Je ne comprends pas. Que veux-tu dire par là ?

— Il faudrait que l'un d'entre nous entre dans l'organisation et fasse partie des hommes de main de

ce barbu qui dirige les réunions. Ensuite, il pourrait faire ce qu'il veut. Faire entrer les autres tueurs et faire tomber la branche française des Anonymes. »

Le sang d'Antoine ne fait qu'un tour. L'ancien militaire ne s'imagine pas qu'il vient de viser juste. Il pourrait être celui qui s'infiltre dans cette organisation et permet de les mettre hors d'état de nuire. Le maître de cérémonie ne lui a-t-il pas dit qu'il avait de grands projets pour lui ?

« *Je suis ton homme*, écrit Antoine après avoir pesé ses mots pendant quelques secondes.

— *Quoi ?*

— *Je vais infiltrer cette organisation. Quels qu'en soient les dangers.*

— *Je ne pensais pas forcément à toi. Tu n'as aucune formation militaire. Je me voyais plutôt prendre ce risque et te faire entrer par la suite. Avec Guillaume, si on arrive à le convaincre de se rallier à notre cause.*

— *Je comprends ce que tu veux dire. Tu as de l'expérience. Mais moi, j'ai une clé d'entrée.*

— *Comment ça ?*

— *L'homme à la barbe poivre et sel. Le maître de cérémonie, si tu préfères. L'autre jour, avant que je quitte le manoir, il m'a affirmé qu'il avait de grands projets pour moi.*

— *Qu'est-ce que ça veut dire, ça ?*

— *Je ne sais pas exactement. Mais il veut peut-être que je fasse partie de ses employés. En gros, il m'a dit de ne pas jouer au con. Il sait pour Solène et moi. Il m'a juste fait comprendre de laisser tomber pour ne pas gâcher ce qu'il veut faire de moi. Enfin, je crois.*

— *Bon. On va peut-être essayer d'utiliser ça en notre faveur. Il a l'air de t'avoir à la bonne. Il ne t'a pas dit ça pour rien. La prochaine fois que tu es invité à une réunion, essaie de lui parler. Il faudra que tu saches ce qu'il attend de toi. Tu ne lui donneras pas une réponse définitive. Tu lui diras d'abord que tu as besoin d'y réfléchir. OK ?*

— D'accord. Je te raconterai tout. J'espère que je serai bientôt invité à une réunion.

— À mon avis, il va y en avoir une dans la semaine. Ne t'en fais pas pour ça. Quant à moi, je vais contacter Guillaume. Je ne sais pas si on sera conviés à la prochaine réunion, mais on doit savoir si on peut compter sur lui. Ça te va ?

— Tout à fait. On fait comme ça. »

Les deux hommes mettent fin à leur conversation. Antoine déconnecte son ordinateur du Dark Web et l'éteint. Pendant quelques minutes, il reste assis sur son canapé. Il ressasse les informations données par l'ancien militaire. Il se demande ce que le maître de cérémonie pourrait bien avoir à lui proposer.

À la suite d'une visioconférence avec le grand patron et les chefs de groupe de plusieurs pays, ayant duré deux bonnes heures, Baptiste demande à Anthony de le rejoindre dans son bureau. La matinée touche bientôt à sa fin et le bras droit du maître de cérémonie doit partir durant tout l'après-midi pour s'occuper de sa mère malade.

Quand il entre dans le bureau, il a l'air préoccupé. Cependant, il ne mélange jamais ses soucis personnels avec le travail. Il sait faire la part des choses. Baptiste le sait et, sans lui demander ce qui le tracasse, engage la conversation.

« Bon, je viens d'avoir une visio avec le big boss et quelques autres chefs de groupe. Ils sont d'accord avec nous : il nous faut agir, et vite.

— Concernant Antoine ou Solène ?

— Les deux, mon cher Anthony. Le grand patron est d'accord pour que je lui propose ma place. Mais il faut aussi qu'il accepte que l'on tue cette femme dont il semble être tombé amoureux.

— C'est pas gagné...

— On va y aller étape par étape, dit l'homme à la barbe poivre et sel. On va commencer par inviter Antoine dans ce bureau. On va lui annoncer ce grand projet : me remplacer à la tête de la succursale française des Anonymes.

— Comment allons-nous lui présenter la chose ? demande Anthony. Enfin, si vous voulez que je sois présent, bien entendu.

— Oui, il le faut. Tu es mon homme de confiance. J'aurai besoin de ton soutien.

— Pas de problème, patron. Vous pouvez compter sur moi.

— Nous allons lui expliquer les choses simplement. En lui rappelant les règles et en lui disant qu'il a la possibilité d'être à la tête de cette vaste entreprise.

— Je vois. Quand est-ce que vous voulez faire ça ?

— Je pensais organiser une petite réunion, dès demain. Je dis petite, car nous devrons être en comité restreint. Pourquoi ne pas inviter l'ancien militaire, histoire de mettre Antoine en confiance ?

— Je note, dit Anthony en attrapant un stylo et une feuille sur le bureau de Baptiste.

— Et puis, on va aussi retourner chercher ce tueur qui vient du nord-est du pays. Son profil est intéressant. Enfin, il nous faudra une femme. Pour la parité. Celle de la dernière fois, Anissa, fera très bien l'affaire.

— Vous pouvez compter sur moi pour organiser ça.

— Tu prépares les cartons d'invitation, tu missionnes tout le monde pour les envoyer au plus vite. Il faut que les tueurs les reçoivent ce soir, au plus tard.

— Ce sera fait.

— Merci, Anthony. Je sais que je peux compter sur toi.

— Et Solène ? On en fait quoi ?

— Si tout se passe comme je le prévois, il faudra emmener Antoine à la cave. Là, il verra qu'on retient la jeune femme prisonnière. Ce sera à lui de prendre une première décision. J'espère qu'il prendra la bonne.

— Vous pensez vraiment qu'il acceptera de la supprimer ?

— Si on arrive à lui faire comprendre que c'est pour le bien de notre société secrète, je pense qu'il s'y résoudra. À contrecœur, bien entendu. Mais on a tous eu à exécuter des ordres que nous n'avions pas envie d'entendre, n'est-ce pas ? »

Anthony ne répond rien. Il avait réussi à faire entrer un ami de longue date aux réunions. Mais celui-ci posait trop de questions et se montrait trop curieux. Baptiste lui avait demandé, quelques années en arrière, de mettre fin à la vie de cet ami d'enfance. Le bras droit du maître de cérémonie s'était exécuté, même si cela lui avait déchiré le cœur.

Les deux hommes passent le reste de leur journée à préparer cette réunion prévue à la dernière minute. Anthony fait tout pour que chaque invité reçoive son carton d'invitation le soir même. Il va déposer, avec son partenaire, celui destiné à Antoine devant chez lui. Il est enfermé, dans sa maison. Cela fait plusieurs jours qu'il n'a pas tué. Est-ce normal ?

Le soir venu, Antoine a besoin de se dégourdir les jambes. Il prévoit de marcher quelques minutes pour s'aérer l'esprit. Cette histoire extraordinaire pourrait le faire sortir de ses gonds. Infiltrer les *Anonymes*. Est-ce seulement possible ? Dominique a raison sur un point : il n'a aucune formation militaire. Le seul contact qu'il a eu avec ce métier fut une journée d'appel de préparation à la défense, qui est obligatoire pour tous les hommes et toutes les femmes quand ils atteignent l'âge de dix-huit ans. Antoine n'a jamais eu envie de s'engager pour son pays. S'il lui arrive de se muer en tueur sanguinaire, il est contre la guerre.

Quoiqu'il en soit, sans formation militaire ni même policière, c'est lui qui est décidé à entrer dans cette organisation pour la faire imploser de l'intérieur. Il devra prendre des risques, afin de sauver sa dulcinée. *Solène doit être dans un sale état*, pense-t-il alors qu'il se prépare à sortir. Antoine imagine qu'elle ne mange pas à sa faim et vit dans des conditions atroces. Il est même possible qu'ils la frappent, comme ils l'ont fait avec Fabien.

Au moment où il ouvre la porte pour aller dans les rues de Cestas, Antoine se fige. Il ne peut plus bouger. À ses pieds se trouve une enveloppe, qu'il reconnaît au premier coup d'œil. Ce sont eux. C'est une invitation. Le jeune homme ne tue plus — même si son « Prince Noir » commence à reprendre le dessus — mais il est toujours invité aux réunions. A-t-il envie de savoir quand elle doit avoir lieu ? Il décide que non. Il a besoin de prendre l'air. Avec délicatesse, il prend l'enveloppe et la pose sur le comptoir qui sépare le salon de la cuisine. Il l'ouvrira plus tard.

En sortant, Antoine vérifie si le van est garé près de chez lui. Il ne voit rien. Étrangement, il ne se sent pas soulagé de ne plus être surveillé. Il sait qu'ils sont au courant de tout. Pourquoi le maître de cérémonie lui a-t-il dit qu'il avait de grands projets pour lui ? Il devrait bientôt en savoir plus. En attendant, Antoine essaie de ne plus penser à rien, alors qu'il arpente les rues de cette petite ville girondine située à quelques dizaines de kilomètres de Bordeaux.

Obnubilé par cette organisation secrète et par le sort réservé à Solène, Antoine en oublie les gens qui l'entourent. Personne ne le dérange, du coup il n'a aucune raison de commettre un meurtre. Ce n'est pourtant pas l'envie qui lui manque. Jour après jour, elle se fait grandissante. Peut-il aller à l'encontre de ses propres principes ? Son « Prince Noir » tente de lui faire comprendre qu'il en a la possibilité. Il n'est qu'un serial killer, après tout. Pourquoi lutter contre sa nature ? Parce qu'il a établi un code de conduite. Ce code lui permet de ne pas assassiner à tort et à travers et lui a permis, jusque-là, d'échapper à la police. Et, même si l'odeur du sang lui manque terriblement, il se retient. Cependant, il sait qu'il n'y arrivera pas éternellement.

Quand il rentre, après avoir marché environ une heure, la première chose qu'il voit est l'enveloppe posée sur le comptoir. Il jette sa veste sur le canapé et s'empresse de l'ouvrir. Il doit savoir. Il est prêt à agir.

À l'intérieur se trouve toujours le même carton d'invitation. Antoine découvre que la prochaine réunion aura lieu le lendemain. Le mot a été écrit à la va-vite ; il est moins soigné que d'habitude. Pourquoi tant de précipitation ? Il est quasiment sûr que cela a un lien avec Solène.

Ne panique pas, se dit-il intérieurement. *Tu vas y aller, comme si de rien n'était. Et tu vas essayer d'infiltrer cette organisation. Il le faut. Pour elle. Pour tous ceux qui sont tombés.*

Toujours en vacances, Antoine doit s'occuper pour ne pas trop penser à cette réunion qui pourrait être un tournant dans cette affaire. Il a comme un pressentiment. Il s'imagine le pire. Le lendemain matin, ne sachant trop quoi faire, il envoie un message à Dominique via le Dark Web. L'ancien militaire lui répond instantanément. Lui aussi a reçu une invitation pour le rassemblement prévu le soir même. Il demande à Antoine de se montrer prudent. Il sait qu'il ne fera pas machine arrière. Lui, grâce à son expérience, sera là pour le soutenir. Surtout si les choses tournent en sa défaveur.

35

Au cours de cette journée particulière, les deux hommes échangent via la messagerie sécurisée qu'ils utilisent sur le Dark Web. Cela leur permet de patienter jusqu'à l'heure du rendez-vous. En fin d'après-midi, Antoine éteint son ordinateur portable et se rend devant le parc de Monsalut, à quelques mètres de chez lui. Il n'attend pas plus de cinq minutes avant de voir le van faire son apparition. Il s'imagine qu'à plusieurs dizaines de kilomètres de là, la même chose se produit du côté de Dominique. Ce dernier lui a indiqué où il habite : dans le sud du département. Les hommes de main du maître de cérémonie le récupèrent à un croisement, non loin d'une autoroute. Ils roulent ensuite trois quarts d'heure pour l'emmener jusqu'au manoir.

Quand il arrive, on lui retire le sac noir qu'il avait sur la tête. Antoine se rend compte qu'il n'y a que quatre sièges dans le grand salon. C'est la première fois qu'il voit si peu d'invités à une réunion. Pourquoi ? Le jeune homme sait déjà que l'ancien militaire sera là. Qui seront les deux autres ? Que va-t-il se passer ?

La réunion se déroule dans une ambiance étrange. Guillaume est également présent. Il n'a pas échangé directement avec Antoine. Cependant, il a apporté des informations précieuses à Dominique. La quatrième personne est une femme, qui avait assisté à sa première réunion la fois précédente : Anissa.

La jeune femme, qui n'avait pas eu le temps de développer sur les détails de son histoire personnelle, est la seule à être interrogée. Le maître de cérémonie semble vouloir expédier cette réunion au plus vite. Quel est le but de cette mascarade ? Sait-il qu'ils sont au moins trois à s'inquiéter de la disparition de Fabien et à vouloir agir pour sauver Solène ?

Quand Anissa a terminé d'expliquer les raisons qui la poussent à tuer — sans pour autant agir régulièrement, elle n'a commis que deux meurtres jusqu'à ce soir —, le maître de cérémonie met soudainement fin à cette réunion étrange.

« Je suis désolé de vous avoir fait déranger pour si peu, dit-il. J'aurais bien voulu vous garder plus longtemps, mais nous avons eu un petit contretemps. Comme vous le voyez, vous n'êtes pas très nombreux et... bon, pour nous rattraper, nous vous avons préparé de nombreuses victuailles, qui sont sur les tables installées derrière vous ! »

Antoine se retourne et s'aperçoit qu'il s'agit d'un vrai banquet. Les quatre tueurs sont invités à se lever et à en profiter autant qu'ils peuvent. Sans rien dire, et surtout sans se parler entre eux, ils s'exécutent. Antoine, Guillaume et Dominique savent qu'ils ne peuvent pas échanger une seule parole. Cela paraîtrait trop suspect et pourrait mettre à mal leur plan d'infiltration. Antoine se demande comment il va pouvoir faire pour s'immiscer à l'intérieur de cette organisation. Le destin lui donne alors un petit coup de pouce, aussi soudain qu'inattendu.

Anthony, qui fait partie des hommes en noir surveillant ce qu'il se passe dans le grand salon, s'approche d'Antoine, qui est en train de manger une part de pizza.

« Suis-moi », lui dit-il sans sommation.

Antoine n'a pas le choix. Sous le regard des trois autres meurtriers, il quitte la pièce. Il suit le colosse, qui se dirige vers le couloir menant à l'entrée. Pour la première fois depuis qu'il participe aux réunions, Antoine est invité à prendre l'escalier qui mène au premier étage.

Il suit l'homme de main, sans savoir que c'est lui qui le surveillait devant sa maison. Une fois arrivé au premier étage, ce dernier pousse la première porte située à sa droite. Il lui fait signe d'entrer. Là, le maître de cérémonie est assis derrière un bureau en bois d'acajou. Il a ôté son masque. Son bras droit en fait de même et l'invite à s'asseoir en face de Baptiste. Il lui retire son masque de Guy Fawkes et prend place à ses côtés.

« Antoine, je suis ravi de t'accueillir ici et de te faire enfin découvrir nos vrais visages, lui dit l'homme qui est en charge de tout ce qui se passe entre ces murs. J'espère que tu ne m'en voudras pas de te tutoyer.

— Euh... non, répond-il après quelques secondes d'hésitation. Mal à l'aise, il observe ce bureau qui est extrêmement bien rangé. Rien ne semble dépasser.

— Je vais t'expliquer pourquoi tu es là. Mais avant, sache que l'homme assis à côté de toi s'appelle Anthony. C'est mon homme de confiance, si tu veux tout savoir. Voilà pourquoi il va rester avec nous. Lui, et pas un autre. Quant à moi, je m'appelle Baptiste. »

Les présentations sont faites. Pourquoi leur révèle-t-il leurs prénoms ? Antoine croyait qu'il était interdit d'en savoir plus. Il ne comprend pas où tout cela va le mener. Cependant, il se dit que cette situation pourrait l'aider à infiltrer les *Anonymes*.

Sentant qu'il est mal à l'aise, le maître de cérémonie essaie de détendre l'atmosphère. Il sourit à Antoine. Il se lève et lui sert un verre d'un whisky spécial qui a plus de trente ans d'âge. Antoine ne refuse pas le verre, même s'il ne boit pas de cet alcool fort. Il ne veut pas se montrer insultant envers son hôte. Baptiste se sert un verre et enfin, en prépare un troisième pour Anthony.

« J'aimerais t'en dire plus sur nos activités. Tu vois, nous sommes très organisés et ce n'est pas pour rien si je suis entouré d'hommes comme Anthony. Il est mon bras droit, certes, mais tous ont les mêmes compétences. Ce sont des tueurs à gages. Ils sont embauchés pour ma protection personnelle, mais aussi parce qu'on fait affaire avec des tueurs. Tu es toi-même un assassin aguerri et tu pourrais être dangereux pour nous. Sans avoir peur de vous, nous préférons nous sentir en sécurité. J'espère que tu le comprends. On appelle cela de l'auto-défense.

— Je vois, dit timidement le jeune homme.

— Tu dois te demander pourquoi je te raconte tout ça ! Je ne suis pas devenu fou, ne t'inquiètes pas. Dans quelques minutes, je pense que tu comprendras. Comme tu le sais, quand nous invitons un serial killer à une de nos réunions, nous devons d'abord le surveiller pour nous assurer que ce n'est pas un one shot. Si tu savais le nombre de gens qui ne tuent qu'une fois ! Bref, tu as remarqué ce véhicule qui te suivait, il me semble ?

— Plusieurs fois, répond Antoine, qui a bien compris qu'il ne servait à rien de mentir. Je l'ai même remarqué à côté de chez moi. En planque.

— Ça veut dire qu'ils n'ont pas été assez discrets. Mais c'est un autre problème. Avant de vous inviter à une réunion, mes hommes vous surveillent pendant quelque temps. Et si je leur demande de vous surveiller, c'est pour deux raisons. Tu connais déjà la première. La seconde, c'est afin d'attendre une opportunité pour lancer la première invitation. Celle qui vous conduira ici.

— Et pourquoi nous mettre une cagoule sur la tête pour nous empêcher de voir où vous nous emmenez ? demande Antoine, curieux.

— Encore une fois, notre sécurité personnelle et celle de notre organisation doivent passer avant tout. Je suis content que tu me poses la question ! Vous ne devez pas savoir où on se trouve précisément. Pour la plupart d'entre vous, vous savez qu'on est en Gironde, selon le temps que dure votre trajet. Pour d'autres, il est naturellement plus long. Si vous saviez avec exactitude où on se trouve, vous pourriez revenir en dehors des réunions. Et ce n'est pas envisageable. Souviens-toi bien d'une chose : vous êtes toutes et tous des tueurs. »

Antoine ne dit rien. Il écoute et enregistre les informations. Baptiste n'est pas celui qui lui procure le plus de crainte. L'homme assis à côté de lui, qui reste silencieux et le regarde de ses yeux sombres, lui inspire la terreur. Il espère que ce n'est pas lui qui est en charge de Solène. Il imagine le pire s'il se retrouvait seul dans une cave avec elle.

« Est-ce que je peux vous poser une question ? demande-t-il après quelques secondes de silence.

— Je t'en prie, lui répond Baptiste, enthousiasmé de le voir s'intéresser aux *Anonymes*.

— Quel est le but ultime de cette organisation que vous dirigez ?

— Très bonne question ! Si tu veux tout savoir, je vais te le dire. Mais avant, je vais m'appuyer sur une phrase de Dominique, l'ancien militaire qui a assisté aux mêmes réunions que toi. Comme il l'a si bien dit, l'Homme est ainsi fait : il aime tuer. Ainsi, notre objectif est de vous pousser à vous sentir bien avec ce que vous faites. À accepter que ce soit dans votre nature et qu'il ne faille, en aucun cas, aller à l'encontre de celle-ci. Pour faire le parallèle avec les Alcooliques Anonymes, nous faisons tout le contraire : nous ne voulons pas vous pousser à arrêter pour vous sentir mieux, mais plutôt à poursuivre vos activités meurtrières en vous sentant le mieux possible. Cela te convient ?

— Oui, merci. »

Antoine ne peut rien dire de plus. La réponse de Baptiste est très philosophique. Il ne veut pas entrer dans un débat alors que le maître de cérémonie lui déballe tout ce qu'il veut savoir sur les Anonymes. Il sent qu'il se rapproche de Solène. Il pourrait infiltrer cette organisation et la faire tomber. Il doit continuer à écouter religieusement Baptiste lui déblatérer son discours.

« Voilà pour le côté organisationnel, reprend-il. Maintenant, j'aimerais aller plus loin dans mes explications. Mais il faut que tu répondes à une question. Une seule.

— Je vous écoute, dit-il avec une voix qui monte étrangement dans les aigus.

— Antoine, est-ce que tu souhaiterais être à ma place ? »

Il a l'impression de se prendre un wagon de plein fouet. Est-ce un piège ? Une proposition ? Il ne sait pas quoi répondre. Il sent la sueur s'infiltrer par tous ces pores.

Baptiste lui sourit toujours. Il sait que ce qu'il vient de dire peut être choquant. Il sait aussi qu'il a un coup d'avance. Dans cette partie d'échec qu'il a engagée avec Antoine, il est prêt à tout pour ne pas se retrouver échec et mat. Quitte à faire tomber son roi pour sauver le reste de ses pions.

« Je... Je ne sais pas. Votre question est...comment dire... plutôt gênante, je trouve.

— Ah ! Cela te gêne de t'imaginer à ma place ? Rends-toi compte : tu serais à la tête de tous ces mercenaires, tu dirigerais les rassemblements de tueurs en série. Est-ce que cela ne te plairait pas de ressentir cette impression de toute puissance ?

— Honnêtement, je n'en suis pas sûr, répond le jeune homme avec la plus grande des prudences. De toute façon, la question ne se pose pas. Vous êtes à la tête de cette organisation, pas moi.

— S'il te parle de tout ça, tu t'imagines bien que ce n'est pas pour rien. »

De sa voix rauque, Anthony intervient enfin. Sans se départir de son flegme, il s'immisce dans la conversation. Il a senti que c'était le bon moment. Il est grand temps de faire plonger celui qu'il considère comme un tueur de pacotille dans les tréfonds de leur organisation. Ils n'ont pas encore atteint leur but et le bras droit de Baptiste en a marre d'attendre.

« Qu'est-ce que vous voulez dire ? reprend Antoine. Vous dites sérieusement que je pourrais me retrouver à votre place ?

— Exactement ! reprend le maître de cérémonie. Tu es un homme très intelligent. Tu comprends vite les choses. C'est une des principales qualités que l'on demande pour occuper ce poste.

— Je ne comprends pas. Vous pouvez décider de partir quand ça vous chante ? De laisser cette organisation qui est la vôtre ? »

Antoine sait très bien que Baptiste a un supérieur. Il sait pertinemment que les *Anonymes* sont présents dans plusieurs pays et que leur berceau se trouve de l'autre côté de l'Atlantique. Mais il veut l'entendre de la bouche de cet homme. Il veut qu'il lui explique toutes les ramifications de cette organisation.

« Les Anonymes ne m'appartiennent pas. Comme toi, et comme Anthony, je ne suis qu'un pion. Je ne suis pas le premier à être en charge de la branche française de l'organisation. Je ne serai pas le dernier. Et la tradition veut qu'on choisisse soi-même son successeur.

— Patron, intervient son homme de main, vous n'allez pas un peu loin ?

— Non, Anthony, dit-il en se levant de sa chaise. Il faut qu'il comprenne, s'il accepte de prendre ma place. Viens, je vais t'en dire plus. »

Antoine se lève en silence. Il prend son verre de whisky, même s'il n'aime pas ce breuvage fortement alcoolisé. Il semblerait qu'il ait besoin d'un remontant pour se donner du courage.

« Notre organisation s'étend sur le monde entier, reprend Baptiste en marchant dans la pièce. En France, nous ne représentons qu'une petite partie de ce monstre que sont les Anonymes. Et si tu veux tout savoir, c'est aux États-Unis que tout a commencé, il y a plusieurs décennies. C'était il y a un siècle, à vrai dire. Au départ, ce réseau a mis du temps à se mettre en place. Il est né en Floride, du côté de Miami. Puis il s'est étendu sur toute la côte est, avant d'envahir le centre et l'ouest du pays. Environ cinquante ans plus tard, des succursales ont commencé à voir le jour à l'étranger. En France, nous sommes parmi les plus anciennes, avec l'Allemagne et le Royaume-Uni. Ces pays regorgent de serial killers, comme le nôtre. Veux-tu t'asseoir ?

— Oui, je veux bien, répond Antoine en prenant place sur le canapé situé à quelques mètres seulement du bureau de Baptiste. J'étais loin d'imaginer tout ça.

— Je sais. Je poursuis. La maison-mère de notre organisation se trouve donc aux États-Unis, avec un grand patron qui gouverne, si je puis m'exprimer ainsi, toutes les succursales des autres pays. Il est aidé, bien entendu. Chaque continent a ce que l'on appelle un chef de réseau. Je dois des comptes à cette personne, qui ensuite en réfère au big boss. C'est pour ça que nous ne voulons pas que les meurtriers que nous invitons à nos réunions sachent où nous nous trouvons. C'est dangereux pour la branche française des Anonymes, mais ça pourrait représenter une menace pour toute notre société. Voilà aussi pourquoi nous ne pouvons pas risquer de nous frotter avec la police. Tu te souviens de Fabien ?

— Euh... Antoine est pris de court. Il sent de nouveau la sueur couler dans son dos. Oui, je me souviens de lui. Comment oublier un homme qui a avoué être tombé éperdument amoureux d'une femme avant de la torturer, la tuer et la laisser à la vue de tout le monde.

— En effet. Tu comprendras donc pourquoi nous avons dû, finalement, en venir à ce que nous détestons faire : l'éliminer. »

Antoine déglutit. Il n'ose plus regarder son interlocuteur dans les yeux. Ce qui lui fait le plus peur, c'est le visage d'Anthony, qui semble satisfait quand son patron évoque le meurtre de Fabien. S'ils sont capables de tuer un homme, Solène ne doit plus en avoir pour très longtemps. Si elle est encore en vie.

« Vous voulez dire que... Vous l'avez tué ?

— Quel choix avions-nous, Antoine ? Il avait laissé sa victime à la vue de tout le monde. La police aurait pu trouver des preuves et faire le lien avec nous. Je te l'accorde, cela aurait pris du temps. Mais nous devons être vigilants. C'est la première règle. Lors d'une de tes premières interventions, tu as expliqué que tu assassinais les gens qui te gênent, qui deviennent dérangeants. N'est-ce pas ?

— Oui. Mais quel est le rapport avec ce que vous faites ?

— C'est la même chose ! s'exclame l'homme à la barbe poivre et sel. Si un tueur en série devient dérangeant pour notre organisation, s'il en menace l'existence même, nous n'avons d'autre choix que de lui ôter la vie. J'espère que tu comprendras.

— Je ne sais pas si je peux dire que je comprends, dit Antoine avec la plus grande précaution. En revanche, je peux l'envisager.

— C'est déjà un pas en avant. Pour en revenir à la question que je t'ai posée tout à l'heure, je ne te demande pas de me donner une réponse. Simplement d'y réfléchir. Tu serais plus qu'un simple meurtrier, qui vient se soulager en parlant de ce qu'il fait. Tu aurais un objectif réel, palpable. Tu serais en charge du réseau français. Je pourrais même t'aider, du moins au début. Je suis convaincu qu'on ferait du bon boulot, main dans la main. »

L'idée de s'associer à un tel homme, qui ne pense qu'au pouvoir et à cette organisation plus complexe qu'il n'y paraît, n'enchante pas Antoine. Il se garde bien de le dire. Il doit réfléchir et prendre la bonne décision. Il a là une occasion unique d'infiltrer les *Anonymes*. Il n'en aura probablement pas d'autres.

Au-delà de ça, Antoine veut sauver Solène. Il a un autre objectif, maintenant qu'il en sait plus : venger la mort de Fabien. Ce dernier a pris des risques pour l'aider à voler au secours de son amante. Il y a laissé la vie. Si cela paraît normal à cet homme sans foi ni loi, Antoine ne le supporte pas.

« Patron, et si on en venait à l'essentiel ? intervient Anthony.

— Patience, mon cher ami ! On va y venir, tu le sais. Antoine, si tu es d'accord, nous allons te proposer une petite visite des lieux. J'espère que cela t'aidera à être convaincu du bien-fondé de ma demande envers toi. Es-tu prêt à nous suivre ?

— Oui, répond-il, sonné. Est-ce que je peux vous poser une question avant ?

— Je t'en prie ! Nous t'écoutons.

— Où sommes-nous, précisément ? »

Les deux hommes se regardent. Ils ne s'attendaient pas à ce qu'Antoine leur pose une telle question. Il est curieux et doté d'une intelligence supérieure à la moyenne. Il a attendu le bon moment, de son point de vue, pour poser une question à laquelle il leur est difficile de répondre. Sans savoir s'il accepte la proposition de Baptiste, ce dernier n'a pas le droit de lui révéler l'endroit exact où se trouve le manoir.

Cependant, le maître de cérémonie sait qu'il doit mettre ce tueur en confiance. S'il veut le voir lui succéder, s'il veut le convaincre de mettre fin aux jours de celle avec qui il a enfreint toutes les règles, il doit lâcher du lest. Que faire ? Lui dire la vérité ou inventer une fausse localisation pour le mettre en confiance sans mettre l'ensemble de l'organisation en danger ?

36

« Veux-tu bien nous attendre dans le couloir ? demande Baptiste. Nous arrivons tout de suite. »

Sans dire un mot, Antoine quitte le bureau du maître de cérémonie. Il sait qu'il vient de jeter un pavé dans la mare. Il imagine que les deux hommes doivent discuter de sa demande. Seront-ils prêts à lui révéler où ils se trouvent ou est-ce encore trop tôt ?

« Patron, vous savez à quel point je vous respecte. Mais je ne peux pas vous laisser lui dire où est situé le manoir, commence Anthony quand Antoine sort du bureau.

— Je sais que nous jouons à un jeu extrêmement dangereux. Tu as bien vu sa tête quand il a appris que Fabien était mort.

— C'est normal, puisqu'ils se sont vus ! Je suis sûr qu'il lui a tout dit, cet enfoiré.

— Peu importe, Anthony. Fabien ne fera plus aucun mal à notre organisation, là où il est.

— C'est vrai. Mais je ne peux quand même pas vous laisser faire.

— Et pourtant... Je pense qu'on doit lâcher du lest sur une ou deux petites choses si on veut lui faire accepter mon poste. Et si on veut qu'il élimine lui-même sa petite amie, dit Baptiste en baissant d'un ton.

— Dans ce cas, s'il refuse votre proposition, je le tuerai sur-le-champ. C'est ma condition pour que vous puissiez lui révéler où nous sommes.

— Je suis prêt à prendre ce risque. Fais-moi confiance, je réussirai à le convaincre de prendre la tête du réseau hexagonal. J'ai choisi mon successeur, Anthony. Comme j'ai été choisi il y a quelques années.

— Je respecte votre choix, mais comme vous l'avez dit vous-même, nous sommes tenus d'éliminer toute menace pour notre organisation. Je reçois aussi des ordres d'en haut.

— Tu ne m'apprends rien. Maintenant que les règles sont posées, on va répondre à sa question... et on verra si on l'emmène tout de suite voir Solène à la cave. Ça te convient ? »

Les deux hommes se dirigent vers le couloir pour rejoindre Antoine. Ce dernier attend, un peu plus loin. Il n'avait aucune envie d'entendre ce qui se disait entre ses hôtes.

Sans un mot, Baptiste lui fait signe de les suivre. Ils descendent les escaliers qui mènent d'un côté à l'entrée, de l'autre au grand salon où ont lieu les réunions. Ils traversent cette pièce que le jeune homme commence à connaître par cœur. Ils passent par un autre couloir, qui mène vers une porte donnant sur l'extérieur. Le maître de cérémonie l'ouvre à l'aide d'une clef qu'il sort de la poche de son pantalon. Suivi par Anthony et Antoine, il se dirige vers le jardin.

« Que vois-tu autour de nous ? Lui demande Baptiste.

— Des vignes. À perte de vue. Normal, puisque nous sommes en Gironde. Je sais que nous n'avons pas quitté le département.

— Tu as raison. Mais tu ne sais pas exactement où nous sommes.

— Non. J'ai l'impression qu'on roule environ trois quarts d'heure quand on m'emmène ici.

— Ce qui te donne des idées ? Ou pas du tout ? »

Antoine réfléchit. Il ne sait absolument pas où ils peuvent se trouver. Il ne reconnaît pas cet endroit. Il peut aussi se tromper sur le temps de trajet, puisqu'il ne regarde jamais l'heure de son départ de Cestas et l'heure de son arrivée à cet endroit.

« Non, aucune.

— En réalité, vous roulez presque une heure quand Anthony et son collègue viennent te chercher. Nous nous trouvons dans un village qui porte le nom de La Sauve-Majeure. Cela te parle un peu plus ?

— Je connais, de nom. Mais je n'y suis jamais allé.

— Je vois. Tu comprendras que je ne t'en dirai pas plus. Tu connais le village où se trouve le manoir, mais pas son adresse exacte. Nous devons tout de même nous préserver un minimum. Si tu acceptes ma proposition, tu en sauras bien plus, le moment venu. »

Antoine est prêt à accepter les conditions données par Baptiste. C'est déjà une belle avancée que de savoir dans quel village se trouve l'endroit où ont lieu les réunions des *Anonymes.* Si seulement il pouvait se connecter sur le Dark Web pour transmettre l'information à Dominique ! Antoine est certain que grâce à la magie du Net, l'ancien militaire — probablement aidé par Guillaume — trouverait l'endroit exact où il est en ce moment.

Il est temps de changer de sujet. Il aimerait en savoir plus sur ce qu'il devrait faire s'il était à la place du maître de cérémonie. Antoine a tellement de questions à lui poser. Mais il doit rester prudent et ne pas paraître trop suspect.

« Et si j'accepte, qu'est-ce que j'aurai à faire ?

— Tu dirigeras toute la branche française de notre organisation. Tu auras la charge d'organiser les réunions des Anonymes, de trouver de nouveaux tueurs pour qu'ils ne se fassent pas arrêter par la police. Je vais t'avouer une chose, que personne ne connaît à part les membres de mon équipe et moi-même. Le nom de Jeffrey Dahmer te dit quelque chose, je présume ?

— Je l'ai déjà entendu à la télévision, même si je n'ai pas regardé la série que Netflix lui a consacré, répond Antoine en marchant à côté de Baptiste. Anthony est en retrait, quelques pas derrière eux.

— Eh bien, il a assisté à quelques réunions, aux États-Unis. Mais il était tellement recherché par la police que mes collègues américains ont dû l'éloigner. C'est notre organisation qui l'a aidé, pendant toutes ces années. Personne ne le sait. Ni la police, ni même Netflix... Cependant, si tu acceptes l'offre que je te fais, tu seras dans les petits papiers.

— Vous savez, je n'en ai pas grand-chose à faire de ce Jeffrey Dahmer.

— Je me doute bien, dit le maître de cérémonie en s'arrêtant face à une parcelle de vignes située de l'autre côté de la clôture. Je voulais juste te montrer la puissance de notre société. Nous avons des hommes dans le monde entier. Quant à moi, j'en ai dans tout le pays. Comment crois-tu que nous sommes allés chercher Benjamin du côté de Strasbourg ? Et il y a plein d'autres tueurs qui viennent de toute la France ! Tu en as déjà vu certains sans forcément le savoir.

— Et c'est vous qui êtes à la tête de tout ça ? Tous ces hommes qui viennent nous chercher, qui nous surveillent, ils travaillent pour vous ?

— Oui. Je les ai moi-même sélectionnés. Ce sont, pour moi, les meilleurs des mercenaires. Si tu prends ma place, tu pourras choisir de les garder. Ou non. Tu pourras aussi recruter tes propres hommes. Je suis convaincu que c'est le meilleur moyen de s'imposer et de se faire respecter. Mais, au début, je comprends que l'on garde quelques-uns des meilleurs éléments de son prédécesseur. C'est exactement ce que j'ai fait quand on m'a confié la branche française des Anonymes. »

Baptiste se remet à marcher. Antoine le suit, écoutant attentivement tout ce qu'il lui dit. Il essaie de retenir le maximum d'informations, afin de transmettre tout ce qu'il aura appris à Dominique. Dès qu'il le pourra. Une fois rentré chez lui, il prévoit déjà de le contacter via la messagerie qu'ils utilisent sur le Dark Web.

« Puis-je vous demander une chose ? reprend Antoine.

— Bien sûr ! Nous sommes là pour ça !

— Depuis combien de temps êtes-vous à la tête de ce truc monstrueux ?

— Ce que tu appelles un truc, lui répond l'homme barbu sur un ton sec, c'est une sorte de société secrète qui perdure depuis près d'un siècle. Ne l'oublie jamais avant de lui manquer de respect.

— Veuillez m'excuser.

— Cela fait bientôt vingt ans que je suis à la tête des Anonymes. Je ne suis plus tout jeune, tu sais. Je vais bientôt fêter mes cinquante printemps. Voilà pourquoi je souhaite transmettre le flambeau. J'y pense depuis quelque temps, désormais. J'attendais juste une opportunité. Et, grâce à toi, elle est enfin arrivée. Je ne devrais peut-être pas te le dire, d'autant plus que je ne sais pas encore si tu accepteras ma proposition. Mais sache une chose : si tu survis aux

Anonymes, tu en prendras toi aussi pour vingt ans minimum.

— Si j'y survis ?

— Oui, je te dis cela parce que certains chefs de succursale, comme on les appelle au sein de la maison-mère, se sont fait tuer pendant l'exercice de leur fonction. On dit qu'ils sont tombés au combat. Comme des militaires.

— Et les autres ?

— Ceux qui ne tombent pas, sans exception, ont tous eu un mandat qui a duré entre vingt et trente ans.

— Je vois. C'est sûr que ça fait réfléchir.

— Comme je te le disais : je n'attends pas une réponse immédiate. D'ailleurs, nous allons devoir te raccompagner. La réunion est terminée depuis un bon petit moment et tu devrais déjà être rentré chez toi.

— J'ai encore des questions à vous poser, si vous le permettez.

— Tu as entendu le patron, intervient Anthony en s'approchant d'eux. Je crois que tu en as un peu trop posé, d'ailleurs. Ses plans ont changé.

— De quoi voulez-vous parler ? Antoine ne comprend pas ce qu'il se passe.

— De rien. Si tu as encore des questions, tu n'auras qu'à les noter sur un post-it et le patron y répondra lors de votre prochain entretien.

— Notre prochain entretien ?

— Oui, Antoine, reprend Baptiste. Je te propose que l'on se revoie, dans mon bureau, d'ici quelques jours. Disons dans trois jours, précisément. En journée. Nous aurons plus de temps. De ton côté, tu auras eu la possibilité de réfléchir à tout ce que je t'ai raconté. Est-ce que cela te convient ?

— Euh... oui, répond-il, intimidé par le regard noir du bras droit de Baptiste.

— Très bien. Dans ce cas, Anthony et son partenaire vont te raccompagner. Je m'excuse d'avance, mais tu comprendras qu'ils te mettront quand même un sac noir sur la tête pour que tu ne puisses pas voir exactement où est situé le manoir.

— Je comprends.

— On se revoit dans trois jours. Réfléchis bien à tout ce que je t'ai dit. Tout ça pourrait être à toi. »

Antoine fait un dernier signe de la tête avant de suivre Anthony, qui lui indique la porte par laquelle ils sont sortis. Les deux hommes repassent par le grand salon avant de rejoindre le perron. Avant de sortir, Anthony met un sac noir sur la tête d'Antoine. Il l'aide ensuite à entrer dans le van garé juste devant le manoir.

Sur le chemin du retour, Antoine essaie de se repérer. Il connaît cette partie de la Gironde, appelée l'Entre-Deux-Mers par les gens du coin. Son oncle avait une maison dans le village voisin, à Targon. Quand il était plus jeune, Antoine est souvent passé devant la fameuse abbaye fondée au XIe siècle, qui fait la fierté des Sauvois et de son maire. Cependant, privé de la vue, il se retrouve rapidement désorienté.

Pendant les longues minutes que dure le trajet, Antoine se refait le film de sa rencontre à visage découvert avec Baptiste, le chef de la succursale française des *Anonymes*. Il essaie de se souvenir de tout. Il tente également de réfléchir à la suite à donner. Cependant, le jeune homme ne veut pas trop s'embrouiller l'esprit. Il veut d'abord transmettre toutes les informations qui sont en sa possession à l'ancien militaire, avant de penser à la suite à donner.

37

À peine rentré chez lui, Antoine se précipite sur son ordinateur portable. Il prend tout juste le temps de refermer la porte d'entrée. Il sait que les hommes de Baptiste ne resteront pas devant chez lui pour le surveiller. Pas ce soir. Demain, peut-être, pour s'assurer qu'il ne tente pas de s'enfuir après avoir entendu cette folle histoire.

Il utilise une fois de plus le logiciel TOR pour se connecter à la messagerie en ligne qu'il utilise sur le Dark Web. Il prend contact avec Dominique. Par chance, l'ancien militaire semble connecté. Il attendait peut-être qu'Antoine vienne lui parler. Ce dernier engage la conversation et reçoit immédiatement une réponse.

Antoine explique à Dominique qu'il a été invité à se rendre dans le bureau du patron après leur dernière réunion. Il lui transmet son prénom et ajoute qu'il a pu le voir, lui et son bras droit, sans masque. L'ancien militaire s'inquiète déjà et demande à Antoine si lui avait toujours son masque de Guy Fawkes. Il lui répond qu'il a été autorisé à le retirer.

Antoine poursuit son récit en essayant de ne rien omettre. Il évoque l'endroit où se trouve le manoir — il ne peut parler que du village de La Sauve-Majeure, mais c'est mieux que rien —, ainsi que l'organisation de cette société secrète. Antoine confirme certaines informations que Dominique avait reçues de la part de Guillaume. L'ancien militaire est effaré de constater à quel point les *Anonymes* semblent un mastodonte surpuissant. Avant même que le jeune homme ait fini de lui raconter toute son histoire, il le met en garde contre les nombreux dangers d'une infiltration parmi eux.

« J'aurais le meilleur poste pour mettre fin à leurs activités, lui répond Antoine. Je serai le chef de la succursale française !

— N'oublie jamais que tu ne seras qu'un pion de plus, lui répond Dominique. À partir du moment où tu as un supérieur au-dessus de toi, qui appartient à la maison-mère, ils peuvent te supprimer à n'importe quel moment. Garde la tête froide et n'oublie jamais ça. »

Antoine lui assure qu'il fera extrêmement attention. Il conclut en lui parlant de l'exemple de Jeffrey Dahmer. Dominique ne semble y croire qu'à moitié mais il se dit que tout reste possible, avec eux. Les deux hommes réfléchissent à la suite à donner à cet entretien. Si Antoine doit s'infiltrer parmi les *Anonymes*, ils doivent établir un plan qui lui permettra d'éviter de se mettre en danger.

Il a une idée. Il explique à l'ancien militaire qu'il pourra le prendre à ses côtés, ainsi que Guillaume, s'il le souhaite. Il a le droit de constituer sa propre équipe et il n'est pas obligé de garder tous les hommes de main de l'actuel chef de groupe.

« Je ne pense pas que tu devrais te séparer de tous les hommes de Baptiste, lui écrit Dominique en fin stratège. Cet homme qui était présent avec vous. Je pense que c'est celui en qui il a le plus confiance. Ce sera peut-être aussi le plus dangereux. Mais tu devras le garder à tes côtés. Au début, du moins.

— Et les autres ? lui demande Antoine. *Tu penses qu'il faudra garder tout le monde et ne faire entrer que vous deux dans cette organisation secrète ?*

— Pour commencer, peut-être, oui. On pourrait s'appuyer sur Anthony pour éliminer un ou deux membres de l'équipe qui ne sont pas indispensables. Tout le monde ne peut pas s'entendre avec tout le monde. Je suis sûr qu'il y a un homme ou deux dont il souhaiterait se séparer.

— Bien. On fera comme ça, alors. Si on la joue avec suffisamment de prudence, je pense qu'on pourra faire imploser les Anonymes de l'intérieur.

— La prudence, oui. Ce sera notre maître-mot. Heureusement que l'on peut communiquer grâce à cette messagerie ultra sécurisée. »

Les deux hommes ne s'éternisent pas plus longtemps. Dominique assure à Antoine qu'ils pourront réfléchir à leur plan et le peaufiner durant le laps de temps qui le sépare de son prochain entretien avec le maître de cérémonie. En attendant, il l'exhorte à se reposer. Antoine doit faire le plein d'énergie pour affronter sereinement les épreuves qui l'attendent.

Le lendemain matin, Baptiste et son bras droit se retrouvent à nouveau autour d'un café. Ils sont dans le jardin, baigné par le soleil matinal de cette belle journée de printemps. Les deux hommes ne se sont pas revus la veille. Anthony a raccompagné Antoine à son domicile, puis il est rentré chez lui.

Baptiste a passé une bonne nuit. Apaisé, il ne sait pas s'il pourra bientôt profiter d'une retraite bien méritée. Antoine acceptera-t-il de prendre sa place ou devra-t-il l'assassiner et continuer à être le chef de la succursale française des *Anonymes* ? Seul l'avenir le lui dira.

« Vous auriez dû l'emmener à la cave hier soir, dit Anthony en buvant une gorgée de café. Tant que cette garce ne peut pas parler.

— Je connais ton positionnement. Mais j'ai préféré attendre. Dans deux jours et demi, elle sera remise de ses blessures. Je trouve qu'il vaut mieux qu'Antoine ne la voie pas trop amochée. Tu as bien transmis le message à tout le monde ?

— Oui. Interdit de la toucher, sinon vous vous chargerez vous-même de torturer le gars qui l'aura frappée. Jusqu'à ce qu'il vous supplie de l'achever.

— Bien. Ne t'en fais pas, Anthony. Il la verra. C'est la prochaine étape. Nous sommes obligés d'en passer par là. Et si tu crois que je vais me débiner...

— Je ne crois pas du tout ça, patron, l'interrompt son bras droit. Je me montre juste impatient. Et préoccupé.

— Tiens, donc ! Qu'est-ce qui te préoccupe ?

— Si cet homme prend votre place, est-ce qu'il nous gardera ?

— Il n'est pas obligé. Mais je lui conseillerai de te garder à ses côtés. Tu es un atout plus que précieux et il serait stupide de se passer de tes services. Et, comme je te l'ai déjà fait remarquer, Antoine est tout sauf un imbécile.

— On verra bien. Et vous, qu'est-ce que vous allez devenir ? Je crains qu'il s'en prenne à vous, si vous le forcez à tuer Solène.

— Il ne pourra pas ! s'exclame le maître de cérémonie. Tu sais bien que s'il touche à un seul de mes cheveux, la maison-mère enverra un de ses tueurs à gages. Et ce ne sont pas des tendres, tu peux me croire !

— Et après ? Vous serez mort et lui aussi. On aura fait tout ça pour rien...

— N'aie crainte, Anthony. La partie d'échecs est loin d'être terminée. »

Sans se départir de son sourire, Baptiste ferme les yeux et profite des rayons du soleil matinal. Il sait où il va. Il est convaincu d'avoir un coup d'avance sur Antoine. Il tient encore la femme dont il est tombé amoureux et s'il lui propose sa place, c'est parce qu'il croit en lui. Il ne se doute pas une seule seconde que le jeune tueur en série est en contact avec d'autres meurtriers qui participent aux réunions des *Anonymes*. Il est loin de s'imaginer ce qu'ils essaient de mettre en place pour les faire tomber.

« On le tient, dit-il après quelques secondes de silence. Il est coincé. S'il refuse ma proposition, il sait que la seule issue à cette situation sera la mort. La sienne, ainsi que celle de Solène. Et s'il n'a pas peur pour sa propre vie, j'ose espérer qu'il n'aime pas l'idée de voir sa dulcinée mourir par sa faute.

— Vous avez tout à fait raison, patron. Il est dos au mur. À mon avis, c'est ça qui le rend encore plus dangereux. Vous savez comme moi qu'un homme qui n'a plus rien à perdre peut être prêt à tout. Même s'il est extrêmement intelligent.

— Oui, je sais ! Et tu as bien raison de me le rappeler. Mais que penses-tu qu'il fera ? Il ne peut pas venir armé. Vous le fouillez avant de le laisser entrer dans votre van. Nous, en revanche, nous sommes tous armés. Et, si ça peut te rassurer, nous descendrons à la cave avec deux autres de mes hommes. Il ne pourra rien contre nous.

— Vous serez bien obligé de lui donner une arme pour mettre fin aux jours de Solène. Et s'il se retournait contre nous à ce moment-là ?

— Je ne pense pas qu'il le fera. Quand bien même, Anthony. Je te le répète : nous serons quatre à être lourdement armés. Au moindre faux pas, nous l'abattrons. Quel gâchis ce serait !

— Bon. Je vous fais confiance. Comme vous me faites confiance. Vous aurez votre 9 mm avec vous. Quant à moi, j'aurai mon M16. Plus pour le dissuader qu'autre chose. Mais s'il fait un seul geste vers vous au moment où il sera armé, je lui trouerai la peau. Je n'aurai pas le choix.

— Marché conclu », dit Baptiste en se levant, comme s'ils venaient de se mettre d'accord sur le prix de vente d'une œuvre d'art.

Satisfait, Anthony sait qu'il ne lui reste qu'une chose à faire : demander à deux de ses collègues de préparer leurs armes pour les seconder le jour J. Il n'hésitera pas une seconde. Si Antoine se montre menaçant et met la vie de leur patron en danger, il le tuera sans sommation. C'est son rôle principal, en tant que bras droit du chef de la succursale française de leur organisation secrète. Il a le devoir de protéger son patron, coûte que coûte.

38

Durant les deux jours qui le séparent de sa nouvelle rencontre avec Baptiste, Antoine ne reste pas inactif. Il planifie tout ce qu'il peut, avec l'aide de Dominique et Guillaume. L'ancien militaire veut qu'il entre dans le manoir avec une arme. Par pure prévention. Pourtant, les trois hommes savent qu'ils sont fouillés chaque fois qu'on vient les chercher.

« Tu nous as bien dit que tu utilisais une dague pour mettre fin aux jours de tes victimes ? lui demande Guillaume.

— Oui, mais ils vont la sentir quand ils vont me fouiller. Vous ne croyez quand même pas qu'ils vont me laisser entrer comme ça.

— On sait bien, ajoute Dominique. *Mais il y a des techniques pour cacher un plus petit couteau. J'en sais quelque chose. »*

Dominique lui explique comment faire. Antoine devra se munir d'une plus petite lame que celle qu'il utilise habituellement. Il pourra ensuite l'enfouir dans une de ses chaussettes à l'aide de ruban adhésif. Selon Dominique, même avec une fouille, ils ne pourront pas le sentir.

La rébellion s'organise. Antoine ne devra pas se précipiter et demander tout de suite où Solène est enfermée. Il ne devra pas la mettre en danger. Si tout se passe bien, selon Guillaume, ils lui diront rapidement ce qu'ils font des tueurs en série qu'ils retiennent prisonniers avant de les tuer.

Antoine sent qu'il ne pourra pas échanger avec les deux autres hommes pendant quelque temps. Il devra faire ses preuves et sera certainement mis en contact avec la maison-mère, aux États-Unis. Et si on l'emmenait là-bas ?

Sur les conseils de l'ancien militaire, il devra trouver un moyen de prendre son ordinateur portable avec lui. Histoire de pouvoir se connecter au Dark Web pour les tenir au courant de la situation. Et si cela se passait mal ? Ni Guillaume ni Dominique ne pourront intervenir. Ils ne connaissent pas l'endroit où se trouve le manoir avec précision même s'ils savent qu'il est sur la commune de La Sauve-Majeure.

Pour Antoine, les jours passent au gré des discussions avec les deux tueurs. Ils planifient, s'organisent et essaient de prévoir tous les scénarios pour que son infiltration au sein des *Anonymes* se passe au mieux. Ils ne savent pas exactement dans quoi il va mettre les pieds. Mais plus il sera préparé à toutes les éventualités, mieux il y fera face.

Le troisième jour, Antoine est fin prêt. Il sent qu'il n'est plus très loin de sauver Solène des griffes de ces hommes. Il est prêt à tout pour l'aider et la revoir. Il se rend compte que même s'il a été très occupé, la jeune femme lui manque. Il ressent comme un vide depuis sa disparition.

Quinze minutes avant l'heure du rendez-vous, il marche jusqu'au parc de Monsalut. Il attend l'arrivée du van en espérant qu'Anthony ne sentira pas le couteau qu'il a glissé dans la chaussette de son pied droit. Gonflé à bloc, malgré la peur, Antoine sait que le dénouement de cette folle histoire n'est plus très loin.

Depuis combien de temps est-elle enfermée là ? Solène ne le sait pas. Le temps n'est plus qu'une notion abstraite pour elle. Tout ce qu'elle sait, c'est qu'elle a mal aux différents endroits où ils l'ont frappée. Elle a du sang sur le visage. Son ventre est douloureux. Elle n'a rien pu avaler depuis plusieurs jours. Ce qui n'arrange pas son problème. Moins elle mange, plus elle souffre. Mais elle ne peut rien ingurgiter. Cet endroit la dégoûte tellement.

Pourtant, il lui semble qu'elle est tranquille depuis quelque temps. Si deux hommes se tiennent constamment dans un coin de cette cave insalubre, ils ne la touchent plus. C'est à peine si elle les entend parler. Que se passe-t-il ? Pourquoi la gardent-ils encore en vie ?

Solène voudrait savoir ce qu'est devenu son amant. Antoine lui manque. Parfois, quand elle a un éclair de lucidité dans toute cette folie ambiante, elle repense à leur première nuit d'amour. Cet instant a été magique. Elle aurait voulu que le temps se suspende et que cette nuit dure l'éternité. Tout a changé si vite. En quelques minutes, sa vie a basculé. Elle était au paradis, dans les bras d'Antoine. Désormais, elle vit un enfer.

Cependant, son purgatoire n'a rien d'un brasier. Il y fait si froid. Tant et si bien que la jeune femme tremble de tout son corps. Elle essaie pourtant de se protéger des courants d'air. Elle s'est recroquevillée dans un coin de sa cage, qui semble être à l'abri. N'est-ce pas son imagination qui lui fait joue des tours ? Quoi qu'il en soit, elle s'est roulée en boule pour ne pas mourir de froid.

Régulièrement, elle plonge dans une sorte d'état second, prise entre la fatigue et la léthargie. Elle ne dort pas vraiment. Elle s'oublie. Cela peut durer quelques minutes, parfois plus. Quand elle revient à elle, Solène se demande toujours où elle est. Elle voudrait que tout cela ne soit qu'un vilain cauchemar. Il n'en est rien. La réalité se rappelle toujours à elle.

Elle pense souvent à Antoine. Comme à cet instant précis, d'ailleurs. Elle revoit les traits de son visage, comme si elle venait juste de le quitter. Il lui a tout de suite plu. Elle aurait pu revenir en arrière et ne pas enfreindre les règles énoncées par le maître de cérémonie lors des réunions des *Anonymes*. Mais cet homme en valait le coup. Elle en est convaincue.

Alors qu'elle se remémore leurs différents ébats et les sensations exceptionnelles que cela avait provoquées en elle, Solène entend un bruit qui vient du rez-de-chaussée. Quelqu'un va descendre dans ce sous-sol. Et si c'était le maître de cérémonie ? Vient-il pour enfin mettre un terme à son calvaire ?

Prise de panique, Solène serre ses genoux contre elle. Elle est terrorisée. À tel point qu'elle en perd momentanément connaissance. Quand elle revient à elle, trois hommes se trouvent devant sa geôle. Le premier pointe une arme sur la tempe du second. Tout cela sous la surveillance du troisième, qui tient également un pistolet dans une main. Solène reconnaît tout de suite l'homme qui est menacé. Il n'est autre que...

39

Le van arrive pile à l'heure. Le chauffeur, coiffé de son masque, ne descend même pas. La porte coulissante s'ouvre. Anthony porte également son masque, comme toujours, mais Antoine sait qu'il s'agit de lui. Le bras droit du chef de la succursale française des *Anonymes*. Devra-t-il le garder à ses côtés s'il infiltre l'organisation et s'il en prend la tête ? Il n'a pas encore la réponse à cette question.

Anthony s'approche de lui et le palpe de la tête aux pieds. Antoine retient son souffle. Le numéro deux, qui pourrait être jaloux de ne pas avoir été choisi par le maître de cérémonie pour lui succéder, ne sent rien. Antoine est invité à entrer dans le véhicule, après qu'on lui a passé l'habituel sac noir sur la tête.

Tout au long du trajet, il se demande pourquoi il assiste à un tel cirque. Il a déjà vu le visage des deux dirigeants de cette organisation secrète. Anthony ne pourrait-il pas se passer de porter le sien ? Une question vient à l'esprit d'Antoine : sont-ils tous obligés de porter un masque en permanence, hormis ces deux hommes ? Voilà une question dont il devrait rapidement avoir la réponse.

Au bout de presque une heure, le temps nécessaire pour effectuer le trajet de Cestas au village de La Sauve-Majeure, le van pénètre sur le chemin de cailloux qui dessine un demi-cercle devant l'entrée du manoir. Le cirque reprend de plus belle : Anthony accompagne Antoine à l'extérieur, lui retire le sac qu'il lui avait glissé sur la tête et le somme d'enfiler le masque de Guy Fawkes réservé aux participants des réunions dirigées par Baptiste.

Cependant, tout le monde sait qu'il n'y aura pas de réunion. Tous les hommes du maître de cérémonie savent pourquoi ce tueur en série se trouve ici, en pleine journée. Ils se doutent bien qu'il y a du changement dans l'air. Une nouvelle personne devrait prendre la tête de l'organisation qui les emploie. Peut-être plus vite que prévu.

« Antoine, je suis ravi de te revoir ! dit Baptiste en descendant les marches du perron. Il n'a même pas enfilé son masque de carnaval. Il est le seul à en être libéré.

— Je ne sais pas si je dois en dire autant, répond le jeune homme, plein d'une assurance peu commune pour lui.

— Ah bon ? Que se passe-t-il ?

— Pourquoi dois-je encore porter un masque, si je suis amené à prendre votre place ?

— Je suis désolé, mon cher ami ! Mais c'est le protocole... Et si tu refusais ? Voudrais-tu que tous mes hommes voient ton visage ?

— Je m'en fiche un peu. Ils voient bien le vôtre.

— Je suis encore leur chef, même si ça va peut-être changer. Que dirais-tu de poursuivre cette discussion dans le jardin ? »

Sans se départir de son éternel sourire, Baptiste invite Antoine à faire le tour de la bâtisse sans passer par l'intérieur. Ce dernier le suit, épaulé par Anthony, qui se débarrasse de son masque une fois qu'ils ne peuvent plus être vus par les autres hommes.

« C'est bon, tu peux retirer ton masque, si tu le souhaites, dit le colosse à Antoine.

— J'ai bien compris que tu en avais marre de cet accoutrement, ajoute le maître de cérémonie. Si tu acceptes ma proposition, tu n'auras plus à le porter. Tu ne devrais mettre que ce léger bandeau que je porte lors des réunions. Et qui est un signe montrant que tous ces hommes me doivent le respect.

— J'y viendrai peut-être, dit Antoine en retirant le masque qu'il avait sur le visage.

— Est-ce que ça veut dire que tu acceptes de prendre ma place ?

— Je l'envisage fortement, oui. Même si ma réponse n'est pas encore définitive.

— Tu m'en vois le premier ravi ! Si je peux faire quoi que ce soit pour t'aider à ne pas changer d'avis, tu n'as qu'à demander.

— Je ne sais pas. Nous verrons bien où cette discussion nous mène, Baptiste. »

C'est la première fois qu'il appelle le maître de cérémonie par son prénom. Il joue lui aussi aux échecs. Et il n'est pas prêt à se laisser prendre toutes ses pièces ou à se retrouver échec et mat. Baptiste, conscient de ce qu'il se passe, s'encourage intérieurement à rester prudent.

« Tu as raison, nous verrons bien. Mais si je peux te demander une chose, une seule, c'est de me donner une réponse avant que l'on te raccompagne chez toi. Nous avons besoin de savoir pour avancer. J'espère que tu le comprendras.

— Marché conclu », dit Antoine en mettant du sucre dans le café que lui tend Baptiste.

Pendant quelques secondes, les deux hommes semblent se jauger du regard. Anthony reste également silencieux. Il ne sait pas jouer aux échecs et préfère laisser son patron être le maître du jeu. Il espère juste qu'il ne se fera pas doubler par le tueur qui leur fait face. Sinon, il se verra dans l'obligation de le supprimer.

« As-tu des questions sur notre organisation ? demande Baptiste.

— Pas pour l'instant, répond Antoine. J'aimerais plutôt faire un petit tour de votre manoir. Mieux le connaître, si vous permettez.

— Bien sûr, que je le permets ! Je te rappelle que si tu prends ma place, cet endroit t'appartiendra tant que tu seras à la tête de la branche française des Anonymes.

— Parfait. Commençons la visite guidée, dit Antoine en se levant.

— Je te propose de découvrir une pièce originale de ce manoir, que tu devrais apprécier. J'imagine qu'elle te rappellera l'endroit où tu aimes t'occuper de tes victimes... »

Antoine sent un frisson lui parcourir le dos. Se pourrait-il qu'il y ait une cave ici ? Il se met à penser que Fabien a peut-être été retenu à l'endroit même où ont lieu les réunions. Et si Solène était là, sous ses pieds, depuis le début ?

Antoine se sent mal à l'aise. Il a la tête qui tourne. Cependant, sans rien dire, il suit les deux hommes qui le précèdent. Il ne doit rien laisser paraître. S'il veut infiltrer cette organisation et la démanteler — la faire imploser de l'intérieur — il doit rester impassible. Ce qui lui demande déjà un gros effort. Sa détermination est plus forte que tout. Et si Solène se trouve bien sur le lieu des réunions de tueurs en série, il trouvera une solution pour la sortir de là. Tôt ou tard.

Alors que le soleil monte dans le ciel, ils contournent le manoir pour y entrer par la porte principale. Celle qui sert aux participants des rassemblements. Baptiste, qui est en tête de ce petit cortège, ne se retourne pas. Il avance vers une petite porte située au niveau des escaliers menant au premier étage. Antoine ne l'avait jamais remarquée. Il s'imagine déjà que l'entrée du sous-sol se trouve sous cette cage d'escalier. Comme dans les maisons américaines...

En silence, sous le regard de son bras droit et de l'homme qui pourrait bientôt prendre sa place, le maître de cérémonie sort une clef de la poche de son pantalon en velours. Il ouvre la petite porte et précède tout le monde. Anthony, puis Antoine le suivent dans sa descente. *Je suis peut-être en train de me jeter dans la gueule du loup*, pense le tueur en série. *Si ça se trouve, il n'y a rien là-dedans et ils vont me supprimer sans me demander mon reste.*

Une fois qu'ils sont en bas des marches, une odeur d'humidité envahit les narines d'Antoine. Il n'y est pas habitué. Chez lui, le sous-sol est isolé et ventilé. Ce qui n'est visiblement pas le cas ici. Il peut même entendre des sons qui lui font penser à de l'eau qui coule. Comment peuvent-ils avoir une cave aussi délabrée alors que le manoir est en excellent état ?

Sans attendre, Baptiste s'avance à la lueur des néons disposés çà et là. Anthony fait signe à Antoine de se dépêcher. Il a comme un mauvais pressentiment. Il n'aime pas ce qu'il se passe ici. Le visage du chef de la succursale française des *Anonymes* a changé. Son sourire s'est effacé. Cela n'augure rien de bon. Soudain, Baptiste sort un pistolet de sa veste. Quant à Anthony, il attrape un M16 qui semblait caché dans un recoin de la cave.

Antoine vit-il ses dernières minutes ? Il n'est pas sans défense, même si une petite dague ne pourra rien contre les balles d'un pistolet. Il aperçoit soudain deux autres hommes assis dans un coin du sous-sol. Il devient méfiant. Rien ne se passe comme il l'avait prévu.

Au bout de quelques mètres, Baptiste se fige face à ce qui ressemble à une cage métallique. Antoine sent son cœur bondir dans sa poitrine. Son rythme s'accélère. Il bat à près de deux cent battements par minute. Des étoiles se dessinent devant ses yeux.

« Approche-toi, Antoine, lui dit Baptiste, qui sait qu'il a compris. Je t'en prie !

— Dépêche-toi, ajoute Anthony en l'attrapant par le bras. On ne fait pas attendre le patron, tu devrais savoir ça.

— Mais... C'est... C'est...

— Oui, c'est bien Solène ! » s'exclame le maître de cérémonie d'une voix triomphante.

Antoine aurait pu ne pas la reconnaître. Recroquevillée sur elle-même, la jeune femme tremble. Elle se trouve au fond de cette cage en métal, dans le coin situé à droite. On dirait un animal qui vient de naître. Sauf que Solène n'a pas sa mère et son corps chaud pour se blottir contre elle.

Désemparé, Antoine voudrait s'échapper de ce sous-sol. Seulement, il ne peut pas. Le bras droit de Baptiste ne semble pas enclin à le laisser partir. On pourrait dire qu'il monte la garde, juste à côté de lui, pour l'empêcher de s'échapper. Et en plus, il est lourdement armé. Que faire ? Attraper la dague qui se trouve dans sa chaussette ? Non, il s'est promis de ne s'en servir qu'en cas de force majeure. Il préfère garder cet atout pour plus tard.

« Que se passe-t-il, mon cher Antoine ? lui demande Baptiste en souriant à nouveau. Tu es blanc comme un linge !

— Je... Je suis simplement surpris de voir cette femme ici.

— Tu l'as donc reconnue ! Pourtant, tu ne l'as vue que quelques fois lors des réunions des Anonymes.

— Oui. Tout à fait. Mais je reconnais sa carrure. Et cette chevelure blonde comme la paille. Depuis ma première réunion, aucune femme n'a eu les cheveux aussi clairs.

— C'est vrai, oui. Ainsi, tu me jures que tu n'as jamais rencontré cette femme en-dehors des rassemblements ?

— Non. Je veux dire, jamais. Le règlement l'interdit. Comme il interdit de montrer son vrai visage ou de donner son nom complet et son adresse. »

Antoine se montre extrêmement prudent. Les enjeux sont trop importants. Il sait qu'il marche sur des œufs. Solène semble endormie. Ou inconsciente. Il peut voir qu'elle respire, mais les entend-elle parler ? Il espère qu'elle ne va pas réagir. Elle pourrait se jeter vers eux, d'un seul coup, et supplier Antoine de la sortir de là. Il doit la jouer fine.

Ils savent tout. Il le sait et Baptiste sait qu'il sait. Pourtant, il a décidé de nier l'évidence. Pourquoi ? Antoine ne le saura peut-être jamais. Même s'il va vite avoir un élément de réponse. Il ne pense qu'à une chose : trouver un moyen de sortir Solène de cette cage. Ce qu'il ne sait pas encore, c'est que l'homme qui est encore à la tête des *Anonymes* en France a un tout autre projet.

« Je ne vais pas te mentir, il s'agit bien de cette jeune femme qui a assisté à quelques réunions. Veux-tu savoir pourquoi elle se trouve enfermée ici ? »

Antoine connaît déjà la réponse mais il est curieux de savoir ce que Baptiste va bien pouvoir inventer. Cependant, il ne s'attendait pas à tout ce qu'il s'apprête à lui dire.

« Solène, comme Fabien avant elle, a enfreint plusieurs règles, poursuit le maître de cérémonie. Voilà pourquoi nous allons devoir l'éliminer ! »

Antoine a l'impression de prendre un direct du droit en pleine figure. Il est sonné. Les mots de Baptiste résonnent encore à l'intérieur de son crâne. Il ne peut rien faire contre lui. Baptiste tient toujours son 9 mm dans la main droite.

« Elle a montré son vrai visage, reprend-il. Elle a donné rendez-vous à un autre tueur en série et ils ont couché ensemble. Ils se sont vus en dehors des réunions. Inutile de te dire avec qui, cela n'a pas d'importance. Les faits sont là.

— Elle doit être punie, intervient Anthony.

— Oui, tu as raison », ajoute Baptiste.

Antoine ne sait quoi répondre. Quand il s'occupe d'une de ses victimes, il ne ressent rien. Aucune pitié. Il n'a pas envie de les épargner.

Là, c'est différent. Il a des sentiments pour la pauvre femme recroquevillée sur elle-même. Elle porte les mêmes vêtements sales depuis plusieurs jours.

« Qu'allez-vous faire d'elle ? se hasarde-t-il à demander.

— Nous ? Rien du tout, répond le maître de cérémonie en détachant bien chacune des syllabes. C'est toi qui vas t'en occuper. »

Antoine est comme paralysé. Il ne peut plus bouger. Il sait que *s'en occuper*, dans la bouche de cet homme, veut dire éliminer la femme pour qui il a des sentiments. L'assassiner. Comment a-t-il pu en arriver là ? Antoine se retrouve dans un cul-de-sac. Échec et mat. Impossible de faire machine arrière.

« Et si je refuse ? Il ne contrôle plus ses paroles. Les mots sortent tout seuls.

— Elle mourra quand même, répond Anthony d'un ton sec, en brandissant son arme vers Antoine. Et toi aussi, on te supprimera, après l'avoir vu souffrir.

« — Pourquoi refuserais-tu de tuer une femme qui a enfreint plusieurs règles de l'organisation dont tu pourrais prendre la tête ? intervient Baptiste en baissant le canon du M16 d'Anthony.

— À cause du code d'honneur que je m'efforce de suivre, se hasarde Antoine.

— Ah oui, ce code d'honneur du tueur en série que tu es ! Je t'en prie, rappelle-nous quels sont les principes que tu t'efforces de suivre.

— Je... Je ne tue pas n'importe qui. Je ne m'attaque qu'à des gens qui deviennent une gêne dans ma vie quotidienne...

— Considère alors que c'est ton ex et que tu dois t'en débarrasser, lâche Anthony sans sommation en brandissant son M16 en direction de Solène.

— Du calme, Anthony ! Du calme. Je pense plutôt le contraire de ce que tu exprimes : Solène, ici présente, va devenir une vraie gêne pour toi. Si tu prends la tête de cette organisation, tu devras apprendre à faire respecter les règles. Tu devras te faire respecter. »

Antoine comprend une chose : la vie de Solène n'est plus entre ses mains. Il a tout fait pour la sortir de là. Cependant, elle s'est mise dans le pétrin toute seule. Même s'ils étaient deux, ils connaissaient les conséquences de leurs actes.

Le jeune homme a de la chance. Il s'en tirera certainement mieux que son amante. Qui, du point de vue des *Anonymes*, n'aura eu que ce qu'elle mérite.

Soudain, sans qu'ils s'y attendent, Solène se relève. Elle a le regard perdu dans le vide. Quand elle lève la tête, une lueur s'allume dans ses yeux. Elle semble reconnaître Antoine.

La gorge sèche, elle ne peut pas parler. Elle rassemble le peu de forces qu'il lui reste pour ramper jusqu'à l'entrée de la cage en métal. Antoine a mal au cœur de la voir aussi mal en point. Et si la tuer permettait d'abréger ses souffrances ?

Il ne peut pas la regarder en face. Pourtant, Solène le cherche du regard. Quand elle atteint la grille qui la sépare des trois hommes, elle pousse un gémissement. Elle essaie d'articuler quelques mots qui sont inaudibles. Antoine n'y tient plus. Il lève les yeux vers elle. Il voit du sang séché à la commissure de ses lèvres. Elle a une plaie sur la gauche du visage, au niveau de l'arcade sourcilière. Ils l'ont salement amochée.

« Pardon, souffle-t-il avec des sanglots dans la voix. Pardonne-moi pour tout ce qui t'arrive... »

En larmes, Antoine n'y tient plus. Il veut se détourner de ce regard le suppliant de l'aider. Solène semble encore croire en lui. Que peut-il faire ? S'il ne l'achève pas, ils mourront tous les deux. Or, il lui faut rester en vie pour démanteler cette organisation en la faisant imploser. Menacé par Anthony et son arme automatique, il n'a plus le choix : il doit en finir avec elle.

Il l'a toujours su. Ses sentiments pourraient le perdre. À cause de ce qu'il a déjà ressenti pour une femme, la police aurait pu l'attraper. Là, il pourrait y laisser sa propre vie et ne jamais mettre fin à cette sorte de secte qu'il déteste déjà par-dessus tout.

« Je ne peux pas faire ça, dit-il en plongeant son regard dans les yeux bleus de Baptiste. C'est d'ailleurs la première fois qu'il remarque la couleur des yeux de cet homme sans foi ni loi.

— Comment ça, tu ne peux pas ? Qu'est-ce qui t'en empêche ? lui demande le maître de cérémonie en pointant son 9 mm vers lui.

— Tu vas la supprimer, ou je te fais exploser la cervelle, intervient Anthony en posant le canon de son arme sur la tempe du tueur en série. Le bras droit de Baptiste est à deux doigts de commettre l'irréparable.

— C'est... C'est pas vrai ! s'exclame Antoine, pris dans un dilemme impossible. Tuer Solène et survivre pour faire tomber les *Anonymes* ou lui laisser la vie sauve tout en sachant qu'ils la tueront quand même et lui avec ?

— Tu vas prendre le pistolet du patron, tu vas pointer l'arme vers elle et tu vas appuyer sur la gâchette. OK ?

— Je te conseille de faire ce que dit Anthony, rétorque Baptiste avec toute la bienveillance dont il est capable. Tiens, prends mon arme. »

Le maître de cérémonie tend son 9 mm à Antoine. Il le pousse à en finir avec Solène. Antoine n'a plus vraiment le choix : menacé par Anthony, il doit tirer une balle entre les deux yeux de la femme qu'il aime. Rapide et efficace.

La main tremblante, Antoine prend l'arme de Baptiste. Il se tourne vers Solène. Les yeux embués de larmes, il essaie de murmurer quelques mots. Mais le coup part sans qu'il puisse le maîtriser.

Un cri strident résonne dans le sous-sol. La jeune femme est projetée en arrière. Elle lève des yeux ahuris en direction de cet homme qu'elle voyait comme son sauveur. Pourquoi lui a-t-il tiré dessus ?

Solène pose la main droite sur son épaule gauche. Le sang coule entre ses doigts.

« Je... Je suis désolé ! lâche-t-il soudain dans un gémissement déchirant.

— Quel imbécile, il a tiré sans faire exprès ! s'écrie Anthony en appuyant le canon de son M16 sur la tempe d'Antoine. Je ne sais pas ce qui me retient d'en finir avec toi !

— Du calme, Anthony ! hurle Baptiste avec autorité. Du calme ! Tu ne vas tuer personne, même si je vois bien que ça te démange. Baisse ton arme et laisse Antoine reprendre ses esprits. »

Antoine fond en larmes. Non seulement il n'a aucune envie d'assassiner la femme qu'il aime, mais en plus il en est incapable. Il l'a fait plus souffrir qu'autre chose. Et dire qu'il voulait la sauver des griffes de ces hommes !

Il tremble de tout son corps. Ce qui ne l'empêche pas de lever à nouveau le bras et de pointer l'arme de Baptiste en direction de Solène. Loin de se calmer, Anthony pointe encore son M16 en direction du tueur en série. La menace est toujours présente. Antoine est sous pression.

La main posée sur l'épaule qui a été touchée par la première balle, Solène supplie son amant du regard. Sans rien dire, elle lui demande d'arrêter cette folie. Sa vision se trouble. Les larmes coulent sur ses joues sans qu'elle ne puisse rien y faire. Elle voudrait le supplier de ne pas tirer une seconde fois mais elle sait qu'il est trop tard. Elle le comprend à la lueur dans ses yeux.

Antoine essaie de faire abstraction. Il repense à tous les gens qu'il a assassinés. Jamais cela n'a été aussi difficile qu'aujourd'hui. Il doit en finir. Soudain, il ferme les yeux. Il se concentre. Quand il les rouvre, la détermination se lit dans son regard.

« Tu dois en finir, maintenant », lui glisse Baptiste dans le creux de l'oreille.

Sans prononcer un mot, Antoine pose la main gauche sur son bras droit, afin d'arrêter de trembler. Il inspire un grand coup et souffle tout l'air qu'il a emmagasiné. Il se sent prêt à appuyer sur la détente.

Avant ce jour, jamais il n'avait utilisé une arme à feu. Ce qui ne l'empêche pas de viser le visage de Solène, comme s'il savait ce qu'il faisait. Le coup part enfin. Une détonation retentit dans le sous-sol. Antoine lâche l'arme, qui tombe à terre.

En face de lui, il peut voir les dégâts qu'il a causés. La balle vient de se loger pile entre les deux yeux de Solène. C'est à peine si elle a eu le temps de réagir. De l'autre côté de son crâne, sa cervelle a volé en éclats. Il y a des éclaboussures partout, sur le sol et le mur. La jeune femme, sous la puissance du coup, a été projetée en arrière. Son corps sans vie gît désormais à terre.

Antoine s'approche de la grille de la cage dans laquelle elle est enfermée. Il se met à genoux et éclate en sanglots.

« Pardon, je suis désolé... Je suis désolé, ne cesse-t-il de répéter.

— Ne t'en veux pas trop, lui dit Baptiste. C'est aussi de sa faute à elle si on en est arrivés là. »

Le maître de cérémonie l'aide à se relever. Ses jambes ne peuvent plus le porter. Anthony, qui ne le menace plus avec son M16, doit soutenir son patron pour remonter Antoine jusqu'au bureau.

40

Que faire ? Accepter ou refuser l'offre de devenir le nouveau chef de la succursale française des *Anonymes* ? Peut-il encore refuser après ce qu'il vient de se produire ? Par ailleurs, Antoine se demande comment il va justifier son geste auprès de Dominique et Guillaume. Il l'a fait sous la contrainte. C'est en tout cas ce dont il essaie de se persuader.

Assis sur le canapé disposé dans le bureau de Baptiste, il se pose mille questions. Le silence règne dans la pièce. Ni Baptiste ni Anthony ne veulent brusquer cet homme qui vient d'assassiner une femme pour qui il avait des sentiments. Ils le respectent pour ce qu'il a fait. Même s'il a enfreint plusieurs règles en vigueur chez les *Anonymes*.

Dans un silence de cathédrale, le maître de cérémonie sert un verre de whisky à Antoine. Jamais il ne s'était senti aussi mal après avoir tué quelqu'un. Il comprend pourquoi Fabien n'est pas parvenu à enterrer le corps de cette femme pour qui il disait avoir des sentiments. Bien que ses pulsions meurtrières aient fini par prendre le dessus. Sans prononcer le moindre mot, Antoine vide d'une traite le contenu de son verre. Pourtant, il ne boit jamais d'alcool fort.

Le regard perdu dans le vide, il laisse passer les secondes. Puis les minutes. Un bon quart d'heure s'écoule. Anthony commence à s'impatienter.

Baptiste le comprend et décide d'agir. Il s'assoit sur le canapé, à côté d'Antoine. Il pose une main sur son épaule.

« Antoine, tu dois désormais prendre une décision, dit-il avec une douceur inappropriée dans la voix. Veux-tu prendre ma place ? Tu nous as prouvé bien des choses en appuyant sur la gâchette et...

— Oui, l'interrompt-il. Je suis prêt à devenir le chef de la branche française des Anonymes.

— Très bien, dit Baptiste.

— Mais est-ce que je pourrais d'abord retourner chez moi ?

— Bien sûr ! De toute façon, le changement ne va pas se faire en un claquement de doigts. Il y a une partie administrative dont je dois m'occuper. Anthony va te reconduire à Cestas. Tu pourras prendre un peu de repos. Dans quelques jours, quand tout sera prêt, je l'enverrai te chercher à nouveau.

— Que se passera-t-il alors ?

— Tu verras exactement l'endroit où nous nous trouvons. Tu sauras tout de nous et de notre organisation. Et puis, il y aura une cérémonie officielle de passation de pouvoir.

— D'accord », souffle-t-il.

La discussion prend fin. Baptiste sert un nouveau verre d'alcool à Antoine, qui met un peu plus de temps à en boire le contenu. Une fois que son verre est vide, il se lève et fait signe à Anthony qu'il est prêt. Comme s'il avait changé d'avis sur ce tueur en série, le bras droit de Baptiste — pour quelques jours encore — l'escorte jusqu'au perron du manoir. Il s'excuse presque de devoir lui mettre un sac sur la tête pour l'empêcher de voir où est située la bâtisse.

« C'est la dernière fois que je vous mets ça sur la tête, *patron.* »

Patron. Le vouvoiement. Dans quelques jours, la nouvelle vie d'Antoine ressemblera donc à cela ?

Dès l'instant où il entre chez lui, Antoine allume son ordinateur portable et se connecte au Dark Web. Il a besoin de raconter ce qui vient de se produire. Il ne peut pas garder cela pour lui. C'est impossible. Le poids est déjà trop lourd à porter. Il s'assoit en tailleur sur son canapé et pose l'appareil sur ses cuisses. Une fois qu'il est connecté, il se rend sur la messagerie en ligne. Il est soulagé de voir que Dominique et Guillaume sont présents tous les deux.

« *Salut les gars,* écrit-il. *Je dois vous dire quelque chose, qui vient de se passer à l'endroit même où ont lieu les réunions.*

— *Quoi ? De quoi parles-tu ?* lui répond Guillaume, qui était à deux doigts de se déconnecter.

— *Comme vous le savez, j'ai été invité à rencontrer une nouvelle fois l'homme qui dirige la branche française des Anonymes. Et qui veut que je prenne sa place.*

— *Comment ça s'est passé ?* écrit Dominique. *Qu'as-tu de si important à nous dire ?*

— *Pour faire simple, j'ai découvert l'endroit où ils ont retenu Fabien prisonnier. Et où Solène se trouvait encore.*

— *Se trouvait ?* questionne Dominique. *Pourquoi tu en parles au passé ?*

— *J'y viens. Nous ne le savions pas, les gars... mais c'est un truc de fou ! Fabien et Solène se trouvaient juste sous nos pieds !*

— *Au manoir, tu veux dire ?* intervient Guillaume.

— *Il y aurait donc un sous-sol, si j'en crois ce que tu nous dis,* ajoute l'ancien militaire.

— *C'est exactement ça, oui. Une cave complètement délabrée, dans laquelle ils ont installé des sortes de cages en métal pour retenir les gens prisonniers.*

— Et... Tu as pu voir Solène ? demande Guillaume.

— Oui... »

Antoine marque une pause. Entre les deux verres de whisky que Baptiste lui a offert et les émotions fortes auxquelles il a dû faire face, il accuse le coup. Il ne sait pas s'il aura la force de raconter tout ce qui a pu se produire à La Sauve-Majeure. Pourtant, il le doit. Il ne peut pas cacher à ses deux complices ce qui est arrivé là-bas. Ils doivent savoir.

Comment vont-ils réagir ? Si ça se trouve, ils vont demander à Antoine d'arrêter tout de suite les opérations. Ils vont peut-être prendre peur et lui dire de refuser de prendre la place du maître de cérémonie. Il devra les rassurer sur ses capacités à mener cette mission à bien. L'ancien militaire le croira certainement. Mais Guillaume ?

« Antoine, que s'est-il passé ? écrit Dominique sur la messagerie en ligne. *Tu dois nous le dire. On doit tous les trois se faire confiance et communiquer.*

— Oui, je sais...

— Alors, vas-y. N'aie pas peur.

— Je... J'ai tué Solène. C'est horrible, mais je l'ai fait !

— Attends, intervient Guillaume. *Il va falloir nous expliquer comment tu as pu en arriver là !*

— Je sais ce qui s'est passé, écrit Dominique. *Ils t'ont obligé à tuer la femme dont tu étais tombé amoureux parce qu'ils savaient tout de votre relation.*

— Exactement... C'était horrible ! Ils ne m'ont pas vraiment laissé le choix. C'était soit la tuer, soit admettre qu'on s'était vus en dehors des réunions et

compromettre notre plan. Ils ont même pointé une arme sur moi, pour me forcer à lui ôter la vie...

— Mais tu aurais pu choisir de la sauver et on aurait trouvé une autre solution ! » Guillaume semble avoir du mal à comprendre l'issue fatale de cette rencontre entre Antoine et Baptiste.

« Non, Guillaume. Si je ne l'avais pas tuée, ils l'auraient fait à ma place. Et je pense que j'y serais passé ensuite !

— Tu as raison, écrit l'ancien militaire. Tu n'as pas fait que sauver ta peau. Tu as aussi agi pour le bien commun. On va les avoir, je t'en fais la promesse.

— Merci, Dominique. Guillaume, il faut me croire. J'aurais voulu ne pas appuyer sur la gâchette, mais c'était impossible ! En plus... En plus, je l'ai d'abord manquée. Je l'ai touchée à l'épaule et j'ai dû tirer une seconde fois pour mettre fin à ses souffrances...

— Antoine, ne te fais pas plus de mal qu'il ne faut. Je sais à quel point cela peut être horrible de devoir s'en prendre aux gens qu'on aime. »

Comme prévu, Dominique compatit et comprend comment il a pu en arriver au point d'assassiner cette femme pour qui il avait des sentiments. Guillaume semble plus dubitatif mais cela n'affecte pas son désir d'attaquer l'organisation de l'intérieur.

« Bon, c'est quoi la suite ? demande cet homme qui se prend pour un justicier des temps modernes.

— Même si je suis coupable d'avoir pressé sur la détente, je veux venger la mort de Solène, répond Antoine. On va suivre notre plan. Je vais prendre la place de Baptiste, l'homme qui préside chacune des réunions. Dès que je l'aurai remplacé, je le tuerai. Lui et son bras droit. Ce sont eux qui m'ont forcé à tuer Solène. Ils doivent payer !

— *Pas si vite*, intervient Dominique. *Ce n'est pas une solution. Et tu le sais.*

— *Ah bon ? On va les laisser s'en sortir sans les punir ?*

— *Je n'ai pas dit ça et tu le sais !*

— *Je suis d'accord avec Dominique*, écrit Guillaume. *Si tu les tues, ça paraîtra suspect.*

— *Et tu vas te mettre les autres hommes à dos.*

— *Ou alors, ils me respecteront.*

— *Antoine*, tente de tempérer l'ancien militaire. *Je n'ose pas imaginer dans quel état psychologique tu te trouves. C'est encore chaud, tout ça. Mais on ne doit pas prendre de décision sur un coup de tête. Ta vengeance, tu l'auras. Tôt ou tard. Mais si on veut faire tomber cette organisation, on doit se montrer plus malins qu'eux. On va les faire tomber de l'intérieur. Et tu seras un atout extrêmement important.*

— *Il a raison*, ajoute Guillaume. *C'est sur toi que tout va reposer. On ne veut pas te mettre la pression, mais tu devras berner tout le monde une fois à l'intérieur. Que ce soit les hommes qui travailleront pour toi, à tes côtés, où les hommes qui t'emploieront, depuis les États-Unis.*

— *C'est bon, j'ai compris... On en reparlera demain.* »

La discussion prend fin là-dessus. Antoine n'a plus rien à ajouter. Il a vidé son sac et a senti la rage grandir dans son for intérieur. Son « Prince Noir » a repris le dessus sur sa bonne conscience. Tout ce qu'il veut désormais, c'est venger la mort de son amante. Ils l'ont poussé à lui ôter la vie. Il prendra un malin plaisir à les torturer et à les assassiner.

Le meurtre de Baptiste et Anthony sera sa pièce maîtresse. Il ne ressemblera à aucun autre. Sa cruauté sera aussi grande que la peine qu'il ressent à cet instant précis, quand il repense à ce qu'il a fait subir à Solène.

Avant que la rage ne le dévore de l'intérieur, Antoine ferme l'écran de son ordinateur et le pose sur la table basse. Il se lève, court vers la salle de bain et se déshabille. Il allume l'eau froide et se glisse sous la douche. Son corps tout entier est parcouru de frissons. Quand le froid devient insupportable, il se met à crier pour évacuer toute la rage qui l'habite. Il pleure toutes les larmes de son corps. Il s'assoit sous l'eau qui coule toujours en abondance. Essoufflé, il lui faut quelques minutes pour se calmer.

41

Le lendemain, Baptiste s'affaire dans son bureau. Il communique par visioconférence avec la maison-mère des *Anonymes*, située en Floride. Il leur a déjà transmis son souhait de passer le flambeau. Il leur a parlé d'Antoine, de son passif de serial killer et de ce qu'il a cru voir en lui : un homme capable d'assumer des responsabilités.

Quand il entre en contact avec ses supérieurs, le responsable de la branche française de cette organisation tentaculaire leur fait part de ce qui s'est passé la veille. Il explique, dans les moindres détails, comment Antoine en est arrivé à assassiner une femme pour qui il ressentait des choses. Baptiste se garde bien de leur révéler le lien qui les unissait. Il met juste en avant le sang-froid dont Antoine a fait preuve, lui qui au départ refusait de tuer une personne contre qui il n'avait rien.

La passation de pouvoir est acceptée. Le reste n'est qu'une formalité. Le maître de cérémonie doit rendre des comptes. Ses supérieurs doivent s'assurer qu'il ne divulguera aucune des informations secrètes qu'il a en sa possession. Ainsi, il doit se laisser enregistrer et réciter un texte, en anglais, face caméra. S'il s'écarte des limites qui lui sont imposées, il s'expose à ce qu'on mette fin à sa vie.

Par ailleurs, il devra suivre un protocole au moment de donner définitivement le pouvoir à

Antoine. La cérémonie n'est pas nouvelle. Elle est bien huilée. Anthony est invité à rejoindre son patron pour recevoir quelques instructions en même temps que lui. Ensemble, les deux hommes seront appelés à suivre ces directives à la lettre. Un membre du comité de direction américain sera présent, en visioconférence, pour vérifier que tout se passe dans les règles de l'art.

En fin de matinée, tout est bouclé. Les deux hommes mettent fin à l'appel avec la maison-mère. Baptiste se sent soulagé que tout se déroule selon son plan. Il se sent fatigué par toutes ces années à la tête des *Anonymes*. Il ne rêve plus que d'une seule chose : s'installer dans le sud de la France, du côté de Nice, et enfin vivre des jours paisibles.

« Ça va faire bizarre quand vous ne serez plus là, dit Anthony une fois l'entretien avec la maison-mère terminé.

— Oui, j'imagine. Mais c'est dans la logique des choses qu'elles évoluent. Tu sais, je n'ai plus qu'une envie avant de laisser les clés de la maison : que la passation de pouvoir se passe bien. Antoine a été secoué mais je pense qu'il a compris qu'il y a des règles à suivre, chez nous.

— J'espère pour lui. Sinon, il ne fera pas long feu. En tout cas, je suis bien content qu'il se soit décidé à éliminer l'autre emmerdeuse.

— Anthony, ne parle jamais comme ça en sa présence ! Il avait des sentiments pour elle et je pense qu'il doit souffrir à cause de ce qu'il a fait.

— Peut-être, mais c'est de leur faute si on en est arrivé là, non ? On ne leur a jamais demandé de tomber amoureux, ni même de se voir en dehors des réunions. Les règles étaient claires dès le départ !

— Tu as raison sur ce point. On se devait de lui donner une bonne leçon. Quant à Solène, elle aurait pu devenir dérangeante pour notre organisation, au même titre que Fabien. Ils appartiennent désormais au passé. Et je ne peux que te conseiller d'éviter le sujet en présence d'Antoine quand il sera ton nouveau patron.

— Vous avez raison. D'ailleurs, je ne pense pas être dans ses petits papiers. Je vais perdre ma place de bras droit.

— Je sais que ce n'est pas confortable pour toi. Mais je t'ai déjà promis de lui dire de te garder à ses côtés. Il ne se passera pas de tes services. Antoine est intelligent, il comprendra qu'il a tout intérêt à poursuivre ce que nous avons entamé. Et, si tu es malin, tu retrouveras ta place plus vite que prévu.

— J'espère bien. En tout cas, je ferai tout pour. »

Après le repas, Anthony laisse son patron vaquer seul à ses occupations. Il doit remettre le sous-sol en état. La veille, alors qu'il raccompagnait Antoine à son domicile, Baptiste s'est occupé lui-même du corps de la jeune femme décédée. Il l'a emmené dans cette grange située au fin fond de la propriété située sur la commune de La Sauve-Majeure. Il n'avait pas trente-six solutions pour se débarrasser définitivement du corps de Solène.

Comme il lui est déjà arrivé de le faire, il l'a plongé dans une grande baignoire d'acide. L'odeur était pestilentielle. Voilà pourquoi c'est Baptiste qui s'en est occupé. Jamais il n'aurait voulu infliger cela à un de ses employés. Il l'a fait à plusieurs reprises, au cours de ces vingt années passées à la tête des *Anonymes* en France.

Chaque fois qu'ils doivent en venir à assassiner un tueur en série, ils s'en débarrassent de la sorte pour ne laisser aucune trace. Fabien s'est vu réserver le même sort. Une fois exécuté, Baptiste a dû remplir une grande baignoire d'acide et y jeter son corps.

Que ce soit pour Solène ou pour Fabien, il a dû attendre une douzaine d'heures avant que le corps soit complètement dissous. Sa tâche n'était pas encore terminée. Ensuite, il a dû vider l'acide, à l'aide d'une vieille pompe, dans le tout-à-l'égout du village. Vêtu d'un tablier en toile cirée, afin de protéger ses vêtements, de gants et de bottes pour protéger ses membres, Baptiste a dû supporter l'odeur nauséabonde des corps décomposés dans la substance chimique.

Quand il exécute cette opération, il se sent mal pendant plusieurs jours. Cela lui retourne l'estomac. Il lui faut près d'une semaine pour reprendre une alimentation normale. En vingt ans, il n'a dû faire disparaître qu'une quinzaine de corps. C'est la première fois qu'il se débarrasse de deux personnes coup sur coup, à quelques jours d'intervalle.

Anthony est loin de se douter de tout cela. Voilà un secret que Baptiste transmettra, en catimini, à son successeur. Son bras droit n'a jamais su et ne saura jamais comment il fait pour que les corps s'évanouissent dans la nature. Anthony imagine qu'il les enterre quelque part mais il est à des années-lumière de la vérité.

Antoine passe la journée cloué au fond de son lit. La déprime le guette de ses yeux sombres. Il n'a pas fermé l'œil de la nuit. Il a passé son temps à ressasser ce qui s'est passé dans ce sous-sol, perdu en pleine campagne girondine.

Les images tournent en boucle dans sa tête. Il revoit son amante, encore vivante, le supplier de ne pas appuyer sur la détente. Il peut lire toute la détresse du monde dans son regard. Cette image restera à jamais gravée dans sa mémoire.

Les regrets s'accumulent. Il n'a aucun remords concernant le fait d'avoir vu Solène en dehors des réunions. Non plus d'avoir couché avec elle. Ils ont passé des moments magiques et éternels, qu'il ne pourra plus jamais revivre.

Ce que le jeune homme regrette le plus, c'est la façon dont ils ont géré cet amour naissant et leur appartenance aux *Anonymes*. Antoine s'en veut de ne pas avoir fait plus attention. Il aurait dû s'apercevoir plus tôt qu'il était suivi. Il aurait dû assassiner les deux hommes qui l'observaient, nuit et jour, de l'autre côté de la rue.

Peu habitué à vivre ce genre de situation, le tueur en série fait son deuil. Il passe des larmes de tristesse à des larmes de colère. Il s'en veut. Mais, par-dessus tout, il en veut à l'homme qui est en charge de cette organisation secrète. Antoine sait qu'il ne doit pas agir sur un coup de tête. Dominique a été assez clair à ce sujet. Il n'empêche qu'il ne rêve plus que d'une chose : tuer Baptiste de ses propres mains, après lui avoir fait endurer toutes les souffrances qu'il pourra encaisser.

Tôt ou tard, il s'occupera de lui. Peu importe s'il doit attendre qu'il soit loin des *Anonymes*. Quitte à aller le chercher à l'autre bout du monde, si l'envie lui prend de voyager. Baptiste périra entre les mains expertes d'Antoine. C'est une certitude.

En attendant, il se morfond en restant dans sa chambre, les volets fermés. Il ne veut rien faire. De toute façon, que peut-il faire à part attendre ? La passation de pouvoir se fera bientôt au sein de la branche française des *Anonymes*. Antoine le sait. On le recontactera quand tout sera prêt.

À force de rester là sans rien faire, une petite voix se fait de plus en plus présente dans son esprit. Son « Prince Noir » s'engouffre dans la brèche. Son discours n'a pas changé. Il renvoie toujours à la même chose.

Antoine tente de se convaincre que tous les êtres humains ont un mauvais fond. Il vient d'en avoir la preuve. Ce qui s'est produit à La Sauve-Majeure lui a démontré, une fois de plus, qu'on ne pouvait placer sa confiance en personne.

De ce fait, son « Prince Noir » l'exhorte à continuer de suivre ses pulsions meurtrières. Même quand il sera à la tête de cette organisation secrète. Il ne devra pas arrêter son grand nettoyage, qui consiste à rayer de la carte les éléments les plus inutiles et les plus dérangeants.

À commencer par Anthony. Lui aussi a assisté au meurtre de Solène. Il avait l'air heureux de voir Antoine lui ôter la vie. Il décide qu'il sera sa prochaine victime. S'il doit attendre pour éliminer Baptiste, il s'occupera de son bras droit pour commencer à assouvir sa vengeance. Quand ? Il ne le sait pas. Il est convaincu qu'il trouvera le bon moment.

Tant pis si on lui conseille déjà de garder cet homme auprès de lui. Comme lui a dit Dominique, Anthony est l'homme de confiance du maître de cérémonie. S'en débarrasser dès sa prise de fonction pourrait avoir une conséquence fâcheuse : il pourrait se mettre l'ensemble des employés de la branche française de l'organisation à dos. *Et alors,* lui souffle son « Prince Noir » ? *Ne penses-tu pas qu'au contraire, éliminer le bras droit de ton prédécesseur, de manière spectaculaire, t'apportera le respect des autres hommes ? Ils verront vite que tu ne blagues pas et qu'il vaut mieux te respecter. C'est la loi du plus fort qui l'emporte.*

Les heures s'écoulent sans qu'Antoine ne daigne sortir de son lit. Il se pose toutes ces questions qui pourraient finir par le rendre fou. Au beau milieu de l'après-midi, il tombe comme une mouche. Il s'abandonne dans les bras de Morphée, épuisé par les émotions fortes vécues la veille et par une nuit sans sommeil.

42

Deux jours après le meurtre de Solène, c'est enfin le jour J. Baptiste est prêt à passer le flambeau. Il ressent pourtant une pointe de nostalgie à l'idée de devoir quitter la tête des *Anonymes* dans l'hexagone. Ce qui ne l'empêche pas de se mettre sur son trente-et-un pour la cérémonie qu'il a préparée avec son bras droit.

Tous les employés doivent enfiler un costume noir avec une chemise blanche. Une fois qu'ils sont prêts, ils se réunissent dans le grand jardin situé derrière le manoir. Baptiste est le dernier à descendre. Anthony est parti chercher Antoine à Cestas. En attendant, le maître de cérémonie — pour quelques minutes encore — s'engage dans un dernier discours.

« Mes chers amis, si nous sommes réunis ici aujourd'hui, c'est pour vivre un grand moment pour notre organisation. Depuis que les Anonymes existent, partout à travers le monde, nous n'avons cessé d'évoluer. Les Hommes sont soumis à l'épreuve du temps. Par conséquent, et comme personne n'est éternel, il nous faut changer régulièrement de chef. C'est immuable. »

Baptiste marque une pause. Il n'a rien préparé et ne veut pas laisser les émotions prendre le dessus. Voilà pourquoi il reprend ses esprits, se remobilise et poursuit.

« Cela fait vingt ans que je suis à la tête de notre organisation. Durant deux décennies, je l'ai vue changer et s'adapter au monde moderne. La plupart d'entre vous n'étaient pas encore là. Ce qui veut dire que je vous ai recrutés. Bientôt, un nouvel homme prendra ma place. Il faudra l'écouter, le suivre et le servir avec autant d'honnêteté et de fidélité que vous l'avez fait avec moi. Et s'il décide de se passer de vos services, vous devrez l'accepter. Je compte sur vous. »

Nouvelle pause. Quelques murmures s'élèvent dans l'assemblée. L'idée qu'ils puissent être renvoyés n'avait visiblement pas traversé l'esprit de certains de ces hommes. Ils comprennent qu'ils vont à nouveau devoir faire leurs preuves s'ils veulent garder leur place.

« Je sais que cela peut être source d'inquiétude pour vous. Je tiens cependant à vous rassurer. Si mon successeur décide de ne pas vous garder à ses côtés, vous aurez la possibilité de demander à être transférés dans une autre antenne. Si vous n'avez pas peur d'aller vous installer dans un autre pays, cela peut être une occasion en or ! Vous pourriez aller en Allemagne, en Angleterre, en Espagne, au Portugal, en Italie ou peut-être même mieux : aux États-Unis. Les portes ne sont pas fermées, loin de là. Quant à moi, je vais quitter définitivement notre organisation, avec ses secrets. Je n'aurai pas le droit de les divulguer sans mettre ma vie en danger. Personne ne saura où je suis, pour ma propre sécurité. Merci infiniment pour tout ce que vous avez fait pour moi et pour les Anonymes. Nous allons maintenant attendre l'arrivée de votre futur patron pour procéder à la cérémonie de passation de pouvoir. »

Telle une machine bien huilée, tous les hommes qui s'étaient amassés devant le maître de cérémonie forment un cercle dans le jardin. Baptiste se tient au centre de ce cercle, en face de la porte permettant d'accéder au jardin depuis l'intérieur du manoir. Il ne faut que quelques minutes avant qu'Anthony rejoigne ses collègues. Antoine, quant à lui, se tient sur le pas de la porte. Lui aussi est vêtu d'un costume noir et d'une chemise blanche, à la demande de Baptiste.

Antoine a encore les yeux rougis par les larmes. Toute la matinée, il n'a cessé de pleurer la perte de celle qu'il aimait. Revenir à cet endroit est douloureux. Quand il a vu Anthony arriver chez lui, un torrent de haine l'a envahi. Il lui a été difficile de se contenir. Il n'avait qu'une envie : l'allonger sur la table métallique qui se trouve dans son sous-sol et le faire souffrir jusqu'à ce qu'il le supplie de l'achever.

En voyant Baptiste, il ressent la même haine. Il rêve de lui couper la langue et de lui arracher les yeux, avant de le soumettre à un rituel de torture viking qu'il veut expérimenter depuis bien longtemps et qu'il réserve à cette vengeance encore inassouvie : l'aigle de sang. Ce supplice consiste à inciser le dos de la victime pour séparer les côtes de la colonne vertébrale. L'exécuteur peut ensuite les déployer comme les ailes d'un aigle, faisant ainsi ressortir les poumons de la poitrine.

Antoine est extirpé de ses pensées sanguinolentes par Baptiste, qui l'invite à le rejoindre à l'intérieur du cercle. En descendant les quatre marches qui mènent au jardin, Antoine voit un ordinateur portable posé sur une petite table. La cérémonie est suivie de près, depuis les États-Unis, par la maison-mère des *Anonymes*. Il n'a pas le droit à l'erreur.

Antoine descend lentement les marches du petit escalier de pierres. Dans un silence de cathédrale, il rejoint Baptiste au centre du cercle. Anthony, quant à lui, se fond dans la figure géométrique formée par tous les hommes de main. Quand il arrive à la hauteur de l'homme qu'il va remplacer, Antoine voit une épée semblable à celle des guerriers du Moyen-âge, posée à terre.

Baptiste se met face à lui. Sans dire un mot, il lui fait signe de planter un genou au sol. Tels les fameux guerriers de la table ronde, Antoine est prêt à se faire adouber. Il sent le poids d'une boule lui peser dans l'estomac. Il a l'impression qu'il va être exécuté et que le maître de cérémonie sera son bourreau.

Baptiste se penche pour attraper la lame étendue par terre. Il la soulève et la pose délicatement sur l'épaule gauche du tueur en série. Il brise la quiétude du moment pour engager officiellement la cérémonie.

« Sois le bienvenu parmi nous, Antoine ! »

Baptiste passe de l'épaule gauche à la droite avec son épée.

« Tu fais désormais partie du cercle fermé des chefs de la branche française des Anonymes. »

Enfin, la lame vient se poser, toujours avec délicatesse, sur le haut de son crâne.

« Cette prise de fonction amène à des responsabilités. Il y a aussi des règles à suivre, que je vais tout de suite t'énoncer. Mais d'abord, je te prie de bien vouloir te lever. Tu viens d'être adoubé par l'ancien chef de brigade, à savoir moi-même, Baptiste, premier du nom. »

Il fait signe à Antoine de se lever. Ce dernier s'exécute. Il attend d'entendre les nouvelles règles qu'il devra suivre maintenant qu'il a pris la tête de cette organisation secrète qu'il rêve de faire tomber.

« Antoine, tu sais désormais où se trouve notre manoir. Mais tu ne dois jamais divulguer ce secret. Tu serais abattu sur-le-champ. Ne l'oublie jamais. Par ailleurs, tu vas devoir t'installer ici. Ta maison ne te sert plus à rien tant que tu es à la tête de l'organisation. Si tu souhaites la conserver, libre à toi. Mais tu devras éviter de faire des aller-retour incessants entre ta maison et ce lieu, sous peine de nous mettre en danger. Ici, tu auras une chambre d'une centaine de mètres carrés à ta disposition, ainsi que les pièces dites communes et le jardin. Est-ce que tu comprends bien cette première règle concernant ton nouveau lieu de vie ?

— Oui, je comprends, répond simplement Antoine en jetant un coup d'œil à l'ordinateur posé quelques mètres plus loin.

— Acceptes-tu cette règle et jures-tu de t'y conformer ?

— Oui, je le jure.

— Bien, je poursuis. Comme tous les tueurs en série qui participent aux réunions, tu n'as pas le droit de parler de notre organisation en dehors de ces lieux. Contrairement à eux, tu ne porteras plus le masque de Guy Fawkes. Tu auras un simple masque en forme de bandeau, comme celui que tu m'as vu porter. Cependant, ton identité devra rester secrète pour le plus grand nombre. Seuls tes employés - et encore, pas tous - pourront connaître ton vrai nom. Est-ce bien clair ?

— Oui, c'est clair, répond-il d'un ton solennel.

— Troisième règle : tu peux choisir les hommes que tu emploieras. Parmi tous ceux présents ici, tu peux en garder certains comme en licencier d'autres. Il existe un protocole pour cela, pour les protéger et éviter qu'ils ne divulguent la moindre information sur les Anonymes. Nous en discuterons après cette cérémonie. Si tu souhaites en garder certains — ce que je te conseille — il faudra le leur notifier le plus rapidement possible. Ensuite, libre à toi de recruter d'autres membres pour étoffer ton équipe. Ce point est-il suffisamment clair ?

— Oui, c'est clair, répète Antoine. Mais j'ai une question : est-ce que je peux recruter parmi des tueurs en série qui ont participé à des réunions ?

— Excellente question ! répond Baptiste avec un sourire. Oui, tu peux. Anthony, que tu connais bien, a participé à quelques réunions avant de devenir mon homme de main. J'ai moi-même été un simple membre avant d'être recruté comme chef de cette brigade. Tout comme toi, d'ailleurs. Je poursuis ?

— Oui, je vous en prie.

— Dernière règle : tu dois faire un minimum de dix années à la tête de cette organisation avant de penser à ta succession. Cette règle a été établie pour éviter qu'une branche nationale ne change trop souvent de dirigeant. Le seul moyen d'éviter ces dix années est la mort. Si tu meurs, la maison-mère te désignera un successeur. Est-ce bien clair ? »

Antoine marque le coup en gardant le silence. Il ne s'attendait pas à cela. S'il ne parvient pas à faire tomber cette organisation secrète, il devra rester dix ans à sa tête et tout faire pour qu'elle continue à tourner comme une horloge. Sous peine d'être démasqué et de se faire tuer.

« Antoine ?

— Oui, pardon. C'est très clair, merci. »

Anthony apporte une boîte en métal noire à celui qui, dans quelques secondes, sera l'ancien patron des *Anonymes* en France. Avec beaucoup de solennité, Baptiste ouvre cette boîte. Antoine n'en voit pas le contenu. Ce n'est qu'après quelques secondes qu'il voit l'objet qui y était caché.

« Ceci symbolise ton passage de simple participant aux réunions à chef de la brigade française des Anonymes », clame tout haut l'homme à la barbe poivre et sel. « Tu devras porter ce masque lors de chacune des réunions que tu présideras. Tu devras aussi le porter quand tu te rassembleras avec l'ensemble de tes employés, même si ceux-ci connaissent ton visage. Ce masque, aussi simple soit-il, symbolise ton pouvoir au sein de cette organisation. Fais-en bon usage. »

Baptiste s'approche du visage d'Antoine. Il tend le masque au-dessus de sa tête et lui enfile, grâce à l'élastique qui l'entoure, sur les yeux. Le jeune homme les ferme, inspire un grand coup et les rouvre. Son prédécesseur le fixe du regard.

« Tu as désormais une grande responsabilité à assumer, lui dit-il à voix basse. J'espère que tu seras à la hauteur. Je n'ai que très peu de doutes là-dessus mais tu devras beaucoup travailler. »

Baptiste s'adresse désormais à l'assemblée que composent ses anciens hommes de main, ainsi qu'au délégué de la maison-mère qui a tout suivi depuis la Floride.

« Me voici libre de ma fonction. Le flambeau a été passé dans les règles de l'art. Pour que cette magnifique organisation perdure, j'ai choisi Antoine pour me succéder. Je suis sûr qu'il poursuivra la tradition et sera à la hauteur. Antoine, si tu veux dire quelque chose, c'est le moment. »

Il n'a jamais eu un grand talent d'orateur. Cependant, Antoine s'essaie tout de même à transmettre un message à cette équipe qui est désormais la sienne. Ne serait-ce que pour les rassurer.

« Je suis honoré d'avoir été choisi par Baptiste. Certains ne sont peut-être pas d'accord avec son choix, car je n'ai pas assisté à un grand nombre de réunions. Si vous connaissez mes talents de serial killer — car c'est bien ce que je suis —, vous verrez rapidement qu'il a bien fait de penser à moi. Je ferai mes preuves et je ferai tout pour ne pas vous décevoir. Pour l'instant, je pense que chacun va garder sa place. Un jour, un ami m'a dit que le changement pouvait faire peur et provoquer des réactions inattendues. Pas de changement, donc. En tout cas, pas tout de suite. Je pense déjà rajouter des membres à cette belle équipe qui a secondé Baptiste durant de nombreuses années. Mais je ne me séparerai de personne, dans un premier temps. »

Antoine marque une pause. Il peut voir du soulagement sur les visages des hommes qui se tiennent en cercle autour de lui. Il ne leur a pas menti. Il va suivre le conseil de Dominique et ne congédier personne. Pour commencer. Il sait qu'il devra rapidement s'occuper du cas Anthony, mais pas tant que ses deux compères ne l'auront pas rejoint pour infiltrer cette organisation. Après avoir observé tout le monde, Antoine reprend.

« Je prends mes fonctions dès aujourd'hui, si j'ai bien compris. Je pense qu'il y a tout le confort nécessaire à mon séjour dans ce manoir. Cependant, j'ai besoin d'aller récupérer quelques affaires à mon domicile. Anthony, qui était l'homme le plus proche de Baptiste, m'accompagnera. Il choisira un autre homme pour venir avec nous. Nous ne serons pas trop de trois. Ce sera certainement la dernière fois que je mettrai les pieds chez moi avant bien longtemps. Je ne vendrai pas ma maison, car je ne sais pas encore combien de temps je resterai à la tête de cette organisation. Ce qui veut dire que je devrai y aller de temps à autre. J'espère que vous le comprendrez. Par ailleurs, une fois que cela sera fait, j'ouvrirai mon bureau pendant quelques jours pour que vous puissiez tous venir discuter avec moi. Ce n'est pas une obligation. Si vous avez des questions à me poser, vous pourrez venir le faire. C'est une invitation, pour que l'on puisse apprendre à mieux se connaître. Peut-être que cela me donnera envie de tous vous garder. Ou pas. Nous verrons bien. Pendant ces quelques jours de transition, Baptiste restera ici, avec nous. C'est ma décision. Il me transmettra toutes les informations dont j'ai besoin pour reprendre le flambeau de la meilleure des façons. »

Baptiste est impressionné par le discours de son successeur, auquel il ne s'attendait pas. Antoine se surprend lui-même. Les mots, ainsi que les idées, lui viennent à l'esprit et se déversent comme un torrent sans qu'il ne puisse les contrôler. Même s'il souhaite leur mort, il sait qu'il a besoin de Baptiste et Anthony à ses côtés. Voilà pourquoi il va les garder près de lui. Il sait que ce sera bien vu par l'ensemble des employés. De ses employés.

Antoine marque une nouvelle pause dans son discours. Baptiste en profite. Il reprend le contrôle une dernière fois pour mettre fin à la cérémonie de passation de pouvoir. Ils ont du pain sur la planche. Il ne lui tarde qu'une chose : se mettre à l'abri du regard de ses supérieurs de la maison-mère, qui sont toujours en ligne, en train de les observer derrière leur webcam.

« Merci pour ce beau discours, dit l'ancien patron en applaudissant et en s'approchant de la petite table posée près des marches en pierre. La cérémonie va se conclure là-dessus. C'est le dernier pouvoir que j'ai : décider quand y mettre fin et tous vous congédier. Mes amis, vous pouvez vaquer à vos occupations, Anthony viendra chercher l'un de vous pour l'accompagner au domicile de votre nouveau patron. Quant à toi, Antoine, je te prie de me suivre, nous allons nous rendre tous les trois dans mon... dans *ton* nouveau bureau. »

Baptiste referme l'écran de l'ordinateur portable et remonte les quatre marches pour se rendre à l'intérieur du manoir. Derrière lui, Anthony et Antoine lui emboîtent le pas. Le numéro deux de la branche française des *Anonymes* fait signe à son nouveau patron qu'il peut enlever son masque en forme de bandeau. Antoine s'exécute. Il range le masque dans la poche de sa veste de costume. Quant aux autres employés, ils se dispersent, en quelques secondes seulement. Ils ont tous une tâche à accomplir, qu'ils connaissent par cœur.

43

Quelques minutes plus tard, les trois hommes se retrouvent dans le grand bureau, qui appartient désormais à Antoine le temps que durera son mandat à la tête de la branche française des *Anonymes*. Il a hâte d'aller récupérer quelques affaires chez lui, parmi lesquelles son ordinateur portable. Il doit s'organiser pour envoyer ses nouveaux employés chercher Guillaume et Dominique afin de les avoir à ses côtés. Sans eux, il ne pense pas pouvoir tenir longtemps.

Il pourrait s'occuper de ces deux-là, dans cette pièce. Même si ce serait risqué. Il semblerait qu'Anthony soit un tueur sanguinaire. Quant à Baptiste, malgré son âge plus avancé, il doit avoir de beaux restes. Il a l'air de s'entretenir physiquement. Il serait dangereux pour Antoine de se jeter sur eux à la hâte, sans réel plan pour les attaquer.

Baptiste prend place sur la chaise située derrière le bureau, avant de se raviser.

« Pardon, ce siège est le tien, désormais, dit-il à Antoine, qui a pourtant du mal à aller s'y asseoir.

— Et si nous allions dans le coin salon ? propose-t-il à la place.

— Parfait, ça me va.

— Anthony, tu peux te joindre à nous, ajoute Antoine en se dirigeant vers le canapé. Tu as un rôle important au sein de cette organisation et je compte sur toi pour m'épauler comme tu as pu le faire avec Baptiste.

— Merci, répond sobrement le principal intéressé.

— Puis-je me permettre de nous servir un verre de whisky ? » demande Baptiste.

Antoine approuve d'un signe de tête. L'homme à la barbe poivre et sel sert trois verres, dont deux qu'il tend à ses compagnons et un qu'il garde dans la main droite. Il rejoint Antoine sur le canapé, alors qu'Anthony s'assoit sur le fauteuil situé à côté.

« Nous suivons le protocole, comme il se doit, dit Baptiste. La maison-mère a semblé approuver la passation de pouvoir, ce qu'elle devrait bientôt te confirmer par mail. Je vais te créer un compte pour être relié aux États-Unis et recevoir toutes les informations dont tu auras besoin. Selon leur souhait, je ne peux pas passer plus de trois jours avec toi. Anthony devra rester avec nous chaque fois que nous travaillerons ensemble. Si on sort des clous, il aura ordre de leur dire. Au bout de ces trois jours, il me conduira sur le lieu de ma retraite anticipée. Ils m'ont prévu un beau logement sur la Côte d'Azur. Je n'ai pas à me plaindre, l'organisation a toujours su prendre soin de moi.

— J'espère pouvoir continuer le travail que vous avez entrepris, répond Antoine, même s'il n'en croit pas un mot. C'est pour cette raison que je n'ai pas voulu me séparer des hommes que vous avez recrutés. Je ne veux pas qu'il y ait une grosse rupture avec ce que vous avez mis en place.

— C'est tout à ton honneur, Antoine. Je savais déjà que tu étais un fin stratège. J'en ai la confirmation.

— Cependant, je vais petit à petit construire mon équipe.

— C'est tout à fait normal. Mais tu as raison, il faut faire cela en douceur. De toute façon, je ne peux que te conseiller de te séparer de certains membres de l'organisation.

— Ah bon ? Pourquoi ça ?

— Certains sont là depuis trop longtemps. Ce qui n'est jamais bon. Ils voudront te piquer ta place ou ne seront pas en accord avec ta façon de gérer les choses.

— Parce qu'ils n'étaient pas tous d'accord avec ce que vous faisiez ?

— Non, pas tous. Ils se gardaient bien de le dire car ils savaient ce qui les attendait.

— Une mort assurée.

— Oui. Maintenant, je dois te prévenir : quand le chef change, les langues se délient. Je l'ai moi-même vécu il y a une vingtaine d'années. Voilà pourquoi je te dis que tu devras repérer les fruits pourris pour t'en débarrasser. »

Cette idée convient à Antoine. Le premier fruit pourri qu'il voit se trouve dans cette pièce, à leurs côtés.

« Et toi, Anthony ? Seras-tu aussi loyal envers moi que tu l'as été envers Baptiste ? demande Antoine, ce qui fait sourire l'ancien patron des *Anonymes*.

— Tant que vous aurez besoin de moi, je le serai.

— Ne sois pas surpris s'il te vouvoie, intervient Baptiste. Il est obligé de le faire avec son supérieur hiérarchique, comme avec tout membre de la maison-mère. Toi aussi tu devras les vouvoyer.

— Si vous décidez de vous passer de mes services, poursuit le nouveau bras droit d'Antoine, j'accepterai votre décision. Je n'aurai pas le choix et je m'éclipserai.

— Il n'en est pas question. Pas tout de suite, en tout cas. Tu sembles être de bon conseil.

— Il l'est, ajoute l'homme à la barbe poivre et sel. Même s'il n'était pas forcément d'accord pour que je te désigne comme mon successeur.

— Patron...

— Je ne suis plus ton patron, Anthony. J'ai le droit d'être totalement transparent avec l'homme qui l'est désormais.

— Pourquoi ne voulais-tu pas que je prenne la tête de la branche française des Anonymes, mon cher Anthony ?

— C'est de l'histoire ancienne, répond ce dernier, gêné. Baptiste a pris sa décision et je dois la respecter. Je vous serai loyal. Il n'y a rien à ajouter. »

Les trois hommes sirotent leur whisky en silence. Peu à peu, Antoine intègre ses nouvelles fonctions. Il se rend compte de l'étendue du travail qu'il aura à produire. Il pense alors à une chose, qui ne l'avait pas tracassée jusque-là.

« Au fait, comment ça va se passer par rapport à mon emploi ?

— Tu as déjà été absent quelques jours, répond Baptiste, et ce n'est que maintenant que tu t'en soucies ?

— J'étais en congé.

— Je vois. Eh bien, mon cher Antoine, sache que ta démission a déjà été envoyée. Je me suis occupé de tout ! Tu as mis fin à ton contrat, par désir de suivre ta propre voie. Tu as demandé à ton ancien patron de ne pas t'appeler, ta décision est prise et tu as quitté le pays.

— Vous avez pensé à tout.

— L'expérience, ça vaut de l'or. Il ne cherchera pas à en savoir plus. La seule chose à laquelle nous devons faire attention, c'est si quelqu'un se rend à ton domicile pour essayer de comprendre. Voilà pourquoi tu dois y aller le moins souvent possible.

— Je comprends. Pour l'instant, je désire juste récupérer quelques affaires.

— Ça va, j'ai bien saisi. Et tu pourras le faire, ne t'inquiète pas. De toute façon, ton domicile sera surveillé. Et si quelqu'un tente de s'y rendre pour voir si tu es réellement parti sur un coup de tête, ils trouveront porte close et verront bien que tu as laissé la plupart de tes affaires.

— Vous êtes un génie !

— Pas du tout. Je suis juste pragmatique. Tu verras, cette fonction permet de faire d'énormes progrès pour comprendre le côté pratique des choses. »

Satisfait de cette dernière punchline, Baptiste se lève et se sert un deuxième verre. Il arpente le bureau, comme pour en imprimer le souvenir dans sa mémoire. Anthony ne perd pas une miette de ce qu'il se passe. Il semble nostalgique à l'idée de changer de patron. Il se sentait bien avec cet homme, qui l'avait pris sous son aile alors qu'il aurait pu finir en prison.

Antoine se lève à son tour. Il prend place, pour la première fois, derrière le bureau en bois d'ébène. Il allume l'ordinateur et fait signe à Baptiste de le rejoindre.

« Pouvez-vous me créer mon compte ? J'aimerais juste que l'on règle ce détail avant d'aller chez moi.

— Bien sûr, très cher ! Mais nous n'irons pas plus loin aujourd'hui. La cérémonie nous a pris pas mal d'énergie et on doit reprendre des forces pour les trois prochains jours. J'ai tellement de choses à te montrer et à t'apprendre !

— Pas de problème. Anthony, une fois que cela sera fait, je te demanderai de m'accompagner chez moi. Peux-tu aller chercher un homme, celui que tu veux, pour venir avec nous ? »

Le nouveau bras droit d'Antoine se lève et part exécuter son premier ordre. Antoine se retrouve seul avec Baptiste. Son « Prince Noir » choisit cet instant pour faire son apparition dans son esprit. *Tu pourrais en finir avec lui, là, maintenant. Il te suffirait de l'assommer, puis de trouver un moyen de l'attacher à ce fauteuil. Ensuite, tu pourrais utiliser la dague que tu as cachée dans ta chaussette. Tu sais qu'elle y est encore...*

Antoine avait totalement oublié qu'il portait une dague sur lui. Il est vrai qu'il pourrait venger la mort de Solène en torturant cet homme. Et après ? Ce n'est pas qu'une histoire de vengeance. Il veut réellement faire tomber cette organisation, quel qu'en soit le prix à payer. La femme qu'il aimait sera vengée. Il s'en est fait la promesse. Cependant, il ne doit pas se précipiter. Au risque de tout faire foirer.

Debout à côté d'Antoine, Baptiste pianote sur le clavier de l'ordinateur. Le nouveau chef des *Anonymes* ne reconnaît pas le système d'exploitation utilisé sur cet appareil. Il ne s'agit ni de Windows — le plus connu de toute la planète — ni de macOS, celui qui est utilisé sur les iMac de la marque Apple. Il peut voir que ce système d'exploitation porte le nom de Google Fuchsia. Devant ses sourcils froncés, l'ancien patron des *Anonymes* dans l'hexagone s'empresse de lui expliquer :

« Tu es intrigué par le système d'exploitation de cet ordinateur, on dirait.

— Oui, tout à fait. Je m'y connais un peu en informatique mais là, je dois avouer que je n'ai jamais entendu parler de ce truc. Google Fuchsia, ça ne me dit absolument rien.

— Comme tu le sais, poursuit Baptiste, notre organisation doit rester secrète et se faire très discrète dans le monde entier. Nos dirigeants, au sein de la maison-mère, ont opté pour un système expérimental. Il sera peut-être dans le commerce d'ici quelques années, d'abord aux États-Unis puis en Europe. Mais pour l'instant, nous sommes les seuls à l'utiliser.

— Je vois. Le mot d'ordre est prudence.

— Oui. Tu ne dois jamais l'oublier.

— Je connais déjà ça. En tant que tueurs en série, puisque c'est bien comme ça qu'on nous appelle, nous devons également rester attentifs pour ne pas nous faire attraper par la police.

— Tu es terre à terre, c'est pour ça que je t'ai choisi. Bref, si tu veux en savoir plus, Fuchsia est conçu pour fonctionner sur des téléphones portables et des ordinateurs comme le nôtre. C'est Google qui l'a développé. Tu dois donc te douter que nous avons des gens qui travaillent là-bas et qui font partie de l'organisation. »

Tandis que Baptiste continue de tapoter sur les touches du clavier pour entrer dans le programme qui permettra la création d'un compte privé pour Antoine, ce dernier se penche et se gratte la cheville. Il sent sa dague, toujours bien en place. *Prends-la et enfonce-lui dans la gorge*, lui exhorte son « Prince Noir ». *Si tu lui tranches la carotide, il ne pourra rien faire. Tu tiendras la moitié de ta vengeance. Tu n'auras plus qu'à t'occuper d'Anthony. Tu pourras l'assassiner chez toi, dans ta propre cave et faire durer le plaisir...*

Antoine sent des picotements dans son bras droit. Son prédécesseur est trop concentré sur l'écran et ce qu'il doit faire pour réagir. Antoine a l'avantage d'être plus jeune que lui. Il est vif. En quelques secondes seulement, il pourrait en finir avec cet homme qu'il déteste.

Cependant, il se retient. Il ne veut pas assouvir sa vengeance sans en profiter un peu. Il sait que Solène aurait voulu qu'il fasse souffrir les gens qui ont causé sa perte. Elle aussi était une tueuse sanguinaire. Tout comme Baptiste. Et s'il voyait à temps ce qu'Antoine est à deux doigts de faire ? Et s'ils devaient se battre ? Antoine n'est pas certain qu'il aurait l'avantage.

« Que se passe-t-il, lui dit l'homme à la barbe poivre et sel, tu es tout blanc. Il y a quelque chose qui ne va pas ?

— Tout... tout va bien, articule Antoine.

— Tu es fatigué par cette folle journée, peut-être ?

— Oui, ça doit être ça.

— Tu as connu des émotions fortes, ces derniers jours. Tu devrais t'empresser d'aller rejoindre Anthony. Je te conseille de rapidement passer chez toi pour récupérer tes affaires. Pendant ce temps, je te débarrasserai la chambre qui t'est réservée et qui était la mienne. Je m'installerai dans une des chambres d'amis. Si on peut l'appeler ainsi.

— Mais... Et mon profil privé ?

— Je n'ai pas besoin de toi pour le créer, répond Baptiste en attrapant un bloc-notes et un stylo. Écris-moi un identifiant et un mot de passe de ton choix. Je les saisirai pour te créer ton compte.

— Bien. Antoine s'exécute. Voilà.

— Allez, file maintenant ! » dit Baptiste d'un ton bienveillant, en prenant le bloc-notes.

Antoine remonte sa chaussette et se lève pour rejoindre Anthony. Il descend les escaliers menant à cette entrée par laquelle il est passé plusieurs fois. Du temps où il était de l'autre côté, comme on dit. Du temps où il n'était qu'un simple tueur en série assistant aux réunions des *Anonymes*. Sans savoir à qui il avait affaire.

Alors qu'il repense à la première fois où il a aperçu Solène dans le grand salon réservé aux rassemblements, Anthony fait son apparition. Pedro, qui a pour habitude d'être son partenaire, se tient à ses côtés. Antoine lui explique qu'ils doivent faire vite, car il se sent épuisé. Son nouveau bras droit, quelque peu méfiant, lui demande où est Baptiste.

« Il est toujours dans le bureau. Il me crée mon profil privé. Va jeter un œil, si tu ne me crois pas », lui dit-il.

Anthony n'a pas besoin de vérifier. Les paroles de son nouveau patron le rassurent. Il s'empresse de lui ouvrir la porte et lui fait signe de se diriger vers le van garé à l'extérieur. Cette fois-ci, pas de sac en toile sur la tête. Antoine est même convié à prendre place à l'avant du véhicule, côté passager.

44

Le van noir roule pendant une heure environ pour rejoindre Cestas et le domicile d'Antoine. Une fois arrivés sur la rocade bordelaise, les trois hommes doivent faire face aux sempiternels bouchons. Anthony grommelle dans sa barbe. Pedro, plus joyeux, tente de faire la conversation avec son patron, fraîchement nommé, pour apprendre à mieux le connaître.

« Alors comme ça, Baptiste a flashé sur vous et vous a choisi, commence-t-il par dire.

— C'est bien ça, on dirait.

— Pedro, ne va pas l'emmerder avec tes questions à la con, rétorque Anthony.

— Non, ce n'est rien, dit Antoine. Il a le droit d'être curieux. Je suis sûr que tu te demandes pourquoi il pense que je suis spécial et fait pour le poste, n'est-ce pas ?

— Oui, c'est ça.

— Eh bien, je n'ai pas de réponse à te donner. Si tu veux l'avoir, il te faudra poser la question à Baptiste.

— Moi, intervient Anthony, je crois qu'il vous a choisi parce que vous êtes un petit malin. Vous savez comment berner les gens. Sauf que ça ne marche pas sur tout le monde, vous vous en rendrez compte. »

Antoine ne sait pas quoi répondre. Il a conscience que les deux hommes avec qui il est enfermé dans le van savent pour Solène. Anthony en sait même plus que Pedro. Il était là le jour où Antoine a été forcé de lui ôter la vie.

Pendant quelques minutes, le silence s'installe entre les trois hommes. Antoine ne se sent pas encore à son aise. Pourtant, il va devoir cravacher pour gagner la confiance de ces hommes. De ses hommes. Alors, il tente le tout pour le tout, un coup de bluff digne des plus grands joueurs de poker.

« Écoutez, les gars. Je sais que vous êtes au courant de tout. Concernant ma relation avec Solène, je veux dire.

— Ah non, moi je ne sais rien, dit Pedro.

— Arrête de jouer aux idiots, s'il te plaît. Je suis sûr que tu étais avec Anthony quand je vous ai semés, la toute première fois où j'ai rejoint Solène sur le bassin.

— On a vite compris votre petit jeu, intervient Anthony. Et puisque c'est le moment où on semble tout se raconter, vous devez savoir que je voulais qu'on vous élimine, avant elle. Je ne la sentais pas, cette affaire.

— Pourtant, vous n'avez rien fait.

— Il faut remercier Baptiste, ajoute l'homme qui conduit le véhicule. C'est lui qui a vu quelque chose de spécial en vous et vous a désigné comme son successeur.

— C'est vrai. Je ne sais pas de quoi il s'agit mais je suis bien content qu'il n'ait pas donné l'ordre de me tuer.

— Et Solène ? demande Pedro.

— C'est moi... Je l'ai tuée, répond Antoine, non sans un pincement au cœur. Je pensais que tu le savais.

— Non. Tout est allé si vite !

— Je dois vous avouer, patron, reprend Anthony, que j'ai changé d'avis sur vous au moment où vous avez fait ce que vous avez fait. Je ne vous en croyais pas capable. Même si on vous a forcé la main...

— Eh bien, me voilà soulagé. Nous savons tous ce qui s'est passé. Baptiste aussi, bien entendu. Je vous demanderai une chose : évitons d'en parler, désormais. C'est de l'histoire ancienne. Je préfère regarder devant. Et je vous assure que je ferai de mon mieux pour être dans la continuité de mon prédécesseur. »

Antoine peut lire de la satisfaction sur le visage de l'homme qui se trouve à sa gauche. Il semble l'avoir convaincu. Pedro l'est aussi, même si cela a été plus facile. Il doit avoir des hommes à ses côtés. Ils ne devront se douter de rien. Même s'il ramène Guillaume et Dominique parmi eux.

« Anthony, j'ai une question : est-ce que Baptiste a continué à assassiner des gens une fois qu'il a pris la tête de l'organisation ?

— Très bonne question, patron ! Il paraît que oui. Au début, il voulait arrêter et ne s'occuper que des Anonymes. Mais les vieilles habitudes ont la dent dure. Il s'est retenu pendant quelques semaines mais après il a complètement explosé. Il a tué des dizaines de personnes, mettant presque l'organisation en danger.

— Ah oui, quand même ! On ne dirait pas comme ça, quand on le voit.

— Il ne faut pas se fier aux apparences. Les gars qui étaient à ses côtés, à l'époque, il paraît qu'il les a tous tués. Un vrai carnage. Tous lui demandaient de se calmer, qu'il allait faire repérer l'organisation. Il les a tous zigouillés.

— Merde... Tu n'étais pas encore à ses côtés ?

— Non, il m'a recruté quelque temps après. La maison-mère l'a puni et il a reconstruit son équipe. Des gens conseillés par ses supérieurs, qu'il a lui-même formés.

— Je vois. Tu me conseilles donc de ne pas trop refouler mes pulsions meurtrières, mais d'y aller avec parcimonie.

— On peut dire ça, ouais, répond Anthony. On peut aussi s'arranger pour que vos pulsions servent l'organisation. Quand il a fallu tuer Fabien, qui a essayé de vous aider, j'ai répondu à une pulsion.

Le souvenir de ce membre de l'organisation, qui assistait aux réunions mais avait tenté de se rebeller, ne plaît pas à Antoine. Il a l'impression que ses débordements pourraient lui jouer des tours au sein des *Anonymes*.

« Ne parlons pas de ceux qui ne sont plus là, demande-t-il. Je pense que j'ai répondu à une certaine pulsion l'autre jour...

— Quand vous avez tué Solène ? Peut-être, oui. En tout cas, j'espère que vous ne péterez pas les plombs comme Baptiste a pu le faire et que nous resterons en vie. »

Les deux hommes de main d'Antoine éclatent de rire comme s'il s'agit d'une bonne blague. Anthony doit pourtant se douter qu'il y a une idée de vengeance qui se développe dans la tête d'Antoine. Sera-t-il méfiant envers lui ? Seul l'avenir le lui dira.

Le véhicule arrive enfin au domicile d'Antoine. Quand il voit sa voiture garée dans l'allée, à côté de la maison, il demande s'il pourra toujours l'utiliser. Anthony lui dit qu'il aura la possibilité de la ramener au manoir mais il leur faudra en changer l'immatriculation. Elle devra être au nom d'une société-écran qui permettra de ne laisser aucune trace. La carte grise ne devra plus être à son nom ; officiellement, ce véhicule ne lui appartiendra plus.

Une fois ce détail réglé, ils entrent à l'intérieur de la maison. Rien n'a bougé depuis qu'on est venu le chercher pour la cérémonie de passation de pouvoir. À vrai dire, cela fait plusieurs jours que rien ne s'est déroulé dans cette maison. Antoine se souvient des heures passées dans son lit, à déprimer, après avoir mis fin aux jours de Solène. Il regrette encore son geste. Il se revoit, les heures qui ont suivi, prostré dans son lit en position fœtale. Incapable de ressentir autre chose qu'une immense peine. Un sentiment qui l'a paralysé pendant de longues heures.

Antoine se met à trembler à l'évocation de ce souvenir. Les deux hommes qui l'accompagnent lui laissent une part d'intimité. Ils l'attendent dans l'entrée, ce qui ne le rassure pas. Il préfère les inviter à s'approcher de la cuisine. Il veut garder un œil sur eux. Il ne leur fait pas totalement confiance.

Antoine se rend dans sa chambre, où il prend un grand sac de sport. Il y enfouit quelques vêtements, avant d'aller dans la salle de bain pour récupérer son nécessaire de toilette. Il rejoint ensuite ses deux hommes de main dans la cuisine. Il attrape quelques denrées qu'il ne veut pas laisser perdre. Enfin, il attrape le livre qu'il est en train de lire : un manga, livres dont il raffole.

Tout en faisant le tour de sa maison pour rassembler ses affaires, Antoine se remémore les quelques jours passés en compagnie de Solène. Il se sent nostalgique à l'idée de ne plus jamais la revoir, mais aussi à l'idée de devoir continuer à vivre sans elle. Il ressent également une sensation étrange quand il se dit qu'il ne reviendra pas ici avant longtemps. Sa maison, qu'il a achetée grâce à un héritage, va lui manquer. C'était son petit nid douillet. Il sait qu'il ne retrouvera jamais le même confort dans ce manoir sans personnalité.

Mais il s'y accommodera. Pour Solène. Pour honorer sa mémoire. Et surtout, pour assouvir sa vengeance.

Avant de repartir pour La Sauve-Majeure, Antoine veut descendre à la cave. Là aussi, il aurait des affaires à récupérer. Il attrape la clef qu'il garde dans un tiroir, près de l'entrée de la maison. Puis, il s'approche de la porte. Pedro et Anthony sont sur son dos. Ils ont vu qu'il se dirige vers une pièce dont la porte est verrouillée. Ils ne sont pas si bêtes qu'ils en ont l'air. Ils doivent se douter qu'elle est différente du reste de la maison.

Antoine hésite. Son « Prince Noir » a refait surface dans son esprit. S'il ouvre cette porte, il est quasiment sûr qu'il ne pourra plus le faire taire. C'est là qu'il le laisse s'exprimer et prendre le dessus. Habituellement, quand il ouvre cette porte, c'est qu'il a quelqu'un à mettre sur la table métallique située au centre de la pièce. Il pourrait bien y allonger Anthony. Le torturer. Lui faire payer pour le meurtre de Solène.

Il en a tellement envie...

« Quelque chose ne va pas ? lui demande Pedro alors qu'il hésite à glisser la clef dans la serrure, la main tremblante.

— Tout va bien, répond Antoine en se tournant vers son homme de main.

— Dans ce cas, ajoute Anthony, ouvrez cette fichue porte et allez récupérer ce dont vous avez besoin. La journée a été longue. Nous devons rentrer. »

En silence, Antoine finit par ouvrir la porte. Ses gestes ont changé. Soudain, il a plus d'assurance. Que se passe-t-il ? Un sourire narquois s'affiche sur son

visage. Il est trop tard : son « Prince Noir » a
définitivement pris le dessus.

« Après vous, messieurs, dit Antoine en désignant
l'escalier du sous-sol, qu'il vient d'éclairer.
— Qu'est-ce que c'est que ce bordel, interroge
Anthony. Pourquoi voulez-vous qu'on aille à la cave ?
— J'ai quelque chose à vous montrer, répond-il
avec toute l'assurance qu'il vient de retrouver.
— Bon, on va pas y passer la nuit », dit Pedro en
passant devant.
À peine a-t-il le temps de réagir que tout
s'enchaîne à une vitesse folle. Au moment où il met
un pied sur la première marche, Antoine bouscule
Pedro d'un coup d'épaule et lui fait un croche-patte.
Le grand gaillard détale les marches à vitesse grand
V, dans un bruit assourdissant. Au passage, on
entend un os se briser. Il pousse un râle et perd
connaissance avant d'arriver en bas.
« Merde, qu'est-ce que vous faites, patron ! s'écrie
Anthony.
— Je réponds à mes pulsions. Tu comptes peut-
être m'en empêcher ? »
Sans se retourner, Antoine descend à son tour
dans le sous-sol. Il ne se soucie plus d'Anthony, qui
reste quelques secondes prostré sur le pas de la porte.
Antoine s'affaire. Il enfile ses protections habituelles,
celles qu'il utilise quand il va perpétrer un meurtre. Il
soulève ensuite le corps inanimé de Pedro pour
l'allonger sur la table métallique.
Pendant ce temps, Anthony descend lentement les
escaliers. Il observe son nouveau patron. Et son
rituel. Il décide de ne pas intervenir, bien heureux
qu'il s'en prenne à Pedro et non à lui.
Une fois qu'il a allongé l'homme inanimé, Antoine
l'attache à l'aide de sangles. Il sort sa dague de sa
chaussette.

« Vous aviez ça sur vous durant toute la cérémonie ? demande Anthony.

— Oui. Disons que c'était une assurance tout risque. Si les choses avaient mal tourné, ça aurait pu m'aider à me défendre, tu vois ?

— Qu'allez-vous faire de lui ? demande Anthony en désignant Pedro.

— Ce que je fais à chacune de mes victimes.

— Puis-je vous demander pourquoi ? Il n'a encore rien fait. Baptiste lui faisait confiance. Vous avez dit vouloir tous nous garder. Du moins, dans un premier temps.

— Je te l'ai déjà dit, Anthony : je réponds à une pulsion. Quand je me suis retrouvé devant la porte de cette cave, j'ai ressenti un besoin imminent de torturer et de tuer. Je crois que, comme mon prédécesseur, je vais avoir du mal à me passer tout de suite de ça. Ce sera plus facile quand on sera loin d'ici, mais maintenant il est trop tard. Je dois en finir avec lui. »

En silence, Anthony s'assoit sur la dernière marche de l'escalier. Il se contente d'observer ce qui se passe, sans intervenir. Son expérience, ainsi que ce qu'on lui a raconté quelques années auparavant concernant son ancien patron, lui ont appris qu'il ne fallait pas interférer avec les tueurs en série. Surtout si on veut soi-même rester en vie.

Avant de passer à l'acte, Antoine procède à la fin de son rituel : il installe des bâches au sol pour protéger sa cave des éclaboussures de sang. Il ouvre un placard et tend une combinaison à Anthony.

« Tu devrais mettre ça. On ne sait jamais, il pourrait y avoir du sang partout. Vaut mieux te protéger pour ne pas laisser de traces. »

Sans rien dire, Anthony prend la combinaison et l'enfile. Avant de se rasseoir, sans jamais tourner le dos à l'homme qui s'apprête à exécuter son partenaire.

Antoine met fin à son rituel préparatoire. Il donne quelques gifles à Pedro, qui reprend connaissance au bout de quelques secondes. Il grimace et pousse un cri de douleur.

« Aïe, ça fait un mal de chien ! Patron, qu'est-ce qui s'est passé ? Nous sommes à l'hôpital ?

— Pas le moins du monde, Pedro. Nous sommes toujours au même endroit. C'est d'ailleurs ici que ton voyage prend fin. »

L'aplomb qu'il lit sur le visage d'Antoine n'est en rien rassurant. Pedro comprend que sa fin est proche. Au lieu de crier, il préfère jeter son dévolu dans une prière, qu'il prononce dans sa langue natale, le portugais.

Antoine s'enferme dans sa bulle. Il se concentre. Son « Prince Noir » a définitivement pris le dessus. Satisfait, il est prêt à prendre une vie. Une de plus.

Alors que Pedro récite sa prière, il fait parler sa dague. Il assène un premier coup sur la joue du grand gaillard. Qui ne bronche pas.

Pedro a les yeux fermés. Il ne les ouvre même pas. Lentement, la lame lui déchire la peau en deux. Il ne dit rien, même quand le sang commence à couler sur sa joue.

Un rictus se dessine sur le visage du nouveau chef de la succursale française des *Anonymes*. D'un geste net et précis, plus rapide que le premier, il inflige une nouvelle blessure à sa victime. Il lui fait une incision au niveau de la cuisse. La lame de sa dague déchire son pantalon, avant de lui transpercer la chair. Cette fois-ci, Pedro ne peut retenir un râle. La douleur devient moins supportable.

Anthony observe en silence. L'odeur du sang ne le dérange pas. Il croit même qu'il aime ça. Après tout, lui aussi est un assassin. D'un côté, il est fier de son nouveau patron. Le voir s'abandonner ainsi à ses pulsions meurtrières a quelque chose de rassurant. Il est fait pour le job. Anthony n'a plus aucun doute là-dessus. D'un autre côté, il craint qu'il ne perde le contrôle et s'en prenne à plusieurs hommes. Il pourrait s'en prendre à lui, décider de l'éliminer sur un coup de tête. Il doit s'y préparer et ne surtout pas le laisser faire.

Concentré sur la tâche qu'il doit accomplir, Antoine oublie qu'il n'est pas seul. Il regarde Pedro droit dans les yeux. Le souvenir de Solène l'implorant de lui laisser la vie sauve s'impose à son esprit. Les larmes lui montent aux yeux. Il ne fait rien pour les retenir. Il pourrait abréger les souffrances de l'homme étendu sur la table mais il décide de passer sa colère sur son corps.

Il dépose délicatement la lame de son arme blanche sur son torse. Il déchire les vêtements de Pedro pour laisser apparaître un corps poilu et bien taillé. Antoine parcourt la ceinture abdominale du bout de la pointe en métal. Puis, il l'enfonce de quelques centimètres, à droite du nombril. Le sang se met à couler en un mince filet. Quand il ressort la lame, aussi lentement qu'il l'a fait pénétrer dans la chair, l'hémoglobine coule plus rapidement.

La lame de la dague est rouge, désormais. Dans un geste inattendu, le tueur en série l'essuie contre son tablier. Puis il enchaîne les coups. Il fait parler sa dague, qui entaille la peau de sa victime à plusieurs endroits : main, bras, pied, front. Pedro se vide de son sang. Il hurle de plus en plus.

Anthony, qui a du mal à supporter les hurlements de son collègue, veut intervenir. Il n'est pas vraiment attaché à Pedro, qu'il considère comme moins intelligent que lui. Il ne lui manquera pas. Mais ces cris, il n'en peut plus.

« Patron, vous pourriez peut-être mettre fin à ses souffrances, non ? » se risque-t-il.

Sans rien dire, Antoine se tourne vers lui. Pendant quelques secondes, il semble sortir de son état second. Il se rend compte qu'Anthony est toujours là. Ce dernier l'observe dans son rituel.

« Tu as raison », dit-il en regardant Pedro droit dans les yeux.

Il pose la lame sur la gorge de l'homme allongé et impuissant. Pedro pleure à chaudes larmes tout en récitant sa prière. Antoine le laisse terminer, puis met fin à ses jours. D'un geste sec, il lui tranche la gorge. Le sang se met à couler en abondance sur les bâches en plastique qui recouvrent le sol.

La vie ne tarde pas à quitter le corps de l'homme d'origine portugaise. Soulagé, Antoine laisse son « Prince Noir » exprimer sa satisfaction en son for intérieur. Puis il lui demande de se taire et de se faire discret. Il a encore une tâche à accomplir. Hors de question de ne pas aller au bout et de ne pas faire disparaître ce corps. Il doit montrer à Anthony comment il procède.

« On doit se débarrasser de son corps, dit Antoine. Il n'est pas question de le laisser pourrir ici.

— Je crois savoir comment vous faites habituellement, lui répond Anthony. Avez-vous besoin d'aide ? Patron...

— Non, je vais me débrouiller tout seul. Fais attention, le sang pourrait éclabousser. On ne doit laisser aucune trace. »

Antoine se montre méticuleux. Anthony découvre cette facette de son nouveau boss. Le jeune homme attrape une scie de boucher dans un placard et découpe les membres de sa victime. *Et dire qu'il y a quelques minutes encore, Pedro était vivant*, pense Anthony.

Antoine s'affaire et jette les différentes parties du corps de l'homme dans de grands sacs poubelle. Une fois qu'il a terminé cette tâche, il plie les bâches qu'il avait disposées au sol. Enfin, il jette les protections dont il s'était paré.

« Là, je vais peut-être avoir besoin de toi, dit le tueur en série à son nouvel employé.

— Que voulez-vous que je fasse, patron ?

— Tu vas m'aider à porter ces sacs dans le van. Plus vite nous irons, plus ce sera discret.

— Où allons-nous les jeter ?

— Je vais te montrer la meilleure façon de faire. » Anthony suit Antoine. Ensemble, ils jettent tous les sacs en plastique à l'arrière du van. Antoine lance un dernier coup d'œil en arrière. Il sait qu'il ne remettra pas les pieds ici avant bien longtemps. Il regrette déjà cette maison où il se sentait bien. Notamment cette cave, le seul endroit sur cette planète où il pouvait se laisser aller à être lui-même.

Pour la première fois depuis qu'il est devenu un tueur en série, Antoine n'est pas seul. Il a montré son vrai visage à une autre personne que Solène. À la différence près qu'Anthony l'a vu s'occuper de sa victime et va l'aider à faire disparaître son corps. C'est aussi dans son propre intérêt.

Antoine emmène son bras droit — il faut bien appeler un chat, un chat, et Antoine compte bien garder Anthony à son service pendant quelque temps — en bordure d'océan. Il veut prendre son temps et lui apprendre comment on peut se débarrasser d'un corps. Tous deux prennent le bateau du jeune homme et vont au large, où ils jettent les sacs plastiques contenant les restes du corps de Pedro.

« Ce n'est pas très écolo », dit Anthony alors qu'ils reprennent la route en direction du manoir.

Antoine ne répond rien. Au bout de quelques kilomètres, il demande seulement à son employé de faire un détour par Cestas. Dans la précipitation, il avait oublié de prendre sa dague et son ordinateur portable. Anthony craint qu'il ne s'en serve de nouveau très vite, mais il lui octroie ce détour.

Une fois seul chez lui, Antoine repense à toute cette folle histoire. Il se revoit, le jour où il a ramassé l'enveloppe contenant sa première invitation à assister à une réunion des *Anonymes*. Sa toute première. Il aurait voulu ravaler sa curiosité et ne jamais y répondre. Antoine ne regrette pourtant pas sa rencontre avec Solène ni les nuits passées dans ses bras. Au moins, se dit-il, il aura connu le vrai amour.

Au moment où il récupère sa fameuse dague dans la cave, Antoine se demande si son « Prince Noir » le laissera un jour tranquille. Diriger ces réunions lui permettra-t-il de rester enfoui au plus profond de son être ? Il n'en sait absolument rien. Tout ce qu'il sait, c'est qu'il va devoir assumer sa nouvelle fonction. Avec, à ses côtés, un homme qu'il déteste et qu'il voudrait voir mort. Pourra-t-il se retenir de le tuer ? Heureusement qu'il aura Dominique et Guillaume pour l'épauler. Les deux hommes lui permettront de rester connecté à la réalité et de ne pas perdre de vue leur but ultime : faire tomber cette organisation tentaculaire.

Épilogue

Lionel Sabatier a toujours une paire de chaussures de randonnée dans le coffre de sa voiture banalisée. Il a une grande expérience. Il sait qu'à tout moment, il peut être appelé à la campagne et finir les pieds dans la boue, dans une vieille grange ou dans un champ. Hors de question de foutre en l'air ses chaussures de ville. Il préfère les garder en bon état pour ces fois où il doit défendre une affaire devant le commissaire. Ou le procureur.

Ce matin-là, il les enfile pour traverser des rangs de vignes. La terre est sèche mais il se sent plus à l'aise avec ce type de chaussures. Il ne craindra pas de marcher dans la terre pour rejoindre les gendarmes qui l'attendent déjà sur place. L'alerte a été donnée par un viticulteur du coin. Une vieille cabane abandonnée, a priori oubliée par tout le monde, pourrait avoir été l'endroit idéal pour perpétrer plusieurs meurtres. Il va falloir appeler l'équipe scientifique. Collecter des preuves. Chercher des témoins. Le capitaine Sabatier sait déjà que la journée va être longue. Il aura besoin du soutien de toute son équipe.

Quand il arrive sur place, le policier s'aperçoit que les gendarmes ont effectué leur travail de manière professionnelle : ils ont recouvert le corps avec une couverture de survie. Personne ne peut plus le voir ni le toucher. Un homme âgé d'environ soixante-cinq ans — les viticulteurs travaillent souvent jusqu'à ce que leur corps leur dise stop — est assis à l'arrière de la fourgonnette de la gendarmerie. Le regard perdu dans le vide, on dirait qu'il a vu un fantôme.

« Bonjour, je suis le capitaine Lionel Sabatier, de la police criminelle de Meriadeck, à Bordeaux, dit l'homme habillé en civil en montrant son badge à un jeune gendarme posté près du véhicule.

— Bonjour, capitaine, lui répond-il.

— Qui est en charge de l'enquête, ici ?

— C'est mon collègue, le lieutenant-colonel Foucault. Suivez-moi, je vais vous accompagner. »

Le jeune adjudant — Sabatier reconnaît les insignes collés sur ses épaulettes — conduit le policier jusqu'à l'entrée de la vieille cabane. Un homme moustachu, proche de la cinquantaine, accueille Lionel Sabatier d'un signe de tête.

« Lieutenant-colonel Foucault, lui dit-il en guise de présentation avec une voix enrouée. Vous devez être... Mince, j'ai oublié votre nom, vous m'en voyez désolé...

— Je suis le capitaine Lionel Sabatier. De la police criminelle de Meriadeck, à Bordeaux.

— Ah, oui. C'est ça. On vous attendait. Comme le veut le protocole, on n'a touché à rien. On a juste recouvert le corps de la victime. Je préfère vous prévenir : c'est pas beau à voir !

— Que s'est-il passé, au juste ? demande Sabatier avant de découvrir les horreurs dont parle le gendarme.

— Le vieil homme que vous voyez là-bas. Cette parcelle de vignes lui appartient. Cette cabane, elle était déjà là quand il a racheté les terres à un autre viticulteur, il y a une vingtaine d'années. Il n'a pas eu le droit de la détruire et désormais, il n'a ni l'argent ni la force physique pour le faire. Bref, ce n'est pas le sujet. Il s'en servait principalement pour ranger quelques outils. Sauf que ce matin, il a vu un truc bizarre qui dépassait quelques mètres à l'ouest de l'entrée. Curieux, il est allé creuser. Je vais vous montrer ce qu'il a déterré. »

Le lieutenant-colonel Foucault invite le capitaine Sabatier à le suivre. À l'époque du capitaine Charras, qui dirigeait l'équipe dont il a fait partie pendant plus d'une dizaine d'années, Lionel Sabatier a vu les pires horreurs. Cependant, l'appréhension est toujours la même. Il sait qu'au moment où la couverture de survie, qui brille sous les rayons du soleil matinal, sera soulevée par le gendarme, son cœur se soulèvera dans sa poitrine. *On ne s'habitue jamais à ces scènes d'horreur*, lui avait dit un jour Maxime Charras, son supérieur et néanmoins ami. Pire, parfois on en devient le principal acteur. Charras, aujourd'hui à des années-lumière de la police criminelle de Meriadeck, en sait quelque chose.

Seuls Sabatier et le lieutenant-colonel Foucault s'approchent du corps inerte qui se trouve encore sous la couverture en aluminium. Le gendarme s'accroupit et la soulève avec une délicatesse qui dénote avec le personnage. Sabatier peut voir le visage tuméfié d'une jeune femme aux cheveux blonds. Elle est méconnaissable. Difficile de dire l'âge qu'elle avait. D'un regard, le gendarme demande au capitaine de police s'il doit continuer à soulever la couverture de survie. Sabatier lui fait signe de poursuivre. Il découvre alors un corps meurtri, qui a subi de nombreux sévices.

Les images s'impriment dans sa tête. Le capitaine Sabatier en fera quelques cauchemars. Mais il doit voir. S'imprégner des horreurs perpétrées par un homme — ou une femme, il n'en sait rien à ce stade — dépourvu de toute humanité. En choisissant d'être flic, Lionel Sabatier savait ce qui l'attendait. Ce qui n'était peut-être pas le cas du jeune gendarme qui l'a accueilli et qui détourne le regard, visiblement marqué par toutes ces horreurs.

Sabatier parcourt le corps sans vie de la tête aux pieds. Il essaie de découvrir ce qui a achevé cette pauvre femme. Avec quelle arme a-t-elle été tuée ? Où se trouve la blessure mortelle ? Impossible à déchiffrer tellement elle est amochée. L'équipe scientifique saura trouver les réponses aux nombreuses questions qui se bousculent dans la tête du policier. D'un nouveau signe de tête, il fait signe à Foucault qu'il peut recouvrir ce qu'il reste de cette pauvre femme.

« C'est pas joli-joli, lui dit le gendarme en passant la main droite sur sa moustache grisonnante.

— J'imagine que vous avez déjà interrogé le pauvre homme qui a découvert le corps ?

— Oui. Il est sous le choc. C'est pas tous les jours qu'on voit une victime aussi abîmée.

— Est-ce qu'il l'aurait reconnue, par hasard ? Une fille du village, peut-être ?

— Non. D'après lui, aucune femme n'a les cheveux aussi blonds dans son village. Mais il peut se tromper. Vous avez vu son visage comme moi. Qui pourrait identifier un être humain aussi tuméfié ?

— Personne, en effet. La scientifique est déjà en route. Ils pourront nous apporter quelques réponses à nos questions. Nous allons prendre les choses en main, dit Sabatier en serrant la main du gendarme. Merci beaucoup pour tout ce que vous avez fait.

— Oh, c'est pas grand-chose », répond le lieutenant-colonel Foucault.

Sabatier s'éloigne en sortant son téléphone portable de la poche de son jean. Le réseau passe mal, mais il parvient toutefois à appeler une de ses collègues au poste de police de Meriadeck. Il s'agit du lieutenant Fabre, qui écoute religieusement tout ce qu'il a à lui dire. Elle lui répond qu'elle se met en route, avec le lieutenant Gautier, pour le rejoindre sur le lieu du crime.

Arrivé à sa voiture, Lionel Sabatier passe un deuxième coup de fil. Il ne sait pas ce qui le pousse à agir de la sorte. Cependant, il ne peut s'empêcher d'appeler un vieil ami. Il se convainc que c'est seulement pour lui demander conseil. Il ne veut pas l'impliquer dans ce qui pourrait rapidement se transformer en un dangereux tourbillon. Pourtant, lui parler de cette affaire, c'est déjà le forcer à mettre un pied dedans.

Il aura suffi d'un seul coup de fil pour raviver les souvenirs d'une époque désormais révolue. Assis sur son canapé, il était en pleine réflexion quant à sa nouvelle activité. Il ne s'attendait pas à entendre la voix d'un de ses anciens collègues. Malgré son état mental, malgré l'aigreur laissée par cette aventure, il n'a pas hésité une seule seconde. On a besoin de lui pour son flair légendaire. En bon flic qu'il a été, il ne peut pas laisser un crime impuni.

Sans rien en dire à sa femme, il prend ses clefs et s'en va. Il lui précise juste que sa petite affaire de détective privé pourrait bien décoller. Sur le chemin, il réfléchit à cet appel aussi soudain qu'inattendu.

Qu'est-ce que cela peut bien vouloir dire ? Pourquoi faire appel à son aide alors que Bordeaux grouille de bons flics ? Quand bien même, s'ils sont tous devenus incompétents, pourquoi ne pas appeler un des flics du 36, Quai des Orfèvres, à Paris ? Ce sont les meilleurs enquêteurs de tout le pays.

Non, au lieu de faire appel à eux, c'est lui, Maxime Charras, qui a reçu ce coup de téléphone. Il ne fait même plus partie de la maison. Officiellement, il n'est plus un agent de police au service de l'état français.

Tout cela à cause d'une histoire qui a mal tourné, malgré toutes les précautions qu'il a pu prendre pour éviter le drame.

À quoi bon se poser toutes ces questions ? On l'appelle, il débarque. C'est toujours comme ça qu'il a fonctionné. Surtout quand ce *on*, c'est son ami. Son ami le plus fidèle, son ancien collègue, qui a été jusqu'à le défendre quand il était au fond du trou.

Sabatier. Qui a pris sa place en tant que capitaine au sein de l'équipe criminelle à Meriadeck.

Vêtu d'un long manteau noir, il descend lentement de sa voiture. Le poids de l'âge se fait ressentir. Il lui faut du temps pour déplier sa grande carcasse et se remettre droit. Il s'étire de tout son long, faisant craquer ses articulations. Il referme la portière de son véhicule et se met en marche en boitant.

Il porte une longue barbe grise, preuve qu'il y a eu du changement il y a peu dans sa vie. Des cernes noirs entourent ses paupières. À travers, on peut toujours voir ses yeux clairs et son regard perçant. Ce regard malicieux et observateur, qui a fait de lui le meilleur flic de toute la région bordelaise pendant plusieurs décennies.

Rien ne laissait présager de sa présence en ce lieu. Il aurait préféré rester chez lui, au fond de son canapé. C'est devenu une de ses activités préférées, depuis sa retraite forcée. Il a bien un métier, une entreprise à faire tourner, mais son business personnel a du mal à prendre. Il ne peut rejeter la faute sur personne. Il est tout seul dans sa galère.

Le soleil printanier lui fait mal aux yeux. Pour pouvoir les ouvrir en grand, il est obligé de mettre ses lunettes de soleil. Le look que cela lui confère dénote complètement avec le personnage, mais aussi avec le lieu où il se trouve. Garé au bord d'une route départementale perdue au beau milieu de la Gironde, il s'engage dans un champ de vigne pour rejoindre les hommes présents sur place.

D'origine parisienne, même s'il a quitté cette région il y a une quarantaine d'années, il aime le sud-ouest de la France autant qu'il le déteste. Il s'y est installé, avec sa femme, alors qu'il n'était qu'un jeune policier qui avait toute la vie devant lui. Le climat y est plus doux que dans la partie sud du pays, ce qui lui a toujours mieux convenu. Cependant, ces terres ne l'ont jamais attiré. Les vignes, à perte de vue, n'ont jamais été sa tasse de thé. Pas plus que le vin. Il n'a jamais réussi à vraiment s'attacher à cet endroit où on utilise des mots tels que *poche* ou *chocolatine*. À la campagne girondine, il a toujours préféré Bordeaux, ville saturée en constante évolution.

« Désolé de te faire venir alors que tu es à la retraite, Max, lui dit Sabatier quand il le rejoint près de la petite cabane située au beau milieu de cette propriété.

— Retraite forcée, si je dois te le rappeler », lui répond Maxime Charras.

Les deux hommes ne se sont pas vus depuis plusieurs mois. La dernière fois qu'ils ont été ensemble, Charras avait les menottes aux poignets. Si proche et si loin.

« De quoi s'agit-il ? demande machinalement l'ancien supérieur hiérarchique du capitaine Sabatier.

— Les gendarmes ont trouvé un corps, répond-il. Dans un très mauvais état. Une jeune femme qui a été salement amochée.

— Qu'est-ce que tu en dis ? Que te souffle ton flair de flic ?

— Je pense qu'elle a été torturée, puis le barjot qui lui a fait ça a fini par l'achever. Ce que je ne comprends pas, c'est pourquoi le corps a été enterré ici.

— C'est-à-dire ?

— Je pense qu'on a affaire à un tueur expérimenté. Je n'ai pas encore le rapport d'autopsie, mais j'ai vu les blessures qu'on lui a infligées. C'est du chirurgical. Le but n'était pas de la tuer. Pas tout de suite. On a voulu la faire souffrir avant d'en finir avec elle.

— Tu penses que ce tueur, aussi professionnel soit-il, n'aurait jamais enterré le corps de cette femme dans un tel endroit ?

— C'est ça. S'il est du coin, ce que je crois, il devait savoir qu'il y a de l'activité dans cette propriété. On voit les tracteurs garés près du château. Il aurait dû se douter que ce corps serait rapidement découvert.

— Peut-être qu'il n'a pas eu le temps de faire disparaître le corps plus loin ? propose Charras. Il a peut-être été dérangé alors qu'il venait tout juste de tuer cette pauvre femme...

— C'est pas impossible. En tout cas, nous allons vite devoir lever le voile sur cette affaire.

— Ça, mon vieux, c'est ton boulot.

— Je sais, Charras. Je sais.

— Pourquoi m'as-tu fait venir, dans ce cas ?

— Je crois qu'on a tiré le gros lot. Regarde ce que j'ai trouvé dans la cabane. »

Sabatier tend une carte de visite à son ancien supérieur. Charras reconnaît tout de suite le logo qui est imprimé sur le recto. Ce masque... Il l'a déjà vu, quelques années auparavant. Tout comme ces gouttes de sang et cette écriture. Il n'était encore qu'un jeune flic qui venait de rentrer dans la brigade criminelle.

Vingt-cinq ans qu'il cherche à comprendre ce que cela signifie. Sans vraiment le hanter, c'est resté, pendant tout ce temps, dans un coin de sa tête. Et voilà que cette carte refait surface. Au pire moment dans la carrière et dans la vie de Charras.

« Qu'est-ce que c'est que ce merdier ? » demande-t-il en regardant Sabatier, qui ne lui répond que par un mouvement d'épaules.

REMERCIEMENTS

Une fois n'est pas coutume, je tiens tout d'abord à remercier les deux femmes qui partagent ma vie au quotidien. L'une, à mes côtés depuis bientôt sept ans, me supporte dans mes remises en question, mes moments de doutes mais aussi dans mes réussites et mes succès. Merci d'être là à mes côtés, solide comme un roc. L'autre, si petite mais qui prend déjà tant de place, me donne la force de vivre et de continuer à travailler pour ma passion de l'écriture. C'est aussi pour elle que j'ai envie de poursuivre l'aventure et de conter des histoires...

Je poursuis par un très grand merci à toutes les personnes qui ont contribué, de près ou de loin, à l'écriture de ce livre : Céline Spreux, bêta-lectrices de luxe dont les conseils m'ont été plus que précieux pour améliorer mon manuscrit de base ; Loli Artésia, qui s'est occupée de la correction de mon texte, ce qui n'a pas dû être une mince affaire. A vous deux, merci de votre professionnalisme.

Enfin, merci à vous toutes et à vous tous, mes Fidèles Lecteurs (même si certains rejoignent peut-être l'aventure...). Sans vous, je ne serais rien et je n'aurais pas la même envie de raconter des histoires. J'espère que ce roman vous a plu et que vous saurez le recommander autour de vous. D'ailleurs, je vous encourage à me dire ce que vous en avez pensé, que ce soit sur les réseaux sociaux, les plateformes de vente de livre ou directement par mail à ygiammona@hotmail.fr. Votre avis est essentiel pour que je continue de progresser.

L'histoire des *Anonymes* n'est pas terminée, un tome 2 est en préparation...

Et si tu veux d'autres exclusivités comme celle-ci, je t'encourage à t'inscrire à ma newsletter ! Tu recevras d'abord des cadeaux, puis un mail par semaine pour suivre mon quotidien d'auteur indépendant mais aussi avoir toutes les infos me concernant en exclusivité. Sans oublier, de temps à autre, des textes inédits que je ne publie nulle part ailleurs.

Certains ont déjà rejoint ma petite communauté, j'espère t'y accueillir très bientôt !

QU'EN AS-TU PENSÉ ?

Cher Lecteur, laisser ton avis à propos du livre sur Amazon, même succinct, m'aide énormément.

Pense à la règle des deux minutes : si une tâche importante peut se réaliser en moins de deux minutes, tu as intérêt à l'accomplir tout de suite, au risque de la reporter indéfiniment.

Voilà une excellente occasion de t'entrainer !

Alors même s'il ne fait que quelques mots, je te serais extrêmement reconnaissant de me laisser ton ressenti dans un commentaire.

Merci encore de ta confiance, à bientôt pour de nouveaux frissons !

Bien à toi, Yannick.

<u>DU MÊME AUTEUR :</u>

LE BÉBÉ DE FRANCESCA, novella (2021)

LE TRAIN DE L'ANGOISSE, recueil de nouvelles (2021)

ZOÉ, roman (2020)

SELFIE, nouvelle gratuite (2019)

DOUBLE FACE, roman (2018)

DES AVENTURES HORS DU COMMUN, recueil de nouvelles (2017)

<u>**Retrouve tous ces titres sur ma boutique en ligne :**</u>

https://yannickgiammona.fr/livres/